검은 개가 온다

검은 개가 온다

송시우 장편소설

시공사

차례

프롤로그 1

전학수는 너무 수줍어서 라상표를 죽였다.

좁은 빌라 계단에서 어깨를 부딪친 것이 직접적인 이유였다. 5월의 한낮이었고 며칠째 이상 고온이 계속되고 있었다.

라상표는 302호의 문을 열고 나와 회색 폴로셔츠를 입은 상체를 건들거리며 계단을 내려갔다. 동네에서 운영하고 있는 부동산 중개소의 문을 열기 위해 집을 나선 참이었다. 같은 시각 건축설계 사무소 직원인 전학수는 고개를 푹 숙인 채 발을 질질 끌며 빌라 입구로 들어섰다. 와이셔츠에 정장을 갖춰 입었고 반쯤 풀어 늘어뜨린 넥타이가 목에서 대롱거렸다. 오른손에 든 납작한 서류 가방이 바닥에 닿을 듯 말 듯 했다.

평소 같으면 두 이웃이 그 시각에 빌라 계단에서 마주칠 일은 없었다. 샐러리맨들이 한창 일할 평일 낮 시간이었다. 전학수는 조퇴를 했다. 라상표는 부동산 중개업자이다 보니 같은 빌라에

사는 세입자의 얼굴 정도는 익혔지만 전학수는 라상표의 존재조차 몰랐다. 라상표도 만약 길거리에서 전학수를 마주쳤다면 알은체하지 않고 지나쳤을 것이다. 그때까지 둘은 그렇게 서로에게 아무런 영향도 주고받지 않는 사이였다.

2층과 3층 사이 계단에서 라상표와 전학수의 왼쪽 어깨가 툭 맞닿았다. 두 남자 사이가 쪼개지듯 벌어졌다. 전학수가 뒤로 휘청거리다가 가까스로 균형을 잡으며 창백한 얼굴을 쳐들었다. 각진 얼굴은 말라서 볼이 눌러놓은 것처럼 패였고 두 눈은 충혈되어 있었다.

라상표는 봄볕에 검게 탄 얼굴을 잔뜩 찌푸린 채 왼쪽 어깨를 툭툭 털었다. 건물주를 상대할 때는 능글거리며 잘 웃는 얼굴에 짜증이 배었다. 라상표는 출근길에 기분 나쁜 일이 생기는 날은 종일 재수가 없다고 믿었고, 다른 사람과 몸이 닿는 걸 끔찍하게 싫어했다.

전학수는 무슨 일이 생긴 건지 모르겠다는 표정으로 라상표를 보았다. 전학수는 맞은편에서 사람이 내려오고 있는지 몰랐기 때문에 벽으로 붙어서 올라오지 않았다. 라상표는 그것이 못마땅했다.

전학수는 흐릿한 눈빛 그대로 계단을 밟아 올랐다.

"어라?"

라상표가 고개를 반쯤 꺾고 전학수의 뒤통수를 향해 빈정거렸다. 전학수는 듣지 못한 듯했다. 라상표는 허, 하고 콧방귀를 뀌고 목소리를 높였다.

"저기! 401호 맞죠?"

전학수가 그제야 발을 멈추고 고개를 돌렸다.

"……네?"

라상표는 두 걸음에 계단을 뛰어올라 전학수 앞에 가슴을 내밀고 섰다.

"좀 조심해서 다닙시다?"

전학수는 받은 숨을 내쉬었다. 이마와 콧등에 땀이 송글송글 맺혔다. 가슴이 답답하고 등이 저려왔다. 전학수는 어서 집으로 들어가 몸을 누일 생각밖에 없었다. 집으로 오는 동안 머릿속엔 온통 그 바람뿐이었다.

눕고 싶다.

쉬고 싶다.

존재하지 않고 싶다.

지하철을 두 번 갈아타고 집으로 오는 내내 몸이 바닥을 뚫고 내려앉는 것 같았다. 중산모를 쓰고 체크무늬 양복을 입은 노인이 지팡이 끝으로 노약자석에 앉은 전학수를 가리키며 욕을 했다. 전학수는 의자에 앉아 머리를 무릎에 닿도록 숙이고 양손으로 머리카락을 쥐어 잡았다. 아픈 사람일지도 모른다는 생각이 들었는지 노인은 곧 잠잠해졌다. 전학수는 급체를 한 사람처럼 거친 숨을 내쉬며 지상으로 나왔다. 지하철역에서 집까지 걸어오는 길이 끝나지 않을 것처럼 멀게 느껴졌다. 그토록 힘겹게 걸어왔는데 집까지 몇 걸음 남지 않은 계단에서 발이 묶인 것이다.

"……죄송합니다."

전학수가 말했다. 전학수는 자기를 401호라고 부른 이 남자가 몇 호에 사는 누구인지 몰랐다. 빌라 주민인지 아닌지도 몰랐고 구체적으로 뭐 때문에 이러는지도 알 수 없었지만 서둘러 사과하면 시비를 멈추고 길을 비켜줄 것 같았다.

"사람 몸에 부딪쳤으면 뭔 말이 있어야지……."

라상표는 혀끝으로 쯧, 하는 소리를 내며 바지 주머니에 한 손을 찌른 채 전학수를 아래위로 훑어보았다. 상대가 너무 순순히 사과를 하자 맥이 빠지면서 묘하게 괘씸하다는 느낌이 들었다. 그래서였을까.

"저기요."

라상표는 지나쳐 가는 전학수를 다시 불렀다.

거기서 끝냈으면 좋았을 텐데.

만약 라상표가 죽지 않았다면, 딱 이렇게 후회했을 만한 시점이었다. 그러나 라상표에게는 후회할 시간이 주어지지 않았다. 살아남은 전학수는 그날의 모든 것을 후회했다. 그날과, 그 전날과, 그달, 그해의 모든 시간들. 자신의 문제를 방치하고 버티며 살아온 나날들을 빠짐없이 후회했다.

"네?"

전학수가 고개를 돌렸다.

"혹시 하얀색 SM3 차주십니까?"

전학수는 빌라 1층 주차장에 한 달 가까이 세워둔 자신의 하얀 승용차를 떠올렸다. 만원 지하철 손잡이에 매달려 쓰러질 것 같은 몸을 겨우겨우 버티며 서 있어야 했던, 출퇴근의 고통이 한꺼번에 밀려왔다. 왜 이 사람이 내 차에 대해 얘기하는 걸까. 전학수는 자신의 몸을 한없이 아래로 끌어당기던 힘이 내부에서 서서히 솟구쳐 알 수 없는 용트림을 하는 것을 느꼈다.

"네. 제 차인데 왜요?"

전학수가 라상표를 바라보고 섰다.

"차를 잘 안 쓰시는 것 같은데……."

라상표는 1층 주차장 쪽을 손가락으로 가리켰다. 회색 폴로 셔츠의 겨드랑이 부분이 땀 때문에 검게 젖어 있었다.

"그럼 안쪽으로 좀 넣어두시지. 매일 차 쓰는 주민들이 다들 불편하잖아요. 상식적으로 그래야 맞는 것 아닙니까?"

전학수가 사는 빌라에는 총 7칸의 주차 공간이 있었다. 6칸은 앞뒤로 이중 주차를 해야 했고, 현관 앞 1칸은 단독 주차 구역이었다. 주민들은 당연히 뒤차가 나가려면 앞차를 빼줘야 하는 문제에서 자유로운 단독 주차 구역을 선호했다. 라상표는 별로 쓰지도 않는 것 같은 SM3가 줄곧 단독 주차 구역을 차지하고 있는 것이 안 그래도 못마땅하던 차였다.

"아이씨!"

전학수가 턱짓을 하며 나섰다. 말투와 눈빛이 바뀌었다. 흐릿했던 눈에 광기가 어렸다.

"내가 내 차를 내 집에다 세워두겠다는데 당신이 무슨 상관이야?"

갑자기 바뀐 전학수의 태도에 라상표는 깜짝 놀라 2초간 말을 잃었다. 그러나 이내 라상표의 성질에도 불이 붙었다.

"허! 이보세요?"

라상표가 손가락으로 전학수의 어깨를 찔렀다.

"이게 어디서 반말이야? 그리고 내가 뭐 틀린 말 했어?"

"당신이 뭔데? 어? 왜 자꾸 시비냐고?"

빨갛게 피가 몰린 전학수의 볼살이 꿈틀거렸다.

"어쭈 이거 봐라. 한 대 치겠는데?"

서류 가방이 바닥에 툭 떨어졌다. 전학수는 오른손을 크게 휘둘러 라상표의 턱을 가격했다. 예상치 못한 급습을 당한 라상표의 얼굴이 옆으로 휙 돌아갔다. 계단을 등지고 서 있던 라상표가 뒤로 쓰러졌다. 뒷목과 어깨가 차례로 계단 모서리에 부딪혔고 작고 통통한 몸뚱이가 계단을 데굴데굴 굴렀다.

우리 남편이 그랬을 리 없어요. 얼마나 수줍은 사람인데요.

나중에 소식을 듣고 경찰서로 뛰어온 전학수의 아내가 눈물범벅이 된 얼굴로 담당 형사를 붙잡고 소리쳤다. 결혼하고 3년 동안 이날 이때까지 제대로 화내는 모습 한 번 본 적이 없어요. 누구랑 싸운 적도 없고 싸웠다는 얘길 들은 적도 없어요.

화초처럼 얌전한 사람.

모든 것이 수줍음 때문이었다. 전학수는 2층 계단참으로 떨어진 라상표의 몸을 타고 앉아 양 주먹을 사정없이 휘둘렀다. 자신이 무슨 일을 하고 있는지 알았지만 멈출 수가 없었다. 이렇게 무례하고 비상식적인 데다가 남을 함부로 무시하는 사람을 벌하는 것은 정당하다는 생각이 들었다. 지금 전학수 밑에 깔린 사람은 방금 전 자신의 기분을 상하게 한 그 사람인 것만은 아니었다. 시시때때로 자신을 모욕하는 상사이기도 했고 버거운 책임만 안겨주는 아내이기도 했고 무뚝뚝하고 무심한 아버지이기도 했고 밤마다 때리고 갈구던 군대 선임이기도 했다. 사람을 때리면 이런 기분이구나. 전학수는 마음속에 돌처럼 쌓인 굴욕에서 해방되었고 순간적으로 자유를 얻었다. 반면 라상표의 얼굴뼈는 내려앉았고 찢어진 살에서 피가 흘렀다. 라상표는 계단에서 굴러떨어질 때 이미 반쯤 정신을 잃었다. 라상표는 전학수의 주먹을 맞을 때마다 반사적으로 비명을 질렀고 팔다리를 떨었다. 전학수의 손이 피에 젖고 하얀 와이셔츠에도 피가 튀어 번졌다. 싸우는 소리를 듣고 빌라 안팎에서 모여든 사람들이 비명을 질렀다. 구경꾼들이 "어떡해, 어떡해" 하며 발을 굴렀다. 누군가 112에 신고를 했다. 경찰이 오기 직전 건장한 남자 두 명이 합심하여 전학수를 라상표의 몸에서 떼어냈다. 전학수는 피가 점점이 묻은 얼굴로 숨을 헐떡거리며 바닥에 주저앉았다.

용트림을 하며 솟구치던 에너지가 거짓말처럼 빠져나갔다.

전학수는 피 묻은 자신의 손을 내려다보았다. 몽롱했다. 이 모든 게 매일 새벽 겪는, 불면의 밤 끝에 꾸는 나쁜 꿈 같았다. 주변의 사물이 형체와 경계를 잃고 하얗고 빨갛게 뭉개졌다. 순간적으로 얻었던 마음의 자유는 흔적도 없이 사라졌고 기억조차 남지 않았다.

라상표의 얼굴은 알아보지 못할 만큼 부풀어 올랐고 가죽이 벗겨져 뼈가 드러나 보였다. 구급대가 도착했을 때만 해도 가늘게 숨을 쉬고 있었지만 병원으로 옮겨지는 도중에 멈췄다. 의사는 응급실에 도착한 라상표에게 사망 선고를 내렸다.

프롤로그 2

여드름쟁이에 키가 껑충하게 큰 청년이 길이 나지 않은 숲으로 한참을 들어갔다. 동춘이는 거친 나뭇가지와 풀을 잘도 헤치며 따라왔다. 사람과 개의 헉헉대는 숨소리가 풀벌레 소리와 함께 녹음에 섞여 들었다. 7월, 한여름의 햇볕이 뜨겁게 내리쬐고 있었다.

드디어 제법 널찍하고 평평한 공간을 찾아냈다.

"휴!"

청년은 티셔츠 앞자락으로 여드름이 두둑하게 돋은 이마를 닦았다. 동춘이가 깡충거리며 다가와 땀에 젖은 청년의 뺨과 목을 핥았다.

"그만!"

여드름쟁이 청년은 가방에서 물병을 꺼내 목을 축이고 뚜껑 가득 물을 따라 바닥에 놓았다. 동춘이가 쩍쩍거리며 물을 먹는 동안 청년은 주위를 둘러보았다. 이 정도면 호기심 어린 등산객의 시선이나 질문에 방해받지 않고 마음껏 연습할 수 있을 것 같았다. 입대 전에 프리스비 대회에 출전해서 입상하는 게 청년의 현재 가장 큰 목표였다. 수상 경력을 발판 삼아 군견 훈련병이 되면 좋을 것이다. 제대 후에는 대기업 산하 안내견 학교에 취업해서 장애인 보조견 훈련사가 되고 싶었다. 대기업 직원이 되어 부모님의 기도 살려주고 나 하고 싶은 일도 하고, 일석이조였다. 청년은 사람보다 개가 좋았다. 하지만 아직은 먼 얘기였다.

가방에서 초록색 프리스비를 꺼내 들자 동춘이가 좋다고 원을 그리며 뛰었다. 청년은 프리스비를 오른손 높이 치켜든 채 무릎을 구부리고 몸을 숙였다. 동춘이가 청년의 무릎과 어깨를 차례로 밟고 뛰어올라 프리스비를 낚아챘다.

"좋아! 굿 보이!"

청년이 껄껄 웃으며 동춘이의 머리를 쓰다듬었다. 산 밑에서는 구경하러 모여든 등산객들이 떠드는 소리에 동춘이가 도통 집중을 하지 못했다. 동작을 자꾸만 실패하는 바람에 야유까지 들었다. 오기가 난 청년은 절대로 사람의 발길이 닿지 않을 만한 곳을 찾아 들어온 것이다. 구경꾼들의 탄성을 들으며 프리스비를 하는 건 기분 좋은 일이었지만 동작을 익히는 데 방해가 됐다. 동춘이는 보더콜리답게 영특했으나 집중력은 약간 떨어졌다. 주변의 소리나 사물에 마음을 쉽게 뺏기는 성격이었다.

아쉬운 부분이었지만 청년은 훈련으로 극복할 수 있으리라 믿었다. 모두 훈련사의 능력에 달린 것이다.

사람의 몸을 타고 넘는 동작을 몇 차례 더 한 뒤 청년은 프리스비를 하나 더 꺼내들었다. 이번 건 주황색이었다. 동춘이가 앞발을 들어 올리며 흥분했다.

"가져와!"

동춘이가 타닥타닥 흙먼지를 날리며 뛰었다. 움직이는 사물의 동선을 본능적으로 포착할 줄 아는 이 동물은 정확한 지점에서 점프하여 프리스비를 낚아챘다. 그러고도 몇 번 더 흰색과 검정색이 섞인 갈기털을 멋지게 휘날리며 프리스비를 물어 가져왔다.

청년은 만족스럽게 웃으며 동춘이에게 육포 조각을 던져주었다. 이제 좀 더 어려운 것을 해볼까. 청년은 초록색과 주황색 프리스비를 양손에 하나씩 잡고 동춘이에게 눈짓으로 신호를 보냈다. 프리스비를 연이어 하나는 가까이, 다른 하나는 멀리 던지면 개가 가까이 던진 것을 먼저 물어 떨어뜨린 뒤, 멀리 던진 것을 낚아채 가져오는 기술이었다. 개는 프리스비 두 개의 움직임을 동시에 주시하고 있다가 두 번째 프리스비가 바닥에 떨어지기 전에 물어 와야 했다. 난이도가 높은 기술이었다.

초록색 프리스비가 먼저 날아갔고 동춘이가 뛰었다. 이어서 청년은 주황색 프리스비를 되도록 멀리 던지려고 힘을 쓰다가 삐끗하여 방향을 잘못 잡았다. 주황색 프리스비는 훈련 장소로 삼은 평지를 벗어나 비탈 아래 나무숲 사이로 날아가 사라졌다. 동춘이는 포기하지 않았다. 이 활력이 넘치는 보더콜리는 초록색 프리스비를 간단히 물어 떨어뜨린 뒤 비탈 아래로 뛰어들었다.

"동춘아!"

돌아오고도 남을 시간이 지났는데도 나타나지 않는 개를 찾아 청년은 소리쳤다. 답 없이 자기 목소리만 메아리쳤다. 하는 수 없이 청년은 풀과 나뭇가지를 잡고 비탈을 내려가며 개의 이름을 불렀다. 컹컹. 왼쪽 방향에서 짖는 소리가 들렸다.

"이리 와!"

청년은 조심조심 걸음을 옮기며 소리쳤다. 동춘이는 컹컹 짖기만 할 뿐 돌아올 생각이 없는 듯했다. 숲에서 무언가 흥미 있는 것을 발견한 모양이었다. 기본적인 복종훈련을 더 강화해야겠다고 청년은 결심했다. 개의 리더 역할을 잃는 바보가 되면 안 된다. 개에게 믿음직한 리더가 되는 것이 개를 제대로 사랑하는 길이다.

개가 짖는 소리를 따라가는 길에 청년은 나무 둥치 밑에 아무 관심도 받지 못하고 떨어져 있는 주황색 프리스비를 주워 들었다. 도대체 뭐에 마음을 뺏겨서 저러는 거야. 죽은 동물이라도 찾아서 물어뜯고 있나. 청년은 불만스럽게 중얼거리며 무성하게 난 풀을 헤쳤다.

얽힌 나뭇가지 사이로 꼬리를 살랑살랑 흔들고 있는 동춘이가 보였다. 동춘이는 주인을 보고는 앞발을 깡충거리며 두어 번 짖고 풀숲 안쪽으로 들어갔다.

"야, 이놈의 자식……."

동춘이가 다시 머리를 빼꼼 내밀어 보였다가 또 사라졌다. 더운 숨을 내뿜는 혀가 송곳니 사이로 길게 걸쳐져 있었다.

아빠, 아빠. 진짜 재밌는 게 저기 있어요.

능청 떠는 철없는 어린 아들 같은 모습에 청년이 짜증을 잊고 피식 웃었다.

청년이 도착했을 때 동춘이는 앞발로 흙더미를 헤치고 있었다. 이미 많이도 헤쳐놓았다. 흙 틈으로 파란색 옷감과 하얀 막대기 같은 것이 보였다. 좀 더 가까이 다가가보았다. 파란색 옷은 누가 버리고 간 등산 점퍼 같았다. 그러면 저 점퍼 소매 끝에 달린 것은? 가느다란 하얀 막대기가 인간의 손 모양으로 얽어붙어 있었다.

동춘이가 흙에 턱을 박았다. 사냥감의 숨통을 끊어놓을 때처럼 동춘이는 털 뭉치 같은 것을 입에 뽑아 물고 머리를 좌우로 탁탁 흔들어 털었다. 한 번도 사냥을 해본 적은 없지만 타고난 본능에 따라 눈앞의 물건을 다루고 있었다.

"도…… 동춘아……."

청년은 입을 떡 벌린 채 그 자리에 주저앉았다. 청년의 손에서 떨어진 주황색 프리스비가 원을 그리며 발치를 맴돌았다.

흙 묻은 긴 머리카락 한 다발을 입에 문 동춘이가 청년을 바라보며 꼬리를 힘차게 흔들었다. 까만 눈에는 사랑하는 주인에게 전리품을 바치는 기쁨이 가득 담겨 있었다.

아빠, 아빠. 나 잘했죠?

반쯤 백골이 된 얼굴의 텅 빈 눈구멍이 생전에 자기의 것이었던 머리 다발을 올려다보고 있었다.

법학전문대학원생 박심

박심은 헛기침을 한 번 한 뒤 자신감 넘치는 미소를 짓고 변호사 사무실의 문을 두드렸다. 검은 정장을 단정하게 차려입었으나 너무 새 옷이라 몸과 따로 노는 느낌이었다. 나이보다 앳된 얼굴이 어른 옷을 빌려 입은 듯한 인상을 심어주는 데 한 몫했다. 머리는 꾸밈없이 짧게 깎았고, 그런대로 평범하게 생긴 얼굴에 목탄으로 그은 것 같은 짙은 눈썹이 인상적이었다. 그 때문에 어렸을 때부터 눈썹에 대한 놀림과 기이한 농담을 많이 들었다.

박심은 뇌가 없고 눈썹으로 생각한다.

잘 때 눈썹을 떼고 잤다가 아침에 붙이고 나온다.

눈썹 안에 숨겨진 눈이 있다.

눈썹에서 빔이 나오는 엑스맨이다.

하지만 박심은 기발하거나 재미있는 것과는 거리가 먼 모범생이었다. 머리 좋고 총명한 건 물론이었지만 번뜩이는 재기로 대처하기보다는 심사숙고하는 타입이었다. 답을 빨리 내놓으려 애쓰는 것보다 시간을 들여 깊게 생각하는 걸 더 좋아했다. 명문대 법학과에 진학했고, 학사장교로 군대를 다녀온 뒤에 같은 학교 법학전문대학원에 들어갔다. 지금은 방학을 이용해 법무법인에서 실무 수습을 받고 있는 중이었다.

박갑영 변호사는 책상에서 한창 서류 더미와 씨름하고 있었다. 와이셔츠 소매를 팔뚝까지 걷어 올린 채 서류를 넘길 때 쓰는 골무를 오른손 엄지에 끼우고 박심을 맞았다. 턱이 강조된 오각형 얼굴에 눈이 튀어나와 보일 정도로 두꺼운 안경알. 구레나룻 부분에 몰린 흰머리. 형사 사건 전문 변호사의 연륜이 드러나는 풍모였다. 박심은 깍듯이 허리를 숙여 인사했다.

"부르셨습니까. 변호사님."

박갑영 변호사는 금세 근엄한 표정을 지우고 환하게 웃었다.

"응, 거기 앉아봐."

박갑영은 책상 앞에 놓인 소파를 가리켰다.

"어때? 배우는 건? 어제는 수습생들 다 같이 민사재판 방청을 했다고?"

몇몇 서류를 챙겨와 마주 앉으며 박갑영이 물었다. 중년 변호사의 듬직한 몸무게에 눌린 소파에서 픽, 하는 소리가 났다.

"재밌어요. 실제 현장을 체험해보는 게 도움이 많이 돼요."

박심의 젊은 얼굴에 순수한 열정이 어렸다.

“그런데 전 아무래도 민사 쪽보다는 형사재판에 더 관심이 있어서요.”

“그래?”

“이제부터 작은아빠가 가르쳐주실 거잖아요. 일대일 교습인가요?”

박심의 말에 박갑영은 눈가에 잔주름을 잡으며 애정이 담뿍 묻어나는 미소를 지어 보였다. 박심은 박갑영을 보며 일찍이 변호사의 꿈을 꾸어왔다. 존경할 만한 전문적인 직업을 가진 박갑영은 어린 박심의 롤 모델이었다. 처음엔 변호사라는 직업에 대한 높은 사회적 평가를 선망한 것이었으나 점차 변호사가 행하는 역할과 그 가치에 뜻을 두게 됐다. 박심이 로스쿨 필수과목인 실무 수습을 받을 곳으로 작은아버지가 근무하는 법무법인에 지원한 것은 미리 계획된 일이었다. 이제 전문적인 지식과 자격을 갖춰가고 있으니 꿈을 키워준 당사자로부터 법무 현장에 대한 교육을 받고 싶었다.

“그래. 내가 심이에게 개별 숙제를 주려고.”

“숙제요?”

박갑영은 무릎에 올려놓은 서류 뭉치를 손가락으로 톡톡 두들겼다.

“수습생 입교식 때 ‘발로 뛰는 형사 변호사’가 되고 싶다고 했지?”

“네.”

박심이 다소 멋쩍은 듯 짧게 자른 머리를 긁적였다. 오랫동안 품어온 포부였다. 박심은 수사기관이 작성한 수사 기록에만 의존해서 형식적인 변론을 늘어놓는 변호사가 되고 싶지 않았다. 증거자료를 발견할 책임을 의뢰인에게 떠넘기는 것도 싫었다. 가능한 한 직접 사건 관계자를 탐문하고 현장을 조사하여 사건의 실체적 진실을 스스로 구성할 줄 아는 변호사가 되고 싶었다. 피의자를 기소하기 위한 목적으로 작성된 수사 기록이 혹여 과장하거나 뛰어넘은 진실을 새롭게 발견하여 의뢰인이 억울하게 벌을 받는 일이 없도록 하는 것이 형사 변호의 목적이라 믿었다. 박심은 젊었다.

"이거 한번 볼래?"

박갑영이 서류 뭉치를 내밀었다. 제일 앞 장에 검사의 공소장이 있었다.

"피고인 전학수. 죄명 살인."

박심이 공소장의 내용을 읽었다.

"빌라 계단에서 어깨를 부딪친 것과 주차 문제에 대한 말다툼을 이유로 피해자 라상표를 계단에서 떠밀어 실신케 하고 이어서 가슴을 타고 올라가 주먹으로 수회 때려 뇌출혈, 상악부 골절 및 다발성 출혈 등으로 인한 쇼크로 사망에 이르게 했다……."

"안타까운 일이지."

박갑영이 각진 턱을 쓰다듬으며 말 뒤에 깊은 한숨을 깔았다.

"작은아빠가 맡은 사건이에요?"

"그래. 상해치사로 주장은 해보고 있다만 무리일 것 같다."

박심은 동의의 뜻으로 고개를 끄덕였다. 피고인이 피해자를 계단에서 떠민 것으로 끝났다면 상해치사가 될 수 있겠으나 쓰러진 피해자를 쫓아 내려가 피해자의 몸에 올라탄 채 주먹으로 얼굴을 수회 때렸다. 미필적고의라도 살인의 고의가 없다고 보기 어려웠다. 피해자를 반드시 죽여야겠다고 의도한 건 아니지만, 이렇게 때리면 피해자가 죽을 수도 있다는 것을 인지하고 한 행동인 것이다.

"사실관계에 다툼이 있나요?"

박심이 수사 서류를 넘겨가며 물었다.

"아니. 전혀. 피고인은 공소사실을 다 인정하고 있고, 목격자의 진술도 일치하고, 수사도 적법하게 이루어졌지."

박심이 짙은 눈썹 한쪽을 찡긋 올렸다. 사실에 다툼이 없는 사건에 대해 무슨 숙제를 내주겠다는 걸까.

박갑영이 팔짱을 끼며 소파에 몸을 깊게 묻었다.

"피고인 전학수에게 우울증이 있었다는군."

"우울증이요?"

"수사가 거의 끝나갈 때쯤에야 알려졌어."

"왜죠?"

"전학수가 말을 안 했거든. 가족도 몰랐고. 1년 가까이 치료를 받았는데 가족이건 친구건 아무에게도 말하지 않았어. 정신과 치료도 건강보험 적용을 안 하고 전부 자기 부담으로 받았고."

박심은 공소장을 다시 한번 훑어보았다.

"그래서…… 심신미약으로 인한 범행이라고 주장하시려고요?"

공소장에는 피고인이 우울증으로 인한 심신미약 상태에서 범죄를 행했다는 문구가 없었다. 정신질환 등 심신장애로 인하여 자신의 행위를 책임질 능력이 없거나 부족한 사람이 범죄를 저지른 경우, 형벌을 면해주거나 줄여주는 것이 형법의 원칙이다. 책임이 없으면 범죄도 없다. 범죄자가 자기의 행위를 통제할 수 있는 판단 능력이나 의지 능력을 상실하여 망상에 의한 환각 상태에서 범죄를 저지른 경우에는 처벌하지 않는다. 흔히 정신분열증이라고 알려진 조현병 같은 정신병이 중증에 이르러 현실감각을 잃어버렸을 때가 여기에 속한다. 반면 판단 능력이나 의지 능력이 아예 없다고는 볼 수 없고 미약하게 있는 상태에서 범죄를 저지르면 처벌은 하되 형을 줄여준다. 우울증은 여기에 속한다.

"그래야지. 그런데 검사가 적극적으로 반대 주장을 할 것 같아. 그래서 조금 다각도로 논지를 펴볼까 하는데, 심이가 이 부분에 대해 조사해서 변론요지서 초안을 작성해주면 좋겠어."

"네……."

박심은 진지한 얼굴로 손에 든 종이 뭉치에 시선을 주었다.

노크 소리가 나고 비서가 얼음을 띄운 보리차 두 잔을 들고 들어왔다. 업무 시간 내내 에어컨을 가동하고 있었으나 사무실 공기는 미지근했다. 연일 살인적인 폭염이 계속되고 있었다. 뉴스에서는 이번 달이 기상관측 이래 최고로 더운 7월이라고 했다.

"질문이 많을 것 같네? 해봐."

비서가 놓고 간 보리차를 쭉 들이켜며 박갑영 변호사가 물었다.

"우선…… 검사는 왜 반대를 하고 있나요?"

"음. 피고인의 우울증과 살인은 인과관계가 없다는 거지. 피고인이 단순히 우울증을 앓고 있다는 것만으로 심신미약의 증명이 끝나는 게 아니라 피고인의 우울증과 범죄행위와의 연관성이 있어야 하겠지?"

"네, 그렇죠."

"전학수는 약 10개월가량 우울증 약을 복용하다가 사건이 일어나기 17일 전 임의로 약을 끊었어. 별 효과가 없는 것 같아서 중단했다는군. 16개월 된 딸과 전업주부인 아내와 함께 사는데 아내도, 다른 가족들도, 직장 동료들도 전학수가 우울증을 앓고 있다는 사실을 몰랐고. 본래 내성적이고 조용한 성격인 데다가 최근 1, 2년 동안은 이곳저곳 아픈 곳이 많아서 종종 월차나 병가를 썼대. 다들 그냥 체력이 약해져서 힘든가 보다 생각했다는 거야. 이외 직장이나 가정에서 특별히 심적인 고통을 호소하거나 문제를 일으키지는 않았지. 특히 공격적이거나 폭력적인 모습을 보인 적은 전혀 없다고 해."

"증세가 심각하지 않았다는 건가요?"

"그것도 그렇고. 전학수와 피해자 라상표는 평소에 아무런 교류가 없었어. 전학수는 라상표가 같은 빌라에 사는 사람인지도 몰랐대. 정말로 우발적으로 홧김에, 피해자에게는 미안한 말이지만 재수 없게 살인까지 하게 된 경우야. 사건의 전후 사정에 감안할 만한 심리적 동기가 없어. 그걸 과연 우울증의 영향이라고 할 수 있는가, 그 문제겠지."

박심은 자기 몫의 보리차를 조금 마셨다.

박갑영은 생각에 빠진 조카의 얼굴을 살피며 반응을 기다렸다.

"작은아빠. 제가 검사라 하더라도……."

"하더라도?"

노련한 중년 변호사가 조카의 흐린 말끝에 꼬리를 물었다.

"우울증 때문이라는 말에 반대할 것 같아요."

"왜지?"

"이 사건은요. 평소 가정 폭력에 시달리던 아내가 남편을 살해하거나 우울증에 빠진 부모가 동반 자살을 계획하고 자녀를 살해하거나 하는 사례와는 달라요. 그러니까 우울증으로 두려움이나 적대감, 좌절감이 비정상적으로 극대화된 상태, 그래서 살인 말고는 현재의 고통을 피할 수 있는 다른 방법이 없다는 왜곡된 판단에 이르러 살인을 한 경우가 아니잖아요. 우연히 만나 다툼이 벌어졌고 그게 폭력으로 번졌는데 운이 없게도 그만 피해자가 죽어버린 거죠. 피고인이 피해자에게 폭력을 휘두른 바로 그 시점에 우울증으로 판단 능력이 손상되어 있었다고 볼 근거가 없지 않나요? 별것도 아닌 다툼으로 목숨을 잃은 피해자를 생각하면 검사로서는 심신미약 감경에 반대하는 것이 당연하죠. 물론…… 변호사로서의 입장은 달라야 하겠지만요."

"허허. 변호사로서 의뢰인의 이익을 위해서 심신미약이라고 주장은 해야겠지만, 내심으로는 검사의 입장에 동의한다는 말로 들리네?"

박심은 작은아버지의 말을 부정하지 못하고 입을 닫았다. 형사 변호의 목적은 의뢰인이 짓지 않은 죄로 억울하게 벌을 받거나 저지른 죄보다 과한 벌을 받는 것을 방지하고, 의뢰인의 입장을 내세워 가능한 선에서 법원의 선처를 구하는 데에 있다고 박심은 믿었다. 변호사는 핑계를 대서 의뢰인을 면책시켜주는 사람이 아니다. 돈을 받고 형벌의 책임에서 빼내주는 브로커도 아니다. 의뢰인의 이익과 자기의 실적에 매몰되어 범죄 피해자의 고통을 외면해서는 안 된다.

"전학수는 평소 자가용으로 출퇴근을 했어. 직장까지 대중교통을 이용해서 가는 게 좀 까다로웠나 봐. 그런데 최근 가슴이 답답하고 머리가 멍해지는 증상이 심해졌대. 우울증에 종종 동반되는 공황 증상이지. 그 증상이 나타나면서 사건이 일어나기

3주 전 운전을 하다 큰 사고를 낼 뻔했고. 그 뒤로 자가용을 집에 놓고 대중교통으로 출퇴근을 했다는 거야. 몸도 좋지 않은데 몇 번을 갈아타고 대중교통으로 출퇴근하기가 죽을 맛이었고, 그런 자신의 상황에 화가 나고 수치심이 들었다지. 사건 당일도 몸이 좋지 않아 조퇴를 하고 집에 오는데 피해자가 주차 문제로 시비를 거니까……."

"아하. 그 지점에서 폭발한 거군요."

"그래."

박갑영은 몸을 앞으로 숙여 무릎에 팔꿈치를 대고 양손을 모아 쥐었다.

"당시 전학수의 감정을 지배했던 건 누적된 무기력과, 수치심이었어. 피해자가 그걸 건드린 거지. 무심코 손을 뻗었는데 그만 폭탄의 스위치를 눌러버린 거라고나 할까? 전학수 자신도 있는지 몰랐던 스위치를 말이야."

"스위치……."

박심은 되뇌였다. 우울증의 영향으로 분노를 조절할 힘을 잃고 타인을 공격한다. 어디까지 용서되고, 감안될 수 있을까. 주변 사람들은, 범죄 피해자는 어느 선까지 참아줘야 할까. 계단에서 밀어 떨어뜨린 뒤 광대뼈가 내려앉을 때까지 주먹으로 마구 때려 죽게 만들었어도 그건 병 때문이었으니 벌을 줄여달라고 하는 게 옳은 걸까.

아니다.

인간에겐 자유의지가 있다. 법적인 책임능력의 부재나 미진의 사유가 되는 정신질환의 범위를 확장하는 것은 신중하게 이루어져야 한다. 인간의 행동이 호르몬 작용에 의한 뇌의 화학적 문제로 환원된다면 행동에 대한 책임은 누가 지는가. 화학물질에게 책임을 물을 수는 없지 않은가.

"심아."

박갑영이 말했다.

"네, 작은아빠."

"우울증에 대해서 좀 알고 있나?"

"아, 네. 뭐 어느 정도는……."

"마음의 감기?"

박갑영은 그렇게 말하고서 못마땅하다는 듯 눈살을 찌푸렸다.

"흔히들 걸릴 수 있는 병이라는 점에서 그렇게 부른다만, 감기에 비유하는 건 우울증의 심각성을 너무 과소평가하는 거라고들 하지."

"대표적인 정신질환이고 가장 흔한 기분장애죠. 우리나라에서 점점 큰 문제가 되고 있고요."

"OECD 국가 중 자살률 1위라서?"

"헬조선이라고들 하잖아요."

말하며 박심이 웃었다.

박갑영은 보리차 잔에 남은 얼음을 입에 털어 넣고 물었다.

"그래. 자살하는 사람의 80~90%가 우울증 때문이라고들 하지. 친한 사람 중에 우울증 치료를 받고 있는 사람은 있나?"

"잘 아는 사람 중에는 없어요."

"그럼 우울증 환자가 실제로 어떤 고통을 겪는지, 증상이 어떤지, 일상을 어떻게 살아가는지 생활 속에서 본 적은 없겠네."

박심은 고개를 끄덕이며 어깨를 으쓱했다.

"나는 심이가 이 숙제를 통해서 우울증에 대해 공부를 하면 좋겠는데."

박갑영이 짙은 눈썹 아래 빛나고 있는 박심의 눈을 바라보며 말을 이었다.

"형사 변호사 일을 하다 보면 형식적인 변론을 해야 할 때가 많지. 의뢰인들은 이 사회의 범죄자야. 대부분 비열하고 악한 사람들이고. 남의 살이 찢어져 피가 뚝뚝 흐르는 건 아랑곳하지 않으면서 자기 손톱에 낀 조그만 가시에는 펄펄 뛰는 사람들. 허구한 날 그런 사람들을 대하다 보면 말이야, 인간과 정의에 대한 신뢰에서 출발한 변호사의 초심을 잊기 십상이지. 하지만 그럴수록 초심을 일깨우는 사건을 만나서 균형을 잡아야 해. 변호사가 의뢰인의 입장에 공감할 수 있다면 몸은 힘들어도 일은 쉬워지지. 공감하려면 공부를 해야 하고. 형벌은 차갑고, 벌을 받게 되는 인간의 사정은 너무나 다양해. 같은 죄명이라도 완전히 똑같은 사건은 단 한 건도 없어. 변호사는 개별적인 사건의 각기 다른 사실관계 속에서 뭔가 고려할 만한 사정을 찾아내야 하는 거야."

박갑영은 두꺼운 안경을 벗고 손가락으로 눈 사이를 짚었다. 중년 변호사의 얼굴이 순간 몹시 피로해 보였다. 조카를 가르치겠다고 하면서 박갑영은 지금 자신의 직업 생활을 돌아보고 있는지도 몰랐다. 박갑영은 옛날 사법시험에 응시했던 사람들이 통상 그러했듯 적성보다는 성공을 좇아 변호사의 길로 들어섰다. 부모와 형, 동생들이 모두 노동자 서민인 집안의 대표 격인 인물이 되면서 감당해야 할 책임도 많았다. 직업윤리나 태도 같은 것들은 다 스스로 부딪치며 만들어왔을 것이다.

"전학수에게 죄가 없다고 억지를 쓰라는 게 아니야. 살인과 같은 큰 범죄에 우울증이 면죄부가 될 수는 없어. 우울증이 있다고 다 사람을 죽이는 것도 아니고. 전학수는 살인에 대한 벌을 받을 거야. 다만 내 생각은, 아무 심리적인 문제가 없었던 사람의 경우와는 책임능력에 대한 평가가 조금이나마 달라야 한다는 거지. 만취 상태에서 성범죄를 저질러도 심신미약에 의한 거라고 감경 대상이 되는 마당에, 우울증이나 조울증 같은 기분장애에 대해서는 우리 법원의 평가가 너무 박하다는 게 내 생각이야. 음주에 대해서는 한없이 관대하고, 정신질환에 대해서는 너무 엄격해. 너도 말했다시피 우울증은 점차 개인의 정신 건강을 넘어서 큰 사회문제가 될 거야. 범죄에도 우울증이 복잡하게 관련되기 시작할 거고. 법원에 우울증에 대한 최신 정보와 새로운 견해를 제시해보는 것만으로도 의미가 있을 거야."

“네, 작은아빠. 해볼게요.”

박심이 말했다. 박갑영은 변론요지서 초안의 제출 기한을 3주 후로 잡았다. 박심의 실무 수습이 얼추 끝나는 날이다. 다른 실무 수습 일정을 소화하면서 틈틈이 숙제를 하되, 도움이 필요한 부분은 언제든지 얘기하라고 당부했다. 특히 법무법인의 실무 수습생 신분으로는 접근할 수 없는 정보나 만나기 어려운 사람이 있으면 박갑영이 적극 도움을 주기로 했다.

“그리고 이건 도움이 될지 모르겠는데…….”

박갑영이 프린터로 출력한 인터넷 기사 몇 장을 박심에게 건네주며 말했다.

“전학수는 ‘팍실’이라는 항우울제를 10개월 동안 복용해왔어. 팍실에 자살 충동과 공격성을 증가시키는 부작용이 있다는 논란이 있던데. 항우울제가 전반적으로 그런 위험성이 있나 봐. 이미 미국 같은 나라에서는 항우울제의 부작용에 대한 집단소송이 10여 년 전부터 쏟아지고 있대.”

“그래요?”

“아니면 약을 갑자기 끊은 것에 대한 금단증상이 나타난 걸 수도. 항우울제는 점차 용량을 늘려가다가 증상이 나아지면 감량하면서 끊어야 하는데 전학수는 사건 전에 의사의 처방 없이 갑자기 끊어버렸거든.”

“우울증 약의 부작용과 금단증상을 집중적으로 알아볼까요?”

새로운 정보를 듣자 박심의 눈이 빛났다.

"아니, 꼭 그런 건 아니고. 그런 쪽으로도 생각해볼 수 있지 않겠느냐는 거야. 어쨌거나 기존과는 다른 새롭고 풍부한 관점과 근거를 제시할 수 있으면 좋겠다는 뜻이야."

과제를 받아들고 박심은 열의와 걱정이 뒤섞인 얼굴로 박갑영 변호사의 사무실을 나왔다. 에어컨 바람도 무력하게 만드는 무더위에 넥타이로 조인 목이 답답했다. 무엇부터 시작해야 할까. 박심의 머리는 벌써부터 계획을 세우느라 바쁘게 돌아갔다. 일단 우울증이란 질병에 대한 공부가 필요했다. 자료도 모아야 하고 전문가에게 자문도 받아야 한다. 정신건강의학과 전문의가 되었다는 고등학교 동창의 이름이 머릿속에 떠올랐다.

의뢰인의 입장에 공감할 수 있다면 몸은 힘들어도 일은 쉬워진다.

작은아버지의 말씀이 귀에 맴돌았다.

수원중부경찰서 강력팀장 이평서

피해자는 학교 근처 투룸 빌라에서 혼자 살았다고 했다. 1층에 1가구씩 있는 5층 빌라 중 3층이었다. 수사팀은 현관의 전자도어록을 뜯어내고 문을 열었다.

딸깍.

묵은 먼지 냄새와 함께 퀴퀴한 썩은 내가 코를 찔렀다. 여타 냄새와 구별되는 불길하고 지독한 냄새였다. 수색에 동석한 피해자의 아버지가 움찔했다. 그는 이런 상황에서도 양복 재킷을 벗지 않고 서서 얼굴에 땀을 줄줄 흘리고 있었다. 수원중부경찰서 형사과 강력팀장 이평서는 모두에게 물러서라고 손짓하고 앞장섰다. 살인 피해자의 집에서 또 다른 사건을 만나게 되는 건 아닐까. 수사팀의 얼굴에 일순간 긴장한 기색이 돌았다.

팔달산에서 발견된 시신은 여자였다. 등산로에서 멀리 떨어진 산비탈에 얇게 묻혀 있었다. 본래는 다 흙으로 덮여 있었으나, 시체 냄새를 맡은 산짐승이 헤쳐놓아 왼팔과 상체의 좌측 일부가 밖으로 드러나게 된 것 같았다. 지면으로 드러난 부분은 완전히 뼈만 남아 있었다. 짐승이 뜯어 먹고 남은 살은 연이은 폭염에 급속히 부패했을 것이다. 발견자의 개가 시체의 머리 부분을 파헤치면서 머리카락을 뜯어 뽑고 얼굴의 일부분을 훼손했다. 시체를 발견해서 신고한 여드름쟁이 청년은 자신의 개가 시신을 훼손한 것에 대해 처벌을 받을까 봐 겁을 잔뜩 먹고 진술했다. 그러나 얼굴을 비롯하여 흙에 묻혀 있던 부분도 이미 부패가 많이 진행된 상태였다. 개가 헤집어놓지 않았더라도 신원을 알아보기는 어려웠을 것 같았다. 시신은 검은색 등산 바지와 하늘색 등산 셔츠, 파란색 등산 점퍼를 입고 있었다. 고급 스포츠 의류 브랜드의 여성용 겨울 등산복이었다.

시체의 신원은 발견된 지 4일 만에 밝혀졌다. 다행히 부패가 많이 진행되지 않은 시체의 오른손에서 지문을 추출할 수 있었다. 실종 신고가 접수된 여성의 지문 기록과 먼저 대조했으나 일치하는 지문이 나타나지 않았다. 이후 경찰지문조회시스템을 통하여 본적이 광주광역시인 21살 설리사의 지문과 시신의 지문이 일치한다는 결과를 얻어냈다.

육안 검시와 1차 부검을 통해서는 설리사의 사망 원인과 사망 일시를 알아낼 수 없었다. 시신의 부패 정도가 그만큼 심했다. 시신이 놓여 있던 환경과 날씨의 영향이 컸다. 독극물에 의한 사망인지 여부를 판단하기 위해 시신에 남아 있던 근육조직으로 독극물 반응 검사를 진행하기로 했다. 결과는 2~3주쯤 후에 나올 예정이었다.

"수색 시작해. 피해자의 행적을 알 만한 거 나타나면 바로 보고하고."

집 안 전체를 빠르게 눈으로 훑으며 이평서 팀장이 지시했다. 13평 정도의 집은 깔끔히 정리되어 있었다. 일반적이지 않았다. 여러 수색 경험을 통하여 이평서는 성별을 불문하고 혼자 사는 사람들이 집을 얼마나 끔찍하게 어질러놓고 사는지 알고 있었다.

수사팀이 흩어져 할 일을 시작했다.

설창석은 문가에 멍하니 서서 불안한 듯 주먹을 쥐었다 폈다 했다. 시신의 신원이 밝혀지고 이평서 팀장은 설창석에게 제일 먼저 연락하여 딸의 사망 소식을 전했다. 설창석은 광주광역시 소재 프랜차이즈 기업의 임원으로 근무하고 있었다. 그는 서울로 유학 간 딸과 연락한 지 3개월이 넘었다고 했다.

제가 너무 바빠서……. 딸의 죽음은커녕 실종된 사실도 모르고 있던 아버지는 고작 이렇게 변명했다. 4년 전, 설리사가 고등학교 2학년 때 설창석과 결혼한 이정미도 의붓딸의 생활에 대해서 별반 아는 게 없었다. 이정미는 두 달 전인 5월까지 설리사와 문자 메시지를 주고받았다고 했다. 그 뒤 여름방학에 집에 내려올 건지 묻기 위해 7월 초에 두 번 문자 메시지를 보냈으나 답을 받지 못했고, 전화도 한 번 걸어봤으나 전원이 꺼져 있었다고 했다. 종종 있는 일이라 그다지 이상하게 생각하지는 않았다고 했다.

"그렇게 살가운 아이는 아니었거든요."

계모 이정미는 경찰 앞에서 어떤 표정과 태도를 유지해야 하는지 곤혹스러운 것 같았다.

생부나 계모나 설리사에게 관심이 없었던 건 마찬가지였다. 이제 와서 그들이 비난과 책임을 서로 어떻게 미루고 있는지는 모르겠지만, 그건 둘 사이의 일이었다. 그들은 서울에 혼자 사는 21살의 설리사에 대해 아무것도 몰랐다. 일에 바쁜 생부, 다 커서 맞은 계모와 냉랭한 사이를 유지하다가 성인이 되어 자유롭게 방치된 여대생. 생모는 6년 전 세상을 떠났다고 했다. 설창석과 이정미 사이에는 만 4살 된 아들이 있었다. 아들의 임신과 함께 재혼한 경우인 듯했다. 설리사는 새로 구성된 가족의 테두리에서 밀려난 존재로 보였다.

해가 구름에 가려 일순 주위가 어두워졌다. 피부가 까무잡잡하고 모과 껍질같이 거친 이평서 팀장의 얼굴에도 그늘이 졌다.

이평서는 문을 열었을 때 모두를 긴장하게 한 냄새의 근원지로 다가갔다.

베란다 천장에 새장이 걸려 있었다. 새장 바닥에 짙은 회색과 흰색의 깃털 뭉치가 납작하게 뭉개져 있는 것이 보였다. 숨을 참으며 가까이 다가가보았다. 살이 썩어 주저앉았어도 새의 형태는 대략 유지되어 있었다. 기르던 새가 제 주인이 간 길을 따라 간 모양이었다. 말라비틀어진 구더기 시체가 주위에 즐비했다.

"십자매예요."

설창석이 비척비척 다가와 말했다.

"……굶어 죽었군."

이평서는 베란다 창문을 활짝 열어젖혔다. 창문은 모두 닫힌 채 잠금장치가 내려진 상태였다. 설리사가 집을 떠나기 전에 문단속을 한 것일까. 실내에 오랫동안 갇혀 있던 썩은 냄새가 덥고 습한 바람에 섞여 조금씩 밖으로 빠져나갔다. 카메라를 든 감식반원이 다가와 새장과 죽은 새의 사진을 찍었다.

"광주 집에서부터 키우던 건데…… 리사가 아주 정성 들여 키웠어요. 대학 가면서 데리고 갔죠……."

피해자의 아버지는 아랫입술을 깨물었다. 얇고 색이 옅은 입술이 입안으로 말려들어갔다. 무심한 아버지였지만 그는 딸을 잃었다. 그의 딸은 살해당했고 시신은 유기되어 썩었다.

"이름이 뭐죠?"

새장 아래 배설물 받이에 눈길을 주며 이평서가 물었다. 플라스틱 서랍 형식으로 끼워진 배설물 받이에 신문지가 깔려 있었다. 배설물과 부패한 새의 시체에서 흘러내린 체액으로 검게 오염되어 글씨를 알아보기 어려웠다.

"……네?"

설창석이 땀으로 범벅된 얼굴을 손수건으로 훔치며 눈을 크게 떴다.

“새 이름이요.”

“아…… 그게…….”

설창석은 흐지부지 말을 흐렸다. 이평서는 더는 묻지 않고 몸을 돌렸다.

집에는 여대생이 혼자 살아가기 위해 필요한 것들이 간소하게 갖춰져 있었다. 이곳에서 살인 사건이 발생한 흔적은 없었다. 파손된 물건도 없고 핏자국도 없었다. 다른 사람, 특히 남자가 머물렀던 것 같은 흔적도 찾을 수 없었다. 굶어 죽은 새가 썩어 있는 것 말고는 주인이 그저 잠시 집을 비운 듯 쓸쓸하고 평화로웠다. 속옷을 비롯한 옷가지, 통장, 약간의 현금까지 집 안에 고이 남아 있었다. 설리사는 사라질 생각이 아니었던 것이다. 강도를 당한 것도 아니다.

“있어야 하는데 없는 걸 찾아봐.”

이평서 팀장이 지시했다. 때로는 현장에 있는 것보다 없는 물건이 더 중요했다.

“휴대전화, 컴퓨터, 등산 가방, 지갑. 일단 그런 것들이 보이지 않습니다.”

형사 한 명이 방에서 나오며 보고했다. 더운 날씨에 실내에서 바삐 움직이느라 형사의 셔츠는 땀에 푹 젖어 있었다. 설창석이 끼어들어 작년에 대학 입학 선물로 설리사에게 최경량 노트북을 사주었다고 말했다. 노트북이 있었으니 굳이 데스크톱까지는 가지고 있지 않았을 거라고 했다.

노트북을 등산 가방에 챙겨 여행을 떠났을까. 이평서는 수염이 까칠하게 올라온 뺨을 긁으며 생각했다. 시신이 입고 있는 옷 말고 다른 유류품은 발견되지 않았다. 누구와 여행을 간 것일까. 어디로 갔을까. 팔달산이었을까. 수원 팔달산은 서울에 사는 사람이 굳이 여행지로 고를 만한 산은 아니다. 다른 곳에서 죽어 옮겨진 것일까. 휴대전화와 노트북이 없는 건 피해자의 행적을 조사하는 데 큰 장애 요인이었다. 영장을 받아 통신사에 피해자의 통신사실확인자료를 조회해도 알 수 있는 건 통화 수발신 내역과 통화 시간뿐이다. 그나마도 부재중 수신 내역은 알 수 없다. 통신사는 통화료를 물릴 수 있는 근거가 되는 기록만 저장하므로 걸려왔으나 받지 않은 통화 내역은 확보하지 않는다. 또한 국민들의 흔한 오해와 달리 수사기관은 통신사를 통해서 특정인의 문자 메시지나 카카오톡 대화 내용을 들여다볼 수 없다. 통신 회사에서 짧은 기간만 보관했다가 복구 불가능한 방법으로 삭제해버린다.

휴대전화가 있으면 기기에 저장되어 있는 메시지를 볼 수 있고 삭제된 내용도 복구할 방법이 있다. 노트북으로도 피해자에 대한 정보를 얻을 수 있다. 이러한 사실을 잘 알고 있는 범인이 피해자의 휴대전화와 노트북을 처분했을 것이다.

냉장고를 열었다. 반찬 가게에서 산 듯한 밑반찬 서너 그릇과 인스턴트식품, 음료수, 시들고 썩은 채소와 과일 몇 알이 양

문형 냉장고를 3분의 1쯤 채우고 있었다. 유통기한이 3개월 이상 지난 식품이 많았다. 가장 최근에 산 제품은 제조일이 5월 2일인 떠먹는 요구르트였다. 제조일이 4월 27일인 소시지와 4월 14일인 스파게티 소스도 있었다.

"아버님."

냉장고 문에 손을 올려놓은 채로 이평서가 말했다.

"네."

설창석이 이평서의 뒤로 다가왔다.

"따님이 더위를 잘 안 탔나요?"

"……네?"

설창석이 눈 사이를 찌푸리며 금테 안경을 끌어올렸다. 이평서는 태연한 표정으로 냉장고 안의 물건에 계속 시선을 두었다.

"아니면, 남보다 유난히 추위를 잘 탔거나."

"어렸을 때는…… 추위를 좀 탔던 것 같아요. 초등학교 다니면서도 겨울에는 항상 감기를 달고 살았죠."

"……그렇군요."

이평서는 감식반원에게 사진을 찍으라고 손짓하고 냉장고에서 물러섰다. 설창석은 어리둥절한 표정으로 무언가 말하려다 말고 입을 닫았다.

"팀장님! 이건 올해 5월 9일 자 지하철 신문인데요."

베란다에서 새장의 배설물 받이를 열고 검게 썩은 신문을 펼쳐 살펴보던 형사가 소리쳤다. 마침 이평서는 거실에 놓인 나무 캐비닛을 열어보고 있던 참이었다. 캐비닛 안에는 작은 서랍으로 나뉜 플라스틱 박스와 신문지 뭉치, 플라스틱 먹이통, 대나무 둥지, 이동장으로 보이는 나무 박스, 여분의 횃대와 세척용 솔 등 조류 사육과 관련된 용품이 가득 차 있었다. 플라스틱 박스에는 서랍 칸칸이 색색의 먹이가 들어 있었다. 피해자는 고향에서부터 데리고 온 십자매를 몹시 아끼고 정성 들여 키운 것 같았다.

이평서는 머릿속으로 날짜의 앞뒤를 계산했다. 설리사가 계모 이정미와 문자 메시지를 마지막으로 주고받은 날은 5월 4일이었다. 이정미는 학교생활을 잘하고 있는지 물었고 설리사는 잘 지낸다는 말과 함께 어버이날에는 내려가지 못하겠다고 답장했다. 이평서는 문자 메시지의 짧은 문장에서도 매우 냉랭한 감정이 흐르는 것을 느꼈다. 한 달에 한 번꼴로 이정미가 안부를 묻는 문자를 보냈고 설리사는 비슷한 내용의 답장을 했다. 가족 관계를 유지하기 위한 표시로서 아버지의 아내와 설리사 사이에 합의된 소통 방법인 듯했다.

이평서는 설리사가 공부방으로 사용한 것으로 보이는 방으로 들어갔다. 책상 앞에 자석으로 된 메모 꽂이가 걸려 있었다. 엽서와 사진 몇 장을 붙여놓았는데, 이평서는 그중 설리사가 찍힌 유일한 사진을 떼어냈다. 설리사는 단발머리에 눈이 작고 입술이 얇아 전체적으로 희미한 인상이었다. 브이넥 티셔츠에 청바지 차림으로 화장은 하지 않았다. 어깨가 좁고 깡말랐다. 예쁘지도 못생기지도 않고 평범했다. 외모를 꾸미는 데는 큰 관심이 없는 것처럼 보였다. 이평서는 반백골이 되어 발견된 시신의 인상을 머릿속에서 밀어내려 애쓰며 사진을 보았다. 사진 속에서 설리사는 갈색 테 안경을 쓴, 턱이 뾰족하고 입술을 붉게 칠한 젊은 여자와 어깨동무를 하고 있었다. 이십 대 후반 아니면 서른 초반 정도일까. 둘 사이에는 열 살가량 터울이 있어 보이는데 무슨 관계일지 궁금했다. 물어보니 설창석은 모르는 사람이었다.

"냉장고에 있는 가장 최근에 산 식품의 제조일이 5월 2일. 새엄마와 마지막으로 문자를 주고받은 날이 5월 4일. 새장에 깔린 신문 발행 날짜가 5월 9일. 피해자는 최소한 5월 9일까지는 살아 있었어."

그날 저녁, 수사 회의에서 이평서 팀장이 말했다. 낮에 빌라 이웃도 탐문해보았지만 의미가 없었다. 1층에 1가구만 있는 빌라인지라 이웃끼리 마주칠 일이 없다시피 했다. 빌라 입구에는 CCTV가 설치되어 있지 않은 데다가, 빌라에서부터 큰길까지 CCTV를 피해 빠져나갈 수 있는 샛길이 여러 개 있었다. 피해자의 마지막 행적 확인을 위해 주변 골목 CCTV 파일을 뒤지는 것은 의미가 없다고 판단되었다. 나중에 다른 방법이 없는 경우에 돌려보기로 하고 일단 파일만 확보해놓았다.

"통화 기록을 보면 마지막 통화가 5월 4일이야. 그리고 5월

10일 21시 40분경 천안 1번 국도 인근에서 꺼졌어."

수원중부경찰서에 설리사 사건 전담팀이 꾸려졌다. 실질적인 수사 지휘는 이평서 팀장이 맡았다. 팀원이 된 강력팀 형사들이 수첩을 펼쳐놓고 회의 내용을 받아 적었다.

"아마 5월 9일이나 적어도 5월 10일에는 집을 떠났을 거야. 복장을 볼 때 여행을 간 거겠지. 키우는 십자매를 두고 길게 여행을 갈 생각은 아니었을 거고…… 길어야 2박 3일? 여행을 떠나기 직전에 새장에 새 신문지를 깔아주고 먹이를 잔뜩 넣어준 게 아닐까. 일단 5월 9일이나 5월 10일을 사건 발생일로 추정해보자고."

"알겠습니다."

형사들이 답했다. 이평서는 설리사의 방에서 가져온 사진을 모두가 볼 수 있도록 책상 중앙에 밀어놓았다.

"이 여자를 찾아야 해."

형사들의 머리가 사진 가까이 모였다.

"피해자와 친한 사이인 듯. 하늘 아래 설리사와 친한 사람이 있긴 있었다면."

"참 어쩌면 이럴 수가 있죠?"

막내 홍인혁 형사가 닭 벼슬처럼 모히칸 스타일로 치켜세운 머리를 갸우뚱하며 혀를 찼다. 모두들 손으로 턱을 괴거나 입에 볼펜을 문 채로 홍인혁 형사의 선이 얇고 잘생긴 얼굴을 바라보았다.

"서울에 사는 젊은 여대생이 어떻게 이렇게까지 고립된 삶을 살 수가 있는 거예요? 친구도 없고 가족도 없는 거나 마찬가지고. 학교도 안 가고 도대체 무슨 재미로?"

이제 갓 서른 살이 된 홍 형사로서는 이해가 가지 않을 만했다. 홍인혁 형사는 낮에 피해자가 재학했던 대학에 다녀왔다. 설리사는 소위 '유령 학생'이었다. 홍 형사와 연락이 닿은 같은 과 학생들은 설리사의 이름만 겨우 알 뿐 얼굴도 잘 모른다는 반응을 보였다. 설리사는 작년에 입학한 이후 거의 학교에 나오지 않았다. 1학년 두 학기 다 학사 경고를 받았다. 올해 출석 기록을 보니 3월 초에 6번 출석을 했을 뿐 이후로는 죽 학교에 가지 않은 듯했다. 동아리에도 과내 모임에도 가입하지 않았으며 신입생 오리엔테이션도 엠티도 참석하지 않았다. 담당 교수라는 사람도 설리사의 얼굴을 본 적이 없다고 했다. 이미 자퇴하지 않았냐고 되묻는 사람도 다수였다.

"뭔가는 했을 거고, 누군가는 만났겠지."

불룩 나온 배를 내밀고 앉아 있던 중년 형사가 입에 문 볼펜을 까딱거리며 말했다.

"무언가 했으니까 죽었지."

모두들 무거운 표정으로 고개를 끄덕였다. 벌써 자정을 넘어서고 있었다. 이평서 팀장은 코로 한숨을 내뿜으며 회의를 끝냈다. 형사들이 탁, 소리를 내며 수첩을 덮었다. 내일은 더 바쁜 하루가 될 것이었다.

사진 속 여자를 찾는 것은 어렵지 않았다.

전담팀은 설리사의 1년 치 통화 기록을 확보했다. 휴대전화 가입자가 건 전화번호, 발신 당시 연결된 기지국 정보와 해당 휴대전화로 전화를 건 전화번호, 통화 시간이 기록된 자료였다. 유독 어느 한 전화번호가 이틀에 한 번꼴로 설리사와 연락을 주고받았다. 전체 통화 기록의 80퍼센트에 달했다. 5월 4일 피해자와 마지막 통화를 한 번호이기도 했다. 참고인 조사를 위해서 번호의 주인을 경찰서로 불렀더니 사진 속 여자가 나타났다. 이름은 박이음이라고 했다.

"혼자 여행을 가겠다고 했어요."

여자치고 두드러지게 허스키한 음색이었다. 박이음은 하얗게 질린 얼굴로 앉아 손으로 스커트 자락을 꽉 쥐었다. 긴 머리를 포니테일로 묶었고 사진에서 본 갈색 테 안경을 썼다. 뾰족한 턱에 쌍꺼풀이 진하게 갈라져 날카롭고 당차 보였다. 서울에 있는 초등학교에서 교육행정직 공무원으로 일하고 있다고 했다. 나이는 31세고 미혼이었다.

"5월 8일에 저에게 문자를 보냈어요. 내일 여행 가서 며칠 있다 온다고."

박이음은 자신의 휴대전화를 내밀었다. 이평서는 휴대전화를 받아들어 스크롤을 내려가며 보았다.

설리사는 박이음을 언니라고 호칭했다. 5월 8일 오후 9시 18분 설리사가 먼저 박이음에게 문자 메시지를 보냈다. 집에 있기가 문득 지겨워서 내일 훌쩍 여행을 가려 한다는 내용이었다. 박이음이 누구랑 어디로 갈 건지를 문자 설리사는 혼자 갈 생각이며 장소는 내일 정할 거라고 답했다. 박이음은 이때부터 걱정이 되기 시작했다고 말했다. 자기가 다음 달에 여름휴가를 길게 낼 테니 미뤘다가 같이 가자고 설득하기도 하고 "미친년. 세상 무서운 줄 몰라" 하고 핀잔을 주기도 했다.

설리사는 미안하지만 혼자 가고 싶다고 했다.

그럼 어디라도 도착하면 꼭 연락하라는 박이음의 말에 설리사는 알겠다고 했다.

그리고 말줄임표로 길게 뜸을 들이더니 박이음에게 고맙다고 말했다.

언니, 늘 고마워…….

"설리사 씨가 자주 이렇게 혼자 여행을 다니고 그랬나요?"

두 여자의 문자 대화 사이에 석연치 않은 분위기가 흐르고 있음을 감지한 이평서 팀장이 물었다.

"아니요. 처음이었어요. 그럴 성격이 아닌데 뜬금없었죠. 얘가 새삼스럽게 고맙다고 하는 것도 그렇고 하여튼 좀 이상했어요. 하지만 제가 말릴 수 있는 것도 아니고, 그냥 변덕을 부리는 걸 수도 있으니까요. 다음 날 전화하면 그냥 집에 있을 수도 있겠거니 생각했어요."

5월 9일부터 박이음은 설리사에게 어디에 있는지를 묻는 문자 메시지를 보냈다. 답장은 오지 않았고 전화도 연결되지 않았다. 그러다 10일 저녁부터 휴대전화 전원이 꺼져 있다는 안내가 나오기 시작했다. 하루에 몇 번씩 통화를 시도했지만 휴대전화는 다시 켜지지 않았다. 사고를 당한 것이 아닐까, 덜컥 불안한 마음이 들었다.

"그래서 5월 11일인가, 리사 집으로 갔어요. 코비 밥도 챙겨줘야 할 것 같고 해서……."

"코비?"

이평서 팀장이 눈을 치켜올렸다.

"아, 새예요. 리사가 키우는 새."

박이음은 급격히 불안해진 얼굴로 가슴에 손을 대고 물었다.

"참…… 코비는 어떻게?"

"죽었어요. 새장에서 그냥 굶어 죽은 거 같던데."

헉, 하는 소리와 함께 박이음이 손을 입에 가져다 댔다.

"리사가 데리고 갔다고 믿었는데……."

이평서는 죄책감으로 일그러지는 박이음의 얼굴을 바라보았다.

"데리고 가다니요?"

"현관 비밀번호가 바뀌어 있었어요."

박이음은 설리사와 연락이 끊기고 3일 후 설리사의 집에 들렀다. 십자매의 사료를 챙겨주고 설리사의 여행지를 암시할 만한 흔적이 있는지 확인하고픈 마음이었을 것이다. 설리사의 집 비밀번호를 평소 알고 있었다는 얘기다.

"이삼일에 한 번은 퇴근하고 리사 집에 들러서 저녁도 같이 지어 먹고 놀았어요. 리사가 비밀번호를 알려줘서 아무 때나 허물없이 누르고 들어갔죠. 그런데 그날, 비밀번호가 바뀌어 있는 걸 안 순간 떠오르는 게 있었어요."

박이음의 동그란 이마에 땀이 툭 흘러내렸다. 이평서는 선풍기를 박이음이 앉아 있는 쪽으로 향하게 하고 이어지는 말을 기다렸다.

"언젠가 리사가 그런 말을 한 적 있어요. 어느 날 갑자기 아무 기별 없이 사라지고 싶다고."

"사라지고…… 싶다?"

"아무도 자기를 모르는 곳으로 가서 그전까지와는 다른 사람이 되어 살다가 다시 짠, 하고 나타나고 싶다고요. 언젠가 한 손엔 코비의 새장을 들고, 한 손에는 아빠 계좌에서 몰래 빼낸 돈 가방을 들고 사라질 거라고요. 그땐…… 그냥 하는 말인 줄 알았죠. 워낙 그런 얘기를 늘어놓는 걸 좋아해서. 뭐랄까…… 가족에 대한 원망을 그런 식으로 은근히 둘러 표현하곤 했거든요. 친엄마가 돌아가시자마자 재혼한 아빠와 새엄마에 대한 원망이 컸어요. 그래서 별생각 없이 맞장구만 쳐줬는데……."

"어허, 그런 애길 한 게 언제쯤?"

박이음은 이맛살을 찌푸리며 고개를 가로저었다. 작고 갸름한 얼굴에 들어앉은 오밀조밀한 이목구비. 미인형이었다.

"그건 기억 안 나요. 우리가 워낙 많은 애기를 나눠서. 그냥 흘러가는 얘기였어요. 그런데 그 순간 딱 떠오르게 된 게, 리사가 그랬거든요. 만약에 어느 날 집에 왔는데 현관 비밀번호가 바뀌어 있으면 자기가 떠난 줄 알라고……."

드라마에나 나올 법한 이야기에 이평서는 자기도 모르게 입맛을 쩍 다셨다. 십자매와 돈뭉치를 들고, 현관 비밀번호를 바꾸고 언젠가 훌쩍 익숙한 세상에서 사라질지도 모른다는 말을 믿었다는 게 신기했다. 요새 젊은 사람들은 이러나. 중년 남자의 감성으로는 이해하기 어려웠다.

내가 계속 나라는 게 지겨워.

설리사가 종종 말했다고 했다. 현재의 나와 나를 둘러싼 관계에서 벗어나고 싶다는 꿈은 누구나 한 번쯤 가질 것이다. 그러나 꿈은 꿈으로 남을 뿐, 대부분은 실행하지 못하고 현재의 나를 살아간다. 가족과의 유대감이 약한 내성적이고 공상적인 성격의 젊은 여자라면 그럴 수 있다고, 박이음은 진심으로 믿었던 것일까. 아니면 무언가와 타협한 믿음인가.

"제가 할 수 있는 게 없었어요."

이평서의 생각을 읽었는지 박이음이 덧붙였다. 박이음은 설리사의 가족도 친척도 아니었다. 가족에게 연락하여 이 상황을 알리려고 해도 연락처를 몰랐다. 확실한 근거 없이 가족도 아닌 제3자가 경찰에 실종 신고를 할 용기도 나지 않았다. 설리사가 혼자 어딘가에 은둔해 있을지 모른다는 근거는 예전에 흘린 말 중에 있었으나 위험에 빠졌을지 모른다는 근거는 어디에도 없었다. 언젠가 아무렇지 않게 나타날 거라고 믿었다.

"설리사 씨와는 어떻게 알게 된 사이인가요?"

이평서 팀장은 사진을 봤을 때부터 궁금했던 것을 물었다.

"아, 그게…… '새 키우는 사람들' 카페에서 만났어요."

"카페? 인터넷 동호회?"

딱히 접점이 보이지 않는 관계였기에 이평서는 두 여자가 인터넷에서 만났을 것 같다는 예상을 했었다.

"네."

박이음이 혀로 입술을 적셨다.

"저는 부모님이랑 사는데 개나 고양이 키우는 건 반대하시고, 새를 키워보는 건 어떨까 하고 가입했었거든요. 뭐, 결국 키우진 않았지만요."

"그럼 정모 같은 데서?"

박이음이 한 손을 들어 흔들었다.

"아니요. 그건 아니고. 정모는 나간 적 없어요. 가입한 지 얼마 안 돼서 우연히 카페에 둘만 들어와 있었던 적이 있었는데, 리사가 먼저 채팅으로 말을 걸었어요. 그런데 우리요, 말이 이상하게 잘 통했어요. 신기할 정도로요. 나이 차이도 많이 나는데 말이에요. 알고 보니 집도 가깝고 해서 한번 만나자고 했죠. 그 뒤로 친해졌어요."

그게 작년 6월경이라고 했다. 작년 7월부터 확보된 설리사의 휴대전화 통화 기록에는 과연 7월부터 줄곧 두 여자가 거의 매일 연락을 주고받은 것으로 나타나 있었다.

"설리사 씨에게 다른 친구는 없었나요? 남자 친구는?"

"제가 알기로 서울 와서 사귄 친구는 없어요. 학교를 안 나갔으니까. 대학은 순전히 집에서 탈출하기 위해 왔을 뿐이지 공부에는 관심 없다고 했어요. 남자 친구도 물론 없었고요. 제가 유일한 친구였을 거예요."

이평서는 펜 끝을 짧은 머리카락 속에 넣어 긁었다.

"그럼…… 설리사 씨는 평소에 뭘 하고 지냈나요?"

"뭐, 책 읽고 인터넷 하고. TV 보고. 가끔 아빠가 준 신용카드로 쇼핑도 하러 나가고. 산책도 하고. 코비 돌보고. 저녁에는 저와 놀고 그랬죠."

"하루 종일? 매일?"

이해가 가지 않는다는 듯한 이평서의 표정을 보고 박이음이 피식 웃었다.

"그렇게 지내도 시간 잘 가요. 리사는 그랬어요. 꼭 무언가를 해야 하는 건 아니에요."

이평서 팀장이 이해할 수 없는 건 당연했다. 이평서는 17년 전 경찰에 입문한 이후 늘 일을 하면서 살아왔다. 강력팀 형사라고 해서 TV에 나오는 것처럼 1년 내내 경찰서에서 먹고 자며 밤낮없이 일에 찌들어 있는 건 아니다. 관내 강력 사건이 없어 한가한 시기도 있고 휴가도 갈 수 있으며 퇴근하면 남들처럼 한 가정의 남편이나 아빠의 역할을 하며 살아간다. 하지만 전반적으로 일이 많고 험한 건 사실이다. 사건이 터질 땐 마구 터진다. 사건의 시기도 크기도 통제할 수 없다. 인간이 인간에게 저지르는 극한의 악행을 제1선에서 목격하고 그것의 해결을 목표로 삼다 보면 사건에 매몰되어 다른 생각은 하기 힘들다. 쉬고 싶다고 생각하면서도 막상 시간이 나면 어떻게 쉬어야 할지 모른다. 집에 가면 반겨주는 가족도 없는 이평서는 동료보다 그 간극이 훨씬 심했다. 경찰 조직에 대한 소속감과 사회에 대한 사명감이 큰 동력이 되고는 있으나, 마냥 좋아서 일에 빠져 사는 건 아니다. 어차피 사람은 무언가는 하면서 시간을 보내야 한다. 그런데 달리 무엇을 하겠는가.

박이음을 돌려보낸 뒤 이평서는 사건 파일을 펼쳤다. 현장 사진과 1차 부검 보고서, 설리사의 집 수색 사진, 휴대전화 통화 내역서, 가족과 대학 관계자 진술서 등을 살펴보다가 사무실에 있는 홍인혁 형사를 불렀다.

"홍 형사."

"네, 팀장님."

자리에서 CCTV 화면을 분석하고 있던 홍인혁 형사가 답했다. 다른 형사들은 시신 발견 현장에 탐문 수사를 하러 나갔다. 홍 형사는 저녁 시간 내내 5월 9일과 5월 10일 설리사의 휴대전화가 꺼진 천안 인근 1번 국도를 지나간 차량을 확인하는 중인데, 아직까지 특별한 수확은 없는 모양이었다.

"설리사가 제 아빠 신용카드를 사용했다는데 사용 내역서 입수해봐. 1년 치."

"네! 알겠습니다."

홍인혁 형사가 바로 수화기를 들었다.

이평서는 다시 사건 파일로 눈을 돌리고 석연치 않은 부분들을 점검해나갔다.

살인 피고인의 아내 안우람

박심은 흰색 반팔 셔츠에 검은 바지를 입고 가죽 배낭을 멨다. 만날 사람도 자기가 대학원생인 것을 알고 있는 마당에 너무 격식을 차릴 필요는 없을 것 같았다. 박갑영 변호사 소속 로펌에서 연수를 받으면서 전학수 사건 변론을 보조하고 있다고 했더니 안우람은 흔쾌히 만나겠다고 했다. 변호사 자격증이 없는 박심은 구치소에 있는 전학수를 접견할 수 없었다. 의뢰인을 접견한 내용은 작은아버지인 박갑영 변호사에게 충분히 전해 들었고, 이제 의뢰인과 가장 가까운 사람을 만날 참이었다.

약속 시간보다 15분 정도 늦게 안우람이 커피숍 문을 열고 들어왔다. 화장기 없는 동그마한 얼굴에 단발을 뒤로 모아 꽁지머리를 묶었고, 반바지에 품이 큰 티셔츠 차림이었다. 집에서 입던 옷 그대로 황급히 나온 티가 났다.

"애가 울어서 달래느라……."

안우람이 늦은 이유를 대며 사과했다. 사건 이후 안우람은 현재 18개월 된 딸을 데리고 친정집에서 살고 있었다. 본래 살던 빌라에서 지하철로 한 정거장 거리였다. 기록을 보니 전학수가 라상표를 때려 죽인 사건이 일어난 그 시각에도 딸을 데리고 친정집에 가 있었다. 평일 낮에는 친정에 갔다가 저녁까지 먹고 집으로 돌아오는 생활을 했다고 한다.

박심은 거듭 괜찮다고 말하고 무엇을 마실 건지 물었다. 안우람은 "아무거나……"라고 하다가 이내 커피를 마시겠다고 했다. 박심은 계산대에 가서 아이스 아메리카노 2잔을 주문하고 나오기를 기다려 자리로 가져왔다. 그동안 한숨 돌렸는지 안우람은 멍한 표정으로 휴대전화를 만지작거리고 있었다.

"전 오빠에게 마음의 병이 있는지 정말로, 진짜로 몰랐어요."

젊은 부부들이 흔히 그렇듯 안우람은 남편을 '오빠'라고 칭했다. 방어하는 말투로 '정말'과 '진짜'라는 말을 강조했다. 그래도 걱정했던 것보다는 덤덤해 보였다. 두 달 전 그때에는 머릿속에서 천둥이 치고 세상이 뒤집혔을 것이다. 다시 현실에 발을 붙이고 서서 당면한 상황에 대응하게 된 지는 얼마나 됐을까.

"네. 그러실 수 있어요."

박심이 말했다. 공감을 담은 목소리였다. '아내분 잘못이 아니에요'라고도 말하려다가 초면에 과한 위로인 것 같아 그만두었다.

"아……."

안우람은 살짝 놀란 듯했다. 남편의 사건과 관련해서 흔치 않은 반응을 접한 것 같았다.

"우울증 환자들이 병을 숨기려고 마음먹으면 아무리 가까운 사람도 모를 수 있다고 들었어요."

박심이 덧붙였다. 뜻밖의 사람에게 받은 위로에 서러움이 닥쳐오는지 안우람은 입술을 닫고 씰룩거렸다.

"배우자가 다 뭐야. 자기 자신도 몰라."

어젯밤 황보드린은 수화기 저편에서 코웃음을 치며 말했다. 작은아버지에게 특명을 받고 박심은 곧바로 정신건강의학과 전문의가 된 고등학교 동창 황보드린을 떠올렸다. 박심이 다닌 고등학교는 남녀가 반이 달라 같은 반에서 공부했던 적은 없지만, 중학교 때 동네 보습 학원에서 만나 친해졌다. 고등학교 때 박심은 문과에서, 황보드린은 이과에서 전교 순위를 다투었으니 같이 어울리지는 않았어도 서로의 존재를 의식하고는 있었다. 고등학교 졸업 후 동창회에서 한 번 정도 만났을까. 그 뒤 처음으로 어젯밤 연락을 해봤다. 친구들을 통해 의대에 간 황보드린이 정신건강의학과로 전공을 정했다는 소식을 들었기 때문이었다.

"뭐야, 숯검댕이 눈썹 박씨! 그러니까 몇 년 만에 필요에 의해서 연락했구나?"

안 그래도 민망한 감정이 앞서 있는 박심을 놀리며 황보드린은 깔깔 웃었다.

서로 몇 마디 안부를 주고받은 뒤, 박심은 전학수 사건의 개요를 언급하며 용건을 꺼냈다. 황보드린은 전문가의 태도로 돌아가 성의껏 대답해주었다.

"글쎄. 가면성우울증이었을 수도 있겠네. 남에게 밝은 모습, 완벽한 모습만 보여야 한다는 압박 때문에 우울한 상태인데도 우울한 감정을 못 느끼는 거 말이야. 그러다 보니 신체 증상으로 우울함이 표현되는 병이지. 서비스업 종사자나 실적 압박에 시달리는 직장인들이 많이 걸려. 이유 없이 어깨 결리고 소화 안 되고 가슴 두근거려서 내과와 심장내과를 돌고 돌다 마지막으로 정신과 찾아오면 대부분 그거야. 자기도 자기가 우울한지 모르는데 남이 어떻게 알아."

황보드린은 박심이 끼어들 틈을 주지 않고 말을 이었다.

"하지만 그냥 우울증이었을 가능성도 커. 우울증이 중등도 이상으로 진행되면 신체적인 에너지가 형편없이 줄어들어. 중증으로 가면 침대에서 1센티미터도 못 움직이고 눈앞에 있는 병뚜껑도 못 따는 경우가 있어. 그런데 많은 환자들이 그나마 없는 에너지의 많은 부분을 우울증 숨기는 데 써. 그럼 다른 사람은 몰라. 같이 살아도 몰라."

"왜 그렇게 돼?"

"왜 그렇게 되냐고? 왜냐니? 뭐가 왜야? 왜라고 왜 그래?"

황보드린이 박심의 한 마디 순진한 물음에 달려들었다.

"그게 우울증의 증상이야. 우울증 환자들은 수치심, 죄책감, 무가치함, 절망감, 슬픔, 공허함 같은 감정에 빠져들며 자존감이 떨어져. 자신의 상태가 스스로도 너무 수치스럽기 때문에 그 상태를 들키고 싶지 않아 해. 정신질환에 씌워진 오명, 우울증에 대한 사회적 편견도 단단히 한 몫 하지. 아니, 우울증이란 말 자체가 문제야. 병명이 그러니까 다들 우울증을 단순한 우울감과 구분하지 못하고 감정과 의지의 문제로 받아들여. 툭툭 털고 일어나 기분 전환하면 낫는 병으로 알잖아. 정신과 약 먹으면 정신병자 인증하는 것처럼 취급하고. 얘, 우리 할머니는 아직도 나 똑바로 안 봐. 미친 사람 묶어놓고 약에 취하게 해서 재우는 의사인 줄 안다니까. 남이 물으면 그냥 내과 의사라고 둘러대."

아무렴. 설마.

박심은 친구의 입담을 즐겁게 들어 넘기면서도 덕분에 우울증에 대한 기본적인 정보를 챙길 수 있었다. 인터넷과 판례를 통해서도 자료를 수집했다. 스스로 겪어본 것은 아니라 마음으로 이해했다고 하긴 어렵지만, 전학수의 병증이 의학적으로 어떤 특성을 갖는지는 알고 이 자리에 나왔다.

전학수는 병을 숨기고 싶어 했다.

"오빠는 결혼할 때도 그렇게 건강한 편은 아니었어요."

안우람이 빨대로 컵 안의 사각 얼음을 툭툭 건드리며 이야기를 시작했다. 전학수와 안우람은 친구의 소개로 만나 3년 전 결혼했다고 했다. 당시 안우람은 작은 회계 사무실에서 사무원으로 일하고 있었으나, 결혼하고 몇 개월 후 임신을 하면서 퇴직했다. 초기에 임신중독증이 의심되어 일을 지속하기 어려웠고 고작 5명이 근무하는 회계 사무실에서 육아휴직을 신청하는 것도 염치없었기 때문이었다.

"일이 이렇게 되고 생각해보니, 그때부터 오빠가 여기저기 아팠던 것 같아요. 하지만 그때는 저도 제 몸 챙기느라 정신이 없었고……."

안우람은 이 부분에서 입술을 깨물며 괴로워했다.

전학수는 건축설계 사무소 직원이었다. 건축설계는 고질적으로 야근과 휴일 근무가 잦은 업종이다. 업무량 자체가 많아서도 그렇지만 프로젝트 진행 단계마다 마감이 정해져 있고, 팀 단위로 프로젝트를 맡는 경우가 많기 때문이다. 일찍 퇴근하고 싶어도 팀원들 눈치가 보이고 남의 일이라도 뒤처지는 부분을 챙기느라 제시간에 퇴근하지 못하는 날이 대부분이었다고 했다. 전학수는 책임감이 강하고 일에 대해서는 완벽주의적인 면모가 있어 웬만큼 아파서는 아프다는 기색도 하지 않고 일하는 타입이었다. 그런 사람이 아내가 퇴직했을 즈음 머리가 참을 수 없이 쿡쿡 쑤시고 소화가 안 된다며 집에 일찍 들어오기 시작했다. 걱정할 만한 상황이었지만 워낙 약한 체력이 몇 년 동안의 격무에 소진된 것 같아 보약을 지어 먹였다. 이후 한동안은 밤에 잠이 안 온다며 힘들어하더니 약국에서 수면 유도제를 사다 먹고는 괜찮아지는 눈치였다. 그것도 잠시, 몸살에 걸린 것처럼 근육이 쑤시고 어깨를 들지 못하겠다고 했다. 결국 만성피로증후군으로 재작년에 병가를 한 달 썼다. 그 뒤로도 좀처럼 체력이 회복되지 않아 월차와 병가를 자주 사용해야 했다. 하지만 특별히 우울하거나 낙담하는 모습은 보이지 않았다. 딸이 태어난 뒤로는 퇴근하고 오면 잠깐이라도 꼼지락거리는 아이를 들여다보며 신기해하고 기뻐했다. 여느 아빠와 다를 게 없었다. 먼저 말을 거는 경우는 별로 없었지만 안우람이 집안일에 대해 상의하자고 하면 대화도 곧잘 나눴다. 그저 몸이 약한 게 안타까웠을 뿐 전학수의 속마음에 대해 불안해할 점은 없었다. 안우람뿐 아니라 전학수를 아는 모두가 비슷하게 느꼈다.

'내일 해야 할 일을 생각하면 잠을 잘 수가 없다고 함. 불면증, 업무에 대한 부적응 호소. 쓸모없는 존재라는 느낌이 든다고 함. 아내가 일을 그만두고 딸이 태어나면서 가정을 홀로 책임지게 됨. 아무리 힘들어도 직장을 그만둘 수 없는 처지라며 절망감과 무기력감 호소. MMPI-2(다면적인성검사), KSCL-90(간이정신진단검사), 근긴장도검사 결과 우울감과 불안감 위험 수준. 중등도의 우울장애로 진단되며 신체화가 상당히 진행된 것으로 보임.'

작년 7월, 처음으로 정신건강의학과 병원을 찾아갔을 때 전학수의 진료 기록부에 적힌 내용이었다. 이때부터 전학수는 약물치료를 받았다. 정신과 치료 기록이 남는 게 두려워 건강보험 적용도 받지 않고 치료비를 전액 부담했다. 속이 메스껍거나 오히려 불안감이 더 심해지는 부작용 때문에 몇 번 약을 바꾼 뒤, 항우울제 '팍실'과 신경안정제 '자나팜'을 고정적으로 복용하기 시작했다. 집과 직장에서 보여주는 모습과 다른, 몰래 정신과를 다니며 약을 삼키고 홀로 분투하는 전학수가 있었던 것이다. 구치소에서 박갑영 변호사를 접견했을 때 전학수는 한 달 병가를 사용한 이후 직장에서 점점 역할이 줄어들었고 그게 무척 괴로웠다고 말했다. 경력과 직급이 같은 직원을 팀에 합류시켜 전학수가 했던 업무를 하도록 한 다음, 전학수는 그 직원을 보조하도록 했다는 것이다. 회사로서는 능률이 떨어지는 직원을 그나마 품고 가려는 관대한 조치였을지도 모른다. 그러나 전학수는 매일매일 쓸모없는 사람이 됐다는 생각을 하며 회사를 다녔다. 모두가 자기를 보고 월급만 축내는 사람이라고 수군거리는 것 같았다고 했다. 때로는 길에 지나가는 사람도 자기를 그런 눈으로 보는 것 같았다. 아내와 부모도 말을 못하고 있을 뿐 무능한 자신을 탓하는 것 같았다. 힘을 내고 일에 집중하려고 하면 가슴이 답답하고 등이 타오르는 것 같은 통증이 느껴졌다. 하루하루를 버티며 살았다고 했다. 차마 스스로 목숨을 끊을 용기는 없지만 천재지변이라도 나서 죽어버렸으면 좋겠다는 생각을 했다고 했다. 접견 당시 전학수가 한 말을 박심에게 전해주던 박갑영 변호사의 표정도 매우 어두웠다.

"경찰서에 잡혀가고도…… 세상에 그 난리가 났는데도 말을 안 했어요. 제가 어떻게 알게 된 줄 아세요?"

안우람이 울분에 찬 듯 언성을 높였다.

"어떻게……?"

"사무실에서 오빠가 스스로 그만둔 걸로 처리해줘서 오빠 자리를 정리하러 갔어요. 변호사비도 내야 하고, 딸애하고 살 궁리도 해야 하고. 퇴직금을 받아야 했거든요. 오빠는 벌써 검찰로 송치되었을 때예요. 책상 서랍 깊숙한 곳에서 약이 한 뭉치 나오지 뭐예요? 약 봉투에 무슨 약인지 적혀 있지는 않으니까, 처음엔 몰랐죠 뭔지. 그냥 집에 가지고 왔는데 아무래도 느낌이 이상한 거예요. 집에서는 못 보던 약이 커다란 봉투에 한 달 치는 들어 있었으니까. 그래서 약 모양을 보고 인터넷에서 검색해봤죠. 얼마나 놀라고 배신감 느끼고, 또…… 또 얼마나 오빠가 불쌍했는지……."

사람을 죽이고도 전학수는 우울증을 앓고 있다고 털어놓지 않았다. 아내에게 들키기 전까지.

"전학수 씨는 사건 17일 전에 약을 끊었다고 들었는데요."

박심의 물음에 안우람이 고개를 끄덕였다. 화장기 없는 얼굴에 울분과 함께 떠올랐던 홍조가 서서히 사라졌다. 부스스한 눈에 슬픔이 어렸다.

"혹시 금단증상은 없었습니까? 진료 기록을 보니 꽤 높은 용량의 항우울제를 복용하던 중에 갑자기 끊었던데……."

"금단증상? 몰라요."

안우람은 세차게 고개를 저었다.

"약을 먹는 것도 몰랐는데."

"면회 가셨을 때 물어보셨거나…… 뭐 그랬을 수도 있어서 여쭤봤습니다."

"면회요……."

안우람은 유리잔 끝에 검지를 대고 잔의 둘레를 따라 원을 그렸다. 창살을 사이에 두고 살인자가 된 남편과 마주 보게 된 그 기막힌 상황을 떠올려보는 것일까.

"그 약을 먹으면 눈이 흐려지고 현기증이 난대요. 가끔 심하게 구역질도 나고."

"아, 네. 항우울제에 보통 그런 부작용이 있는 모양이더라고요. 사람에 따라 부작용을 겪는 강도나 기간이 다 다르고요."

"계속 먹어도 아무런 효과도 없고 몸만 더 상하게 되는 것 같아서 끊었다는데……."

안우람이 말끝을 흐렸다. 이어서 할 말을 머뭇거리는 눈치였다.

박심은 재촉하지 않고 기다렸다.

"엊그제 면회를 갔을 때 슬쩍 그런 말을 했어요."

"어떤 말씀을?"

"뭐라고 했더라…… 그 부분 전문가에게 말을 들었다고 했어요. 우울증 약이 오히려 사람의 정신을 망쳐놓는다고…… 뭐 그런 거 연구하는 사람인데……."

박심의 짙은 눈썹이 이마 가운데로 모였다. 안우람은 남편이 흘린 말을 정확하게 기억하지 못했지만 중요한 얘기 같았다.

"그 전문가가 누구라고 하던가요?"

"몰라요. 이름까진 얘기 안 했고 아무튼 그 사람과 통화하고 역시 그렇구나, 하는 생각이 들었대요. 그쯤부터 약을 딱 끊은 모양이에요. 남은 약은 책상 서랍 깊숙이 넣어놓고."

안우람은 한숨을 길게 쉬었다.

"사실은 자기가 끊고 싶었던 거죠. 사람들이 그러는데 오빠는 아직도 자기가 우울증이라는 걸 받아들이지 못하는 거래요. 1년 가까이 마누라에게도 말을 못 했던 그 속은 또 어땠겠어요. 그래서 자기는 마음에 병이 있는 게 아니라고, 약 같은 건 안 먹어도 된다는 말을 해줄 사람을 찾았나 봐요. 제 생각은 그래요."

전학수가 항우울제를 중단하는 데 영향을 미친 사람이 있다.

이 사실이 변론에 도움이 될까. 박심은 잠시 생각에 빠졌다가 입을 열었다.

"저, 그 무렵 남편분 핸드폰 통화 내역을 알아봐주실 수 있을까요? 남편분 핸드폰을 갖고 계시면 그걸로 확인해주시든지, 통신사를 통해 받아주시든지 해서요."

안우람은 테이블로 향했던 시선을 거두고 박심의 얼굴을 바라보았다.

"그건 어렵지 않은데…… 그게 오빠에게 도움이 될까요?"

박심은 어깨를 으쓱했다.

"지금은 모르겠어요. 전 다만 사건 당시 전학수 씨의 심리 상태를 알고 싶고, 뭐든 관련 있는 것은 조사해보고 싶어요. 그 전문가라는 사람과 전학수 씨가 어떤 대화를 나눴고, 전학수 씨에게 어떤 영향을 미쳤는지 궁금하고요. 그게 뭔가를 말해줄지도 모른다는 생각이 들어요. 부탁드립니다."

전학수의 아내는 박심의 열의 어린 표정을 바라보며 고개를 끄덕였다.

그 뒤 자리를 뜨기 전까지 안우람은 전학수란 한 사람에 대해서 말했다. 낯선 사람과는 눈도 마주치지 못할 정도로 심하게 수줍음을 타는 성격이 자기 눈에는 귀여워 보였다고 했다. 처음 아내가 될 사람의 부모를 찾아왔던 날 귀가 불이 붙은 듯 빨개지던 것이나, 떨리는 손으로 장인에게 술을 따르다가 장인의 옷 앞자락에 술을 옴팡 엎지르고 허둥대던 것이나, 그저 순수하고 착한 성정을 나타내는 것이려니 했다. 이 사람이랑 살면 성질 때문에 다치고 속 썩을 일은 없겠구나 생각했다. 그러면서도 확실한 직업 있고 책임감 강하고, 과묵했지만 가끔 농담 섞인 말로 사람을 재밌게 할 줄도 알았다고.

그렇게 수줍고, 수줍고, 또 수줍었던 사람이 어떻게 이런 엄청난 짓을 저질렀는지 아직도 믿기지 않는다고 했다. 남편 같은 성격이 우울증에 취약하다는 걸 나중에 들어 알긴 했지만 그 결과가 이렇게 끔찍할 줄은 몰랐다며 눈물을 글썽였다.

안우람은 아직까지는, 남편을 사랑하고 있는 것 같았다.

검은 개는 사라지지 않는다

"여보세요."

남자는 통화연결음이 한참 울린 뒤에 전화를 받았다.

"아, 안녕하십니까. 저는 수원중부경찰서 형사과에 근무하는 이평서 경감이라고 합니다. 저희 사건 수사와 관련하여 여쭤볼 게 있어서 선생님께 이렇게 전화드렸습니다."

이평서 팀장은 설리사의 휴대전화 통화 기록에 나타난 한 번호에 시선을 고정시키고 말했다. 앞서 통화한 전화번호 옆에는 연필로 체크 표시를 하고 통화 내용을 간략히 적어놓았다.

"여보시오. 어디? 뭐?"

남자는 대낮부터 술에 취한 듯 혀가 꼬여 시비조였다.

"에…… 수원중부경찰서 형사과 강력팀장 이평서 경감입니다. 저희가 지금 수사 중인 사건 피해자의 통화 목록에 선생님 번호가 있어서 전화드렸는데……."

이평서는 오후 내내 전화기를 붙들고 반복했던 설명을 또 했다. 수화기 저쪽은 잔을 부딪치는 소리와 함께 왁자지껄한 분위기였다. 이평서는 벽에 걸린 시계를 힐끗 보았다. 오후 4시 40분이었다.

"……뭔 소리야, 이게?"

설명이 끝나자 남자는 뚱하게 되물었다.

"그러니까 올해 4월 22일 오후 3시경에 설리사라는 분과 통화한 사실이 있는지……."

"아이고, 수고 많으십니다. 허허허."

남자가 갑자기 능글맞게 웃었다.

"네?"

"웃기고 있네! 니가 수원중부경찰서 경감이면 나는 수원지검 검사다, 이 새끼야! 아니, 검찰총장이다 짜샤!"

"뭐라고요?"

"씨팔, 짱깨놈들. 사기를 치려면 제대로 치라 이 말이야!"

뚜뚜뚜.

일방적인 통화종료음. 이평서 팀장의 모과 껍질 같은 얼굴이 붉으락푸르락 달아올랐다. 처음 겪는 일은 아니었다. 보이스피싱 범죄가 판을 치면서 엉뚱하게 열심히 수사하는 수사관이 전화 조사를 할 때 종종 곤욕을 치르게 되었다.

이평서는 자기는 보이스피싱 범죄자가 아니라 대한민국 경찰공무원으로서 현재 수원시에서 일어난 매우 중대한 살인 사건을 조사 중이고, 확인을 원한다면 수원중부경찰서 당직실이나 형사과 번호로 전화해보라는 문자 메시지를 보냈다. 5분 동안 화를 눌러 참은 뒤 재다이얼 버튼을 눌렀다.

"보이스피싱 아니니까 끊지 마세요. 저기요, 설리사란 사람 아십니까? 알아요, 몰라요?"

이평서는 형식적인 친절함을 버리고 본론으로 들어갔다.

상대방의 말투가 공손까지는 아니어도 허풍 섞인 취기와 빈정거림은 줄어들었다.

"설리사? 그런 사람 모르는데. 모르는 사람 번호로 내가 왜 전화를 해요?"

"4월 22일 오후 3시 12분에 이 번호로 7분 42초 동안 통화한 기록이 있다 말입니다."

"모른다니까. 이 양반 생사람 잡네."

"어허, 반말하지 마시고."

이평서는 혀끝으로 쯧, 하는 소리를 냈다.

"이거 살인 사건이거든요 지금? 선생님과 통화한 아가씨가 죽어서 살이 죄다 썩어가지고 우리가 팔달산에서 파냈다고. 뉴스 안 봤나. 어디서 훤한 대낮부터 취해가지고 반말 찍찍 하면서 수원지검 검사며 검찰총장 타령이야. 이해를 못 하시는 모양인데 이거 중요한 문제거든요? 전화로 얘기하시기 곤란하시면 제가 그리로 갈까요?"

자칭 검찰총장이라는 남자는 확실히 들리지는 않지만 그렇다고 안 들리지도 않을 만한 크기로 상소리를 하며 그놈의 4월 22일이 무슨 요일이냐고 물었다. 이평서가 금요일이었다고 답하자 남자가 소리쳤다.

"금요일? 금요일이라고요? 쉬는 날인데 그럼…… 하! 이놈 새끼가 또 그랬나 보네."

남자는 뭔지는 몰라도 금요일마다 쉬는 직업을 가진 모양이었다. 마침 오늘도 금요일이었다. 그래서 대낮부터 술판을 벌이고 있다 이거지.

"이놈 새끼?"

"아들놈이요. 이제 4살 됐는데 지 아빠 핸드폰만 보면 이거저거 삑삑 누르고 아무한테나 전화를 해싸서. 이놈 새끼가 그냥…… 아무튼 설리사인지 설리오인지 나 그런 아가씨 진짜 모른다니까요. 진짜 몰라. 진짜."

설리사라는 이름이 한 번 들으면 쉽게 잊힐 이름은 아니다. 어린 아들이 아빠 휴대전화로 장난을 친 것이든 뭐든지 간에 이 금요일의 술꾼이 설리사를 알지 못하는 건 사실인 것 같았다.

"알았어요! 됐어요, 됐어."

이평서 팀장은 툴툴거리며 전화를 끊었다.

"아이고. 지랄이네 이거."

길게 기지개를 켜며 이평서는 홍인혁 형사를 향해 말했다.

"넌 다 했냐?"

"네, 팀장님. 별거 없는데요."

홍인혁 형사도 지루함에 질린 표정이었다.

점심을 먹고 오후부터 이평서 팀장과 홍인혁 형사는 설리사의 1년 치 휴대전화 통화 기록 자료에 나타난 전화번호를 나눠서 일일이 전화를 거는 작업을 했다. 박이음의 휴대전화 번호, 피해자 가족의 휴대전화 번호, 딱 봐도 스팸인 게 분명한 번호들은 제외했다. 그러고 나니 1년 치 통화 기록 중 확인해야 할 목록이 70여 개밖에 되지 않았다.

이평서 팀장과 홍인혁 형사는 각자 통화를 끝낸 결과를 취합했다. 반 이상이 광고 전화였다. 십자매의 건강관리와 관련해 동물 병원과 통화한 기록이 4번 있었고, 대학 과 대표가 행사에 참여할 거냐고 묻기 위해 한 번 전화한 적이 있었다. 과 대표는 설리사가 익히 알려진 유령 학생인지라 아무 기대도 하지 않고 의례적으로 통화를 했고 뻔히 거절당했다고 말했다. 고등학교 동창회장이 전화했다가 역시 동창회에 참석하지 못하겠다는 답변을 들었다고 했고, 결혼을 알리기 위해 사촌 언니가 전화를 한 적도 있었다. 12건의 발신자는 택배 기사였다. 자칭 검찰총장 남자처럼 잘못 걸린 전화도 몇 개 있었다.

사건과 관련 있어 보이는 전화는 단 한 통도 없었다.

"올해는 4월 말부터 낮 기온이 30도가 넘었어."

이평서 팀장은 올해 기상관측 자료를 검색한 화면을 모니터에 띄워놓고 말했다. 봄과 여름의 평균기온이 몇 년간 최고 기록을 경신하고 있었다. 그러나 이평서가 나날이 심각해지는 지구 환경 문제를 고민하고 있는 건 아니었다.

"5월 9일은 날이 흐렸고 최고 기온이 27도였고요, 5월 10일은 비가 오면서 기온이 다소 떨어져 최고 기온 19도를 기록했습니다."

홍인혁 형사가 볼펜 끝으로 모니터의 관련 있는 부분을 찍었다.

두 형사가 한 책상에 붙어 앉아 사건에 대해 얘기하고 있는 지금이야말로 환장하게 더웠다. 어느덧 저녁 8시가 넘었지만 실내 온도가 29도에 달했다. 낮 동안 들들거리며 힘겹게 냉기를 내뿜던 낡은 에어컨도 저녁 6시 이후에는 꺼야 했다. 에너지 절약을 위한 정부 방침이었다.

"어쨌든 겨울 등산복 입을 날씨는 아니야."

시신이 입고 있던 두툼한 등산복을 떠올리자 더 더워지는 것 같아 이평서는 셔츠의 목깃을 잡고 흔들어 바람을 불어 넣었다.

"아무리 추위를 타는 사람이라도 등산 잠바까지 챙겨 입을 날씨는 아니라고."

"설리사는 올해 2월 아빠 신용카드로 등산복을 샀습니다. 지출한 돈을 보니 위부터 아래까지 아주 제대로 빼입은 것 같아요."

홍인혁 형사는 설리사의 아빠인 설창석으로부터 임의제출 받은 카드 명세서를 들어 보였다. 설창석은 설리사에게 매달 충분한 용돈을 현금으로 부쳐주는 것 이외로, 특별히 돈 들어갈 때 쓰라고 자기 명의의 신용카드를 하나 주었다. 광주에서는 잘 나가는 기업의 임원이니만큼 경제적으로 여유가 있는 것 같았다. 설리사는 평균 두 달에 한 번꼴로 신용카드를 썼다. 올해 2월에 사망 당시 입고 있었던 것과 같은 스포츠 의류 브랜드의 매장에서 70만 원여를 결재한 기록이 있었다. 그 뒤로는 3월 12일에 충남 공주시 소재 '코코마트'라는 곳에서 2만 원가량을 결제한 것이 마지막이었다.

"그래서?"

"장비는 자랑하는 맛 아니겠습니까."

홍 형사가 히죽거렸다.

"장비 자랑하려고 5월에 겨울 등산복 빼입고 갔다고?"

대꾸하는 이평서 팀장의 목소리에 짜증이 묻어 나왔다.

"팀장님, 우리는 설리사가 옷을 몇 벌 챙겨 갔는지 모르잖아요. 짐이 발견되지 않았으니까요."

더위와 피로에 까칠해진 팀장의 심기를 눈치채고 홍 형사는 보다 논리적인 근거를 댔다.

"그래서?"

"얇은 옷, 두꺼운 옷 다 가지고 갔을 수도요. 그러다 5월 10일에 팔달산에 들어간 거죠. 전날보다 많이 썰렁해지니까 겨울옷으로 바꿔 입은 걸 수 있습니다. 산은 아무래도 평지보다는 추우니까요."

이평서는 가만히 부하 형사를 바라보았다.

"그리고?"

"야영을 했을 수도 있습니다. 한여름이라도 산에서 밤을 나려면 겨울옷을 챙겨 입을 수 있잖아요."

"음……."

고려해볼 만한 가설이기는 했다. 도시의 밤 기온이 30도에 육박하는 열대야라도 산에서 보내는 밤은 춥다. 언뜻 이해가 되지 않는 현상이라도 단지 사소한 경위를 모르고 있는 것일 뿐 큰 의미가 없을 수도 있었다.

하지만 더 큰 의문이 남았다.

"혼자 여행을 갈 성격이 아니야. 보통 친하지 않은 사이라면 누구랑 같이 갈 성격도 아니고. 아니, 일단 친한 사람이 없어. 박이음 말고는."

피해자의 몹시 비활동적인 성격과 한정된 인간관계. 피해자의 마지막 행동과 일치하지 않는다. 이건 시신이 왜 겨울옷을 입고 있는지에 관한 문제보다 더 이해하기 어려운 점이었다.

홍인혁 형사도 같은 생각인지 끙, 하고 신음한 뒤 다른 얘기를 꺼냈다.

"설리사의 전화는 5월 10일 천안 1번 국도 인근에서 전원이 나갔고, 시체는 수원 팔달산에서 발견됐다는 것에 어떤 의미가 있을 텐데요."

홍 형사는 의자에 몸을 기대고 언젠가 보험 설계사 아줌마가 놓고 간 부채로 부채질을 했다. 부채 중앙에는 보험사 로고를 가슴에 단 영웅 캐릭터가 각종 위험으로부터 가정을 보호해주고 있었다.

"죽인 곳이 천안일까 수원일까 제3의 곳일까. 죽인 곳과 묻은 곳이 같을까 다를까. 피해자의 휴대폰이 꺼진 천안은 범인의 이동 경로에 있는 곳일까 제3의 곳일까, 여러 가지로 생각해볼 수 있을 겁니다."

이평서가 한숨을 쉬었다.

"경우의 수는 끝도 없어."

"최소한 시체를 묻은 팔달산은 범인에게 익숙한 곳이었을 겁니다."

"그럴 테지."

"제 생각은요, 팀장님. 범행이 천안 이남에서 벌어졌거나 범인의 주거지가 천안 이남에 있거나. 둘 중 하나일 가능성이 높아 보입니다."

"그건 왜?"

홍 형사가 부채를 놓고 양손을 들어 올렸다.

"범인은 설리사가 입고 있는 옷 외에 모든 유류품을 없앴습니다. 범행을 은폐하기 위해 노력한 거예요. 전 범인이 휴대폰의 전원이 꺼진 장소가 추적될 수 있다는 것 정도는 알았을 거라고 생각합니다. 그럼 범인은 아무래도 범행 장소로부터 멀리 떨어진 곳에서 휴대폰을 끄고 싶어 하지 않았겠습니까? 일단 천안이 범행 장소일 가능성은 낮다고 볼 수 있죠. 수원이 범행 장소라면, 범인이 시체를 묻고 주거지로 가는 국도 위에서 끈 것일 테고요. 제3의 장소에서 설리사를 죽인 거라면, 시체를 묻기 위해 수원으로 오는 길에 껐거나, 역시 수원에서 주거지로 가는 길에 껐을 가능성이 크겠죠."

"음…… 그러니까 범행 장소가 수원이든 제3의 장소이든지 간에, 범행 장소가 천안 이남이거나 범인의 주거지가 천안 이남이거나 그렇다고? 최소한 범행 장소가 천안은 아닐 것이고?"

"네, 제 말이 바로 그 말입니다."

이평서 팀장은 뒷머리에 깍지 낀 손을 대고 의자를 뒤로 기울였다. 탐탁지 않은 표정이었다.

"별 의미는 없는 것 같은데. 천안 이남이라는 게 범행 장소인지 범인의 주거지인지가 확정되지 않는 이상, 결국 둘 중 하나는 대한민국 어느 곳이든 될 수 있다는 거고."

"……단서가 나타나면서 점차 좁아들 겁니다."

홍인혁 형사는 약간 풀이 죽었다.

"그것보다도 말이야……."

이평서는 의자에 기댄 자세로 목을 젖혀 천장의 얼룩을 바라보았다.

"범인이 범행을 은폐하려고 노력한 게 맞을까? 그러기엔 너무 얇게 묻어놨어."

산까지 고생스럽게 시체를 옮겨 가서 흙으로 살짝 덮어놓기만 했어. 마치 너무 일찍 발견되는 것만 막으려고 한 것처럼. 아에 발견되지 않는 일은 없도록 말이지. 죽여놓고 죄책감을 느꼈던 건가. 썩은 시신이라도 언젠가는 수습되기를 바란 걸까. 시간이 없었던 걸까. 너무 지쳤던 걸까. 그 정도면 됐다고 생각한 걸까. 이어지는 생각은 이평서의 머릿속에만 머물렀다. 좀 더 완벽하게 처리할 수 있었을 텐데. 왜 그러지 않았을까. 여기에 어떤 의도가 있는 건 아닐까. 계획된 살인은 아닌 걸까. 우발적인 살인에 범인은 당황했던 것일까.

맥주 캔을 담은 비닐봉지를 손에 꿰고 이평서는 혼자 사는 오피스텔로 들어왔다. 경찰서에서 걸어서 5분 거리에 있는 원룸형 오피스텔이었다. 가구라고는 이인용 소파와 조립형 싱글 침대, 작은 서랍장뿐이었다. 옷은 행거 밑에 빨랫감처럼 쌓아두고 빼서 입었고, 책과 서류는 바닥에 있는 종이 박스에 쑤셔 넣었다. 음식은 해 먹지 않았다. 이평서는 오피스텔에 빌트인으로 설치된 인덕션의 사용법조차 몰랐다. 냉장고에는 생수 몇 병과, 뚜껑 한 번 열지 않고 그대로 통 안에서 시어 터져가는 김치뿐이었다. 지난 명절에 고향에 있는 노모가 싸 보내준 김치였다.

이평서는 불을 켜지 않은 채 걸어가 거실 창에 드리운 블라인드를 올렸다. 맞은편 상가 건물의 네온사인이 어두운 거실에 어른거렸다. 이평서는 소파의 한쪽 팔걸이에 다리를 올리고 비스듬히 누워 맥주 캔을 땄다. 한 손으로는 바닥에 굴러다니는 리모컨을 집어 벽걸이 에어컨을 향해 눌렀다. 에어컨 덮개가 끼이

익, 하는 소리와 함께 열리며 더운 바람부터 내보냈다. 차가운 맥주를 목에 흘려 넣었다. 팔다리가 뻐근해지며 피로감이 몸을 덮쳤다. 앓는 소리가 절로 나왔다.

이평서는 주머니에서 휴대전화를 꺼내 시간을 보았다. 새벽 2시가 넘었다. 오늘도 필리핀에 있는 아내와 아들에게 전화할 기회를 놓쳤구나, 하고 생각했다. 서로 연락을 안 한 지 얼마나 됐을까. 이평서는 빈 맥주 캔을 찌그러뜨리고 두 번째 캔을 꺼냈다. 바빠서 전화할 시간이 없다는 건 핑계라는 걸 모르지 않았다. 그러나 먼저 인정하지는 않을 생각이었다. 전화를 걸어도 딱히 할 말이 없다는 것이나, 아내와 아들도 이평서의 전화를 기다리지 않는다는 걸 안다는 것이나, 이제 이평서에게 남은 것이라고는 경제적 의무뿐이라는 걸 깨닫고 있다는 것도. 취기가 돌면서 눈이 스르르 감겼다.

경찰공무원 월급에 기러기 생활이라니 말이 돼?

이평서는 눈을 부라리며 일축하려 했지만 아내는 강경했다. 아내의 말에 따르면 초등학교 5학년인 아들이 '억울하게' 학교폭력 가해자가 됐다고 했다. 아들은 급우들로부터 먼저 왕따를 당했고, 이에 대해 사소한 저항을 했을 뿐인데 담임교사가 아들을 일방적으로 폭력 가해자로 매도하여 학교폭력위원회에 회부했다는 것이었다. 아내는 교사들이 아들의 독특한 개성을 교육적으로 수용하지 못하고 평소 밉게 보다가 일을 키웠다고 주장했다. 아내는 매일같이 학교 문턱을 들락거리며 항의를 하고 와서는 울분을 터트렸다. 교육청에 재심 청구를 한 것이 기각되자 소송까지 하려 했다. 아들은 5살 때 주의력결핍과잉행동장애 진단을 받았다. 아버지인 이평서가 봐도 산만하고 충동적이었다. 그러나 남자애들이라면 으레 그러기 마련이었다. 사내애들은 다 그런 거다. 과잉행동장애니 뭐니 하고 애를 정신과에 끌고 다니며 약을 먹인다 심리치료를 받는다 난리를 칠 필요가 없는 일이었다. 아들의 과잉행동이 아니라 아내의 과잉보호가 문제였다. 이평서도 아들의 폭력 사건이 징계까지 가지 않고 해결됐다면 좋았을 거라고 아쉬워하긴 했지만, 아내가 느끼는 만큼 억울하다는 생각은 들지 않았다. 아내가 아들의 사건에서 헤어나지 못하고 점점 멀리 나아갈수록, 부부간의 다툼은 커졌다.

당신이 애에 대해서 뭘 안다고 그래?

아내 입에서 이 말이 나오면 이평서도 말문이 막혔다. 취학 전에 아들을 소아정신과에 데리고 다니며 전전긍긍했던 사람도 아내였고, 집과 학교에서 아들의 생활을 속속들이 챙겼던 사람도 아내였고, 그동안 아들에게 어떤 크고 작은 사건이 있었는지 가장 잘 아는 사람도 아내였다. 이평서는 그동안 밖에서 범죄자를 잡고 돈을 벌었다. 아내의 생각 중에 무엇이 잘못되었는지 지적할 수 있을 만큼 아들에 대해 구체적으로 아는 게 없었다.

아내는 한국에서 아들을 교육할 수 없다는 결론을 내렸다. 억울한 일이 계속 반복될 것이라고 했다. 징계 이후 아들의 성적은 급하락했고, 교사들은 은근히 아들을 차별하고 있으며, 이미 아들의 마음은 손쓸 수 없을 만큼 위축되었다는 것이었다. 아내에게 이건 단지 아들이 다니는 학교만의 문제가 아니었다. 이 나라에 있는 학교 전체의 수준과 조건이 그러하니 전학을 가거나 중학교로 진학을 해서 해결될 문제가 아니라고 말하면서, 조기 유학을 알아보기 시작했다. 수없이 다퉜지만 이평서는 아내의 마음을 돌릴 수 없었다. 이혼을 하거나 아들의 조기 유학에 동의하거나, 둘 중 하나를 선택해야 했다. 2년 전, 아내와 아들은 필리핀으로 떠났다. 필리핀에서 중등교육을 마치고 대학은 유럽으로 보낼 거라고 했다.

그러시든지.

이평서는 계속해서 다투는 것도, 이혼하는 것도 싫어서 동의했다. 한편으로는 아내와 아들이 외국 생활에 적응하지 못하고 곧 돌아오리라는 생각도 했다. 예상은 빗나갔다. 아내와 아들은 필리핀에서 행복하다고 했다. 필리핀에서 맞은 첫 번째 방학에 한국에 들어왔다 나간 뒤로 모자는 계속 필리핀에 머물렀다. 문제는 이 나라 교육제도의 부조리에 있다는 아내의 말이 맞는 모양이었다. 이평서는 큰 집에 혼자 살 필요가 없어졌다. 큰 가구는 다 버리고, 1년 전 원룸형 오피스텔로 이사했다.

두 번째 맥주 캔이 이평서의 손에서 떨어졌다. 남아 있던 맥주가 바닥에 쏟아져 소파 밑으로 흘렀다. 이평서는 소파 팔걸이에 목을 꺾은 채로 잠들었다. 완전히 잠들기 전에 설핏 꿈을 꾸었다. 꿈에서 어떤 남자가 등을 돌린 채 새장에 갇힌 십자매에게 먹이를 주고 있었다. 널찍한 등을 보이고 앉은 남자는 이평서 자신이었다. 십자매의 썩은 몸에 파리와 구더기가 꼬였다. 새는 죽은 채로 횃대에 가무파리하게 앉아 있었다. 횃대를 가까스로 감싸 쥐고 있는 발은 젖은 꽃나무 가지처럼 검고 말랐다. 새의 텅 빈 눈에서 구더기가 몸을 빼고 꿈틀거렸다. 새의 안구가 튀어나와 춤을 추는 것 같았다. 그 모습을 보고 꿈속의 이평서는 새가 살아 있다고 생각했다.

왜 안 먹지.

이평서가 먹이를 가까이 밀어주며 중얼거렸다. 왜 안 먹어. 왜 안 먹는 건데.

어슴푸레하게 동이 텄다.

이평서는 소파에서 일어나 앉아 몸을 동그랗게 구부린 채 뒷목을 주물렀다. 사지가 쿡쿡 쑤셨다. 새벽 5시 40분. 피로가 남았지만 다시 잠들기는 글렀다. 이평서는 화장실로 들어가 한 손으로는 계속 뒷목을 주무르면서 다른 한 손으로 세수를 했다.

전기면도기로 코밑을 밀다 멈추고 이평서는 거울에 비친 자신의 모습을 가만히 들여다보았다. 땡볕에서 일생을 일한 농사꾼처럼 새까맣고 거친 피부. 짧은 곱슬머리는 앞쪽이 하얗게 세었다. 왕년엔 제법 완력을 자랑했던 굵은 팔뚝. 긴 상처 자국이 가로지른 손등. 그리고 확인하지 못한 어떤 것.

이평서가 차를 몰고 서울의 한 빌라에 도착한 시간은 새벽 6시 25분경이었다.

설리사의 집은 도어록이 뜯어진 채로 문만 닫혀 있었다. 경찰이 수색을 마치고 떠난 그대로였다. 아직 유품 정리를 하지 않은 것 같았다. 시신이 유족에게 인계되지 않아 장례 절차를 진행하지 못하고 있을 것이다. 시신은 독극물반응검사를 진행하느라 국립과학수사연구소에 안치된 상태였다.

베란다로 갔다. 죽은 새와 새장은 치워지고 없었다. 이름이 코비라고 했던가. 설리사가 아꼈던 애완 새. 새롭게 조합된 가족 사이에서 겉돌다가 같이 빠져나온 설리사의 동지. 이평서는 애완용품이 가득 들어 있는 나무 캐비닛을 열었다. 그리고 캐비닛 한구석에 쌓여 있는 신문 뭉치를 꺼냈다. 지하철에서 나눠주는 무가지와 생활 정보지가 10여 부 정도 있었다. 이평서는 쪼그려 앉아 신문의 발행일을 살펴보았다. 모두 작년 12월과 올해 1월에 발행된 신문들이었다.

십자매의 시체는 없어졌지만 집 안엔 아직 죽음의 냄새가 남아 있었다. 이평서는 공부방으로 갔다. 책상에는 설리사가 평소 노트북을 올려두었을 만한 자리가 텅 비어 있었다. 수신기를 잃은 와이파이 셋톱박스의 불빛이 깜빡였다.

공부방에는 책이 별로 없었다. 사두고 몇 번 펴지 않았을 전공 서적과 소설책, 에세이집을 다 합쳐도 서른 권이 될까 말까

했다. 대부분 책상 옆 공간 박스 두 개에 나눠 꽂혀 있었고, 세 권은 책상 위에 있었다. 이평서는 무심코 책상에 놓인 책을 하나씩 넘겨 보았다. 무라카미 하루키의 《노르웨이의 숲》, 마이클 샌델의 《정의란 무엇인가》, 알랭 드 보통의 《불안》. 《정의란 무엇인가》는 들어본 적이 있고 다른 두 권은 모르는 책이었다. 세 번째로 《불안》을 들고 살짝 넘기자 쫙 펼쳐진 페이지에 쪽지가 끼워져 있었다. 줄이 쳐지지 않은 연분홍색 바탕의 메모지였다.

이전에 겪은 에피소드는 다음 에피소드의 오답 노트.

아니다. 난 끝을 안다. 피가 정해준 결말.

나의 검은 개는 점점 커지고 사나워져서 나를 물고, 내 몸을 찢고, 나를 죽일 것이다.

단지 그날이 언제냐가 문제일 뿐.

고통은 끝나지 않는다. 검은 개는 사라지지 않는다.

손 글씨였다. 파란색 펜으로 또박또박 써 내려갔다. 감정에 겨워 갈겨쓴 메모는 아니었다. 머릿속에 오래 생각해둔 문장을 종이에 옮겨 쓴 느낌이었다. 책 사이에 껴둔 걸 보면 누구에게 보여주기 위해 쓴 글은 아닐 것이다. 이를테면, 일기 같은 거다. 이평서는 이것이 설리사의 필체일 거라는 확신이 들었다. 무성영화의 엑스트라처럼 흐릿했던 살인 피해자에게서 처음으로 사람 냄새가 나는 것 같았다. 나름의 개성을 가지고 한때 살아 있었던 사람이라는 증거.

이 메모의 뜻이 무엇인지를 이제 알아봐야 할 것이다.

검은 개.

검은 개를 찾아야 한다.

불행한 나라

우울증은 신경전달물질의 불균형 때문에 발생하는 거라고들 한다. 소위 '행복 호르몬'이라고 알려진 세로토닌, 노르에피네프린, 도파민 등의 전달 체계가 뇌에서 정상적으로 작동하지 못함으로써 뇌가 화학적 불균형 상태에 빠져 생긴다. 우울증은 단순히 우울한 상태와는 다르다. 이 병에 걸리면 우울하고 무력한 기분이 비정상적으로 지속되고, 기분의 문제를 넘어서 인지 기능과 신체 기능에도 손상이 온다. 제대로 생각도 못 하고 몸도 아프다. 많은 경우 불안장애나 공황장애를 동반한다. 심하면 자살로 이어진다. 우울증 환자의 15%는 자살을 기도하고 10%는 결국 자살로 생을 마감하는 것으로 알려져 있다.

우리나라의 자살률은 2015년 기준 10만 명당 26.5명이다. OECD 국가 중 13년째 1위를 기록하고 있다. 이것은 OECD 평균 자살률의 2배가 넘는 수치로, 하루에만 40여 명의 국민이 자기 자신을 죽이고 있는 것이다. 자살은 한국인 전체 사망 원인 중 4위를 차지하고, 청소년의 사망 원인으로는 1위다.

한국의 자살률은 2000년 이후 폭증했다. 2000년에 10만 명당 13.6명이었다가 2011년에 31.7명으로 무려 233% 증가하며 정점을 찍고 2012년 이후로 약간 감소 추세다. 자살의 80%가 우울증 등 정신 건강 문제로 발생한다.

한국은 불행한 나라다.

우울증으로 인한 자살 사망률이 이렇게 높은데도 우울증에 대한 치료는 최하 수준이다. 국내 항우울제 소비량은 OECD 국가 중 꼴찌에서 두 번째로, OECD 평균의 3분의 1에 불과하다. 우울증으로 인한 자살률은 1위, 항우울제 처방량은 꼴찌에서 2위.

"왜일까?"

박심은 자료를 뒤적이며 혼잣말을 했다. 우리나라 사람들의 정신 건강 치료에 대한 인식은 왜 이렇게 부정적인 걸까. 항생제와 소염제는 그토록 남용하면서. 의료의 질이 낮은 것도 아니다. 일찍이 시행된 건강보험제도 덕분에 질 높은 의료 서비스를 비교적 싸게 이용할 수 있는 나라에 속한다.

떠오른 의문은 접어두고, 박심은 며칠간 모아놓은 자료에 다시 눈을 주었다.

최근 연구 자료를 보면 자살자의 88.4%가 우울증과 같은 정신 건강 문제를 갖고 있었으나 지속적인 치료를 받은 경우는

15%에 불과했다. 정신과 치료와 약물에 대한 터부는 자살 예방의 큰 장애 요인이다. 대부분의 사람들이 정신과 치료를 받는 것에 기겁한다. 동창인 황보드린의 말대로 정신과 약을 먹으면 '미친 사람'이라는 걸 스스로 인정하는 것으로 생각하고, 정신과 약을 먹는 동시에 본격적으로 미친다고 생각하는 사람도 적지 않다. 우울증은 경도, 중등도, 중증으로 나뉘는데 중등도 이상으로 가면 약물치료 등의 의학적 개입 없이는 잘 낫지 않고 빠른 시일 내에 고통스러운 증상의 완화를 기대하기 힘들며 만성화되기 쉽다. 중등도 이상의 우울증은 개인의 의지로는 좀처럼 극복할 수 없는 질병이다. 골절상이나 세균 감염을 의지로 극복할 수 없는 것과 마찬가지다.

우울증 치료약은 1950년대부터 제조되었다. 초기에 나온 항우울제는 입 마름이나 심한 두통, 구역, 메스꺼움, 운동장애, 정신운동 지체 등의 부작용과 중독성이라는 심각한 문제가 있었다. 그러나 1980년대 말 '프로작'이 시판되기 시작하면서 항우울제는 획기적인 변화를 맞는다. 기존보다 치료 효과는 높고 부작용은 적으며 중독성이 없는 안전한 약이 나온 것이다. 프로작은 뇌에서 발화한 세로토닌이 수용체에 재흡수되는 것을 막아 뇌에 돌아다니는 세로토닌의 양을 늘린다. 그러면 신경세포 사이에 전달되는 세로토닌이 늘어나게 되고 뇌의 화학적 불균형이 조정된다. 프로작은 엄청난 상업적 성공을 거두었고, 미국에서는 하나의 문화 현상이 되었다. 프로작과 함께하는 행복하고 자신감 넘치며 생산적인 미국인. 항우울제의 개발은 가속화되어 졸로프트, 팍실, 셀렉사, 렉사프로 등의 약이 프로작의 뒤를 이었다.

물론 항우울제가 우울증의 전능한 해결책은 아니다. 어느 인터넷 사이트나 책에서도 그렇게 말하지는 않는다. 우울증은 뇌의 화학적 불균형이라는 생리학적 요인뿐 아니라 유전, 성격, 스트레스 요인이 복합적으로 작용하여 나타난다. 프로작이 개발되기 전에는 약물치료보다 우울증의 심리적 원인을 밝혀내어 제거하는 정신분석치료가 더 우세적이었다. 지금은 약물치료를 우선하면서도 인지행동치료 등의 정신치료를 병행할 것이 권장된다.

불행하게도 어떤 항우울제에도 반응하지 않는 우울증 환자가 있다. 그런 사람은 정신치료 등 다른 방법을 찾아야 한다. 항우울제의 도움을 받아 우울증을 극복한 사람이라도 우울증은 재발률이 높다. 우울증 증상이 한 번 나타나서 끝날 때까지의 기간을 에피소드라고 하는데, 우울 에피소드를 겪은 사람의 50%~75%가 5년 이내에 재발하고, 전체적으로는 75%~95%의 우울증 환자가 한 번 이상의 재발을 경험한다고 알려져 있다. 재발이 거듭될수록 빈도가 높아지고 에피소드 사이의 기간은 짧아진다. 우울증은 당뇨병이나 에이즈처럼 일생에 거쳐 관리하며 살아야 하는 병에 가깝다. 평생 우울증을 앓았다고 알려진 윈스턴 처칠은 "내 평생을 따라다닌 검은 개가 있다"는 말을 했다. 검은 개는 그 주인을 끈질기게 따라다닌다. 쫓아낼 수도 없고 사라지지도 않는다. 검은 개에게 한번 물린 사람은 검은 개가 사납게 날뛰어 또다시 자신을 심하게 해치지 못하도록 훈련시켜야 한다. 내면에 있는 검은 개를 작고 순하게 만들어 일생의 동반자 삼아 같이 살아가야 한다. 이를 위해서는 약물과 정신치료, 주변 사람들과 사회의 지지, 우울증에서 벗어나고자 하는 환자의 치료 의지가 다 같이 필요하다.

세계보건기구는 전 세계에서 3억 5천만 명이 우울증을 앓고 있으며, 2030년에는 우울증이 질병부담률 1위인 병이 될 거라고 예고했다. 현재도 우울증의 질병부담률은 심장병 다음으로 2위를 차지하고 있다. 각종 질병 뒤에 숨어 있거나 동반되는 우울증까지 고려하면 우울증이 세계인의 사망 원인 1위라고 봐도 무리가 아니다. 우리는 점차 암과 에이즈, 심장병, 교통사고보다 우울증이 삶의 질에 미치는 해악과 우울증으로 인한 사망률에 더 긴장해야 한다.

여기까지.

박심은 자료에서 눈을 떼고 반탁신이 운영하는 블로그를 모니터에 띄웠다.

안우람은 박심을 만난 다음 날 연락을 취해왔다. 전학수의 휴대전화 통화 목록을 살펴봤더니 사건이 일어나기 20일 전 누군가와 43분간 통화한 기록이 있다고 했다. 그 번호의 주인이 전학수가 말한 소위 전문가라는 사람 같다며 박심에게 휴대전화

번호를 알려줬다. 박심은 인터넷에 문제의 휴대전화 번호를 검색해보았다. 왠지 공개적으로 자신을 드러내고 활동하는 사람일 것 같았다. 박심의 예감은 적중했다. '우울증은 없다'라는 제목을 단 블로그가 위 줄에 나타났다. 운영자는 블로그 곳곳에 전화번호와 이름을 남겨두었다. 반탁신이라는 특이한 이름이었다.

반탁신의 블로그는 항우울제의 효과에 대한 의심을 피력하고, 알려지지 않은 치명적인 부작용에 대해 경종을 울리는 글로 가득했다. 박심이 지금까지 조사해서 알게 된 내용과는 전혀 반대되는 주장이었다. 반탁신은 자본과 정치가 늘어놓는 거짓에 현혹당한 무지한 대중을 깨우치고 올바른 길로 인도하고자 하는 선도자의 말투로 외치고 있었다.

우울증은 항우울제가 개발된 이후 만들어진 병이다. 현재 나와 있는 항우울제가 우리가 우울증이라고 부르는 질병을 치료한다는 것에는 아무런 과학적 근거가 없다. 이윤을 추구하는 다국적 제약회사와 정신치료 분야의 헤게모니를 쟁취하고자 안달이 난 생리학적 정신의학이 손을 맞잡고, 막대한 자본을 이용한 마케팅과 로비 등 각종 술수로 조작해낸 것이다. 세로토닌의 부족이 우울증을 발생시킨다는 수용체 이론이 말짱 거짓으로 드러난 지 오래임에도, 제약회사는 50여 년째 쓰레기통에서 주운 세로토닌 수용체 이론을 진실처럼 유통하고 있다. 왜냐하면 항우울제가 어떤 과정으로 우울증을 치료하는지 그들도 모르기 때문이다.

제약회사의 연구실에서 수행된 항우울제의 효과성 증명을 믿지 말라. 그들은 성공은 과장하고 부작용은 숨긴다. 프로작이나 팍실 제조사가 부작용에 대한 연구 결과를 의도적으로 은폐했다는 의혹이 일부 사실로 밝혀진 것은 새 발의 피에 불과하다. 항우울제는 구토, 설사, 위장관장애, 입 마름, 체중 감소, 체중 증가, 불면증, 현기증, 집중력장애, 운동장애 등 수많은 부작용을 동반하지만 그 위험성은 줄곧 무시된다. 무엇보다 항우울제가 오히려 불안과 우울을 증가시키고 폭력과 자살 충동을 불러일으킨다는 사실은 적극적으로 은폐되고 있다. 환자에게 항우울제와 비슷하게 생긴 설탕 약을 지급해도 일시적으로 항우울 효과가 생긴다. 항우울제의 효과는 플라세보효과에 불과하다. 차라리 프로작이나 렉사프로와 비슷하게 만든 설탕 알갱이를 먹어라. 효과도 좋고 몸에도 거의 해롭지 않다. 의사의 처방에 따라 항우울제를 복용한 미국인, 특히 청소년들이 얼마나 끔찍한 총격 사건과 자살 사건을 일으켰는지, 2000년대부터 이어진 항우울제의 부작용과 관련한 집단소송의 역사, 제약회사의 소송 무마를 위한 피나는 마케팅의 역사를 알고 있는가?

음모론.

박심은 '우울증은 없다' 블로그에 포스팅된 글을 꼼꼼히 살펴본 뒤 반탁신의 휴대전화로 전화를 걸었다. 블로그는 작년 5월에 개설된 것이었다. 오직 한 가지 주제에 부합하는 많은 자료와 주장을 꼼꼼하게 정리해놓았다.

“여보세요. 반탁신입니다.”

통화연결음이 세 번 울리고 바리톤 같은 공명을 가진 중년 남성의 목소리가 답했다.

“아, 안녕하십니까. 반탁신 선생님. 저는 박심이라고 합니다. 저기, 잠시 통화 가능하신가요?”

박심은 양손으로 휴대전화 아래쪽을 감싸 쥐고 정중하게 말했다.

약이 병을 만든다는 음모론은 의학 산업의 대상이 되는 질병 전반에 이미 존재하고 있다. 영혼 없는 자본이 인간의 건강과 생명을 좌지우지하는 상품을 놓고 장사를 할 때에, 이윤 추구를 위해 정보를 왜곡하는 경우가 왜 없겠는가.

효과 좋고 안전한 항우울제의 개발을 환영하며 우울증을 치료하는 가장 빠르고 쉬운 방법으로 약물치료를 권장하는 목소리와, 항우울제는 결코 우울증의 만병통치약이 아니며 아직 알려지지 않은 이유로 해로울 수도 있으니 경계해야 한다는 목소리 사이 어딘가에 진실이 있을 것이다. 극과 극으로 떨어진 두 목소리 중 진실이 어디에 얼마나 더 가까이 있는 건지는 모른다. 둘 다 부분적으로만 맞는 걸지도 모르겠다.

그러나 주류 사회가 기정사실화한 것을 단숨에 전복한다는 점에서 음모론은 그 자체로 무력한 개인에게 쾌감을 준다. 더불어 음모론이 새롭게 구성한 진실은 현실의 한계에 부딪힌 사람들에게 해로운 희망을 줄 수 있다. 권력과 자본이 뿌리는 사실을 무비판적으로 믿는 것만큼이나 음모론이 주는 쾌감과 희망에 혹하는 것도 위험하다.

"네, 안녕하세요. 성이 박 자, 이름이 심 자 되신다고요? 저와는 처음 통화하시는 것 같은데 무슨 용건인가요?"

반탁신은 블로그에서 받은 강경한 인상과는 사뭇 다른, 온화한 저음으로 말했다.

편견을 가지지 않으려고 노력했지만 박심은 마음이 개운치 않았다. 이미 깊은 우울증으로 판단할 에너지를 상실한 사람에게 표준적인 치료법을 반대하는 주장을 하며 자신의 신념을 설득하는 건 옳은 행동일까? 현대 의학을 전면 부정하는 내용의 베스트셀러 책을 쓴 작가가 당뇨 합병증과 결핵으로 세상을 떠났다는 뉴스가 떠올랐다. 작년에는 약 없이 아이를 키우자고 만들어진 한 인터넷 카페가 큰 소동을 일으키기도 했다.

반탁신은 블로그에 항우울제로 피해를 입은 환자나 항우울제 관련 정보를 원하는 사람의 연락을 기다린다는 안내를 연락처와 함께 남겨놓았다. 전학수는 이걸 보고 반탁신에게 전화했을 것이다.

"저는 법률사무소의 실무 수습생인데요. 변호사님을 도와 살인죄로 재판을 받고 있는 의뢰인의 변론을 준비하고 있습니다. 우울증을 앓다가 우발적인 폭력으로 살인을 저지른 케이스고요. 조사 과정에서 선생님 존함을 알게 되었습니다."

"의뢰인께서 우울증 진단을 받고, 약을 복용하고 있었나요?"

박심의 말이 끝나자마자 반탁신이 물었다. 주저하거나 탐색하는 기색이 전혀 없었다.

"예, 그렇습니다. 사건 전에 선생님께 전화해서 상담을 하기도 했습니다."

"저와 통화를 했다고요? 의뢰인 성함이 어떻게 되는지요?"

"전학수라고 합니다. 살인 사건은 2개월 전인 5월에 발생했고요, 선생님과는 4월 중순에 40여 분간 통화했습니다. 통화 내용에 대해서는 듣지 못했습니다. 그냥 선생님과 통화했다는 것만 알고 있는데요."

"전학수 씨라……."

반탁신은 기억을 더듬는 듯 잠시 말을 멈췄다.

박심은 모니터 화면에 나타난 소년의 사진을 보았다. 소년은 12살이라고 했다. 스포츠형으로 깎은 머리, 둥글고 통통한 얼굴에 목과 어깨가 다부졌다. 여느 동네 태권도장에서 도복을 입고 친구들과 장난치는 모습이 그려지는 평범한 소년. 살짝 올라간 입매에 금방이라도 터질 듯한 장난기가 배어 있었다. 그 나이다운 밝은 얼굴이었다. 항우울제를 복용하고 2주 만에 아파트 베란다에서 투신자살했다는 반탁신의 아들이었다. 박심은 30년 후 소년의 얼굴을 상상해보았다. 지금 통화하는 상대의 얼굴.

"……확실하진 않지만 기억이 날 것도 같네요. 그런 안타까운 일이 있었군요."

"저…… 전학수 씨께 혹시 복용 중인 정신과 약을 끊으라고 권하셨습니까?"

박심이 조심스럽게 물었다.

"네. 그랬습니다."

반탁신이 당연하지 않느냐는 말투로 대답했다. 너무나 당당한 반응에 박심이 오히려 당황했다.

"아…… 그러셨군요……."

"그분이 제 권고를 받아들이지 않으셨나 보군요."

"아니요. 약을 끊었어요. 약을 끊고 17일 만에 사건이 발생했고요."

"그동안 약을 얼마나 드셨던가요?"

"팍실과 자나팜을 10개월가량 복용하셨습니다."

"너무 늦었군요."

반탁신은 막힘없이 말을 이었다. 박심은 휴대전화를 든 채 모니터에 비친 소년의 얼굴을 다시금 들여다보았다. 소년의 아버지는 죽은 아들의 명예를 걸고 자신의 남은 인생을 바쳐 세상에 진실을 알리겠다고 선언하고 있었다. 전혀 아프지 않은 내 아이를 정신과 의사와 항우울제가 죽였다. 당신도 그렇게 죽어가고 있다. 당신은 아프지 않다. 약 먹는 걸 멈춰라.

"제가 도움이 되는 말을 해드릴 수 있을 것 같군요."

죽은 소년의 아버지가 말했다.

"괜찮으시다면 직접 만나서 얘기하는 게 좋겠습니다."

박심은 기꺼이 응하여 약속을 잡았다. 반탁신이 자신이 운영하는 사무실의 위치를 안내했다. AAD라는 간판을 달고 있다고 했다.

안티 안티디프리전트(Anti-antidepressant), 항우울제를 반대하는 모임.

박심은 이 신념을 가진 남자의 굵고 온화한 바리톤의 음성에 휘말리지도 말고, 그렇다고 편견을 갖고 무조건 배척하지도 말자고 다짐했다. 정신 바짝 차려야 해. 책상 밑으로 박심은 두 주먹을 꽉 쥐었다. 짙은 눈썹이 긴장감으로 꿈틀거렸다.

건축설계 사무소 직원 전학수

전학수가 우울증에 걸려야 할 특별한 이유 따윈 없었다.

전학수는 평범한 사람으로 자랐다. 부모님과 형으로 이루어진 가정에는 적당한 행복과 불화가 있었다. 집안이 부자는 아니었지만 빈곤하지도 않았고, 부모님은 보통의 대한민국 부모처럼 자녀 교육을 가장 중요한 가치로 삼고 인생을 바친 분들이었다. 전학수는 어릴 때부터 몸이 약해 잔병치레가 잦았으나 특정한 질병은 없었고 장애도 없었다. 미남은 아니었지만 추하게 생기지도 않았고, 성적은 중상위권을 유지했고, IMF 사태와 새천년의 경제 불안 속에서도 파산하지 않고 버틴 부모님 덕분에 무사히 서울 소재 대학에 진학했다. 자신의 성적으로 갈 수 있는 학과 중 취업률이 높은 건축학과를 선택한 것도 그야말로 평범함의 발로였다. 대부분의 대학 진학자들과 마찬가지로 지원 학과에 대한 맹렬한 열정 따윈 없었다.

성격이 내성적이고 소심해서 집안 어른들로부터 남자답지 못하다는 걱정을 샀지만, 내성적인 남자도 어디든 한 명쯤은 있기 마련이므로 크게 문제될 건 아니었다. 전학수의 형이 다소 거칠고 충동적인 성격이었기에 도리어 형제의 성격이 상반되는 게 전체적으로는 조화를 이룬다는 덕담으로 어른들의 걱정은 끝나곤 했다.

수줍음을 과하게 타고 어디 가나 있는 듯 없는 듯 말이 적은 대신 전학수에게는 특유의 유머 감각이 있었다. 사람들은 과묵한 전학수가 가끔씩 툭툭 내뱉는 농담에 포복절도했고 인간적인 매력을 느꼈다. 유머 감각은 전학수가 삶을 긍정하기 위해서 개발한 하나의 방편이었고 좋은 무기였다. 전학수는 낯선 사람을 만나거나 많은 사람들 앞에서 말하는 것을 죽을 만큼 힘들어했다. 얼굴을 붉히지 않고 시선을 마주칠 수 있는 사이가 되기까지 많은 시간을 필요로 했다. 그러나 시간을 들여 한번 친해지면 재밌는 친구가 될 수 있었다. 대인 관계는 좁았지만 관계의 질은 좋았다. 대학 졸업 후 입사한 건축설계 사무실에서의 인사고과도 좋은 편이었다. 책임감이 강하고 꼼꼼해서 늘 평균 이상의 성과를 냈으며 믿을 수 있는 직원으로 통했다. 입사 3년 차까지는 착실히 인정받았고 대리로 승진도 했다.

전학수는 사람이라면 누구나 주기적으로 기분이 가라앉기 마련이라고 생각했다. 주위를 둘러보면 우울하다거나 슬프다거나 힘들다는 말을 달고 사는 사람이 태반이었다. 때가 되어 가슴에 매단 추의 끈이 풀려 한없이 밑으로 꺼지는 것 같은 아득하고 절망적인 기분에 휩싸이는 날이면, 다들 혼자만의 시간을 통해 이런 기분을 이겨내고 있을 거라고 생각했다. 때론 실체가 있고, 때론 무엇 때문인지 모를 미래에 대한 불안감도 정도의 차이만 있을 뿐 누구에게나 찾아오는 거라고 믿었다. 전학수는 자신에게 정상의 범주에서 벗어난 부분이 있다고는 단 한 번도 생각하지 않았다. 무슨 일만 있으면 벼린 칼처럼 신경을 곤두세워 소리를 지르고 약이 바짝 올라 뛰어다니는 사람들이 주위에 숱하게 있었다. 전학수는 그들보다 감정과 기분을 잘 통제했고 해야 할 일을 나무랄 데 없이 해냈다.

전학수는 29살에 친구의 소개로 만난 안우람과 결혼했다. 서로 좋아했고 어느 하나 치우치는 쪽 없이 어울리는 커플이었다. 신혼 초기는 여느 신혼부부처럼 활력 있게 보냈다. 결혼 생활은 불안과 안정을 동시에 갖다주었지만 곧 안정 쪽으로 굳어지리라 믿었다. 체력이 부쩍 달리기 시작했다는 것 말고는 문제가 없어 보였다. 연이어 야근을 하거나 밤을 새면 다음 날은 도통 몸을 일으키기 힘들었고 집중이 되지 않았던 것이다. 삶에 큰 변화가 생겼고 나이도 들었으니 그러려니 했다. 건축설계 일은 결코 만만한 일이 아니었다. 강한 체력을 타고나지 않은 이상 몸에 무리가 갈 수밖에 없었다. 어느 날 양쪽 허벅지가 쑤시고 근육이 타는 것 같은 통증이 찾아왔을 때도 전학수는 비슷하게 생각했다. 점차 허리 위로 번져오는 근육통에 괴로워 잠을 자지 못하면서도 좀 쉬면 낫겠거니 했다. 아침부터 종일 머리가 쥐어짜는 듯 아프고 근육통이 어깨까지 올라와 팔을 들어 올리기조차 어려워졌을 때는 위기를 느꼈다. 전만큼 일을 잘하지 못하게 되었다. 자신이 전과 달라졌다는 걸 감추려고 애쓰다 보니 오전 시간이 다 지나기도 전에 몸과 마음은 이미 녹초가 되고는 했다.

그 무렵 아내가 임신했다. 임신중독증 때문에 아내가 다니던 직장을 그만두고 집에 들어앉았을 때, 전학수는 덜컥 겁이 났다. 안우람은 전학수가 얼마나 아픈지 잘 실감하지 못했다. 눈으로는 보이지 않는 통증이었고 전학수로서는 이 통증의 원인과 내용을 설명할 방법이 없었다. 언제까지 아플지 얼마나 더 심하게 아플지 모르는 상태에서 아내와 곧 태어날 아이까지 혼자 부양해야 하는 상황이 닥쳤다. 전학수는 아내와 아이 생각만 하면 불안했고, 불안하면 가슴이 뛰었고, 나중에는 아무 생각을 하지 않아도 불안하고 가슴이 뛰었다. 소화가 잘 되지 않았고 매일 설사를 했다. 과민해진 대장 때문에 외근을 나가기 꺼려졌고 직장 상사와의 식사 자리도 불편했다. 밤이면 잠을 잘 수가 없었고 아침에는 일어날 수가 없었다. 아침에 눈을 뜨면 그날 처리해야 할 일들이 떠오르며 그중 하나도 해내지 못할 것만 같은 무력감에 젖었다. 몸을 일으켜 씻고 먹고 옷을 입는 일상적인 행동도 그때그때 안간힘을 써야 할 수 있었다.

성실함을 장점으로 내세우고 지켜왔던 전학수는 처음으로

지각을 했고, 처음으로 조퇴를 했고, 처음으로 병가를 쓰며 일일이 자괴감을 느꼈다. 심장이 빠르게 뛰며 등이 타오르는 것 같은 감각과 함께 숨쉬기가 어려운 증상이 생겼다. 그럴 때면 증상이 끝나기를 기다리는 것밖에는 아무 생각도 하지 못했다. 직장에서 누가 말을 시켜도 듣지 못하고 장승처럼 서 있기만 했다.

내과에 갔더니 과민성대장증후군과 만성피로증후군이라고 했다. 심장내과에 갔더니 심장에는 이상이 없으니 다른 곳을 가 보라고 했으며, 가정의학과에 갔더니 섬유근육통이 의심된다고 했다. 결국 만성피로증후군으로 병가를 한 달 썼다. 그 사이 딸이 태어났다. 딸을 보면 책임감으로 마음이 무거우면서도 자신의 유전자를 받고 세상에 태어난 존재가 신기하고 예뻐 울컥하는 감격을 느꼈다. 전학수는 딸을 위해서라도 의지력으로 고통을 극복해야겠다고 다짐했다. 딸의 존재가 삶의 보루가 되어줄 거라고 믿었다.

직장에 복귀하니 전학수의 일을 동료들이 하나둘씩 나눠서 하고 있었고 그중 일부만 전학수에게 다시 왔다. 병가 전에 전학수는 설계 기획을 맡아 진행했다. 병가 후에는 동기 직원이 주도하는 프로젝트에서 관계 법령을 찾거나 건축 허가에 필요한 서류를 꾸며서 넘기는 업무를 했다. 그나마도 전학수가 결근하여 처리하지 못하면 옆자리 직원이 대신할 수 있도록 시스템이 만들어져 있었다. 전학수는 상사에게 배려에 감사한다고 말했다. 그리고 책상에 앉을 때마다 자기는 이 자리에 앉을 자격이 없다고 생각했다. 전학수는 지금껏 살아오면서 일 못하고 짐스러운 존재가 되는 걸 스스로에게 허락한 적이 없었다. 무능한 인간으로 점 찍히면 살 가치가 없다고 믿었다. 전학수는 일에 있어서는 규칙과 절차를 존중하는 완벽주의자였다. 조금은 까다로웠지만 일 처리는 분명하다고 인정받아왔다. 맡은 과제를 무사히 성취해서 칭찬을 받으면 안도감을 느꼈고 실수를 지적받으면 자책했다. 행복은 잠깐 느꼈고 실수는 오래 기억했다.

쓸모없는 놈.

전학수의 건강을 걱정하던 동료들도 슬슬 전학수를 짐스러워하는 눈치였다.

한 명이 월급을 날로 먹고 있으니 우리가 재 몫을 다 해줘야 하잖아. 전학수는 동료와 상사의 호의적인 눈빛 아래 깔린 메시지를 읽었다. 아침에 일어날 수 없어 결근을 한 다음 날 자리에 앉으면 동료들의 마음속 외침이 귀에 들리는 것 같았다.

이제 그만 나가.

집에 가면 벌어 먹여야 하는 아내와 딸이 있었다. 전학수는 건축설계 말고는 할 줄 아는 일이 없었다. 물려받은 재산도 없었다. 여기서 경력이 끊기면 재입사를 할 수 있을지 장담할 수 없었다. 처자식까지 딸린 다 큰 남자가 늙은 부모나 처가에 붙어 기생충처럼 살 수도 없었다.

통증이 나타나고 1년이 지났을 즈음 마지막 방법으로 정신건강의학과를 찾아갔다.

"우울증이에요. 중등도 이상입니다. 가슴이 답답한 불안증, 근육통과 두통, 전신무력증, 감각 이상 같은 통증들 다 우울증이 신체화된 증상이에요. 약 드시며 일을 쉬시는 게 좋겠는데요. 일을 할 만한 에너지가 지금 없으세요."

진한 뿔테 안경을 쓴 젊은 여자 의사가 안쓰러운 표정으로 말했다. 좀 늦게 오셨네요. 아무래도 여자분들보다 남자분들이 자각을 늦게 하시죠. 그동안 많이 힘드셨겠어요. 이어지는 위로의 말을 전학수는 듣지 못했다. 눈앞에 쿵하고 어둠이 내려앉았다.

심전도검사에서 아무런 이상을 찾아내지 못한 심장내과 의사가 정신과에 가보라고 언질을 준 적이 있었다. 그것을 나중에 떠올리고 할 수 있는 건 다 해보자는 심정으로 온 것이었다. 우울증이란 진단을 받을 거라고는, 약을 먹어야 하는 상태라고는 상상도 하지 못했다.

내가 왜?

왜 하필 나지?

수치심과 자기혐오로 죽어버릴 것만 같았다. 머리가 고장 나서, 내 정신을 내가 통제하지 못해서 약을 먹어야 한다니. 어두운 방구석에서 벽을 보고 침울하게 앉아 아무것도 하지 않는 자신의 모습이 그려졌다. 1년 후에도 10년 후에도 마냥 그러고 있는 정신질환자.

전학수는 자신이 나아질 리 없다고 느꼈다. 전학수의 의식은 우울증이라는 구체적인 진단과 함께 입구가 무너진 터널로 들어섰다. 터널 저편에 동전만 한 빛이 보인다. 빛은 바늘구멍같이 좁아들다가 아예 없어진다. 출구가 없다. 무너진 건 무너진 것이다. 뭐라도 해야 할 텐데 돌멩이 하나 들어 올릴 힘이 없다. 영화필름을 되감듯이 터널의 잔해가 솟구쳐 공중을 날아다니며 저절로 복구되는 일은 일어나지 않는다. 전학수는 컴컴한 어둠 속에 초점 없는 눈으로 앉아 있다. 매 순간 참담한 절망과 슬픔을 느끼면서 아무것도 하지 않고 있다. 머릿속에서 어떤 참상이 벌어지고 있든지 간에 겉으로 보기엔 그건 그냥 아무것도 하지 않는 것이다.

전학수는 내가 느끼는 고통이 어떤 것인지 타인은 결코 대신 체험하고 느낄 수 없다는 사실, 아무리 가깝고 사랑하는 사람이라도 내 존재를 뚫고 들어와 고장 난 정신을 치유해줄 수 없다는 사실, 육체에 갇힌 자아의 절대적인 고독을 뼈저리게 느꼈다. 몸서리치는 공포가 찾아왔다. 누구도 자신의 몸에서 벗어나지 못한다는 사실, 결국 사람은 철저히 혼자라는 사실을 알아버린 게 무서웠다. 죽어버리고 싶었다. 사는 것을 그만두고 싶었다. 차마 스스로를 해칠 용기는 없었고 그럴 힘도 없어서 사고라도 나서 고통을 끝내주길 바랐다.

뿔테 안경을 쓴 여자 의사는 지금의 상태가 나아지지 않을 거라고 느끼는 것도 우울증의 한 증상이라고 말했다. 항우울제는 복용하고 한 달이 지나야 효과가 나타나니 그동안 어떻게든 참고 견뎌야 한다고 했다.

“힘든 것은 반드시 지나가요. 환자분 저를 믿으세요. 약을 먹으면 나아져요. 환자분의 뇌가 그렇게 느끼게 시키는 거예요.”

의사는 일단 우울 에피소드에서 벗어나면 나중에 재발한다고 해도 그 기간을 한층 수월하게 보내는 방법을 알게 될 것이며 드물게 재발하지 않고 완쾌되는 경우도 있다고 말했다.

전학수는 처음에는 렉사프로라는 항우울제와 신경안정제를 먹고 자기 전에는 수면제를 먹었다. 렉사프로는 입을 마르게 하고 식욕을 떨어뜨렸다. 몸이 무거워 아침에 일어나기가 더 힘들어졌다. 활력을 주는 약이라는 웰부트린으로 바꿨다. 기분이 조금 나아지는 날도 생겼고 일시적으로 생소한 기쁨도 느꼈다. 그러나 용량을 늘리자 일상생활을 할 수 없을 만큼 속이 메스껍고 어지러웠다. 팍실로 약을 바꿨다. 여전히 입맛이 없었지만 개중 부작용이 제일 덜했다. 부작용을 겪고 약을 바꾸고 하다 보니 어느덧 한 달이 지났고, 전학수는 전날까지와는 달리 마음이 한층 가벼워진 걸 느꼈다. 항우울제의 효과가 나타나기 시작한 것이다. 희망이 생겼다. 약물치료를 지속해서 에피소드에서 벗어나자. 재발만 안 되면 자신이 한때 우울증을 앓았다는 사실은 누구에게 말할 필요도 없고 스스로 떠올릴 필요도 없는 과거가 되어 잊힐 거라 생각했다. 의사는 일반인들의 기우와 달리 정신과에서 치료를 받았다는 사실이 유출되는 일은 없다고 말했으나, 전학수는 치료비를 전액 부담할 테니 건강보험을 청구하지 말아달라고 부탁했다. 우울증 치료를 받는 사실을 철저히 혼자만의 비밀로 했다.

그러나 우울증은 일차방정식의 곡선처럼 일관적으로 나아지기만 하는 게 아니었다. 기분이 가벼워졌나 싶으면 다시 가라앉고 또 좀 괜찮아지는 변덕스러운 파동을 그렸다. 특히 신체 증상은 도통 나아질 기미가 없었다. 식욕부진이나 소화불량, 현기증, 입 마름, 손떨림증과 같은 약의 부작용으로 보이는 증상들도 조금씩 종류를 달리하며 잔존했다. 약물치료를 시작한 지 10개월 정도 지난 어느 날, 전학수는 출근길에 운전을 하던 중 심장이 두근거리고 가슴이 답답해져오는 걸 느꼈다. 숨이 쉬어지지 않았다. 순간적으로 졸음이 쏟아졌고 시야가 우윳빛으로 흐려졌다. 정신을 차렸을 때, 전학수는 2차선에서 4차선까지 가로질러 갓길 벽을 향해 질주하고 있었다. 뒤따라오던 차량 10여 대가 동시에 브레이크를 밟으며 떠나가라 경적을 울려댔다. 몇 시간 지각을 하고 출근하던 길이라 도로에 차가 띄엄띄엄 달리고 있었기에 망정이지 대형 사고를 낼 뻔했다. 전학수는 긴 스키드 마크를 남기며 가까스로 사고를 피한 뒤 운전대에 상체를 박고 정신을 잃었다. 뒤차 운전자 세 명이 욕을 퍼부으려고 달려왔다가 전학수의 상태를 보고 표정이 바뀌어 운전석 유리창을 두드려댔다. 이 아저씨 기절했나 봐. 아저씨 정신 차려요. 아저씨 일어나세요. 전학수는 혼미한 정신 속에서 타이어가 타는 역한 냄새를 맡았다.

전학수는 레커차에 매단 승용차 뒷좌석에 기대앉아 집으로 돌아갔다. 세상에 태어나 그렇게 무력했던 순간이 없었다. 전학수는 울었다. 집에 도착할 때까지 와이셔츠 칼라를 흠뻑 적실 정도로 눈물이 흐르게 내버려두었다. 전학수는 19살에 운전면허를 땄고 대학 시절부터 아버지 차를 빌려 능숙하게 몰고 다녔으며 군대에서 보직도 운전병이었다. 10년이 넘도록 사소한 사고 한 번 낸 적이 없었다. 운전만큼은 자신 있었다. 그러나 이제 하지 못할 거라는 생각이 들었다. 운전조차 못 하게 되었으니 못 하게 되는 일이 하나둘씩 늘어날 것이고 곧 아무것도 못 하게 될 것이다.

"기름값이 너무 올랐어. 당분간 지하철로 다녀야겠어."

그날 저녁 전학수는 신문을 넘기며 아무렇지 않은 듯 말했다. 안우람은 끓는 물에 젖병을 소독하면서 무심하게 "그래?" 하고 대꾸했다. 그 무렵 딸아이는 쉴 새 없이 아장거리며 손에 닿는 물건이란 물건은 다 흐트러뜨리는 바람에 잠시도 눈을 뗄 수 없었다. 안우람은 낮에는 친정집에 가서 친정 엄마와 같이 딸아이를 보다가 저녁에 집에 돌아오는 식으로 육아의 짐을 나눴지만 여전히 힘에 부쳐 했다. 저녁이면 하품을 하면서 청소와 빨래 같은 집안일을 하고 반쯤 감긴 눈으로 분유를 탔다. 전학수의 상태를 눈치채지 못한 건 안우람의 잘못이 아니었다. 전학수는 필사적으로 숨기려고 했고 안우람은 숨기려고 하는 남편의 속내를 알아챌 만큼 몸과 마음이 여유롭지 못했다.

정신과 약을 계속 먹었는데도 몸은 오히려 나빠졌다는 사실에 전학수는 분노했다. 수치심이 분노와 불신감에 자리를 내줬다. 약물 복용 한 달 후 잠깐 효과가 있었을 뿐 그다음은 먹으나 안 먹으나 차이가 없는 것 같았다. 오히려 끊임없이 나타나는 부작용까지 보태서 감당하고 있는 상황이 아닌가. 전학수는 처음 진단을 받았을 때 인터넷에서 우울증에 대해 이리저리 검색하다 스쳐 보았던 블로그를 다시 찾았다.

우울증은 없다.

전학수는 블로그 운영자의 공개된 연락처로 전화를 걸었다.

그리고 약을 끊었다. 금단증상에 시달렸지만 견뎠다. 약 중독이 더 심각한 증상을 불러왔다고 믿었기 때문이었다.

무더웠던 5월의 어느 날, 약을 끊고 17일째 되는 날이었다. 전학수는 조퇴를 하고 집으로 돌아왔다. 무거운 몸을 겨우 놀려 지하철을 갈아탔다. 바위를 올려놓은 듯 머리가 무거워 목이 푹푹 꺾였다. 나는 아프지 않다. 전학수는 지하철역에서 걸어오며 답답한 가슴을 쥐고 숨을 씩씩거렸다. 나는 아프지 않다. 나는 지금 약 중독을 이겨내는 중이다. 이마에 식은땀이 줄줄 흘렀다. 나는 아픈 걸까. 금방이라도 주저앉고 싶었다. 어디가 아픈 걸까. 차라리 교통사고로 사지가 부러져 병원 침대에 묶여 있는 신세라면 좋겠다. 그러면 남도, 그리고 나 자신도 내가 확실히 아프다는 걸 인정할 수 있을 텐데. 내 고통을 의심할 이유가 없을 텐데. 공허함에 영혼이 몸 위로 떠올라 흐느적대는 자신을 내려다보는 것 같았다.

전학수는 고개를 푹 숙인 채 발을 질질 끌며 빌라 입구로 들어섰다. 마침 302호 주민 라상표가 회색 폴로셔츠를 입은 상체를 건들거리며 계단을 내려오고 있었다.

2층과 3층 사이 계단에서 라상표와 전학수의 왼쪽 어깨가 툭 맞닿았다.

이경대학병원 정신건강의학과 교수 임귀섭

임귀섭 교수는 오늘 외래 진료를 보는 날이라고 했다. 예약 환자가 빈틈없이 잡혀 있어 도무지 시간을 내기 어렵다며 불퉁하게 굴었다. 이평서 팀장은 진료실에서 잠깐만 뵙자고 말한 다음 전화를 끊고 이경대학병원으로 출발했다. 막내 홍인혁 형사가 동행했다. 설리사의 진료 기록부 입수를 위해 유족인 설창석의 동의서와 위임장을 받아놓은 상태였다.

임귀섭은 이경대학병원 정신건강의학과 부교수로 설리사를 치료한 적이 있었다. 전화로 물었을 때는 설리사라는 환자에 대해서 기억나는 게 없다고 답했다. 많은 외래 환자를 상대하는 대학병원 의사가 1년도 더 전에 단 두 번 만난 환자를 기억할 거라 기대하긴 어려웠다. 진료 기록부를 보면서 얘기를 나누면 당시 상황이 떠오르리라 생각하고 찾아가기로 한 것이었다.

'검은 개'가 우울증을 은유한다는 것을 이평서는 인터넷 검색을 통해 쉽게 알아냈다. 설리사의 책에서 나온 메모의 내용과 들어맞는 비유였다. 특별히 하는 일 없이 집에 틀어박혀 오로지 박이음하고만 소통하고 살았던 설리사의 생활 방식도 우울증 때문이라고 하면 고개가 끄덕여지는 면이 있었다. 사진에서 보았던 자신감 없고 희미해 보이는 인상도 그러했다.

"따님이 혹시 우울증을 앓았나요?"

이평서는 설창석에게 전화하여 단도직입적으로 물었다.

"아…… 아니요…… 아닙니다. 그건 모릅니다만."

피해자의 아버지는 불쑥 던진 질문에 당황했다. 이평서는 뒤에 이어질 말이 있다는 직감이 들었다.

"그건 모르는데, 다른 건요?"

수화기 너머로 정적이 흘렀다. 달갑지 않은 사실을 말하기 전 망설이는 시간이었다.

설창석은 마지못해 한숨과 함께 털어놓았다.

"리사 엄마가 우울증을 깊게 앓았죠. 병원에도 몇 번 입원하고 하다가 리사가 중학교 3학년 되던 해에 자살했어요."

"허……."

이평서는 설리사가 남긴 메모를 내려다보았다.

……아니다. 난 끝을 안다. 피가 정해준 결말.

나의 검은 개는 점점 커지고 사나워져서 나를 물고, 내 몸을 찢고, 나를 죽일 것이다.

단지 그날이 언제냐가 문제일 뿐.

이런 거였군. 우울증은 유전적인 영향을 받는다고 알려져 있다. 설리사는 자신이 생모의 뒤를 따라 언젠가는 자살하게 될 거라고 암시했다.

하지만 설리사는 살해당했다.

"따님이 청소년 시기에 우울증 치료를 받은 적은 없다는 말씀이시죠?"

"네. 없습니다."

"어머니가 그런 식으로 돌아가셨는데, 설리사 씨에게도 어떤 조짐이 있진 않았고요?"

"리사가요?"

맞받아치는 설창석의 말에 가시가 돋아 있었다. 사건 당시 딸의 생활에 대해서 아무것도 모르고 있었던 설창석은 수사 초기부터 은근한 비난을 받아왔다.

"애가 엄마 닮아 우울했다면 제가 알았을 것이고 조치를 취했겠죠. 우울증 걸린 여자와 20년 가까이 살았는데 그 병이 어떤 건지는 제가 잘 알지 않겠습니까? 그런 여자와 안 살아본 사람보다는?"

설창석은 넌더리가 난다는 듯 내뱉었다.

이평서 팀장은 설리사의 건강보험 급여 내역을 입수하라고 지시했다. 자료를 통해 설리사가 작년 5월 2차례 이경대학병원에서 우울증으로 외래 진료를 받았다는 걸 알아냈다. 우울증이란 병명으로 진료받은 것은 그게 전부였다. 설리사는 대학에 입학해서 가족과 떨어지고 얼마 안 있어 병원을 찾았던 것이다.

수원에서 출발한 지 1시간 만에 이평서 팀장과 홍인혁 형사는 이경대학병원에 도착했다. 두 형사는 환자와 의료진들로 북적거리는 본관 건물에 들어섰다.

정신건강의학과 외래 진료실은 입구에 접수대가 있고, 입구에 트여 있는 직사각형 형태의 공간을 환자 대기실로 사용하고 있었다. 네 개의 의사 진료실이 환자 대기실을 둘러싸고 있는 구조였다. 대기실에는 20여 명의 환자들이 등받이가 붙은 네 줄의 의자를 가득 채우고 앉아 있었다. 2명의 간호사가 접수대에서 전화를 받거나 다음 순서의 환자를 호출하는 등 바쁘게 움직였다.

틱장애가 있는 것으로 보이는 열 살가량의 남자애가 입으로 칙칙, 소리를 내며 앞의 의자를 발로 찼다. 엄마가 손을 뻗어 남자애의 발을 누르며 그만하라고 말했다. 남자애 앞에 앉은 중년 남자가 슬쩍 돌아보고는 무심한 표정으로 다시 몸을 돌렸다. 창가 쪽에는 검은 후드티를 입은 청년이 의자에 무릎을 세우고 앉아 머리에 후드를 뒤집어쓰고 귀를 막은 채 몸을 흔들었다. 그 외에 겉으로는 특별한 이상이 보이지 않는 다양한 연령대의 사람들이 전자 순번 대기표를 쳐다보며 앉아 있었다.

이평서 팀장과 홍인혁 형사는 접수대로 다가가 한 손으로는 전화 수화기를 잡고 한 손으로는 키보드를 두드리고 있는 간호사에게 경찰 신분증을 들이밀었다.

"임귀섭 교수님 뵈러 왔습니다. 미리 전화드렸는데요."

이평서 팀장이 말했다.

"……잠깐만요. 실례합니다."

간호사가 통화하던 사람에게 양해를 구하고 수화기를 귀에서 뗐다.

"저, 교수님 지금 진료 중이신데요."

간호사가 턱짓으로 임귀섭 교수의 진료실을 가리켰다. 그와 거의 동시에 진료실의 문이 열리고 휠체어를 탄 남자 노인이 보호자와 함께 나왔다. 이평서 팀장과 홍인혁 형사는 문이 닫히기 전 냉큼 걸어가 안으로 밀고 들어갔다. 간호사가 곤혹스러운 표정을 지으며 말리려 했지만 두 형사의 행동이 더 재빨랐다.

"안녕하세요, 교수님. 전화드린 수원중부경찰서 이평서 팀장입니다. 여기는 홍인혁 형사."

모니터에 시선을 두고 마우스를 딸깍거리던 임귀섭 교수가 고개를 들었다. 머리가 일찍 센 모양인지 빳빳한 철회색 머리카락을 가르마를 타서 한옆으로 넘긴 스타일이었다. 나이는 사십대 중반 정도로 보였다. 두꺼운 알의 금테 안경을 쓰고 깨끗이 면도를 한 얼굴이 전형적인 중년 인텔리의 모습이었다.

의사의 얼굴에 못마땅한 기색이 스쳐갔다.

"오셨으면 거기 앉으시죠."

"실례가 많습니다. 저희도 정말 중요한 사건을 다루고 있어서요."

홍인혁 형사가 빙그레 웃으며 이평서 팀장을 따라 환자용 의자에 나란히 앉았다.

임귀섭은 무뚝뚝한 표정으로 서랍을 열어 설리사의 진료 기록부 사본을 꺼내 들었다.

"기록을 찾아봤어요. 설리사라는 환자는 작년 5월 7일에 처음 내원했습니다. 다니는 대학의 정신건강상담센터에서 상담을 받고, 또 대학 근처 가정의학과에 갔다가 진료 의뢰서를 받아 내원한 경우였어요."

임귀섭은 몇 장 되지 않는 진료 기록부를 넘겨가며 말을 이었다.

"간단한 자가진단테스트와 심리검사를 실시하고 환자의 증상 보고를 들었는데, 중등도의 우울 에피소드로 진단되었습니다. 중등도 중에서도 좀 심한 케이스였습니다. 이전에 치료를 받은 적은 없다고 했어요. 그런데 가족력이 있더군요."

"네. 친모가 우울증으로 자살했답니다."

이평서 팀장이 끼어들었다.

임귀섭이 안경알 너머 힐끗 이평서를 바라보더니 다시 기록으로 시선을 내렸다.

"네. 그런 말을 했습니다. 우울증도 그렇지만 자살도 대물림되는 경향이 있습니다. 죽음에 대해 생각하는 빈도가 잦았고 뭐랄까…… 자기도 엄마를 따라 자살로 죽을 운명이라는 왜곡된 생각을 갖고 있었습니다. 약물치료가 시급했고 관찰을 요하는 상태였습니다. 우울증 약과 신경안정제를 병용 처방하고 불면증이 심하다고 해서 수면제를 처방했어요. 일주일 뒤에 다시 오라고 하고 될 수 있으면 혼자 있지 말라고 조언했습니다. 아직 어린 나이라 가족에게 알리는 게 좋겠다고 권했는데 환자가 강력하게 거부했습니다."

의사가 진료 기록부를 한 장 넘겼다.

"그리고 일주일 뒤인 5월 14일에 환자가 또 내원했습니다. 수면제가 효과가 있어서 잠을 잘 잤다고 했고 그 외에 기분이나 행동의 변화는 없다고 했습니다. 사람들과 친밀한 관계를 원하지만 관계를 시작하기 두려워하고 점차 무관심을 나타내는, 사회공포증이나 회피성인격장애 소견도 보였습니다. 아직 우울증 약의 효과가 나타날 시기는 아니었고요. 큰 부작용은 없다고 하기에 처음에 렉사프로를 5밀리그램 처방했던 걸…… 아, 렉사프로는 우울증 약입니다. 그걸 10밀리그램으로 증량하고 일주일 뒤에 또 오라고 했습니다. 그런데 그 뒤로 안 왔네요."

임귀섭 교수는 진료 기록부 사본을 형사들 앞으로 내밀고 의자에 기대앉았다. 할 말이 끝났다는 신호였다.

"달리 더 기억나는 사항은 없습니까? 우리에게 참고가 될 만한 그런?"

이평서가 물었다.

임귀섭은 고개를 저으며 손목시계를 힐끔 들여다보고 문 너머로 시선을 보냈다. 문밖에서 진료를 기다리고 있을 환자들을 의식하는 행동이었다.

"저, 밖에 간호사님은 뭐 기억하시는 게 없을까요? 이 환자에 대해서?"

홍인혁 형사가 눈치 없는 사람인 양 밝은 목소리로 말했다.

임귀섭이 미간을 찡그렸다.

"보다시피 하루에도 외래 환자가 100명 가까이 오는데 어떻게……."

"한번 여쭤봐주기라도 하시죠. 저희가 여기까지 왔는데."

이평서 팀장이 홍 형사와 합을 맞춰 임귀섭 교수의 말을 자르고 들어왔다.

형사들이 답을 듣기 전에는 떠날 기색을 보이지 않자 임귀섭은 포기하고 책상 밑에 달린 벨을 눌렀다. 아까 접수대에서 전화를 하고 있던 간호사가 들어왔다.

"네, 교수님."

임귀섭이 간호사에게 가까이 오라고 손짓했다.

"조 선생. 이 환자에 대해서 뭐 기억나는 거 있으면 여기 형사분들에게 말해줘요."

조 선생이라고 불린 간호사는 설리사의 진료 기록부를 받아들어 빠르게 넘겨보았다. 기록을 살펴보는 간호사의 눈매가 예리했다. 오랜 경험을 통해 직업적 능력을 다져온 전문가의 눈이었다.

"글쎄요, 교수님. 1년 전 환자분이시라……."

임귀섭이 그러면 그렇지, 하는 표정으로 형사들을 바라보는 찰나 조 간호사가 말을 이었다.

"외래 일지를 한번 확인해볼까요?"

임귀섭 교수는 금세 나무라는 눈빛이 되었다. 반면 이평서와 홍인혁은 귀가 쫑긋했다. 외래 환자 업무를 담당하는 간호사들이 작성하는 일지가 있는 모양이었다.

"네. 부탁드립니다, 선생님."

홍인혁 형사가 조 간호사를 향해 말했다. 잘생긴 얼굴을 갸웃하며 생기 넘치는 입술로 매력적인 미소를 지어 보이면서. 사무적인 긴장을 유지하고 서 있던 조 간호사가 순간 볼을 붉혔다. 임귀섭이 마지못해 손짓으로 허락했다. 간호사가 진료 기록부를 가슴에 안고 종종걸음으로 진료실을 빠져나갔다.

"환자가 예약 일에 오지 않으면 병원에서 연락은 따로 안 해 보시나요?"

간호사를 기다리는 동안 이평서 팀장이 말을 걸었다.

"간호사들이 한두 번 전화해서 확인하고 독려할 겁니다. 그런데 연락을 안 받는 사람도 많고, 오겠다고 하고는 안 오는 사람들도 많고. 정신과 환자들은 초기에도 치료를 많이 중단합니다. 정신과 치료에 대한 편견에서 스스로 벗어나지 못하는 경우도 흔하고, 부작용을 겪으면 치료 의지가 꺾이기 쉽습니다. 향정신성 약물과 항우울제는 뇌에 작용하는 약이라 부작용이 민감하게 나타나고 사람마다 차이를 크게 보입니다. 특히 항우울제는 복용하고 2~4주 후에나 효과가 나타나기 때문에 그 기간을 견디지 못하는 사람들이 많습니다. 안 오겠다는 걸 저희가 억지로 끌고 올 수는 없지 않습니까."

"설리사 씨는 이후에 다른 병원에 가거나 하지도 않은 것 같은데, 이런 상태에서 치료를 받지 않으면 어떤가요. 저절로 나을 경우도 있습니까?"

임귀섭은 검지를 턱에 대고 잠시 골똘하더니 말했다.

"자연 회복되는 경우가 아예 없는 건 아닙니다만, 우울 에피소드는 의학적 개입이 없으면 나아지기 매우 힘들고 환자의 고통이 격심합니다. 약물치료가 아니더라도 심리치료든 대체 요법이든 한방치료든 뭐든 어떤 개입이 없다면 회복을 기대하기 어렵습니다. 극한 고통 속에서 자살행위를 할 위험도 크고, 사회적 기능을 하지 못하고 우울증이 만성화된 상태에서 식물처럼 살게 될 수 있습니다. 치료를 하지 않는 경우 우울 에피소드는 보통 6개월에서 13개월 정도 지속된다고 보는데, 에피소드는 언젠가 끝날지라도 가까운 시일 안에 재발하고 기간도 길어지거든요. 우울증은 기분을 조절하는 뇌의 균형이 깨진 상태입니다. 깨진 균형을 자력으로 회복할 에너지가 없기 때문에 약물을 투입하여 인위적으로 균형을 맞춰줘야 합니다. 그래야 우울증에서 벗어나야겠다는 의지도 생기는 겁니다."

의사는 이제까지의 불쾌함을 잊은 듯 진지했다.

"우울증 환자에게 의지로 이겨내라고 하는 말이 그래서 틀렸다는 겁니다. 그건 하반신이 마비된 환자에게 힘을 내서 다리로 걸어보라는 말과 똑같습니다."

"음…… 설리사 씨의 경우 아까 사회공포증일 수도 있다고 하셨는데. 실제로 사망 당시 피해자는 마음이 맞는 단 한 명의 동성 친구에게만 의존하면서 아주 고립적으로 살았어요. 이런 사람이 갑자기 남자를 사귀거나 해서 같이 여행을 떠난다…… 이런 상황이 가능할까요? 유일한 동성 친구도 모르게요."

이평서 팀장이 의사에게 사건에 대한 의견을 구했다. 홍인혁 형사도 궁금하다는 듯 옆에서 고개를 주억거리며 귀를 기울였다.

"사회공포증이나 회피성인격장애일지도 모르겠다고 한 것은 분명한 진단은 아닙니다. 진단을 위한 상담을 하다 보니 인간관계 면에서 그런 소견도 보였다는 겁니다. 어쨌거나 환자의 주요 질환은 우울증, 즉 주요우울장애였습니다. 우리가 흔히 우울증이라고 부르는 병이 바로 주요우울장애죠. 조울증이라고 불리는 양극성기분장애와는 구분되는 진단명입니다. 어쨌든…… 기질적인 면이 강한 주요우울장애인데 심각한 정도로 따지면 중등도의 우울 에피소드로 보였습니다. 물어보신 내용은…… 글쎄요. 다른 사람이 어떤 행동을 취할지 완벽하게 내다보는 건 불가능하고 어디까지나 추측할 수밖에 없는 문제입니다만, 이 환자의 질병 상태나 심리적 경향성으로 볼 때 갑자기 새로운 인간관계를 형성해서 그러한 행동을 취하기는 어렵다고 봅니다."

"그럼 훌쩍 혼자 여행을 떠나는 것은요? 분명한 목적지도 없이. 그럴 수는 있습니까?"

홍인혁 형사가 물었다.

임귀섭 교수가 입을 비쭉 내밀었다.

"글쎄요. 그것까지는…… 집 밖에 나가는 것조차 못 하는 광장공포증 환자가 아닌 이상 혼자 여행을 떠나는 거야 뭐, 할 수도 있는 일 아니겠습니까. 일반적인 사람보다야 그런 경향성이 적겠습니다만 우울증 환자라도 하루 종일, 매일 우울한 상태로 있는 건 아닙니다. 하루 중에도 활력이 생기는 시간이 있고, 좀 괜찮아지는 기간도 있고 그렇습니다. 그래서 늘 만나는 사람도 상대의 우울증을 눈치채지 못하는 경우가 많습니다. 사람을 만나는 동안은 활력을 보이니까요."

조 간호사가 서류를 들고 들어왔다. 염려 가득한 표정이었다. 세 사람의 눈길이 동시에 조 간호사에게 쏠렸다.

"교수님. 찾아봤는데요……."

"어, 그래요. 뭐 특이 사항이 있습니까?"

임귀섭이 물었다.

"설리사라는 환자분과 직접적으로 관련되는 사항은 아닌데…… 이걸 말씀드려도 좋을지……."

조 간호사가 임귀섭 교수의 안색을 살피며 조심스러워했다.

"뭔데요. 말해보세요."

"설리사 씨가 처음 내원한 날이 그날이더라고요. 반탁신 씨가 항의하러 오셨던……."

임귀섭 교수의 얼굴이 급격히 굳었다. 간호사가 언급한 이름이 몹시 넌덜머리 나는 대상인 모양이었다.

"그래서 설리사 씨도 그렇고 그날 오후 3시 15분 예약 환자부터 진료가 1시간 뒤로 밀렸어요. 거의 7시까지 남아 진료를 보셨어요. 그날이에요."

조 간호사는 그날의 불쾌한 사건을 상기시는 게 임 교수의 기억을 살리는 데 도움이 될 거라고 생각하는 것 같았다. 간호사의 순수한 시도는 교수의 감정만 자극하고 성과 없이 끝났다. 임귀섭은 그날을 떠올리는 것만으로도 화가 나는지 눈 밑 살을 움찔거렸다. 간호사가 고개를 숙이며 임 교수의 책상에 슬며시 서류를 올려놓았다.

"그날 무슨 일이 있었습니까?"

이평서 팀장이 물었다.

임귀섭이 콧방귀를 뀌며 머리를 내저었다.

"아뇨. 아닙니다. 보호자 중에 환자 처방에 극렬하게 항의하는 사람이 있어서 진료실에 와서 난동을 부린 날이 있었습니다. 설리사 씨가 처음 내원한 날이 하필 그날이었나 봅니다. 상황을 정리하느라 오후 환자 진료가 많이 밀렸습니다. 설리사 씨도 많이 기다렸을 겁니다. 그뿐입니다."

"어?"

그때 홍인혁 형사가 외쳤다.

홍인혁은 눈을 커다랗게 뜨고 이평서 팀장의 팔뚝을 툭툭 쳤다.

"팀장님, 여기 좀 보세요."

"응?"

홍인혁 형사는 임귀섭 교수의 책상에 놓인 서류 하나를 제 앞에 끌어왔다. 조 간호사가 가지고 들어온 작년 5월 7일의 외래 진료 환자 명단이었다. 설리사의 이름에서 세 번째 위에 익숙한 이름이 있었다.

"어허……."

이평서는 환자 명단을 뚫어져라 바라보았다. 실소가 나왔다. 사건과 관계해서 만났던 사람의 이름과 같았다. 흔치 않은 이름이므로 동명이인일 가능성은 적어 보였다.

임귀섭 교수의 진료실을 나오면서 두 형사는 대기하던 환자들로부터 원성의 눈길을 한 몸에 받았다. 뒤통수가 따끔했다. 그날도 이랬겠지. 이평서는 작년 5월 7일 이경대학병원 정신건강의학과 환자 대기실의 분위기를 상상했다. 환자 진료에 불만을 품은 보호자가 진료실로 찾아와 격렬히 항의하며 난동을 부린다. 밖에 대기하던 환자들도 그 소동을 보고 듣는다. 환자들은 의사가 다시 진료를 볼 수 있을 때까지 1시간 이상 기다린다. 몇 사람은 집에 돌아갔을 것이고, 일부는 짜증을 내며 대기실을 서성였을 것이다.

그리고 몇 명은 불안감과 지루함을 달래기 위해 서로 대화를 나누지 않았을까. 처음 보는 사람이라 해도, 아무리 수줍은 사람이라 해도 같은 병을 앓고 있다는 동류의식은 사람을 쉽게 결속시킨다. 이평서는 소아정신질환을 앓던 아들과 아들의 치료에 매달리던 아내와 살았던 시절, 이를 간접적으로 경험했다. 치료하기 힘들거나 남에게 터놓기 힘든 병일수록 결속은 빠르고 강하다.

AAD 대표 반탁신

항우울제를 반대하는 모임, AAD 사무실에 들어서자마자 박심의 눈에 들어온 것은 벽에 붙은 2절 크기의 포스터였다. 항우울제를 복용한 사람들이 일으킨 살인, 자살, 방화, 폭행 사고 등이 연도별로 정리되어 있었다.

1989년 동료 인쇄소 직원 7명에게 소총을 난사해서 살해하고 자살한 조셉 웨스베커, 1999년 13명을 살해하고 자살한 콜럼바인 고교 총기 난사 사건의 가해자 에릭 해리스, 2001년 잠자던 조부모를 총으로 쏴서 죽인 12세 소년 크리스토퍼 피트먼. 2003년 대구 지하철 방화로 192명을 사망하게 한 김 씨. 2015년 예비군 훈련장에서 총기를 난사하여 2명을 살해하고 자살한 최 씨.

"모두 항우울제를 복용하고 있거나, 복용한 전력이 있었죠. SSRI요."

전화로 들었던 굵은 목소리였다.

반탁신은 키가 작은 편이었으나 근육질이었고 목과 어깨가 다부졌다. 둥그스름한 얼굴에 눈이 부리부리했고 턱에는 검은 수염 자국이 숭숭했다. 역도 선수 혹은 배우가 어울리는 외모였다. 남다른 욕망과 집념을 가진 인물을 연기하는 성격배우. 나이는 40대 중반이나 후반으로 보였다.

"SSRI가 뭔지 아시나요? 설명이 필요할까요?"

"아니요. 알고 있습니다."

박심은 공부한 내용을 떠올렸다. 항우울제는 크게 모노아민 산화효소 억제제, 삼환계 항우울제, 선택적 세로토닌 재흡수 억제제로 나뉜다. 앞의 두 부류는 초기에 발명된 약으로 부작용이 심하고 안전성이 떨어져 최근에는 많이 처방하지 않는다. 요즘 가장 표준적으로 사용되는 약이 SSRI라고 하는 선택적 세로토닌 재흡수 억제제로, 항우울제의 혁신 상품인 '프로작'이 여기 속한다. 졸로프트, 셀렉사, 팍실, 렉사프로 등이 모두 SSRI다.

"SSRI에 18세에서 24세까지의 사람들에게 자살 위험을 증가시키는 부작용이 있다고 알고 있습니다. 제품 안내서에 기재되어 있을 만큼 공식화된 사실이던데요."

박심이 운을 뗐다. 동시에 박심은 사무실 한 구석에서 커피를 준비하고 있는 청년의 뒷모습을 힐끗 바라보았다. 청년은 헐렁한 면 티셔츠에 청바지 차림이었다. 박심 또래로 보이는 빼빼 마른 청년에게서 묘한 익숙함이 느껴졌다. 청년은 박심이 들어서자 자리에서 일어나 묵묵히 원두를 갈고 커피를 내렸다.

"미국 FDA가 2004년에 제약회사에 경고문을 부착하도록 했죠. SSRI가 18세 미만 아동과 청소년에게 자살 충동을 유발할 수 있다고. 2003년에 영국 보건 당국이 그 사실을 공식적으로 인정해서 발표한 데다가 항우울제 부작용에 대한 집단소송이 쏟아지고 있었거든요."

설명을 이어가는 반탁신의 얼굴에는 냉소가 가득했다.

"하지만 제약회사는 SSRI의 자살 유발 위험성을 상품을 출시하기 전부터 알고 있었어요. 관련된 보고서가 제약회사 내에 처음부터 존재했죠. 그리고 미국 FDA는 2007년에 자살 충동 유발의 위험 범위를 24세까지 확대했어요. 피해 환자들이 소송을 계속하고 제약회사의 은폐 의혹이 끊임없이 제기되니까 말이죠. 어때요. 정치적인 타협의 결과로 보이지 않습니까? 그럼 25세는 괜찮을까요? 26세는요? 내년쯤 되면 30세로 확대되지 않을까요?"

커피 향기가 4평 정도의 사무실을 가득 채웠다. 청년이 김이 모락모락 나는 머그잔을 쟁반에 받쳐 들고 다가왔다. 도토리 모양으로 미끈하게 빠진 턱선. 제법 준수하게 생긴 얼굴 양옆으로 돌출형 귀가 뾰족하게 돋아 있었다.

어디서 봤더라. 박심의 기억 속 어딘가에 저렇게 생긴 귀가 있었다.

청년은 테이블에 커피 잔을 놓고 창가 쪽 자기 자리로 돌아갔다. 박심과는 눈을 마주치지 않았다.

"전학수 씨가 전화했을 때 무슨 대화를 나누셨는지 궁금합니다."

박심은 질문을 시작하며 대화를 녹음해도 되느냐고 물었다. 반탁신은 거리낄 것 없다는 듯 허락했다. 박심은 소형 녹음기를 켜서 책상에 올려놓았다.

"제가 많은 곳에서 전화를 받기 때문에 기억이 완벽하진 않다는 걸 고려해주세요. 확실히 기억나는 것만 말할게요. 그분은 이미 제 블로그를 다 살펴보고 전화했어요. 항우울제를 계속 먹어야 하는 건지 물었고요. 그래서 답을 해줬죠."

"약을 끊어야 한다고요?"

"그럼요. 항우울제는 당신이 앓는 병과는 아무 관계도 없다고 했죠. 그분이 약을 꾸준히 먹었는데도 몸이 더 나빠졌다고 거의 울먹였던 걸로 기억해요. 바보가 된 것 같다고 했어요. 아무 생각도 할 수 없는 머리가 됐다고. 이미 답을 알고 전화하신 거죠."

"금단증상을 염려해서…… 서서히 감량해야 된다는 말씀은 안 하셨습니까?"

박심은 비난으로 들릴 수도 있는 질문을 했다. 아무리 항우울제 복용을 반대하는 입장이라고 해도, 갑자기 약을 끊는 건 위험하다는 걸 말해줬어야 옳다. 부작용보다 금단증상이 더 끔찍할 수 있다.

"금단증상 말이죠. 그 얘기야 물론 했죠. 이미 중독되었을 테니 일단 양을 줄이면서 끊어야 한다고 했지요."

"아…… 그렇습니까."

반탁신이 턱을 들고 박심의 얼굴을 가만히 내려다보았다.

"오해를 하신 모양이군요. 금단증상에 대한 안내는 했어요. 항우울제가 뇌의 자연스러운 기능을 변형시켜 갑자기 중단하면 금단증상을 일으킨다는 걸 저만큼 잘 아는 사람이 있을까요? 서서히 줄이다 궁극적으로는 약을 끊고 다시는 먹지 말아야 한다고 했어요. 그분이 제 말을 참고해서 그분의 결심으로 감량 없이 끊었나 보죠. 부작용이든 금단증상이든 항우울제의 잘못된 작용으로 인한 겁니다. 본질적인 차이는 없다고 봐요."

내리누르는 듯한 반탁신의 목소리와 강한 시선에 박심은 기가 죽는 느낌이었다. 박심은 헛기침을 하며 커피 잔을 들었다. 다음에 할 말이 빨리 생각나지 않았다. 커피는 펄펄 끓는 물을 부은 듯 뜨거웠다.

반탁신이 벽에 세운 책장에 다가가 초록색 표지의 책을 꺼내 들었다.

"이게 뭔지 아시나요?"

두툼한 초록색 책이 박심의 눈앞에 쿵, 하고 놓였다.

"DSM-3?"

박심이 영어로 된 제목을 읽었다.

"네. DSM. 정신장애의 진단 및 통계 편람. 미국정신의학회가 내는 책이죠. 정신질환 진단의 바이블로 통해요. 현재 5판까지 나왔는데 1980년에 나온 이 3판이 불안장애를 발명함과 동시에 우울증을 새롭게 확장하고 제약회사와 정신과 의사를 먹여 살렸어요."

반탁신은 한 손으로 책의 중간 페이지를 잡고 들어 후드득 넘겼다.

"박심 씨라고 했죠? 박심 씨, 그거 알아요? 1980년대 전만 해도 공황장애라는 말은 있지도 않았어요. 지금은 연예인부터 직장인까지 온통 공황장애 환자로 넘쳐나 정신과 의사들의 배를 불려주고 있죠. 공황장애는 보통 우울증을 동반하고 우울증은 공황장애 같은 불안장애를 동반해요. 처방하는 약도 같아요. 항우울제와 신경안정제를 먹죠. 공황장애나 불안장애는 항우울제 판매를 위해 확장된 우울증이에요. DSM-3가 나오기 전에는 우울증이든 공황장애든 불안장애든 다 신경쇠약이라고 불렀어요. 신경쇠약에 걸린 사람들은 심리치료를 받았죠. 정신과 의사가 아니라 정신분석가를 찾아갔어요."

박심은 뒤로 기울어진 푹신한 의자에 누워 심리 치료사에게 자신의 문제를 털어놓는 백인 남녀의 모습을 상상했다. 스릴러 영화에서 자주 봤던 장면이었다. 심리 치료사는 환자의 무의식에 잠재되어 있는 우울과 불안의 원인을 찾아내려고 애쓴다. 그러다 보면 환자가 어린 시절에 받았던 성적인 상처와 억압이 치료사의 질문과 환자의 대답을 통해 증상의 원인으로 드러난다.

AAD 대표의 말이 계속됐다.

"그러다 DSM-3의 개정 작업을 정신과 의사, 그러니까 정신의학자들이 주도하게 됐어요. 정신의학자들은 정신분석 용어인 신경증을 DSM에서 퇴출하고, 새롭게 불안장애를 만들었죠. 불안장애 범주에 공황장애와 사회공포증이 들어왔어요. 이도 저도 아닌 불안장애는 범불안장애라는 용어로 쓸어 담게 해놨고요. DSM-3로의 개정 작업은 6년이나 걸렸어요. 장기간에 걸친 정신분석가와 정신의학자 간의 헤게모니 싸움에 제약회사가 끼어들어 정신의학자들을 지원했어요. 제약회사는 갖은 로비 수단을 활용해서 돈을 댔죠."

반탁신은 초록색 책의 표지를 툭툭 두드렸다.

"그래서 2판까지는 130쪽에 불과했던 DSM이 3판에서는 500쪽으로 늘면서 83개의 새로운 정신질환이 탄생했어요. 그리고 정신의학자들을 응원한 제약회사의 항우울제가 불안장애 치료제로 FDA의 허가를 받았죠. 불안장애라는 진단이 생기고, 불안장애 치료제가 생기고, 불안장애 환자가 급격히 늘어났어요."

반탁신은 잠시 말을 끊고 특별히 강조하듯 덧붙였다.

"태초에 약이 먼저 있었어요. 병이 먼저가 아니라."

"저, 선생님. 저는 의뢰인의 범행 당시 심리 상태에 대해 법정에서 설득할 수 있을 만한 자료를 찾고 있습니다."

"네, 알아요. 조금만 더 들어보세요."

반탁신은 다시 책장으로 뚜벅뚜벅 걸어갔다. 이번에 꺼내 든 책은 《만들어진 우울증》이란 번역서였다.

"이 책은 크리스토퍼 레인이라는 정신약리학자가 쓴 책이에요. 이 사람은 DSM-3에서 새롭게 질병으로 정의된 '사회공포증'에 주목했죠. 박심 씨의 의뢰인께서 복용한 팍실이라는 항우울제가 최초로 사회공포증 치료약 승인을 받았어요. 그때부터 내향적인 사람이 가진 정상적인 수줍음까지 사회공포증이란 병이 됐죠. DSM-3는 진단 기준을 대폭 낮춰서 사실상 모든 사람을 정신질환자로 진단할 수 있게 해놨거든요. 제약회사는 자신감 넘치는 태도로 직장에서 승승장구하고, 스포츠와 여행을 즐기며 활짝 웃는 남녀의 모습을 내세워 마케팅에 천문학적인 돈을 쏟아부었어요. 사람들은 더 행복감을 느끼기 위해서, 직장에서 성공하기 위해서, 수줍은 성격을 교정하기 위해서 항우울제를 먹기 시작했죠. 그 결과 팍실은 프로작의 아성을 넘어 가장 잘 팔리는 SSRI가 됐어요."

"잠깐요, 선생님 그건…… 미국의 사례에 국한되는 거 아닐까요?"

중간에 치고 들어온 질문에 반탁신이 한쪽 눈썹을 추켜올렸다.

박심은 우리나라의 우울증 발병 증가율과 자살률은 세계 최고 수준임에도 항우울제 처방량은 꼴찌에 가깝다는 통계와, 사람을 죽이고 난 후에도 자신의 병을 끝까지 숨기려고 했던 전학수의 뿌리 깊은 수치심을 떠올렸다.

"말씀하시는 게 뭔지는 알겠습니다. 우울증과 유사 질환의 진단 범위를 확장해서 우울증이 아닌 정상적인 사람에게까지 항우울제를 복용하게 하는, 항우울제가 남용되는 문제를 말씀하시는 것 같은데요. 우리나라는 오히려 정신과 치료에 대한 편견 때문에 병을 숨기고 약물치료를 받지 않는 게 문제 아닙니까? 항우울제 남용으로 인한 미국의 총기 사고도…… 글쎄요. 항우울제보다는 총기 산업의 문제 같은데요."

반탁신은 수염 자국이 숭숭한 턱을 쓰다듬으며 쓴 웃음을 지었다.

"……로스쿨 학생이라고 했죠? 역시 똑똑하군요."

반탁신은 한발 물러나 말을 이었다.

"맞아요. 우리나라는 아직 서구만큼 항우울제 남용을 걱정해야 할 수준은 아니에요. 내향적인 성격을 혐오하는 서구와 달리 적절한 수줍음은 겸손의 미덕으로 포용되기도 하고요. 제가 말하려고 하는 건 제약회사와 정신과 의사가 그런 태도로 약을 팔고 있다는 거예요. 약의 낮은 효과성, 즉각적인 부작용, 가늠할 수 없는 장기적이고 잠재적인 부작용 따위는 상관하지 않는다는 말이죠. 그리고 우리나라도 점점 우울증을 심각한 병으로 인식하고 우울증에 걸리면 약을 먹어야 한다는 것에 편견을 가져서는 안 된다는 인식이 확산되고 있죠. 우울증 진단율과 항우울제 소비량이 꾸준히 증가하고 있어요. 우울증 산업이 득세하는 건 시간문제예요."

"선생님, 선생님은 우울증이란 병이 아예 존재하지 않는다고 생각하시는 건가요?"

"제 표현 때문에 자꾸 저를 오해하는 것 같군요. 제가 블로그 제목을 '우울증은 없다'라고 지은 건 약으로 치료될 수 있는 우울증은 없다는 뜻이에요. 우울증이라고 부르는 건강하지 못한 상태는 분명 있어요. 하지만 어디까지가 우울증이고 어디까지는 정상인지를 구분하는 것은 쉽지 않은 게 아니라 불가능한 일이며, 범주와 정도가 어떻든지 간에 그건 결코 약으로 나아질 수 없어요."

"선생님, 항우울제가 정말 효과가 없다면 왜 최고의 전문교육을 받은 의사들이 항우울제를 처방하고 많은 환자들이 항우울제를 먹는 건가요? 그들이 다······· 바보인가요?"

박심은 웃음을 섞어 말했다. 효과에 대한 과학적 증명도 없는데 현대 의학 종사자들이 다들 항우울제를 맹목적으로 믿고 있다는 말인가. DSM-3를 만든 의료 엘리트와 제약회사가 전 세계 의료인들을 대대로 속이고 있는 건가.

이때 박심은 창가 쪽에서 자신을 바라보는 시선을 느꼈다. 뾰족 귀 청년이 검고 깊은 눈으로 박심을 응시하고 있었다. 해를 등지고 있어 표정은 읽을 수 없었다.

반탁신이 커피를 들이켜고 목을 가다듬었다.

"박심 씨. SSRI가 뇌에서 어떤 작용을 하는지 아나요?"

"뉴런에서 분비된 세로토닌이 수용체에서 재흡수되는 것을 막아 뇌 안에 돌아다니는 세로토닌의 양을 늘리고, 그래서 결과적으로 뉴런과 뉴런 사이에 전달되는 세로토닌의 양을 늘리는 걸로 알고 있습니다."

자기에게 쏠려 있는 두 시선을 의식하며 박심은 답했다.

"맞아요. 그런데 세로토닌의 부족이 우울증을 유발한다는 과학적 근거는 전혀 없어요. 세로토닌이 뇌 속에 흘러넘치는 사람도 우울증에 걸리고, 보통 사람의 반도 안 되는 사람이 우울증과는 전혀 상관없이 살아가기도 하죠."

반탁신은 이건 벌써 1970년대에 밝혀진 사실이지만 아직도 우울증과 관련해서 세로토닌 운운하는 건 그 외에는 설명할 방법이 없기 때문이라고 말했다. 항우울제는 대부분 우연히 발명됐다. 최초의 항우울제는 원래 제2차세계대전 때 쓰고 남은 로켓연료를 변형해서 만든 결핵 약이었다. 그런데 신약을 먹은 결핵 환자 일부에게 기분이 좋아지는 효과가 나타났던 것이다. 이런 식으로 본래 의도했던 것과 다른 효과가 우연히 발견되고 나서, 과학자들은 그 약이 어떤 작용으로 항우울 효과를 가져오는지 연구했다. 그때 나와서 큰 지지를 받았던 가설이 세로토닌 수용체 가설이다.

아마도 일부 사람들은 뇌 속에 세로토닌 양을 늘려주면 간접적이고 일시적으로 기분 상승의 효과를 느끼는 것 같다고 반탁신은 설명했다. 뇌 속의 세로토닌 양이 늘어나면 몸에서 우리가 알지 못하는 다른 작용이 일어나고, 몇 단계인지 알 수 없는 작용이 연쇄적으로 일어나 기분에 영향을 미치는 것이다. 그래서 일부 사람에게는 항우울제를 먹는 게 일시적인 효과가 있을 수 있다.

그러나 우리 몸은 인위적인 화학물질의 투입에 적응하기 마련이다. 몸은 바뀐 환경에 적응하기 위해 몸의 작용 중 또 무언가를 바꿔서 균형을 맞춘다. 약은 점점 효과가 없어지게 된다. 효과가 떨어진 약 대신 다른 약으로 계속 바꿔가며 복용하다 보면 뇌는 장기적으로 우리가 알지 못하는 상태로 변형된다. 그 결과가 어떻게 될지는 아무도 모른다. 한편 세로토닌은 단순히 기분 조절에만 관련된 호르몬이 아니다. 소화와 수면에 직접적으로 영향을 미치고 공격성 조절에도 관여한다. 그래서 항우울제를 먹으면 대부분 불면증이나 수면 과다, 소화불량, 메스꺼움, 구역, 설사 같은 부작용에 시달리게 된다. 현기증이나 시야가 흐려지는 증상이 나타나기도 하고 오히려 불안과 우울, 공격성이 상승하는 역효과도 생긴다.

"금단증상도 그래서 생기는 거죠. 전학수 씨의 경우 이미 세로토닌이 과잉 공급되는 상태에 적응한 뇌가 갑자기 세로토닌 고갈 상태에 빠져 분노 조절에 장애를 일으킨 거예요. 하지만 약을 갑자기 중단한 것도 항우울제의 부작용에 시달리다 생겨난 무력감 때문입니다. 이미 몸에 쌓인 항우울제 성분의 부작용이 나타났을 가능성도 배제할 수 없고요. 물론 그걸로 범죄가

다 설명될 수 있는 건 아니겠죠. 하지만 항우울제가 얼마나 위험한지 알리고 형을 감량해달라고 호소할 수 있는 부분이라고 생각해요."

반탁신은 뒷주머니에서 지갑을 꺼내 펼쳤다. 가족사진을 넣어두는 곳에 소년의 사진이 있었다.

"제 아들입니다. 작년 4월 새벽에 아파트 베란다에서 뛰어내려 자살했어요. 고작 12살의 나이에."

"네…… 선생님 블로그에서 봤습니다."

"고작 12살 아이에게 정신과 의사는 항우울제를 처방했어요. 성적이 떨어지고 학교에 가길 거부하고 일기장에 죽고 싶다는 말을 써놨다는 이유로요. 우리 아이는 그냥 사춘기가 일찍 찾아왔을 뿐이에요. 발달단계에 맞는 혼란스러운 감정을 조금 일찍 심하게 느낀다고, 멀쩡한 아이에게 항우울제를 먹여 죽게 했죠. 우리 모두 사춘기를 겪었잖아요? 그때가 얼마나 어리석고 혼란스러운 때인지 박심 씨도 알지 않나요? 이유 없이 반항하고, 화를 내고, 그게 멋있어 보인다는 착각으로 물건을 부수거나 자기 몸에 상처를 내보기도 하고, 또래끼리 내기하듯 성적인 실험을 하기도 하죠. 사춘기의 마음 상태와 우울증의 증상은 사실상 구분되지 않아요. 그런데 그게 적정한 관리 선을 벗어나서 문제 학생으로 낙인찍히면 그 학생은 우울증이 되는 거예요."

지갑을 접어 주머니에 넣는 반탁신의 손이 부르르 떨렸다.

박심은 대꾸하기 곤란해 잠자코 잔을 들었다. 커피는 식어 있었다.

"필요하시다면 제가 전학수 씨 사건에 참고 증인을 설 수도 있어요."

반탁신이 말했다.

"증인이요?"

"전 지금 제 아들을 담당했던 의사와 제약회사를 상대로 소송 진행 중이에요. 그동안 부작용을 호소하는 많은 환자들을 만나왔고, 이 분야에 충분한 전문 지식이 있다고 자부해요. 전학수 씨가 범행 당시 항우울제의 영향으로 분노를 조절할 능력을 잃은 상태였다는 것을 증언해줄 수 있어요."

"아……."

전문가 증언을 부탁할 생각은 해본 적이 없어 박심은 이렇다 저렇다 말할 수가 없었다. 변호사가 아닌 박심이 결정할 사안도 아니고, 반탁신이 전문가 증인으로 적절한지도 망설여졌다.

반탁신은 강한 의지를 보였다.

"전학수 씨가 제게 자문을 구한 사실이 있으니, 저도 조금이나마 관련이 되었다고 볼 수 있겠죠. 전학수 씨가 전화했을 때 보다 적극적으로 대응했어야 하는 것을…… 이렇게 된 것에 제 불찰도 없다 할 수 없고요. 공탈에 꼭 나오라고 해야 했어요. 생각해보겠다고 하는 걸 알았다고 그냥 두는 게 아니었는데……."

전학수의 일이 진심으로 마음에 걸리는 듯 반탁신의 목소리가 안타까움에 젖었다.

“공탈? 공탈이 뭔가요?”

박심은 반탁신이 무심코 흘린 말을 놓치지 않고 물었다. 잠시 작동을 멈췄던 벽걸이 에어컨이 다시 우웅, 하는 소리를 내면서 바람을 내뿜었다. 오늘도 더웠다. 정오를 지나 기울기 시작한 해가 창끝에 걸려 눈이 부셨다.

병원에서 만난 친구

"'새를 키우는 사람들' 카페에서 설리사 씨를 만났다고 하셨죠? 작년 6월경에요."

이평서 팀장은 마주 앉은 박이음을 향해 노트북을 돌렸다.

박이음이 갈색 테 안경 너머 눈을 치켜떴다. 이평서의 급한 호출에 휴가까지 내고 경찰서를 찾은 박이음은 불안감을 감추지 못했다. 두 번째 방문이었다. 지난번엔 하나로 길게 묶었던 머리를 짧게 잘랐다. 소매 없는 검은 원피스를 입었고 심플한 디자인의 목걸이를 찼다.

"그런데요?"

"실례합니다만 카페에 한번 들어가주시겠습니까? 카페 가입 일자가 언젠지 확인 좀 부탁드리겠습니다."

노트북 화면을 노려보는 박이음의 눈동자가 흔들렸다.

"그…… 그건 왜죠?"

박이음은 화가 난 말투로 쏘아붙였다. 재즈 가수처럼 허스키한 목소리의 끝이 일순 가늘게 치솟았다.

그러나 머릿속에는 다음에 대응할 말을 찾아 생각이 바쁘게 굴러다니는 게 느껴졌다.

“작년 6월에 카페를 통해 설리사 씨를 만나신 게 맞습니까?”

“그, 그렇다니까요. 그건 왜요? 이거 개인 정보 침해 아니에요?”

“아이디와 비번을 알려달라는 것도 아니고, 안 볼 테니까 접속만 해주세요. 그게 어렵습니까?”

박이음은 노트북 자판에 손을 올려놓지 못하고 우물쭈물했다.

홍인혁 형사가 모히칸 스타일의 머리를 쓸어 넘기며 직격탄을 날렸다.

“카페에는 가입되어 있겠죠, 박이음 씨. 하지만 작년 6월은 아니죠?”

박이음은 고개를 돌려 홍인혁 형사를 노려보았다. 말없이 몇 초의 시간이 흘렀다.

“이경대학병원 임귀섭 교수에게 치료받은 적 있죠? 설리사 씨는 병원에서 같이 진료받다 만나 친해진 거고. ‘새를 키우는 사람들’ 카페는 그 뒤에 가입한 거죠?”

이평서 팀장이 몰아붙였다.

예약 환자 대기 명단에 있던 ‘박이음’이 눈앞의 여자가 맞는지 인적 사항을 확인하지는 못했다. 제3자의 진료 기록을 보려면 영장이 필요했다. 이평서는 다른 방법으로 박이음의 속을 떠보기로 했다. 그리고 당황하는 박이음의 태도를 보고 확신했다.

"아……."

긴장감에 조여든 어깨를 떨구며 박이음이 신음했다. 이평서의 질문을 사실로 인정하는 행동이었다. 더 이상 부인해도 소용없다는 걸 깨달은 것이다.

"왜 거짓말을 했죠?"

이평서 팀장이 물었다.

홍인혁 형사도 의심을 가득 담은 말투로 덧붙였다.

"설리사 씨가 우울증을 앓고 있었다는 말은 왜 쏙 빼먹었어요? 진작 말해줬으면 시간 낭비 안 해도 됐잖아요. 피해자에게 아주 중요한 사실이잖아요."

"……리사는 우울증이 아니었어요!"

박이음은 무릎 위로 주먹을 꼭 쥐며 소리쳤다. 갑자기 터져 나온 앙칼진 소리에 마주 앉은 두 형사는 얼굴을 찌푸렸다.

"저도 아니고요. 진단이 잘못된 거예요. 제가 우울증 환자로 보이세요?"

피해자의 절친한 친구였던 여자는 고개를 빳빳이 들고 씩 웃어 보였다. 자신감과 용기, 냉소할 수 있는 여유를 보여주려는 행동이었으나 형사들에게는 그저 위기에 몰린 참고인의 과잉 반응으로 보였다.

"그건 저희들이 알 수 없는 거고, 병원에서 만났다는 걸 왜 숨겼냐고요?"

홍인혁 형사가 언성을 높였다.

이평서는 홍인혁을 향해 흥분하지 말라는 눈짓을 보냈다. 참고인이 거짓말을 했다고 피의자처럼 추궁해봤자 좋을 게 없었다. 이제 살살 달래서 이유를 말하게 해야 한다.

"한때 우울증 환자로 치료받았다는 걸 알리고 싶지 않았어요. 리사도 그러길 원했을 거예요. 봐요. 정신과 치료를 받았다고 하니까 벌써 형사님들이 저를 이상하게 보시잖아요. 안 그래요?"

우리가 언제 이상하게 봤다고 그래.

이평서는 어이가 없었지만 넘어가기로 했다.

"임귀섭 교수는 설리사 씨가 아주 위험한 상태였다고 하던데. 치료를 하지 않으면 더 악화되었을 거라고."

"웃기시네."

박이음이 콧방귀를 뀌었다.

"리사는 아주 멀쩡했어요. 가정사 때문에 고민이 많고, 성격이 내성적이었을 뿐이죠. 처음엔 좀 가라앉아 있었지만 저랑 친해지면서 점점 나아졌고요. 임귀섭 그 작자는 찾아오는 사람마다 다 환자로 만드는 돌팔이에요. 그 작자에게 2년 넘게 약 처방을 받아 먹었지만 부작용만 수십 가지 겪고 살만 뒤룩뒤룩 쪘죠. 형사님도 한번 가서 요즘 피곤하고 잠이 잘 안 오고 기운이 없다고 말해보세요. 당장 우울증으로 진단받고 몇 달 병가 쓰실 수 있을걸요."

언제 당황했나 싶게 박이음의 말투가 빠르고 공격적으로 변했다. 임귀섭 교수를 언급할 때면 특히 적대적이었다. 이렇게 된 거 이제 볼 장 다 봤다는 태도로 박이음은 설리사를 만나게 된 경위를 늘어놓았다. 흥분하면 두서없어지는 얘기를 이평서와 홍인혁은 알아서 정리해가며 들었다.

작년 5월 7일, 박이음은 임귀섭 교수의 진료를 기다리며 이경대학병원 정신건강의학과 환자 대기실에 앉아 있었다. 진료 예약 시간은 3시 15분이었다. 박이음은 작년보다 8킬로그램이나 몸이 불었고, 얼굴에는 붉은 두드러기가 돋아 짙은 화장으로도 잘 가려지지 않았다. 추하게 변한 자신의 몸에 신경질이 났다. 누구의 관심도 받지 않기를 바라며 창 쪽으로 몸을 돌리고 뚱한 표정으로 있었다. 의사에게 약을 바꿔달라고 말할 작정이었다. 전에 바꿀 수 있는 약이 얼마 남지 않다는 얘기를 듣기는 했지만 아예 없지는 않을 것이다. 박이음은 지난 2년 동안 항우울제와 신경안정제를 종류를 바꿔가며 다양한 조합으로 먹어왔다. 효과가 있을 때도 없지는 않았으나 약 먹는 기간에 비례하여 심해지는 부작용 때문에 한 가지 약을 오래 먹지 못했다. 임귀섭 교수는 박이음에게 SSRI가 잘 맞지 않는 것 같다고 말했다. 최대한 몸에 맞는 SSRI를 찾아보다가 정 안 되면 삼환계 항우울제를 써보자고 했다. 옛날 약이지만 의외로 삼환계 항우울제가 몸에 맞는 사람도 있다는 것이다. 박이음은 실험실의 모르모트가 된 기분이었다.

오후 외래 진료가 한창 진행되며 대기실이 환자로 가득 찼다. 박이음의 옆자리에 깡마른 단발머리 여자가 조심스럽게 앉았다. 여자는 작은 학생 배낭을 무릎에 올려놓고 겁먹은 표정으로 사방을 둘러보았다. 자기 존재가 남에게 방해될까 봐 송구스럽다는 듯이 다리를 모으고 의자 가운데로 바짝 몸을 일으켜 앉았다. 처음 보는 얼굴이었다. 여자가 느끼는 불안이 피부를 통해 박이음에게 전해지는 것 같았다.

우울증.

박이음은 뉴 페이스의 병명을 예상했다. 여자는 겉으로도 무척 무기력해 보였다. 같은 병명일지라도 박이음과는 양상이 매우 달랐다.

임귀섭 교수는 박이음이 비정형우울증에 속한다고 진단했다. 남 앞에선 우울한 감정을 잘 내비치지 않고 활력 있게 보일 때도 많으며, 사회적 기능도 잘 수행하는 부류였다.

저기 제일 앞줄에 앉은 중년 남자. 콧등과 양 볼에 붉은 반점을 매달고 졸고 있는 아저씨는 알코올중독이 동반된 우울증. 언젠가는 술 냄새를 풍기며 오기도 했다.

접수대 근처를 돌아다니며 이것저것 만지다가 제 엄마 손에 끌려 의자에 앉혀지는 저 남자애는 주의력결핍과잉행동장애와 학습장애. 지능이 좀 낮을지도 모르겠다.

트레이닝복 차림으로 늙은 엄마 손에 끌려와 분노가 이글거리는 눈으로 앉아 있는 뚱뚱한 아가씨는 신체변형장애. 일전에 자기는 턱만 깎으면 모든 게 해결되는데 왜 이런 데를 데리고 오냐고 대기실에서 제 엄마에게 난리를 친 적이 있었다. 여자의 턱에는 아무 문제가 없었다. 자기 턱의 각진 부분만 눈에 보이고 뚱뚱한 몸은 보이지 않는 모양이었다.

박이음의 뒷줄에 앉아 노트북을 펴고 콧노래를 부르며 쉴 새 없이 자판을 두드리는 젊은 남자는 조울증일까. 인생이 즐거운 걸 보니 경조증 상태에 들어선 듯했다. 부러웠다. 우울증보다 조울증이 더 파괴적이고 위험한 질병이라고 하지만 날아갈 것 같은 기분과 넘치는 활력을 잠시라도 느껴보고 싶었다. 진심으로 나 자신이 괜찮은 사람이라는 생각을 가져보고 싶었다.

"임귀섭! 나와!"

쩌렁쩌렁하는 고함 소리가 대기실을 뒤흔들었다. 환자들이 모두 깜짝 놀라 쳐다보았다.

눈이 크고 수염 자국이 거뭇한 단단한 체구의 중년 남자가 종이 뭉치를 말아 쥐고 접수대 앞에 서 있었다. 분노로 새빨개진 얼굴에 눈이 튀어나올 것처럼 뒤룩거렸다.

간호사 두 명이 접수대에서 뛰어나와 중년 남자의 앞을 가로막았다.

"반탁신 선생님, 여기서 이러시지 마시고……."

반탁신이라고 불린 남자가 간호사의 어깨를 밀쳐냈다.

"당신들에게 볼일 없어!"

반탁신은 임귀섭 교수의 진료실 문을 활짝 열어젖혔다. 진료를 받고 있던 여자 환자가 반탁신을 보고 겁에 질려 밖으로 뛰어나왔다. 반탁신은 뚜벅뚜벅 걸어가 손에 들고 있던 종이 뭉치를 임귀섭 교수의 얼굴에 집어던졌다. 문이 열린 채였다. 환자들은 의사가 봉변을 당하는 꼴을 대기실에서 숨죽여 지켜보았다.

"야, 이 살인마 새끼야! 뭐 떳떳할 게 없어서 고소를 해? 뭐? 명예훼손?"

발끝에서부터 끌어올리는 듯한 굵은 목소리가 병원 건물을 벙벙하게 울렸다. 복도를 지나던 사람들이 정신건강의학과 입구에 모여들어 소동을 구경했다. 얼굴이 하얗게 질린 임귀섭 교수가 자리에서 일어나 이게 무슨 짓이냐고 소리쳤다. 간호사 중 한 명이 진료실에 들어가며 문을 닫았다. 다른 한 명은 전화로 다급하게 경비원을 불렀다.

"내 아들 살려내!"

진료실 안에서 반탁신이 소리쳤다.

"이거 놔!"

"어머! 이거 놓고 얘기하세요!"

반탁신이 임귀섭 교수의 멱살이라도 잡은 모양이었다. 툭탁

툭탁 몸싸움하는 소리와 간호사가 말리며 애를 쓰는 소리가 들렸다. 병원 경비원 세 명이 몰려왔다. 신속히 신고를 했는지 경찰 두 명도 와서 합류했다.

경비원 세 명이 몸으로 환자들의 시선을 차단하고 길을 텄다. 반탁신이 두 명의 경찰에게 양팔을 잡혀 끌려 나왔다.

경비원들의 육중한 어깨 사이로 박이음과 반탁신의 눈이 마주쳤다.

반탁신이 손가락으로 박이음을 가리켰다.

"우울증 약 먹지 마! 그건 독이야! 당신들은 속지 마!"

버둥거리며 질질 끌려가면서도 반탁신은 모여든 환자들을 일일이 가리키며 소리쳤다.

박이음은 눈앞에 펼쳐진 폭력적인 상황에 놀라 숨을 골랐다. 방금 전 자신을 가리킨 손가락에 가슴이 꿰뚫린 듯한 기분이 들었다. 세상에 태어나 그렇게 강렬하고 절박한 목소리는 들어본 적이 없었다. 속지 말라는 남자의 외침이 귓가에 남아 언제고 울려댈 것만 같았다.

당신은 속지 마.

임귀섭 교수가 엉망이 된 옷차림을 추슬러 안내하는 경찰을 따라 밖으로 나갔다. 간호사가 임귀섭 교수의 진료가 많이 늦어질 수 있으니 다음에 다시 올 환자들에게 예약을 잡아주겠다고 말했다. 몇 명이 궁시렁거리며 예약을 다시 잡고 떠났다. 박이음은 자리에 남았다. 깡마른 단발머리 여자도 그대로 앉아 있었다. 멍한 표정이었다. 가야 할지 말지 결정을 못 해 남아 있는 것 같았다.

"이런 적 처음이에요."

박이음이 말을 걸었다.

"……네?"

단발머리 여자가 대답하고는 반대쪽 옆을 돌아보았다. 박이음이 말을 건 상대가 자기가 맞는지 확인하는 거였다.

"여기 2년째 다녔지만 이런 난리는 처음 봤다고요."

"아…… 네……."

단발머리 여자는 금방이라도 울 듯한 얼굴로 대답했다. 박이음은 여자의 어리고 무기력한 얼굴을 보며 안쓰러움을 느꼈다. 대기실에서 누군가에게 말을 시켜본 적은 처음이었다. 박이음은 다른 환자들과 증상의 경험을 공유하며 위로받고 싶은 마음 따위 가진 적 없었다. 자기 문제로도 머리가 복잡했다. 자기 자신도 싫었고 다른 환자들도 싫었다.

뜻밖의 사건을 겪었기 때문일까. 박이음은 자기가 왜 이러는지 모르겠다는 생각을 하며 단발머리 여자의 이름을 물었다. 여자는 설리사라고 했다. 스무 살이었다.

"예쁜 이름이네. 나는 박이음이라고 해요. 여기 처음 왔어요?"

"네……."

"담당이 임귀섭 교수님?"

"아, 네……."

설리사의 기어들어가는 듯한 태도에 박이음이 웃었다.

"운이 없네요. 처음 왔는데 이런 꼴을 보고. 무서워요?"

"네?"

설리사는 또 깜짝 놀라 되물었다. 박이음은 설리사의 얼굴을 바라보았다. 평범하고 순하고 약하고 개성 없는 얼굴이었다. 작은 눈에 눈물이 그렁그렁 맺혀 있었다.

무서워요. 저 무서워요.

설리사의 눈물이 말하고 있었다.

박이음이 시선을 거두고 자기 얘기를 시작했다. 어떻게 살아왔고, 언제부터 아팠고, 어떻게 아팠고, 무슨 약을 먹어왔고, 지금은 어떤 상황인지 같은 것들. 누군가에게 자신의 병을 중심으로 이야기를 풀어놓은 적이 지금껏 없었다. 그동안 인생을 걸고 사랑했다고 믿었던 남자들에게도 이렇게까지 말하지는 않았다. 그들이 박이음의 문제 중 큰 부분이었기 때문이었다. 문제를 향해 문제에 관해서 얘기할 수 없었던 것이다. 그 사실을 박이음은 설리사에게 말을 늘어놓으면서 깨달았다.

설리사는 묵묵히 박이음의 얘기를 들었다. 한참이 지나 의사가 돌아오고 진료가 재개되었다. 의사는 환자들 앞에서 실추된 명예를 만회하기 위해서라도 아무렇지 않은 듯 그날 진료를 마치려는 것 같았다. 박이음과 설리사는 저녁 6시가 넘어서 진료를 받았다. 설리사가 박이음의 세 번째 뒤로 진료를 받고 나올 때까지 박이음은 집에 가지 않고 기다렸다. 설리사가 박이음을 보고 희미하게 웃었다. 둘은 병원 밖 백반집에서 밥을 먹고 연락처를 나누고 헤어졌다. 둘은 이후로 계속 연락을 주고받았고 혼자 사는 설리사의 집에서 주로 만났다.

"3월 12일 토요일에 같이 공주엔 왜 갔어요?"

이평서가 질문을 툭 던졌다.

설리사와 처음 만난 날에 관한 장황한 얘기를 마친 박이음은 안경 밑으로 손을 넣어 눈을 비볐다. 홍인혁 형사가 일어나 물 한 컵을 떠서 박이음 앞에 놓았다. 박이음은 무심히 컵을 들어 물을 마셨다.

이평서는 설리사가 쓴 신용카드 내역에 주목했다. 설리사는 아버지 소유의 신용카드로 올해 2월 등산복을 샀고, 마지막으로 3월 12일에 충남 공주시 소재 '코코마트'라는 곳에서 2만 원 가량을 결재했다. 처음에는 무심코 넘어갔지만 서울 이외의 지역에서 소액을 결재한 것이 눈에 걸렸다. 알아보니 '코코마트'는 계룡산으로 들어가는 입구 인근의 공중화장실 옆에 자리 잡은 슈퍼마켓이었다. 놀러 갔다가 당장 현금이 없어 신용카드를 사용한 것 같았다. 설리사가 어딘가를 갔다면, 박이음과 같이 갔을 가능성이 컸다.

"엠티 간 거예요. 다 같이."

그 사실을 어떻게 알았냐고도 묻지 않고 박이음은 말했다.

“다 같이?”

“AAD에서 운영하는 ‘공동 탈출’이란 모임에서요. 계룡산으로 카라반 캠핑을 갔어요.”

“공동 탈출?”

이평서가 말끝을 올렸다.

“그게 뭔데요?”

홍인혁 형사도 끼어들었다.

“항우울제에 반대하는 환자들 모임이에요. 리사하고 제가 속해 있었죠.”

박이음의 눈가에 다시 힘이 들어갔다.

“반탁신 선생님이 이끄는 모임이에요. 우리끼리는 줄여서 ‘공탈’이라고 불렀어요. 우울증이라고 알려진 거짓 병에서 공동으로 탈출하자는 뜻이죠.”

“어허…….”

이평서 팀장은 머리가 쿡쿡 쑤셔오는 걸 느꼈다. 외톨이 설리사에게 생각지도 못했던 사회적 관계가 있었다. 설리사의 유일한 친구인 줄 알았던 여자는 그 사실을 숨겼다.

“반탁신이라면 아까 그 병원에서 난동을 부렸다는?”

“그날 집으로 돌아와 인터넷에서 검색해봤어요.”

박이음의 목소리는 공기를 얼릴 듯 차가웠다.

설리사를 처음 만난 날 저녁, 박이음은 인터넷에서 반탁신이라는 이름을 검색해보았다. 그날 낮의 그 절박한 말투와 꿰뚫는 듯한 시선, 당신은 속지 말라는 말의 울림을 잊을 수가 없었다.

반탁신은 '우울증은 없다'라는 제목의 블로그를 운영하고 있었다. 블로그 초기 화면에는 임귀섭 교수로부터 처방받은 항우울제를 먹고 자살한 반탁신의 아들 사진과, '살인 의사 임귀섭'의 사진이 큼지막하게 떠 있었다. 제약회사와 정신의학자들이 항우울제라는 독약으로 어떻게 환자들을 속이고 있는지에 대해 쓴 글을 박이음은 찬찬히 읽어 내려갔다. 반탁신은 임귀섭 교수의 구체적인 약력과 함께 자기 아들의 치료 경과와 자살 경위를 자세히 밝힌 다음, 임귀섭 교수에게 피해를 입은 우울증 환자와 보호자들의 연락을 기다린다고 썼다. 집단소송으로 살인 의사 임귀섭을 몰아내고 힘을 모아 우울증을 둘러싼 자본과 과학의 거짓을 까발리자고 호소하고 있었다.

일주일 정도 지나 박이음은 블로그에 올려놓은 반탁신의 연락처로 전화를 걸었다. 반탁신은 임귀섭 교수의 환자뿐 아니라 자신의 의견에 동의하는 우울증 환자들의 모임을 만들 생각이라고 말하며 박이음에게 참여해달라고 부탁했다. 박이음은 반탁신의 사무실로 찾아갔다. '공동 탈출'이라고 이름 붙인 모임에 참여하기로 결심했고 설리사에게도 권유했다. 그때쯤 여러 번의 만남을 통해 절친한 사이가 된 설리사는 박이음의 말을 따랐다.

"공탈 회원이 총 몇 명입니까?"

이평서 팀장이 침착하게 물었다.

"얼마 안 돼요. 우울증 환자들은 잘 모이지 않거든요."

"그러니까 얼마 안 돼서 몇 명이냐고요."

"지금은⋯⋯ 그러니까, 3월에 엠티 갔던 사람들이 전부인데, 반탁신 선생님까지 포함해서 5명뿐이에요."

"그럼 반탁신 씨, 박이음 씨, 설리사 씨하고 두 명 더?"

"네."

이평서가 종이와 펜을 박이음의 앞에 놓았다.

"회원들 이름과 연락처, 알고 있는 정보를 다 써요."

"공탈은 리사 사건과 아무 관련도 없어요. 우리는 3월 12일 엠티를 끝으로 모인 적 없어요. 약 없이도 다들 회복돼서 각자 자기 생활에 바빴거든요."

"관련이 있는지 없는지는 우리가 판단할 테니까 알려주세요. 어차피 알게 될 텐데 이번엔 시간을 아낍시다."

홍인혁 형사가 빈 종이를 톡톡 두드리며 말했다.

박이음은 분하다는 듯 입술을 깨물었다. 하지만 형사들이 다른 방법을 통해서라도 회원들의 정보를 곧 알게 될 거라는 걸 직감한 듯했다. 박이음은 펜을 잡고 공탈 회원들의 이름과 전화번호를 꾹꾹 눌러썼다.

"3월 12일 엠티에서는 별일 없었습니까?"

이평서 팀장이 이름이 적힌 종이를 받아들고 물었다.

"네, 전혀요. 바비큐 해 먹고 재밌게 놀고 돌아왔어요. 리사도 멀쩡히 잘 놀았고요. 즐거워 보였어요."

"가서 뭘 했죠?"

"뭘 했냐고요? 그냥 산책 정도…… 저녁 먹기 전에 다 같이 산책하고 더 둘러보고 싶은 사람은 따로 산에 올라갔다 오기도 하고 그랬죠."

"공탈 회원들과 설리사 씨와의 관계는 어땠나요?"

"네? 뭐가요?"

이평서 팀장은 종이를 보며 말했다.

"다른 두 회원 이름이…… 임나민, 김열. 여기 김열이란 사람은 남자인 것 같은데, 그러니까 설리사 씨에게 특별한 감정을 갖거나……."

"풋."

박이음이 코웃음을 쳤다.

"말도 안 돼요. 우린 그런 모임 아니에요."

"회원들끼리 서로 싸우거나 갈등이 있지는 않았고요?"

"전혀 없어요."

"설리사 씨는 캠핑장 근처 마트에서 뭘 산 거죠? 자기 아빠 카드로?"

박이음은 기억을 떠올리려는 듯 눈 사이를 모았다.

"아…… 아마 숯을 사려고 들어갔을 거예요. 숯 사는 김에 음료수 하나씩 골랐죠. 리사가 준비에 도움이 못 돼서 죄송하다며 계산했어요. 학생이 무슨 돈이 있냐고들 했지만 리사가 자기 돈 많다고, 이렇게 등산복도 새로 샀는데 이까짓 거 살 돈이 없겠냐며 웃었어요. 그땐 정말 밝아 보였다니까요."

이평서는 안 그래도 험악해 보이는 얼굴을 심하게 구겼다.

공탈 회원들을 차례로 만나봐야 할 것 같았다.

항우울제 공동 탈출

"환자들 모임이에요. 원래 이름은 '공동 탈출'인데 줄여서 '공탈'이라고 하죠."

전학수에게 참여를 권했다는 모임에 대한 박심의 질문에 반탁신이 답했다.

"이제 슬슬 2기를 조직하려던 참이었어요. 전학수 씨를 꼭 붙잡아 참여시킬 걸 그랬어요. 전학수 씨가 저에게 먼저 도움을 청한 건데 너무 안타깝군요."

"환자들 모임이라면…… 우울증 환자를 말씀하시는 거겠죠?"

박심은 녹음기가 작동하고 있는 걸 눈으로 확인하며 물었다. 대화를 나눈 지 어느새 40여 분이 넘어가고 있었다.

"네. 제 뜻에 동의하는 환자들 모임을 조직했어요. 항우울제 없이도 환자들끼리 공동체 의식으로 뭉쳐 우울증을 극복할 수 있다는 걸 모임을 통해서 확인했죠."

이어서 반탁신은 뾰족 귀 청년을 향해 고개를 돌렸다.

"저기, 아까 그 사람들 4시에 온다고 그랬나?"

청년이 컴퓨터 화면에서 눈을 떼고 대답했다.

"네, 선생님. 4시라고 했습니다."

박심은 휴대전화에 표시된 시간을 보았다. 오후 3시 52분이었다. 찾아올 손님이 있으니 대화를 끝내자는 언질을 느끼고 박심은 녹음기를 껐다. 수첩과 펜을 챙겨 가방에 넣었다.

"그런데 선생님, 전문가 증언 채택 여부는 제가 결정할 수 있는 게 아닙니다. 변호사님과 상의해보겠습니다. 이만 가봐야겠네요. 오늘 말씀 잘 들었습니다."

"도움이 된다면 좋겠네요. 전학수 씨에게요."

반탁신이 깊고 쓸쓸한 미소를 지었다.

뾰족 귀 청년이 일어나 박심의 뒤를 지나쳐 사무실 밖으로 나갔다. 박심은 몸을 틀어 공간을 내주며 청년의 얼굴을 보았다. 순간 기억 속에 숨어 있던 이름이 튀어나왔다. 청년을 보자마자 떠오를 듯 말 듯 간질간질했던 그 이름.

"그럼 또 궁금한 게 생기면 연락드리겠습니다."

박심이 가방을 매고 일어서는 것과 동시에 노크 소리가 들렸다.

건장한 체격의 남자 두 명이 반탁신이 들어오라는 말을 끝내기도 전에 사무실 문을 열고 들어왔다. 한 명은 짧은 곱슬머리에 얼굴 피부가 검고 거친 중년 남자였고, 다른 한 명은 모히칸 스타일의 머리에 깜짝 놀랄 만큼 잘생긴 젊은 남자였다.

"아, 안녕하십니까. 반탁신 씨?"

중년 남자가 한걸음 다가오며 말했다.

"네. 접니다."

반탁신이 답했다. 중년 남자가 셔츠 앞주머니에 꽂아둔 신분증을 꺼내 들었다. 남자의 흰색 셔츠 등판은 땀으로 흠뻑 젖어 있었다. 땀 냄새와 섞인 남성의 진한 체취가 박심의 코를 찔렀다.

"전화드렸던 수원중부경찰서 이평서 경감입니다. 이쪽은 홍인혁 형사."

반탁신이 자리에서 일어나 의자를 가리켰다.

"네, 안녕하세요. 앉으시지요."

"그럼 저는 가보겠습니다."

박심은 반탁신을 향해 고개를 꾸벅 숙여 인사하고 몸을 돌렸다. 수원중부경찰서 경감이라는 중년 남자의 눈빛이 자신을 따라오는 걸 느꼈다. 경찰이 왜 이 사무실을 찾아왔을까. 호기심이 솟았지만 자신과는 관계없는 용건일 터였다. 박심은 가방을 고쳐 메고 복도를 걸어나갔다.

"손님이 있었나 봅니다. 저희가 쫓아낸 거 아닙니까?"

이평서 팀장이 커피를 준비하려는 반탁신에게 그냥 시원한

물이나 달라고 청해 마시고 물었다.

"아니요. 얘기 끝났습니다."

"누구예요? 아따 그놈. 눈썹 한번 끝내주던데."

손수건을 꺼내 목 뒤의 땀을 닦으며 홍인혁 형사가 말했다.

"로펌에서 실무 수습을 받고 있는 로스쿨 학생이라고 해요. 우울증 환자가 관련된 형사 사건을 조사 중인데 제게 자문을 들으러 왔다가 가는 거예요."

"흠…… 이 사무실에서 그런 일들을 하시는군요."

이평서는 앉은 채로 고개를 돌려 사무실 내부를 둘러보았다.

이평서는 방금 지나친 청년의 짙은 눈썹에 강렬한 인상을 받았다. 잠깐 스쳐 지나간 청년에게서 남다른 총기와 열정이 느껴졌다. 역시 젊다는 건 좋은 것이다. 특히나 하고 싶은 일에 몰두하는 젊음은 그 자체로 신선한 기운을 내뿜는다.

설리사도 젊었다. 그러나 설리사는 젊음을 두려워했다.

늙어서 좋은 점도 있군. 살아갈 시간이 줄어든다는 것. 크게 기쁠 일도 슬플 일도 없이 무덤덤해진다는 것. 하지만 살아온 시간이 길다고 그 시간만큼 뭔가가 내게 쌓여 있긴 한 것일까. 이평서는 요즘 들어 침울한 생각에 자주 빠졌다.

"설리사 씨 사건, 엊그제 박이음 씨에게 들었어요. 믿을 수가 없더군요. 그 아가씨가 왜 그런 끔찍한 일을……."

반탁신이 입술을 일그러뜨리며 말을 흐렸다.

"전혀 모르셨습니까?"

이평서는 턱을 괴고 반탁신을 주의 깊게 관찰했다. 박이음에 대한 조사를 마친 뒤 이평서는 반탁신의 블로그에 들어가 그의 글을 살펴보았다. 항우울제는 제약회사의 음모라는, 자기 아들이 피해 당사자라는 인식에 근거한 신념을 행동으로 다지고 있는 남자. 우울증 환자들의 모임을 조직해 자신의 신념을 실험할 대상으로 삼고 있는 사람. 다른 회원들은 몰라도 박이음은 그를 전적으로 믿고 숭배하는 듯 보였다. 작지만 단단한 체구에 부리부리하고 강한 눈빛, 굵은 음성, 힘이 넘치고 분명한 행동과 말투. 사람을 설득하고 이끄는 데 재주가 있는 사람인 것 같았다. 그런 부류의 사람이 있다.

"무엇을요?"

"공탈 모임의 대표로서…… 설리사 씨가 지난 5월부터 실종 상태였다는 것을 모르셨습니까?"

반탁신이 어리둥절한 표정으로 고개를 저었다.

"전혀요. 공탈은 박이음 씨에게 들으셨나 보군요. 설리사 씨에게 제가 개인적으로 연락한 적은 한 번도 없어요. 설리사 씨에게는 늘 박이음 씨가 연락했지요. 그리고 공탈은 3월에 한 번 엠티를 간 뒤로 거의 해체된 상태예요. 더 이상 제 도움이 필요하지 않은 것 같아서요. 지금은 새로운 2기 모임을 구성할까 생각 중이지요."

"그 공탈…… 그러니까 공동 탈출이라는 게 정확히 무슨 모임입니까?"

이평서는 의자를 뒤로 밀며 발을 꼬았다.

"간단히 우울증 환우 모임이라고 보면 될 겁니다. 항우울제 없이 서로 간의 유대와 공감을 바탕으로 실질적인 도움을 주고받으면서 우울증을 공동으로 극복해보자는 모임이에요. 우울증은 다른 정신질환에 비해 오프라인 환우 모임이 활성화되어 있지 않아요. 우울증에 걸리면 무기력해지고 사람 만나는 걸 기피하게 되기 때문이죠. 그래서 환자들은 개별적으로 약에만 의존하고 고립되어 있어요. 항우울제를 먹고 문제를 겪어도 다른 대안이나 제대로 된 정보를 접하지 못하기 때문에 의사의 처방에 휘둘리며 사는 거죠."

"선생님 블로그를 통해 환자들을 모집했습니까?"

"네, 그랬어요. 연락해오는 환자들 중 의지가 있는 아주 소수만 참여했죠."

"회원은 총 몇 명이죠?"

이평서의 물음에 반탁신이 정색하고 얼굴을 굳혔다.

"회원에 대한 정보는 말할 수 없어요."

그때까지 조용히 앉아 있던 홍인혁 형사가 어깨를 으쓱하며 말했다.

"저, 박이음 씨에게 이미 다 들었어요. 확인차 여쭤보는 겁니다."

AAD 대표는 굳은 얼굴을 돌려 홍인혁 형사를 쏘아보았다. 바늘로 찔러도 들어가지 않을 것 같은 딱딱한 표정이었다.

"박이음 씨가 이미 말했든지 어쨌든지 전 상관없어요. 누가 정신질환을 앓았는지에 대한 정보는 개인 정보 중에서도 절대적인 보호가 필요한 정보예요. 형사님들이 그걸 모르진 않을 테죠? 심지어 전 우울증이 정신질환이라는 것에도 이견이 많은 사람이에요. 회원 정보는 절대로 말할 수 없어요."

"총 몇 명인지만 말해주시죠, 그럼. 사람 수는 개인 정보가 아니잖아요."

홍인혁 형사가 한발 물러났다.

"소수였어요. 그 정도만 말하죠."

반탁신의 태도는 강경했다. 박이음에게 설리사에 관한 얘기를 들었다면 박이음이 회원 정보를 경찰에게 이미 말해버린 걸 모르지 않을 텐데 요지부동이었다. 모임 대표로서의 책임감이라고 해석하면 훌륭한 태도이기는 했다. 다른 꿍꿍이가 있다면 그게 뭔지 앞으로 알아봐야 할 일이었다.

"공탈은 어떤 식으로 운영됐습니까?"

이평서는 질문의 방향을 돌렸다. 어차피 회원에 대한 조사는 박이음에게 들은 정보로 하면 된다.

"우울증 환자는 같은 처지의 환자들을 만나 얘기를 나누는 것만으로도 굉장한 치유 효과를 얻어요……."

회원 정보는 절대 함구하던 반탁신이 모임 운영에 대해서는 구체적으로 얘기했다. 먼저 우울증 환자들을 오프라인에서 모이게 한다. 모두 반탁신의 블로그를 보고 연락한 사람들이므로 항우울제의 효과에 대해서 작든 크든 의심을 갖고 있다. 각자 자신의 경험을 늘어놓는다. 우울증 환자들은 자신과 같은 고통을 겪고 있는 사람이 있다는 것만으로도 건강한 충격을 받는다. 혼자라는 고립감과 공포에서 해방되고 병에 강요된 수치심에서도 깨어나는 것이다. 항우울제의 지긋지긋한 부작용과 지지부진한 효과에 대해서도 경험을 공유한다. 이전까지는 서로 전혀 몰랐던 사람들이 어디에서도 얻을 수 없는 공감에 힘입어 단단히 결속된다. 결속은 우울증 치유에 핵심이 되는 정서적 지지 기반으로 이어진다. 정서적 지지의 취약함이 바로 우울증으로 이어지는 건 아니지만 우울증을 일으키는 주된 요소가 되기는 한다. 정서적 지지 기반을 강화하는 것은 우울증을 치유하는 시작이고 핵심이다.

반탁신은 공탈 회원들이 한 달에 3~4번 정도 오프라인에서 만나 대화를 나눴다고 하며 설명을 이어갔다. 우울증의 정도나 증상은 사람마다 다양하다. 우울증은 단일한 병이라기보다는 다양한 증상들의 군으로 봐야 한다. 하루 종일 침대에서 일어나지 못하고 혼자서는 씻지도 못하는 사람이 있는가 하면 제법 활력이 있는 사람도 있다. 우울감과 무기력이 지속되는 시간도 각기 다르고 기복도 다르다. 또한 우울증은 직업이나 재산, 나이, 학력 등의 외적인 조건을 가리지 않는다. 빈곤하거나 신체적인 병이 있거나 비극적인 사건을 겪은 사람만 걸리는 병이 아니다. 세상에 남부러울 게 없을 것 같은 재벌 회장도 인기 배우도 천재 피아니스트도 우울증에 빠진다.

그러다 보니 공탈도 자연스럽게 증상의 종류와 정도, 사회적 계층이 각기 다른 사람들로 구성되었다. 점차 모임 안에서 일대일로 특별한 유대 관계를 가지는 사람들이 생겨났다. 그들은 공감 의식을 바탕으로 서로 구체적인 도움을 주고받기 시작했다. 비교적 활력이 있는 회원이 무기력에 빠진 회원의 집에 찾아가 자잘한 집안일을 대신 해준다거나, 부유한 회원이 돈 문제로 막막한 상황에 처한 회원을 도와준다거나, 서로 번갈아가며 집에 찾아가 대화 상대가 되어주는 일들을 자발적으로 했다. 7개월 정도 운영하자 모두들 항우울제를 먹지 않고도 증상이 호전되었다.

"……이렇듯 우울증을 고치는 건 항우울제가 아니라 공동체 의식이고 사람들 사이의 공감과 구체적인 행동이지요. 우울증을 고칠 수 있는 화학물질이 있다면 좋겠지만 그런 건 없어요."

결론을 내며 반탁신은 말을 맺었다.

"공탈은 반 선생님의 그 지론을 증명하는 모임이라고 보면 되겠네요?"

이평서가 물었다.

반탁신은 입술 끝으로 희미한 미소를 지으며 대답을 대신했다. 딱히 부정하지는 않는 것으로 이평서는 받아들였다.

"설리사 씨는 공탈에서 어떤 사람이었습니까? 이건 살인 피해자에 관한 내용이고 이미 설리사 씨 병력에 대해서는 수사 과정에서 다 알게 되었으니 말씀해주실 수 있겠죠?"

"흠……."

반탁신은 눈썹 밑을 긁으며 잠시 생각을 떠올리는 듯했다.

"설리사 씨요…… 무기력하고 조용했죠. 회원들 중에서도 특히나. 자기 얘기를 할 때도 최대한 짧게 끝냈고 부끄러움을 심하게 탔던 것 같아요. 처음 두어 달 정도는 모임에 나와서도 고개를 푹 숙이고 있었어요. 박이음 씨가 잘 돌봐주었죠. 처음 공탈에 참여시킨 것도 박이음 씨고. 퇴근하면 거의 매일 집에 찾아가 집안일을 대신 해주고, 같이 밥을 먹고, 친구가 되어주고. 박이음 씨도 설리사 씨를 도와주면서 같이 나아졌어요. 누군가에게 도움이 되는 존재가 되는 게 박이음 씨에게는 필요했던 거죠. 설리사 씨도 조금씩 말이 늘고 얼굴도 밝아져서 마지막 봤을 때는 제가 처음에 봤던 그 사람이 맞나 싶게 달라졌어요."

"마지막이라면 3월 12일 엠티 말이죠?"

"네. 그렇군요."

"엠티는 어떻게 가게 된 겁니까?"

"글쎄요…… 누군가 제안했던 것 같은데. 교외로 한번 놀러 가자는 말은 계속 나왔어요. 봄도 되고 해서 추진을 한 거죠. 계룡산에 있는 새림캠핑장으로 갔어요. 장소는 제가 추천한 거고요. 캠핑장 안에 카라반이 따로 딱 5대만 놓인 곳이 있어서 거기로 가면 한적하겠다 싶었거든요. 다들 너무 북적이는 데는 싫어하니까."

"엠티 가서는 뭘 했습니까?"

"그냥 놀았어요. 무슨 목적이 있었던 것도 아니고 편하게 즐기려고 간 거니까. 다들 같이 산책을 한 다음 바비큐 장비에 고기랑 새우 같은 걸 구워 먹었고요. 맥주랑 와인이랑 취향대로 마시면서 수다 떨었어요. 늦게까지 얘기하다 잘 사람은 자고. 다음 날 아침은 콩나물국 끓여 간단히 먹고 짐을 싸서 서울로 왔어요. 그게 다예요."

"설리사 씨가 뭐 특별한 행동을 하거나, 이상해 보이거나 하지는 않았고요?"

반탁신은 머리를 갸웃거렸다.

"전혀요. 제가 이제까지 본 중에 제일 밝아 보인걸요. 농담도 제법 하고 잘 웃었어요. 와인도 많이 마셨고요. 술을 못 마시는 아가씬 줄 알았는데 아니더라고요. 너무 많이 마셨는지 아침 먹을 때 못 깨긴 했지만. 그래서 혼자만 아침 못 먹고 올라왔어요. 그것만 빼면 아무 문제도 없었어요."

"그래요……."

이평서는 잔에 남은 물을 들이켰다.

"그 후로 설리사 씨와 통화하거나 만난 적 있습니까?"

"아니요. 저랑 설리사 씨는 직접 통화한 적이 한 번도 없다고 했잖아요. 하지만 그 뒤에도 박이음 씨가 매일같이 찾아가서 돌봐줬다고 해요. 그러다가 설리사 씨가 5월 초에 여행 간다는 말을 끝으로 집도 비우고 연락이 끊겼다고 했어요. 박이음 씨가 걱정된다고 말하더군요. 하지만 저도…… 저희가 뭘 할 수 있겠냐고 기다려보자고 했어요. 집에 내려가서 연락이 없는 걸 수도 있고…… 설마 죽었으리라고 상상이나 했겠습니까?"

반탁신이 안타까움을 담은 목소리로 말을 맺었다.

"그렇군요."

"저, 형사님들."

반탁신이 이평서와 홍인혁의 얼굴을 번갈아 쏘아보았다.

"참으로 끔찍한 일입니다만, 설리사 씨가 당한 일과 우리 모임과는 아무 관련이 없어요. 설리사 씨가 우리 모임 회원이었던 것은 그냥 우연일 뿐이에요."

교육행정직 공무원 박이음

박이음은 집이 지긋지긋했다.

어렸을 때는 별문제가 없었다. 아빠는 대기업의 하청을 받아 전자 부품을 제조하는 공장을 운영했고 엄마는 전업주부였으며, 남동생이 두 명 있었다. 사장인 아버지를 둔 덕으로 부유하게 살았고 첫째 딸이라고 우대와 지원도 많이 받았다. 고등학교 때 향토 미인 대회에 나가기도 했다는 엄마를 닮아 얼굴도 예뻤다. 다만 투덕투덕한 아빠의 외모도 조금 닮은 탓으로 엄마 젊었을 때만큼은 예쁘지 않다는 말을 자주 들으며 자랐다. 그 때문에 외모에 대한 자기평가는 낮았다. 그러나 부지런하고 능력 있는 아빠를 닮은 것도 나쁘지 않다고 생각했다. 아빠는 자수성가한 사람이었다.

문제는 IMF였다. 박이음이 13살 때 IMF 구제금융 사태가 터졌다. 나라 전체의 생산량이 줄고 돈이 돌지 않았다. TV에서는 나라를 살리자고 금 모으기 운동이 한창일 즈음, 아빠의 공장은 몇 달을 못 버티고 부도를 맞았다. 남동생들은 아직 어렸지만 박이음은 가난을 알 나이였다. 가족은 정원이 있는 단독주택에서 성남의 지저분한 연립주택으로 이사했다. 밤이면 술 취한 남자들이 골목에 오줌을 갈기고, 부부 싸움을 하는 집 유리창이 깨지는 소리가 들리는 곳이었다.

아빠는 숨겨놓은 돈을 긁어모아 편의점을 차렸다. 어딜 가나 사장님 소리를 들으며 은행 지점장실에서 차를 대접받던 아빠가 대기업 로고가 달린 편의점 조끼를 입고 컵라면을 팔았다. 아르바이트에게 줄 급료가 아까워서 집에서 살림만 하던 엄마까지 나가 아빠와 교대로 24시간 편의점을 운영했다. 비슷한 처지가 된 실직자들이 주변에 우후죽순으로 편의점을 비롯한 자영업 점포를 차렸다. 고생은 고생대로 하면서 아빠의 편의점은 서서히 시들어갔다.

그때쯤 아빠는 앞날에 대한 희망을 모두 박이음에게 걸었다. 학교 성적이 얼추 비슷했다면 희망이라는 공이 아들들에게 돌아갈 만도 한데, 박이음의 두 남동생은 공부 못하고 철없기가 비슷했다.

"이음이가 고시에 합격만 해봐. 내 인생 실패한 게 아니라 이거야. 잘나갈 때만 찾다가 망하니까 연락 끊은 놈들에게 제일 먼저 알려줄 테다."

스스로는 재기가 불가능해진 아빠는 첫째 딸이 자아실현과 함께 친구들에 대한 복수까지 대리해주기를 원했다. 성공의 지표는 고시 합격이었다. 엄마까지 아빠의 믿음에 합세하여 박이음을 집에서 최고로 떠받들었다. 맛있는 거, 귀한 거, 좋은 거는 미래의 고시 합격자이자 집안의 기둥인 첫째 딸에게 우선적으로 돌아갔다.

박이음은 예쁘고 공부 잘하고 부지런했지만 어느 하나도 아주 뛰어나진 않았다. 부모의 넘치는 기대는 그 사실을 끊임없이 절감하게 했다. 대학에 간 뒤 박이음은 자기가 부족하다는 생각을 하지 않고 넘어가는 날이 거의 없었다. A학점을 받으면 A^+를 받지 못했으니 부족했고, 토익 700점을 넘으면 800점을 넘지 못했으니 부족했으며, 장학금을 따면 다음 학기에 또 딴다는 장담을 못 하니 부족했다. 대학교 2학년 때부터 행정고시를 봤으나 1차에도 합격하지 못하고 떨어졌다. 자괴감에 시달리다 집에 들어가면 엄마는 금방 지은 따뜻한 밥을 내왔고 아빠는 너만 믿는다는 자애로운 표정을 지으며 박이음의 앞에 반찬을 밀어주었다.

내가 고시에 합격할 능력이 없다는 걸 부모님은 모르는 걸까?

박이음은 부모님이 알 거라고 생각했다. 모를 리가 없었다. 알면서 저러는 거야. 박이음은 숨이 막혔다. 집에서 떠받들어지는 자신과 밖에 나와서는 남다를 것도 특별할 것도 없는 실제 자신과의 괴리가 너무 컸다. 조건 없이 온전하게 사랑받고 싶었다. 그래서 학과에서 제일 먼저 사귀자고 접근해온 남학생과 잤다. 눈이 서글서글하고 다정하고 장난기 많은 동기 남학생이었다. 박이음은 남자 친구와 한 몸처럼 몸을 붙이고 캠퍼스 여기저기를 쏘다녔다. 남자의 사랑을 받는 동안은 자기가 가치 없는 사람이라는 생각에서 벗어날 수 있었다.

첫 연애를 시작한 지 얼마 되지 않아 선배들 사이에 학교 간판이라고 회자되던 남자 선배가 군 복무를 마치고 복학했다. 준재벌 집안의 차남이라는 소문이 돌았던 선배는 키가 훤칠하게 크고 휴대전화 광고에 나오는 배우처럼 잘생겼다. 선배는 복학과 동시에 여학생들의 선망의 대상이 되었다. 박이음도 그 대열에 끼었다. 옆에 있는 남자 친구는 말 붙이기도 싫을 만큼 시시해졌다. 아무 고민 없이 사귄 동급생보다 여자라면 모두가 좋아할 만한 사람, 가진 것 많고 특별한 사람이 좋았다. 모두가 좋아하는 사람이 오로지 나만 좋아하길 꿈꾸며 박이음은 몸이 달았다. 처음으로 짝사랑에 빠져 가슴을 앓았다.

놀랍게도 사랑은 이루어졌다. 어느 날 선배가 따로 불러내어 박이음에게 고백하는, 일어날 수 없는 일이 일어난 것이다. 박이음의 마음은 둥둥 떠서 걸어도 발이 바닥에 닿아 있는 것 같지 않았다. 행정고시 불합격 통지 따위는 하찮아졌다. 자신에게 걸린 과도한 기대와 갑갑한 집안 사정을 둘러싼 걱정은 다 사소했다. 사랑 앞에서는 모든 게 중요하지 않았다.

박이음은 질투와 부러움을 한 몸에 받았고 경쟁자였던 여학생들 앞에서 우쭐거렸다. 모두가 원하던 남자가 내 남자가 되었어! 그러나 희열은 아무리 강력한 것이라 해도 며칠 가지 않았다. 고양된 감정이 한풀 꺾이면서 스멀스멀 불안이 밀려왔다. 선배가 나를 정말로 좋아하는 걸까? 박이음 자신은 선배가 좋아할 만큼 가치 있는 여자가 아니었다. 선배가 뭔가를 착각하거나 가벼운 결정으로 자신을 택한 것 같았다. 나의 진짜 모습을 알면 떠나버리는 건 아닐까? 혹시 지금 후회하고 있는 건 아닐까?

박이음은 선배가 없이는 단 하루도, 단 일 초도 살 수 없을 것 같았다.

나 사랑해?

박이음은 하루에도 수십 번 물었다. 그렇다는 말을 아무리 들어도 만족스럽지가 않았다. 도대체 내가 어떤 말을 얼마나 해야 믿겠니. 선배가 참다못해 진저리를 치며 물었다. 박이음도 몰랐다. 몰라서 묻고 또 물었다.

나 사랑한다는 거 거짓말이지? 변한 거지?

10분이라도 연락이 안 되면 박이음은 그야말로 미쳤다. 종이를 찢고 물건을 던지고 손톱을 세워 바락바락 덤벼들었다. 격한 감정으로라도 채우지 않으면 마음속 불안은 물러가지 않았다. 집착이 불러오는 소모적인 싸움에 지친 선배는 결국 이별을 통보했다.

박이음은 먹지도 자지도 못하고 시시때때로 괭음을 터트리며 울었다. 아침에 일어나지 못했고 누운 채로 베개 옆에 휴지를 수북이 쌓으며 흐느꼈다. 자리를 털고 일어나는 데 3개월가량 걸렸고 원래도 말랐던 몸은 그야말로 해골같이 말랐다. 그 난리를 치는 동안 박이음에 대한 부모의 기대는 한층 꺾였지만 박이음은 행복해지지 않았다. 오히려 버림받았다고 느꼈다. 무가치한 사람이 된 것 같았다.

박이음은 목표를 7급 공무원으로 하향 조정했고, 7급과 9급 시험을 같이 봤다. 딱히 뭘 해야 할지 몰라 그동안 해왔던 걸 남이 하는 것처럼 할 뿐이었다. 공무원 시험의 경쟁률이 치솟았던 때라 그나마도 쉽지 않았다. 가끔 운명 같은 남자를 만났다 싶으면 선배와 겪었던 과정을 되풀이했고, 한동안 쓰러졌다가 일어나길 반복하며 공부했다. 대학을 졸업할 때까지 감정의 풍랑을 세 번 겪었고, 그해 9급 교육행정직 공무원 시험에 합격했다.

고시에 합격해서 5급 공무원이 되리라는 기대를 받았던 박이음은 고작 9급 공무원이 되었다. 9급으로 일하면서 7급 시험을 준비하려고 했지만 일하면서 공부하는 것이 얼마나 허울 좋은 다짐인지 깨닫는 데는 오랜 시간이 걸리지 않았다. 초등학교 행정실에서 수학여행비를 정산하고 급식 업체를 계약하고 친목을 다지기 위한 회식을 하고 월급을 받아 출근할 때 입을 옷을 사고 생활비를 대고 영화 몇 편 보며 문화생활을 하다 보면 한 달이 가고 두 달이 갔다. 박이음은 더 나아지기 위해 노력해서 뭔가 이룬다고 해봤자 별반 더 나아질 것도 없다는 회의에 빠졌다. 그나마 자리 잡은 직장에서 적당히 웃고 어울리며 주어진 일을 했다. 사는 데 아무런 즐거움을 느낄 수가 없었다. 기쁨이란 게 뭘까. 다른 사람은 도대체 어떤 기분을 느끼고 사는 걸까. 홀로 방에서 보내야 하는 밤이 특히 두려웠다. 자기 전까지 멀쩡한 정신을 유지하며 자아에 침잠하는 게 싫어 밤마다 놀러 다녔다. 남자들이 자기를 썩 예쁜 여자로 본다는 걸 알게 되었다. 박이음은 남자들의 시선에서 자존감을 찾았다.

어느 날 친구와 같이 만난 친구의 애인이 한눈에 반했다며 치근덕거렸다. 명품 시계를 차고 아우디를 모는 중년의 남자로 푸근한 미소가 매력적이었다. 친구의 애인을 빼앗았다. 빼앗고 보니 유부남이었지만 열렬히 사랑했다. 사랑하는 동안은 현실의 남루함을 잊을 수 있었다. 불안을 잊으려면 사랑은 격정적이고 불꽃이 튀는 것이어야 했고, 서로 할퀴며 상처를 입혔다가 다시 돌아서서 매달리는 것이어야 했다. 사랑은 지독한 상처와 고름 같은 자기혐오와 좋지 않은 평판과 깊은 우울을 남기고 언제나 짧게 끝났다.

29살이 되던 해 어느 밤, 박이음은 샤워 타월을 꼬아 고리를 만들었다. 샤워기 걸이에 타월의 다른 쪽 끝을 묶고 고리에 목을 넣은 다음 발에 힘을 풀면 모든 게 끝날 터였다. 파괴적인 관계를 되풀이하며 굴욕을 당할 일도 없고, 누구에게 버림받을 일도 없을 것이다. 준비를 마치고 박이음은 고리에 가느다란 목을 집어넣었다. 샤워를 막 마친 뒤였다. 물기가 남아 있던 타월이 차갑게 목을 감았고 박이음은 비명을 지르며 타월의 매듭을 풀었다. 그날 밤 이불을 뒤집어쓰고 오한에 떨며 박이음은 자신이 진심으로 죽고 싶어 하는 건 아니라는 걸 깨달았다. 언젠가 또 죽고 싶어지더라도 죽지 못할 거라는 것도 알았다. 다음 날 병원을 찾았다. 정신건강의학과 의사는 박이음이 21살 무렵부터 우울증을 앓았던 것이고 자기 비하와 낮은 자존감, 남자와의 관계에 기대어 자아의 상처를 보상받고자 했던 행동 모두 우울증의 영향이라고 했다. 그동안의 수치스러운 행동이 자신의 탓이 아니라 병의 탓이었다니 위안이 되는 측면이 있었다. 그때부터 항우울제를 처방받아 먹기 시작했다.

박이음은 갖은 부작용에 시달리면서도 항우울제 복용을 지속했다. 덕분에 부정적인 감정에 깊이 빠져 휘말리는 일은 없게 되었다. 대신 기쁨도 못 느꼈다. 세상에 기쁜 것도 없고 슬픈 것도 없는 감정의 공백 상태에 빠졌다. 죽고 싶은 의욕조차 없었다. 이렇게 텅 빈 인형처럼 사는 게 우울증에 빠져 있는 것보다 낫긴 나은 건가 하는 생각이 가끔 들었으나 예전으로 돌아갈 수는 없었다. 약을 먹은 지 1년이 지나자 살이 찌는 부작용이 나타났다. 늘 마른 체형을 유지하고 살았던 박이음은 통통해진 몸에 짜증이 났지만 대안이 없었다. 습관적으로 약을 먹고 습관적으로 병원에 갔다.

그러던 그날, 반탁신을 만났다. 박이음은 병원에서 난동을 부리던 반탁신과 눈이 마주쳤던 것을 운명이라고 해석했다. 반탁신은 확고한 신념과 폭발적인 열정을 가진 남자였고, 열정을 실천으로 옮기는 냉철한 지성도 가지고 있었다. 어린 아들을 잃은 비극은 중년 남자의 단호한 얼굴에 애수의 그늘을 드리웠다. 애끓는 비극을 겪으며 자신이 할 일을 찾은 사람이었다. 무기력에 빠져 있는 박이음 같은 사람을 제대로 일으켜 세우고자 하는 사명으로 늘 얼음물을 뒤집어쓴 듯 깨어 있는 사람이었다.

당신은 속지 마.

그날의 그 한 마디가 박이음을 바꿔놓았다.

박이음은 항우울제가 주는 무감정의 상태에서 벗어났고 대안을 찾았다. 반탁신이 대안을 알려주고 모임을 조직해주었다. 박이음은 처음으로 남자에게 성적인 요소를 배제하고 존재 자체에 기대게 되었다. 반탁신이 난동을 부리던 날 병원 대기실에서 대화를 나누며 알게 된 설리사도 모임에 끌어들였다. 한없이 무기력한 설리사의 일상을 돌봐주고, 설리사가 나아지는 모습을 보면서 자기 자신도 함께 나아졌다. 평범한 사람들은 결코 알지 못할 고통을 같은 우울증 환자들과 나눌 수 있게 되었고, 그중 누군가에게는 꼭 필요한 존재가 되었다. 기쁨과 뿌듯함을 너무 오랜만에 느끼게 된 나머지 박이음은 자기가 느끼는 감정이 뭔지 한참을 헤아려봐야 했다.

반탁신을 만나고 난 뒤 박이음은 20대 초부터 이어진 깊고 지난한 우울증의 늪에서 벗어났고, 항우울제가 빠뜨린 무감정의 늪에서도 벗어났다. 체형도 예전으로 돌아갔다. 더 이상 이

성과 파괴적인 관계에 빠지지 않았고 일상을 평화롭게 유지하며 소소한 감정을 소중히 느끼며 살았다. 자기 자신을 통제할 수 있게 되었다.

AAD 대표 반탁신의 주장은 진실이었고 좀 더 많은 사람에게 알려질 필요가 있었다.

자기 자신을 죽이는 능력

박심은 AAD 사무실이 있는 층의 복도를 지나 계단으로 꺾어지려고 하는 찰나 화장실에서 나온 사람과 마주쳤다. 뾰족 귀의 청년이었다. 청년은 물기가 남아 있는 손을 바지에 문지르며 박심을 보고는 무심하게 목례를 했다.

"저기……."

박심은 지나쳐 가려는 청년을 불러 세웠다.

"혹시…… 대은고등학교 나오지 않으셨나요?"

청년이 박심을 향해 고개를 꺾은 채 눈을 깜빡였다. 옅은 쌍꺼풀이 진 눈이었다. 청년은 살짝 고개를 끄덕였다.

"그럼 혹시…… 3학년 3반 김열?"

"……그래."

박심은 환하게 웃으며 가방끈을 잡고 있던 손을 놓고 악수를 청했다.

"역시! 반갑다! 난 3학년 1반 박심. 나 알아?"

김열은 박심이 내민 손을 물끄러미 내려다보다가 맞잡았다. 아직 물기가 마르지 않은 손은 차가웠다.

"그럼, 알지."

고등학교 동창을 만나니 무턱대고 반가운 마음이 앞섰다. 박심은 손으로 김열의 팔뚝을 툭 치며 말했다.

"야, 그럼 네가 먼저 아는 척하지 그랬어? 난 긴가민가 답답해 혼났다. 분명히 아는 얼굴인데 누굴까 하고. 반탁신 대표와 얘기하면서도 계속 생각했잖아."

김열은 한쪽 입꼬리를 살짝 추켜올렸다. 도토리 모양의 얼굴에 작은 활 같은 미소가 걸렸다. 박심은 김열이 지독히 말이 없는 데다가 표정이 냉담해서 다가가기 어려운 분위기를 풍겼던 걸 기억했다. 여전한 모양이었다. 박심은 2학년 때 김열과 같은 독서부에 속해 있었다. 말이 특별활동이지 특기생이 있는 운동부를 빼고는 한 반에 모여 자습하는 게 특별활동의 전부였다. 그러다 보니 반이 다른 부원은 간신히 이름만 아는 정도였는데, 같은 외자 이름이라서 그런지 김열의 이름이 아직까지 기억에 남아 있었던 것이다.

"네가 날 모르는 것 같아서."

김열이 말했다.

"전교 1등 박심은 다들 기억하겠지만, 나야 기억 못 하기가 쉬우니까."

자격지심이 깔린 듯한 말에 박심은 어색하게 웃었다.

그나저나 김열은 AAD 사무실에서 뭘 하고 있는 걸까. 손님에게 커피를 내오고, 책상에 앉아 컴퓨터를 다루는 게 익숙해 보였다. 단체에서 어떤 역할을 맡아 일을 하는 것 같았다. 월급을 받고 하는 건지 아닌지는 모르지만, 받는다고 해도 큰돈은 아닐 것이다. AAD는 비영리 임의단체에 불과했다.

김열도 공탈의 회원으로서 사무실 일을 돕고 있는 건 아닐까.

"저기, 열아. 지금 들어가야 돼?"

김열은 사무실 쪽을 돌아보고는 어깨를 으쓱했다.

"아니…… 대표님 혼자 얘기하는 게 편하실 거야."

경찰이 오면 김열은 자리를 피하기로 미리 얘기가 되어 있던 건 아닌가 싶었다. 박심은 잘됐다고 말하며 생글거렸다.

"그럼 우리 이렇게 만난 김에 차나 한잔할까? 아래층에 커피숍 있던데."

"흠…… 그러지, 뭐."

김열이 앞장서 계단을 내려갔다. 박심은 예상치 못한 곳에서 우연히 만난 고등학교 동창의 뒤통수를 보며 따라 걸었다. 고등학생 때 박심은 김열과 전혀 친하지 않았다. 말 한 마디라도 섞어본 적이 있을까 싶었다. 단지 같은 학교를 나왔다는 이유로 졸업 후 10여 년 만에 만난 자리에서 대뜸 반말을 하며 친구처럼 굴 수 있다니 학연이란 참 묘한 인연이라는 생각이 들었다.

그런데, 뭔가가 더 있는데.

건물 1층에 있는 커피 전문점에 들어가 주문을 하고 자리에 앉기까지 일련의 과정에서 김열과 관련된 다른 기억이 박심의 머리 한쪽을 콕콕 건드렸다. 기억은 검고 어두운 연기처럼 피어올랐다. 고등학교 때 일어난 어떤 불온한 스캔들. 그 예사롭지 않은 사건과 김열은 연결되어 있었다.

3반 김열이란 새끼가 3반 년하고 사귄대.

누군지 알 수 없는 짓궂은 목소리가 되살아났다.

남녀 반이 분리되어 있었던 고등학교. 남자 반마다 여성적인 외양이나 기질을 가진 남학생이 한 명쯤 있었다. 남학생들 집단에서 여자 같은 남자는 손쉬운 놀림거리였다. 남자애들은 반마다 가장 '계집애 같은 애'를 꼽아 반 번호를 붙여 1반 년, 2반 년, 3반 년이라고 부르며 놀렸다.

그중에서도 3반 아이가 가장 계집애 같았다. 피부가 하얗고 팔다리가 가늘었으며 목울대도 거의 나오지 않았다. 낭창낭창한 몸을 흐느적거리며 걸었고, 영화에 나오는 게이처럼 비음 섞인 가는 목소리로 말했다. 수염 자국을 가리기 위해 얼굴에 향기 나는 뭔가를 발랐고, 머리카락 길이는 최대한 길게 유지하려고 애썼다. 그 아이가 실제로 동성애자인지 트랜스젠더인지 아니면 그냥 여성스러운 남자인지는 중요하지 않았다. 그 아이는 '3반 년'이었다. 남학생들 사이에 남자로 인정받지 못하는 존재였고 그렇다고 여자도 아니었으며 누구든 조롱할 수 있는 호모 새끼였다. 남성적이지 못한 남자를 배제함으로써 남성성을 증명하고 과시하려는 10대 소년들의 편견과 폭력은 매몰찼다.

김열이 3반 년하고 자주 붙어 다닌다는 소문이 돌았다. 불량한 남자애들이 김열을 3반 년의 애인이라고 비웃고 조롱했으나 김열은 예의 그 냉담한 표정을 하고 아무런 반응을 보이지 않았다. 놀리는 사람도 흥이 떨어졌는지 김열은 차차 놀림감에서 멀어졌다. 그러나 3반 년은 아니었다. 그 아이는 위악적인 남자 고등학생들 사이에서 자신의 두드러진 특징을 숨기지 못했고, 따돌림과 굴욕을 끝내 견디지 못했다.

어느 날 야간 자율 학습이 끝나가던 시간, 3반 년이라고 불렸던 아이는 학교 옥상에서 몸을 던졌다. 지역신문에 기사가 났고 경찰이 학내로 출동했다. 집단 괴롭힘에 의한 자살로 판명되었다. 그를 유난히 괴롭혔던 몇몇이 정학을 당했고 학교 분위기는 한동안 숙연해졌다.

"저기…… 너도 공탈이라는 모임 회원인 거야?"

딸기 주스를 한 모금 마시고 박심이 조심스럽게 물었다. 해도 좋은 질문인가 망설였지만 만나기를 AAD 사무실에서 만났고 반탁신과 나눈 얘기도 옆에서 다 들었을 테니 괜찮을 성싶었다.

김열이 아이스커피 잔을 내려놓고 입에 넣은 얼음을 와작 씹었다.

"그렇지, 뭐."

10여 년 만에 만난 별로 친하지 않은 고등학교 동창이 말했

김열은 게이인 걸까. 박심은 동성애자의 우울증 유병률과 자살률이 높다는 연구 결과를 본 적이 있었다. 여자가 남자보다 우울증에 걸릴 확률이 2배 더 높은 것과 같다. 정체성을 확립하고 자아 존중감을 가지는 데 어려움을 겪고, 편견과 굴욕에 시달릴 위험이 높은 사회적 약자들이 우울증에 빠지기 쉽다. 우울증은 유전적이고 생물학적인 병인 것과 동시에 사회적인 병이다.

"박심, 너는 로스쿨 다닌다고. 앞으로 뭐가 되는 거야? 판사? 검사?"

김열이 물었다.

"어, 나? 변호사가 되려고."

"그래?"

박심을 바라보는 김열의 눈빛이 왠지 차가웠다.

"너는 공부 잘하니까 원하는 거 다 할 수 있겠지."

"아니, 뭐……."

박심은 머리를 긁적였다.

"나는 취업을 못 했어. 몇 년째 취준생이라고나 할까. 반 선생님이 취직할 때까지 사무실에 나와서 일하라고 해서 작년부터 일주일에 3일 나와서 상근하고 있어."

"그렇구나. 월급도 받고?"

"어. 괜찮게 주셔. 전화받고 자료 정리하고 통장 관리하고 찾아오는 사람 차 준비하고. 하는 일은 그냥 그런 거야. 꼭 사람한 명이 필요한 일은 아니지. 반 선생님이 날 돕는 차원에서 나와서 일하라고 하시는 거야. 아들 사건 이후로 생업도 포기하고 시간과 돈을 다 여기에 쓰고 계셔."

박심은 고개를 끄덕이며 들었다. 반탁신이 말한 우울증 환자들끼리의 공동체 의식이라는 게 이런 걸까. 청년실업자인 우울증 환자에게 일자리를 제공해주는 것. 모임 환자들끼리 서로 일상에 구체적인 도움을 주며 우울증을 이겨낼 수 있는 조건을 만들어주는 것.

사무실을 운영하는 돈을 모두 반탁신이 부담하고 있다니 AAD는 얼마나 갈 수 있을까. 박심은 괜스레 반탁신의 사정이 걱정됐다. 반탁신의 가정과 재정 상태는 어떨까.

"건강은…… 괜찮니?"

박심은 김열의 얼굴을 살피며 물었다. 김열의 얼굴은 창백하고 무표정했다. 고등학생 때부터 그랬다. 마음의 상태는 겉보기로 알 수 없는 것이다.

김열은 아이스커피를 들이켜고 잠시 사이를 띄운 뒤 말했다.

"괜찮아. 모임 활동하며 좋아졌어. 너는 어때?"

"응?"

박심이 짙은 눈썹을 추켜올렸다.

"너는 건강이 어떠냐고?"

"……아, 괜찮아. 나는 문제없어."

건강에 대한 질문을 되받을 줄 몰랐던 박심은 당황했다. 김열이 고개를 앞으로 빼고 박심의 얼굴을 빤히 들여다보았다. 말없이 몇 초가 흘렀다. 박심은 얼굴에 뭐가 묻었나, 하고 손바닥으로 턱을 쓸었다. 아무것도 묻어 나오지 않은 손바닥과 김열의 눈을 번갈아 바라보았다. 내리꽂는 시선에 열기가 느껴졌다. 불편했다.

김열이 입꼬리를 서서히 움직이며 작은 활 같은 미소를 지었다.

"후후후……."

김열이 웃으며 자세를 바로 했다. 하얀 윗니를 드러내며 목 안으로 소리 내어 길게 웃었다. 박심은 굳은 표정으로 고개를 갸웃했다. 알 수 없는 친구라는 생각이 들었다. 불쾌하고 오싹했다. 김열은 박심의 껍질을 뜯어내기라도 할 듯 살피고는 뭐가 재미있는지 웃었다.

"박심, 너는 역시 정의로운 1등이구나."

"왜 그렇게 웃는 거야?"

박심은 이마를 찌푸렸다.

"3학년 때 1반 반장이었지 아마."

김열은 손가락으로 박심의 가슴께를 가리켰다.

"1반은 왕따도 학교 폭력도 제일 없는 반이었어. 반장인 박심이 묵인하고 넘어가질 않았으니까. 1반 애들은 1반 년도 티 나게 괴롭히지는 못했다고 하던데. 1반 년은 운 좋은 애였지. 다른 반은 안 그랬어. 큰 문제 아니면 괴롭힘 당하는 애가 있어도 못 본 척 넘어가는 거지. 사실 그게 정상이야. 고3인데 공부하기 바쁘잖아. 남의 일에 껴들면 뭐해. 피곤하기만 하지."

박심은 김열의 속뜻을 알 수 없어 혼란스러웠다. 분명 박심은 반장으로서 반에서 왕따나 폭력 사건이 발생하지 않도록 노력했다. 괴롭힘이 있다는 걸 보거나 알게 되면 모른 척하지 않았다. 직접 중재에 나서기도 했고 자기 손을 벗어나는 일이면 교사와 상의해서 해결책을 찾았다. 가정 내 갈등으로 등교를 거부하는 반 친구의 집에 담임교사와 함께 찾아가 오랜 시간 설득하기도 했다. 반장으로서 그래야 한다고 생각했으니까. 학생들 간의 은근한 괴롭힘과 폭력이 심각한 반이 있다는 걸 알긴 했지만 다른 반 문제까지 자기가 해결할 수는 없는 일이었다. 김열은 그걸 비꼬는 걸까? 왜 3반의 문제는 외면했냐고?

3반 년이라고 불리던 소년의 자살. 고등학교 때 그 사건이 김열에겐 역시 크디큰 상처인 걸까. 김열도 나를 만나서 문득 그때 그 사건이 생각난 걸까.

"1반 반장 박심은 약한 애들을 보면 꼭 도와줬다는 얘기야. 제일 위 줄에 앉아 내려다보면서. 그러기 쉽지 않은데."

"위 줄에…… 앉아서?"

"이번엔 우울증 환자야? 대상이?"

김열의 얼굴에서 웃음기가 싹 사라졌다. 말투도 차갑게 가라앉았다.

반면 박심은 굳은 표정을 풀었다. 자신이 혜택받은 사람이라는 걸 박심도 모르지 않았다. 좋은 대학을 나왔고 진로가 확실했으며 법조계에 든든한 지원자도 있었다. 삼포 세대, 청년실업자 100만 명 시대에 드물게 좋은 조건이었다. 자신이 가진 조건 자체가 취업에 어려움을 겪고 있는 또래들의 열등감을 자극할 수 있다는 걸 알기에 늘 겸손하려고 노력했다. 김열이 나를 유감스럽게 생각하는 부분이 있더라도 내 잘못은 아니야, 하고 생각하니 불쾌감이 누그러졌다.

"반탁신 대표와 얘기하는 거 옆에서 들었지? 우울증 환자가 살인을 했는데, 형을 감경해달라고 하려고 논리를 만들고 있어. 지금 실무 수습 받고 있는 거 숙제야."

"그래, 들었어. 그 전학수라는 사람? 그 사람도 약 부작용이 맞을 거야. 아마 그 사람은 자기 자신을 죽이고 싶었을걸. 그런데 그럴 수 없으니까 남을 죽인 거야."

"자기 자신을…… 죽이고 싶었을 거라고?"

"남을 죽이는 것보다 자기를 죽이는 게 훨씬 더 어려워."

이어지는 김열의 목소리가 음산했다.

"첫 자살 시도에 성공하는 사람은 별로 없어. 살고 싶은 건 동물의 본능이거든. 남의 본능은 제압할 수 있어도 자기 본능을 이기기는 힘들지. 그러니까 자살은 아무나 하는 게 아니야. 할 수 있는 사람만 하는 거야."

"아무나 하는 게 아니다……."

박심이 중얼거렸다.

"항우울제가 자살 충동을 일으키잖아. 자살할 준비가 된 사람이 보다 쉽게 생존 본능을 이겨내도록 용기를 준다고나 할까. 우리 모임에서도 항우울제 부작용으로 자살한 사람이 있어. 그 형은 독한 약을 워낙 오래 먹었거든. 국내에서는 구할 수도 없는 1세대 항우울제만 자기 몸에 맞는다고 먹었어. 그 약 처방받으려고 몇 달에 한 번씩 미국을 왔다 갔다 했지."

"1세대 항우울제?"

"어어, 그런 게 있어. 마오이라고."

마오이(MAOI). 모노아민 산화효소 억제제. 1950년대 최초로 발명된 항우울제이다. 본래 결핵 치료제로 판매되었다가 엉뚱하게 항우울 효과가 있는 것이 발견되어 항우울제로 개발된 약. 박심은 굳이 아는 척은 하지 않고 고개를 끄덕였다.

"그게 부작용이 심하고 무엇보다 음식을 가려 먹어야 해서 우리나라엔 수입이 안 돼. 김치나 치즈같이 발효된 음식하고 먹으면 큰일 나거든. 근데 그 형은 세로토닌에 뭔가 과잉 반응이 있어서 흔히 먹는 우울증 약이 안 들었어. 그래서 미국 유학 시절부터 마오이를 처방받아 먹었다는데. 그래서 나 만날 때만 해도 한국 음식을 아예 안 먹더라고. 한식 먹으면 발효 음식 안 먹기가 힘들잖아. 맨날 샐러드와 스테이크만 먹다가, 모임 나오면서 약 끊고 음식을 자유롭게 먹었지. 되게 좋아했어 그때는. 먹는 즐거움이 이거구나, 하면서. 아마 먹고 싶은 걸 마음껏 못 먹어서 더 우울했던 거겠지."

"어어, 그랬구나."

마오이 계열 항우울제 복용에 그런 까다로운 면이 있었구나. 박심은 새로운 사실을 알았다. 국내에 수입되지 않는 이유를 충분히 이해할 수 있었다.

"근데 뭐…… 약을 너무 오래 먹어서 이미 뇌가 회복하기 어렵게 변형됐나 봐. 반탁신 대표님 말로는 그래. 이전에도 자살 시도를 많이 했는데 이번에 드디어 성공했다고 해야 할까. 뭐, 죽을 사람은 어차피 죽게 되어 있는 걸지도 모르고."

박심은 마음이 무거웠다. 김열은 태연한 표정으로 이야기를 계속했다.

"사실 나 그 형 때문에 여기 나오게 된 건데. 그 형하고 나하고 자살 사이트에서 알게 됐어. 자살 파트너 구하는 사이트 있잖아."

"어…… 어."

"너무 이상하게 생각할 거 없어. 거기 대부분은 어차피 자살할 용기나 마음도 없는 사람들이야. 자살에 대해 떠들면서 오히려 죽음에 대한 공포를 잊고 위안 받으려고 하는 것들이지. 나도 반쯤은 그런 마음으로 들어간 거고. 도대체 뭔 얘기들을 하나 해서. 거기서 얘기하다 만났는데 어느 날 그 형이 먼저 반 선생님 모임을 알게 돼서 나보고 같이 가자고 한 거야."

"충격이…… 심했겠네."

사람은 남의 죽음을 통해서 비로소 자신의 죽음을 실감하니까. 가까운 사람의 자살. 박심에게는 아직 겪지 않았고 앞으로도 겪고 싶지 않은 일이었다.

문득 AAD 사무실로 찾아온 손님들이 생각났다.

"그 회원 자살 사건 때문에 경찰이 온 거구나. 내 뒤에 형사들 들어오던데."

김열은 고개를 저었다.

"아니. 그 형은 작년 12월에 자살했어. 그건 이미 끝나도 한참 전에 끝난 사건이고. 회원 중에 대학생 여자애가 하나 있는데, 걔가 산에서 시체로 발견됐다나 봐. 살해된 거 같다는데 오늘은 그 얘기 하러 온 거야."

박심은 깜짝 놀라 입을 벌렸다. 자살에 이어 살인이라니. 한 모임에서 그런 사건이 연이어 발생할 수 있나.

"설리사라고, 우리 중에서 제일 어린 회원이야. 며칠 전에 반 대표님 통해서 설리사가 죽었다고 들었을 때는 걔도 자살한 줄 알았어."

"……왜?"

"분위기가 심상치 않았거든. 마지막 봤을 때 말이야. 반 대표님은 외출하시고 나 혼자 사무실에 있는데 불쑥 찾아온 적이 있어."

김열은 기억을 되짚어보는 듯 이맛살을 찌푸렸다.

"그렇게 혼자 올 애가 아닌데 되게 초췌한 얼굴로 연락도 없이 갑자기 와서 일단 이상했고. 왜 왔는지 뭔 말을 하는지 횡설

수설하더라고. 3월 초에 다 같이 엠티를 간 적 있어. 그 이후로는 모임을 안 했거든. 이제 모임 안 하는 거냐고 묻더니, 박이음이라고 걔랑 제일 친한 여자 회원이 있는데 박이음이 진짜 속마음으로는 자기를 싫어하는 것 같다고 하면서 울지를 않나, 다시 약을 먹으면 공탈에 계속 나올 수 없는 거냐고 묻질 않나…… 약 먹으면 반 선생님이 싫어할 테니까."

"어, 어."

"아무튼 되게 불안해 보였어. 원래 말도 없고 별 반응이 없는 애였는데. 그런데 산에 묻힌 채로 발견됐다니 자살은 아닌 거지."

김열은 박심의 어깨 너머로 시선을 보냈다.

"형사들 간다. 얘기 끝났나 봐. 올라가봐야겠다."

박심은 뒤를 돌아보았다. 커피숍 통유리 창이 거리를 향해 나 있었다. 아까 전 AAD 사무실을 찾아왔던 중년 형사와 잘생긴 젊은 형사가 유리문 끝으로 막 사라지고 있었다.

"참, 아까 자살한 형이나 여자애가 살해됐다는 얘기. 어디 가서는 하지 마라. 좋은 얘기 아니잖아. 반 선생님이 아무에게도 말하지 말라고 했는데 그만 말해버렸네."

김열이 몸을 일으키며 말했다.

박심은 얼이 빠진 채 으응, 하고 고개를 끄덕였다.

"네가 지금 하는 일과도 상관없는 거니까. 그렇지?"

"그래, 알았어."

가방을 메고 일어서며 박심이 말했다.

커피숍 문을 열고 나가니 습기를 품은 더위가 훅 끼쳤다. 박심은 김열과 마주 보고 섰다. 박심이 먼저 연락처를 물어 둘은 휴대전화에 서로의 번호를 입력했다. 김열이 한 손을 들어 올리며 잘 가라고 말했다. 박심은 쏟아지는 햇빛에 눈이 부셔 손차양을 쳤다. 햇빛을 받은 김열의 얼굴은 하얗게 사라지고 날카로운 턱선과 위로 솟은 뾰족한 귀의 형태가 두드러졌다.

박심은 얼굴이 보이지 않는 동창을 향해 마주 손을 들어 보였다.

그날의 캠핑

"3월 12일은 추웠어."

박이음에 대한 두 번째 참고인 조사를 마친 날 밤, 이평서 팀장은 책상에 다리를 걸치고 두둑한 아랫배에 손을 올리며 중얼거렸다. 박이음은 설리사를 만나게 된 경위와 공탈이라는 모임에 대해 털어놓고 막 돌아간 참이었다. 박이음은 인터넷 카페를 통해 설리사를 처음 만났다는 둥 거짓말한 사실을 추궁당해 자존심이 상했는지 얼음장 같은 눈으로 형사들을 노려보다가 쌩하고 일어섰다.

"네에?"

한바탕 세수를 하고 돌아온 홍인혁 형사가 수건으로 귀 안쪽을 닦으며 물었다.

"꽃샘추위가 왔다고. 기온이 영하로 떨어졌지."

이평서의 표정이 시신 발견 현장을 떠올리는 듯 아득했다.

"설리사는 겨울 등산복을 입고 죽었고. 5월에 겨울 등산복은 아무래도 이상해."

"그 얘기는 전에 하셨잖아요. 더운 날이라도 밤에 산에서 지내려면 춥다고요, 팀장님."

"엠티에서 돌아온 3월 13일 이후 설리사를 만나거나 직접 통화한 사람이 있나?"

이평서는 홍 형사의 대답을 기다리지 않고 덧붙였다.

"박이음 말고."

홍인혁 형사는 젖은 수건을 손에 든 채 눈을 굴렸다.

"……새엄마인 이정미와 5월 4일에 문자를 주고받았잖아요. 어버이날에 못 내려간다고."

"통화 말이야, 통화. 문자 말고 설리사의 목소리를 들은 사람이 있냐 이거야."

이평서는 같은 말을 또 덧붙였다.

"박이음 말고."

"설마, 팀장님!"

홍인혁 형사는 손바닥에 로션을 덜어 제 뺨을 철썩 때렸다.

"설리사가 공탈 엠티에서 죽었다고 말씀하시는 거예요?"

이평서 팀장은 말없이 한쪽 어깨를 으쓱했다. 홍인혁 형사는 흥분했다.

"그 뒤 5월까지 박이음이 설리사가 살아 있는 것처럼 위장했다고요? 설리사의 휴대전화를 가지고 계모와 자기 자신과 문자 메시지를 주고받은 것처럼 조작하면서?"

"며칠 전 아침에 혼자 설리사의 자취방에 가본 적이 있어. 문득 확인하고 싶은 게 있어서."

"뭐를요?"

홍 형사는 이평서의 책상 맞은편 의자로 걸어가 앉았다.

"신문 말이야."

"신문?"

"십자매 새장 밑에 깔아준 지하철 신문 발행일이 5월 9일. 그 전날인 5월 8일에 설리사가 박이음에게 다음 날 여행을 가겠다는 문자를 보냈고. 설리사의 휴대전화는 5월 10일 끊겼지. 그걸 토대로 우리가 사건 발생일은 아마 5월 9일이나 10일일 것이다, 하고 추측한 거 아니야?"

이평서 팀장은 홍인혁 형사에게 자신이 갈겨쓴 메모 한 장을 건넸다.

5월 2일　설리사의 냉장고에 있던 식품 마지막 제조일

5월 4일　설리사, 계모 이정미와 마지막 문자 주고받음 (어버이날 못 내려간다는 내용)

5월 8일　설리사, 박이음에게 다음 날 혼자 여행을 갈 거라는 문자 메시지를 보냄

5월 9일　십자매 새장 밑에 깔린 지하철 신문의 발행일

5월 10일　설리사의 휴대전화 전원 끊김 (천안 1번 국도 인근)

"설리사가 새 용품을 모아둔 캐비닛에 신문 뭉치가 있었어. 모두 작년 12월과 올해 1월 신문이었지. 모아둔 신문이 있는데 왜 굳이 새로 5월 9일 자 신문을 가져와서 새장에 깔아줬을까?"

"어허……."

홍인혁 형사가 고개를 끄덕이다 살짝 짜증을 냈다.

"팀장님은 왜 그런 걸 혼자 가서 알아오고 입을 닫고 계셨던 거예요?"

"지금 말하잖아."

별안간 무슨 생각이 스쳤는지 홍 형사가 이평서의 책상 위 서류 더미를 뒤졌다. 설리사와 지난 1년간 통화한 사람과 통화 내용을 확인했던 기록을 찾아들고 홍 형사는 고개를 주억거렸다.

"아하, 역시. 설리사가 직접 통화한 사람은 다 올해 3월 12일 전에…… 어, 아니네."

"뭐야?"

"설리사와 4월 22일에 통화한 사람이 있는데요? 팀장님이 확인하신 거요."

이평서 팀장은 홍인혁 형사의 손에서 서류를 낚아챘다.

4월 22일 15시 12분부터 7분 42초간 설리사와 통화를 한 상대가 있었다. 이평서는 모과 껍질 같은 얼굴을 구겼다가 피식 웃었다. 자칭 검찰총장 남자였다.

"이거 잘못 걸린 전활세, 이 사람아. 이 남자 말로는 설리사란 사람은 알지도 못하고 아마 자기 쉬는 날 3살인가 4살짜리 아들이 휴대폰 가지고 장난친 거 같다고 하던데."

"아, 그렇다면 이야기가 심각해지는데."

잘생긴 젊은 형사는 턱을 괴고 생각에 빠졌다.

한참 뒤에 홍 형사의 입에서 비어져 나온 질문이 이평서의 고민과 일치했다.

"……왜죠?"

홍인혁은 자기도 모르게 목소리를 높였다.

"그럼 박이음이 설리사를 죽였다? 왜죠?"

"글쎄 모르지."

"박이음이 설리사를 죽였거나 죽이는 데 가담했다 쳐요. 그럼 왜 거의 두 달 동안 마치 설리사가 살아 있는 것처럼 위장한 거죠? 설리사의 휴대폰을 갖고 있으면서 오는 문자에 답을 하고, 자기랑 통화한 것처럼 하루걸러 한 번 전화를 걸고, 문자를 주고받은 것처럼 자기 휴대폰이랑 설리사 휴대폰이랑 번갈아 가며 문자를 치고, 그걸 또 때가 돼서 천안에 가서 버리고, 새장에 새 신문지를 깔고. 냉장고에 음식을 사다 넣어놓고……."

"설리사가 언젠가 한 손에는 새장을 들고, 다른 손엔 아빠에게서 훔쳐낸 돈을 가지고 현관 비밀번호를 바꾼 채 집을 떠날 거라는 말을 지어내고 말이지. 그 얘기 처음부터 이상했어. 설리사가 실제로 아빠 통장에서 큰돈을 빼낸 것 같지도 않고."

"그러니까 왜죠? 그게 얼마나 손 많이 가고 정신적으로도 힘든 일이에요. 그 수고를 할 바에야 시체를 더 완벽하게 처리하는 게 나았을 텐데."

"모를 일이야."

이평서는 눈을 감고 가만히 한숨을 쉬었다.

"하나의 가설인데 3월 12일 이후 살아 있는 설리사를 본 사람이 나타나지 않으면 버릴 수 없는 가설이지. 그런데 이게 맞는다고 치면……."

이평서는 허공을 노려보며 덧붙였다.

"공범이 있을 거야. 여자 혼자 사람을 죽이고 산에 갖다 묻는 건 쉽지 않아."

임나민은 자신이 일하는 아파트 관리 사무소 근처 커피숍에서 만나자고 했다. 월차를 내고 경찰서까지 갈 여유는 없고, 형사들이 근처로 오면 잠깐 나가겠다는 것이었다. 박이음은 공탈 회원 다섯 명의 연락처를 적어 넘겼다. 반탁신, 박이음, 설리사를 제외한 두 명은 임나민이라는 여자와 김열이라는 남자였다. 이평서는 곧장 두 사람에게 연락을 시도했으나 무슨 일인지 김열은 종일 휴대전화가 꺼져 있었고, 임나민과는 바로 통화가 되었다. 이평서는 홍인혁 형사와 함께 임나민과 약속한 커피숍으로 갔다. 시신이 수원중부경찰서 관할에서 발견되어 수원 사건으로 접수되었지만 사건 관계자가 모두 서울에 사는지라 매일 서울로 출장을 나가는 것이 형사들에게는 일상이 되었다.

어깨까지 닿는 갈색 머리에 아이보리색 리넨 셔츠를 입은 여자가 먼저 와서 형사들을 기다리고 있었다. 요즘 유행하는 알이 큰 검은 테 안경을 쓰고 옅은 화장을 한 임나민은 30대 후반으로 보였다. 유순한 인상의 임나민은 설리사가 당한 비극에 눈물을 머금었다.

"리사가 어쩌다가⋯⋯ 엠티에서 봤을 때만 해도 너무 좋아 보였는데⋯⋯."

임나민은 안경을 들어 올려 냅킨으로 눈물을 훔쳤다. 이평서는 엠티를 가게 된 경위부터 물었다.

"엠티 가자는 말은 한참 전부터 나왔어요. 아마 모임 시작할 때부터 나왔을걸요. 회원들끼리 워낙 사이가 좋고 모이면 힘이 났으니까. 여행 한번 같이 가자, 한번 가야지 했죠. 그런데 작년 말에 안 좋은 일도 있었고⋯⋯ 다들 말은 안 해도 그것 때문에 다운돼 있으니까⋯⋯ 올해 적극적으로 추진을 한 것 같아요."

"안 좋은 일이요?"

홍인혁 형사의 물음에 임나민의 얼굴이 급격히 어두워졌다.

임나민은 눈물을 닦은 종이 냅킨을 손에 구겨 쥐었다.

"회원 한 명이 자살을 해서⋯⋯ 다들 아무래도 불안했죠. 함께 나아지고 있다고 생각했는데 그런 일이 생기니까. 나도 같이 무너지는 것 같고 그랬죠. 이 병이 그래요. 나아진 줄 알았는데 다시 무너질 때, 정말 죽을 것 같이 무섭죠. 다른 사람은 몰라도 저는 혼자 귀를 막고 소리 질렀어요. 아니야. 나는 안 돌아가! 옛날로 안 돌아가, 이러면서⋯⋯."

"자살한 회원이 있다고요?"

이평서가 노골적으로 얼굴을 찌푸렸다. 처음 듣는 말이었다. 박이음도 반탁신도 자살한 회원에 대한 얘기는 하지 않았다.

임나민은 동요한 표정으로 말을 더듬었다.

"네…… 작년 12월에…… 조노훈이라는 남자 회원이…… 자기 살던 아파트에서 목을 맸어요. 정말 충격적이었어요."

이평서는 박이음이 공탈 회원들이 총 몇 명이냐는 질문에 대하여 '지금은…… 그러니까, 3월에 엠티를 갔던 사람들이 전부인데 총 5명이다'라고 애매하게 진술했던 걸 떠올렸다. 따져보면 틀린 말은 아니었다. 작년 12월에 죽은 사람은 빼고 엠티에 참석한 회원은 5명이라는 뜻이므로.

의도적으로 정보를 빠뜨린 것일까.

이평서가 물었다.

"그럼 원래 그 조노훈이라는 사람까지 해서 회원이 총 6명이었나요? 더 있지는 않았습니까?"

임나민은 모임에 한두 번 나오다 마는 사람은 있었지만 고정 멤버는 6명이 전부였다며 말을 이었다.

"지금 직장을 소개해준 사람도 조노훈 씨였는데…… 저, 이혼 후에 우울증에 빠져서 방에서 누워만 지냈어요. 아주 엉망이었죠. 인간으로서 형편없었어요. 직장을 제대로 다녀본 적도 거의 없었고…… 저 고등학교도 못 나왔어요. 조노훈 씨가 꽤 잘나가는 펀드매니저였는데, 자기 인맥을 써서 절 이 직장에 넣어준 거죠. 관리실장님이 그분께 신세를 많이 졌다고 하더라고요."

죽은 사람이 베풀어준 배려를 떠올리는지 임나민의 눈빛이 아련해졌다.

"형사님들은 어떻게 생각하실지 모르겠지만 우리 회원들끼리는 그렇게 지냈어요. 서로 병을 낫는 데 도움이 될 부분이 있으면 무리를 해서라도 도와줬거든요. 저에게는 일이 필요했으니까…… 지금도 조노훈 씨 생각하면 내가 직장을 빠지면 안 되지, 하고 몸이 좀 안 좋은 날도 기를 쓰고 출근해요. 그래서 낙하산으로 내려왔어도 일 잘한다는 말도 듣고 그래요."

임나민은 눈물 맺힌 눈으로 살짝 웃었다.

이평서 팀장은 홍인혁 형사와 시선을 교환했다. 홍 형사가 고개를 끄덕였다. 같은 생각을 하고 있다는 뜻이었다. 박이음은 공탈 회원 수에 대해 애매하게 진술하며 조노훈이라는 회원의 존재를 숨겼다. 반탁신은 개인 정보를 운운하면서 이미 박이음이 공탈 회원에 대한 정보를 형사들에게 넘겼다는 걸 알면서도 회원 수가 얼마인지조차 말하지 않았다.

밝혀질 때 밝혀지더라도 그들은 조노훈이라는 이름을 그들 스스로의 입으로는 말하려 하지 않은 것이다.

왜일까.

항우울제 없이 공동체 의식으로 우울증을 극복해보자는 모임에서 자살자가 나왔다는 건 모임의 취지를 무너뜨리는 사실이기 때문일까. 그저 죽음에 대한 이야기는 하고 싶지 않았던 것일까.

"엠티 얘기를 해주세요. 자세히. 어떻게 출발해서 무엇을 했고, 무슨 일이 있었는지. 생각나는 거 전부 다요."

이평서는 조노훈이라는 존재는 일단 접어두고 물었다.

"글쎄요. 일단 가자고 결정하고 날짜 잡히고 나서는 저는 뭐 준비할 것도 없었어요. 제 옷이랑 세면도구만 챙기면 됐죠. 먹을 거나 캠핑 도구는 반탁신 대표님과 김열 씨가 다 준비했으니까요. 아, 김열 씨는 반 대표님 사무실에서 일하면서 회원 관리하고 실무를 보는 회원이에요."

"그렇군요……."

이평서는 임나민과의 면담이 끝나면 김열과의 만남을 서둘러야겠다고 생각했다. 휴대전화가 계속 꺼져 있으면 다른 방법으로라도 소재를 파악해봐야 할 것이다.

"저, 그날 날씨가 어땠나요? 엠티 갔던 날이요."

홍인혁 형사가 이평서가 특히 예민하게 생각하는 날씨에 대한 질문을 대신 꺼냈다.

"날씨요?"

임나민이 고개를 갸웃했다.

"날씨라…… 추웠어요. 아…… 맞아요. 3월 돼서 영상으로 올라갔다가 꽃샘추위가 와서 다시 영하로 뚝 떨어진 날이었어요. 그래서 오리털 파카를 단단히 챙겨 입고 간 기억이 나네요."

차는 두 대를 준비했다고 했다. 반탁신이 자기 소유의 SM5를 운전했고, 김열이 아버지의 소나타를 빌려 나왔다. 출발할 때 SM5에는 반탁신과 박이음이 탔고, 소나타에는 김열과 설리사와 임나민이 탔다. 김열, 설리사, 임나민의 집이 중간에 만나기 쉬운 서울 동쪽 구역에 모여 있기도 했고, 소나타에 김열과 여자 한 명만 타는 것도 어색할 것 같아 이모저모 신경 쓴 배치였다. 두 차가 서울 만남의 광장 휴게소에서 만나 같이 출발했다. 공주시까지 멈추지 않고 죽 달렸다. 캠핑장으로 올라가는 입구에 슈퍼가 있어 그 앞에 차를 세우고 잠깐 내렸다. 가져온 숯이 모자랄 것 같아 숯을 한 포대 사고 음료수도 하나씩 마셨는데, 이 비용을 설리사가 계산했다. 엠티 준비를 도와주지 못한 게 미안하다며 미처 말릴 새도 없이 신용카드를 내밀었다고 했다.

"……대학생이 신용카드를 가지고 있는 게 의외라 기억이 나네요."

그곳이 바로 설리사가 아빠 설창석의 신용카드를 마지막으로 사용한 '코코마트'일 것이다.

"차로 산길을 조금 올라가니 캠핑장이 나왔어요. 카라반에 짐을 풀고 다 같이 가벼운 산책을 했죠."

임나민은 이평서 팀장이 내민 수첩에 새림캠핑장의 구조를 기억나는 대로 그렸다. 임나민은 테이블 가운데 그림을 두고 형사들의 질문을 받으며 설명을 이어갔다.

작년에 개장한 계룡산새림캠핑장은 관리실과 샤워실, 화장실과 수도 시설을 가운데 두고 오른편이 카라반 구역, 왼편은

〈계룡산새림캠핑장〉

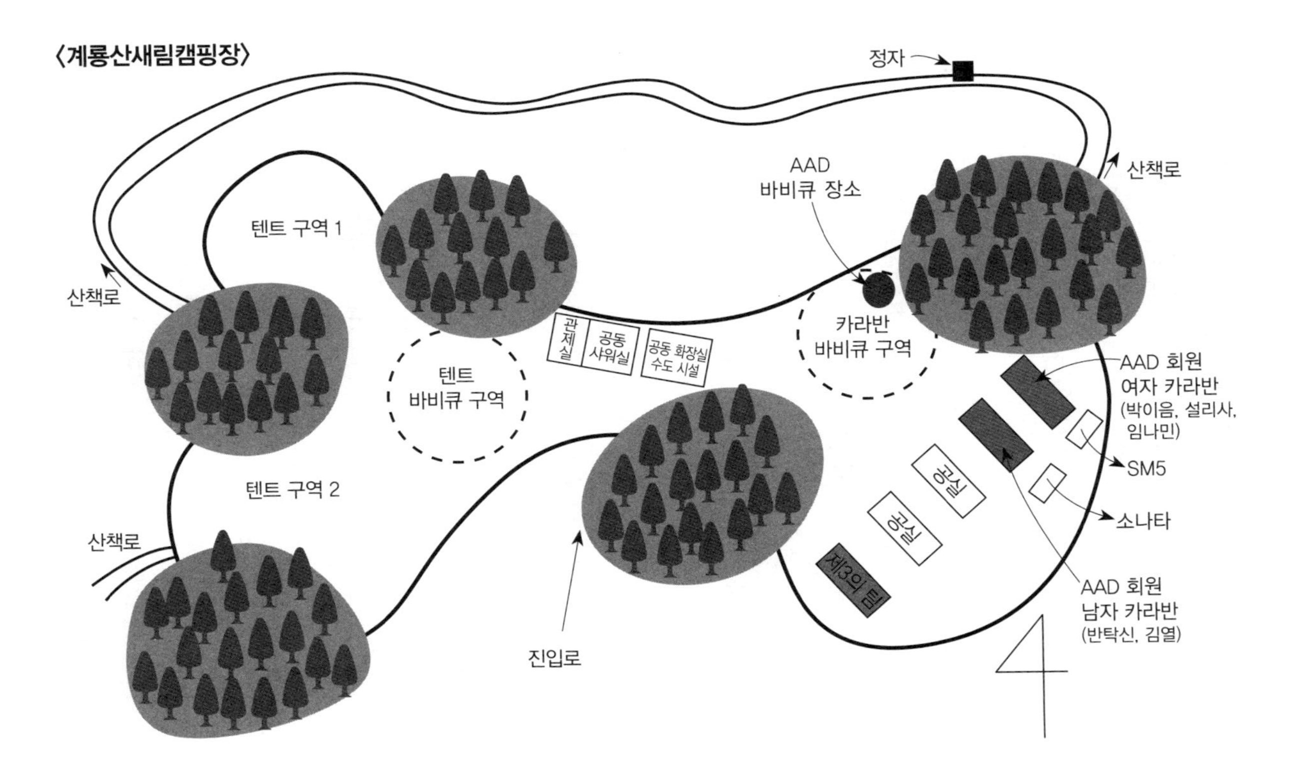
정자
산책로
AAD
바비큐 장소
텐트 구역 1
산책로
카라반
바비큐 구역
관제실
공동
샤워실
공동 화장실
수도 시설
텐트
바비큐 구역
AAD 회원
여자 카라반
(박이음, 설리사,
임나민)
SM5
공실
공실
소나타
텐트 구역 2
산책로
제3의 팀
AAD 회원
남자 카라반
(반탁신, 김열)
진입로

텐트 야영 구역으로 구분되어 있었다. 봄이 왔지만 아직 날이 풀리지 않아 비수기에 속했다. 카라반은 총 5대였다. 공탈은 북쪽 끝에 있는 카라반 2대를 대여했다. 그날 공탈이 대여한 카라반을 제외하고는 남쪽 끝에 있는 카라반 1대만이 예약되어 있었고 가운데 2대는 공실이었다. 텐트 야영자도 대여섯 팀밖에 되지 않아 캠프장은 전반적으로 한가했다. 공탈 회원들은 캠핑을 온 다른 사람들과는 별반 마주치거나 대화하는 일 없이 그들만의 엠티를 즐길 수 있었다.

북쪽 가장 끝에 있는 카라반에 여자 셋이 들어가고, 그 옆 카라반에 남자 둘이 짐을 풀었다. 4인용 소형 카라반이었는데 그나마 5대가 들어가기에는 캠핑장 공간이 좁은 편이었다. 카라반마다 문 앞에 나무 난간과 파라솔이 설치되어 있었다. 카라반 사이의 간격이 좁아서 그런지 나무 난간에서는 바비큐가 금지되었고, 공동 화장실과 수도 시설 옆에 바비큐 구역이 따로 정해져 있었다.

짐을 풀고 회원 5명은 카라반 북쪽 산책로로 올라갔다. 그때가 벌써 오후 4시경이었다. 7~8분 정도 올라간 곳에 정자가 있어 5명이 잠시 앉아 쉬다가, 산책로를 빙 돌아 서쪽 텐트 구역으로 들어왔다. 이렇게 다 같이 한 산책은 30분 정도 걸렸다.

반탁신 대표와 김열이 바비큐 구역에 자리를 잡고 숯을 피웠다. 큰 나무 옆이라 주변의 시선이 차단되는 곳이었다. 여자들은 채소를 씻고 서울에서부터 가져온 재료를 다듬어 식기와 함께 바비큐 장소로 날랐다.

"보통 사람들과 다를 것 없었어요. 그냥 캠핑을 간 거니까요."

산책을 하고 바비큐를 준비하는 동안 특별한 일은 없었냐고 묻자 임나민은 속이 상한 듯 대꾸했다.

"심각한 얘기 같은 거 안 했어요. 상추는 내가 씻겠다, 그릇은 뭘 꺼낼까, 그러며 준비하느라 바빴죠. 우울증 환자들이라고 놀러 와서도 축 늘어져서 앓고 있는 거 아니거든요."

임나민은 머리에 붙은 뭔가를 떨쳐내듯 고개를 흔들었다.

"우리 서로 조노훈 씨 얘기는 안 했어요. 일부러 피한 거죠. 그 분위기 바꾸려고 여행 간 거니까."

5시 반 즈음부터 고기와 해물을 굽고 술을 마셨다. 삼겹살과 목살, 새우와 조개를 차례로 구웠고 구워 먹는 치즈와 익은 김치도 구워서 취향대로 먹었다. 술은 소주와 맥주, 와인을 골고루 준비했다.

"다들 술을 좀 했어요. 숯불 피우고 술이 들어가니 춥지도 않고 분위기 좋았죠. 리사는 평소에 회원들끼리 한잔씩 할 때는 안 마시더니 그날은 와인을 꽤 마시더라고요. 비싼 와인을 가져왔다고 해서 저도 맥주를 주로 마시면서도 한 잔 맛봤어요."

차차 배가 부르고 취기가 오르니 한두 명씩 자리를 떠서 산책을 하고 오기 시작했다. 찬바람 맞으며 술기운도 날리고 배도 좀 꺼뜨린 다음 다시 와서 마시면서 담소를 나눴다. 바비큐 그릴을 가운데 둔 채 술자리의 시간은 느슨하게 흘렀다.

"설리사 씨는 끝까지 자리를 지켰습니까?"

이평서가 물었다.

"리사는 우리 중에 제일 먼저 자러 들어갔어요. 그게 그러니까……."

임나민은 음료를 홀짝이며 차분히 기억을 떠올렸다.

"술 마시기 시작하고 두 시간쯤 지났을까, 리사가 취기가 도는지 얼굴이 붉어져서는 잠깐 걷다 오겠다고 그러니까…… 김열 씨가 자기도 같이 가자고 했어요. 이미 날이 많이 어두워졌을 때였어요. 둘이 북쪽 산책로로 올라가더니, 20분인가 30분 뒤에 김열 씨 혼자 오더라고요. 리사는 정자에 잠깐 앉아 있다 오겠다고 했다면서. 그래서 우리 넷이 다시 뭘 좀 더 굽고 술을 마셨죠. 리사가 너무 안 오는 것 같아서 데리러 가야 하는 거 아니냐는 말이 나오는데, 마침 내려오더라고요……."

말끝에 임나민의 표정이 심상치 않게 변하는 것을 느끼고 홍인혁 형사가 채근했다.

"뭐가 잘못됐나요?"

"잘못됐다기보다는……."

임나민이 씁쓸하게 웃었다.

"산책하러 가기 전까지는 쾌활하게 술도 마시고 농담도 하고 웃던 애가…… 혼자 무슨 생각을 한참 하고 왔는지…… 가라앉았다고 해야 하나, 슬퍼 보였다고 해야 하나. 원래의 설리사로 돌아간 것 같았어요. 표정이나 태도가 말이에요."

"흐흠……."

"그러니까 혼자 오래 생각할 시간을 주면 안 되는 거였어요. 애가 조노훈 씨를 떠올린 건지 뭔지 원래처럼 멍해져서 내려오더라고요. 그 꼴을 보고 김열 씨가 리사를 크게 부르면서, 카라반에 가서 마른오징어랑 쥐포 좀 갖다달라고 했어요."

설리사는 처음에 자기를 부르는 소리를 듣지 못했다. 김열이 몇 번 크게 이름을 외치니 그제야 깜짝 놀라며 바비큐 그릴에 모여 앉은 일행을 쳐다보았다. 김열이 설리사에게 남자 카라반에 들어가 조리대에 올려놓은 자기 배낭에서 건어물을 꺼내와 달라고 말했다. 설리사가 느릿느릿 카라반으로 걸어가 건어물을 찾아 가지고 왔다. 모두가 설리사의 변한 표정과 느린 행동을 걱정스럽게 쳐다보았다.

5명의 회원이 다시 모였다. 오징어를 굽고 서로의 잔에 맥주와 와인을 따랐다. 확실히 말이 없어진 설리사는 고개를 푹 숙이고 자기 생각에 빠졌다. 다른 4명이 드문드문 대화를 하며 느슨한 술자리를 이어갔다. 10시 반경 설리사가 먼저 자겠다며 일어섰다. 다들 말리지 않았고 편히 쉬라고 말했다. 그로부터 1시간쯤 후에는 박이음이 피곤하다며 잠깐 누워 있다 오겠다고 말하고 카라반으로 들어갔다. 거의 동시에 임나민도 취기를 쫓을 겸 남자 둘을 두고 혼자 산책을 하러 갔다. 서쪽으로 가서 텐트 야영 구역 북쪽으로 난 산책로로 들어가 빙 돌아 카라반 구역 산책로로 내려왔다. 혼자 하는 산책은 20분 정도 걸렸다.

"다시 오니까 김열 씨 혼자 술 마시고 앉아 있었어요. 박이음 씨는 결국 카라반에서 잠들어버린 것 같고, 반탁신 대표도 잠깐 술 깨고 오겠다고 했다면서요."

"음…… 정리하면 설리사, 박이음, 임나민 씨 순서대로 자리를 떴고 임나민 씨가 돌아오니 바비큐 장소에는 김열 씨 혼자만 있었다는 거군요?"

홍인혁 형사가 수첩에 적어가며 물었다.

"네. 결국 둘이 거의 한 시간? 마지막까지 남아서 얘기했어요. 반탁신 대표는 자러 간 건지 다시 안 오더라고요. 김열 씨와는 별로 친하지도 않고 어색하고…… 이만 들어가야겠다고 생각했는데 김열 씨가 조노훈 씨 얘기를 꺼내는 바람에……."

임나민이 말끝을 흐리며 난처해했다.

조노훈.

회복되고 있던 회원들의 삶에 죽음의 그림자를 던져놓고 떠난 회원. 공탈 회원들이 그날 엠티를 간 이유. 하지만 누구도 입에 올려서는 안 됐던 이름.

"김열 씨가 조노훈 씨랑 가장 친했거든요."

임나민의 목소리는 금세 울먹이는 소리로 변했다.

"김열 씨와 조노훈 씨, 박이음 씨와 설리사, 이렇게 특히 절친했어요. 조노훈 씨가 공탈에 김열 씨를 데리고 들어오고, 박이음 씨가 설리사를 데리고 들어온 경우거든요. 넷 다 독신인데 서로 집에 오가면서 생활을 돌봐주고, 뭐랄까…… 서로에게 살아야 할 이유가 되어줬다고 할까요."

"살아야 할…… 이유요……?"

이평서 팀장이 임나민의 말을 되뇌었다.

살아야 할 이유라.

뜬금없이 필리핀에 있는 아내와 아들이 떠올랐다. 내겐 그들이 살아야 할 이유일까. 그렇게 생각하기에 그 둘이 자신의 삶에 차지하는 비중이 너무 적었다. 언젠가 돌아오면 다시 가족의 외피를 찾을지는 모르겠으나, 지금은 그랬다. 밤이면 돌아가야 할 텅 빈 오피스텔의 음습한 어둠이 벌써부터 이평서의 눈앞에 무겁게 내려앉았다.

"옆에 있어주고, 얘기 나눠주고, 내 상태를 알아주는 단 한 사람만 있어도 우울증 환자들은 살아요. 그 사람들은 서로 그런 관계였어요. 내겐 그런 사람이 없었죠. 그래도 전 모임에서 내 문제에 대해 얘기 나누고, 속을 털어놓는 것만으로도 좋았어요. 조노훈 씨에게 일자리를 소개받기도 했고 회원들에게 조금씩 두루 의존했다고나 할까요. 음…… 김열 씨하고 제일 안 친하다 할 수 있는데…… 저보다 나이 어린 총각인 데다가 어쩐지 다가가기 힘든 면이 있어서요. 그런 김열 씨가 제게 불쑥 조노훈 씨 얘기를 꺼내니…… 더 자리를 뜰 수 없는 거 있죠."

김열은 그날 집게로 아직 불타고 있는 숯을 뒤적이며 말했다고 했다. "노훈이 형이 떠나고 저 너무 힘들어요." 음울한 목소리였다. "제가 더 잘 했으면 죽지 않았을 것 같고……." 임나민은 괜한 자책은 하지 말라고 위로했다. 아마 그렇게 될 운명이었겠지. 누가 막을 수 있었겠어. 말하다 보니 임나민은 김열이 걱정됐다. 김열에게는 조노훈이 절대적인 버팀목이었을 것이다. 서로 몸을 비스듬히 기대어 땅 위에 서 있을 수 있게 지탱해주는 사람. 한 사람이 쓰러지면 다른 사람도 쓰러진다. 자살은 쉽게 전염된다. 임나민은 위기감을 느끼며 김열을 위로하고 안심시켰다. 그나마 우리들이 옆에 있어서, 특히 김열 씨가 옆에 있어줘서 조노훈 씨는 생애 마지막 시간에 많은 안정을 느끼고 갔을 거야. 그러니까 같이 무너지면 안 돼. 우리는 우리 삶을 살아야지. 임나민은 조금 전 김열이 설리사와 산책을 갔을 때 설리사와도 조노훈에 대한 이야기를 나눴을 거라고 짐작했다. 그래서 정신력이 약한 설리사는 급격히 가라앉았고, 김열도 힘들어하고 있는 것이다. 그러나 누구에게라도 이렇게 속내를 꺼내고 위로받으려 하는 게 한편 다행이라고 임나민은 생각했다. 죽음에 대한 생각에 빠지면 말을 해야 한다. 위험한 생각은 입 밖으로 꺼내야 한다. 그래야 죽음이 마음속에서 조용히 진행되다가 구체적으로 실행되는 것을 막을 수 있다. 죽은 회원에 대한 언급을 피하기로 암묵적으로 합의한 그날의 분위기가 잘못된 것일 수 있다는 자각이 들었다. 임나민은 김열과 생전의 조노훈에 대해 길게 대화를 나눴다. 슬프고, 재밌고, 고마웠던 갖가지 일화와 그 사람만이 가진 개성에 대해 얘기했다. 검게 꺼진 숯불이 밤바람에 빨갛게 살아나면서 애도의 분위기를 더했다.

"……실컷 말을 하니 기분이 나아졌다며, 김열 씨가 이만 자자고 털고 일어났어요. 그게 새벽 1시쯤이었을 거예요. 사실 너무 졸려서…… 저도 그러자고 바로 일어났죠. 카라반으로 들어가니 리사와 박이음 씨는 이미 자기들 침대에서 잠들어 있더라고요. 사전에 제일 연장자인 제가 더블 침대를 쓰고, 리사가 입구 쪽 1층, 박이음 씨가 2층 침대에서 자기로 정해놨거든요. 술도 많이 취하고 졸려서 양치질만 하고 쓰러져 잤어요."

임나민은 조곤조곤 말솜씨도 좋았고 성격도 세심한 것 같았다. 다른 사람의 감정과 상황에 대한 공감이나 배려심도 높아 보였다. 이평서 팀장은 우울증 환자라고 하면 성마르거나 무기력한 이미지만 떠올렸는데 그게 편견이라는 걸 알았다.

형사들은 두 번째 날에 대한 얘기를 재촉했다.

"술도 그렇게 퍼마시고 제일 늦게 잤으니…… 제일 늦게 일어났죠, 뭐."

임나민은 쑥스러워하며 말했다.

"박이음 씨가 깨웠어요. 몇 번을 깨워도 안 일어나서 채비 다 하고 깨우는 거라면서…… 카라반 안에 있는 식탁에 제 몫의 밥과 콩나물국이 있더라고요. 다들 다 먹고 차에 짐 싣고 있다고 했어요. 마음이 급해서 콩나물국만 대충 훌훌 마시고 씻었죠. 반 대표님이 그날 오후에 서울에서 일정이 있다고 서둘러야 한다고 해서요."

"설리사 씨는 어디 있던가요?"

홍 형사가 물었다.

"제가 일어났을 땐 밖에 나가고 없었어요. 리사는 속이 너무 안 좋아서 아침도 못 먹고 바람 쐬고 있다고 했어요. 박이음 씨가 집까지 데려다주고 죽이라도 챙겨 먹여야겠다고 하더라고요. 그래서 올 때와는 다르게 리사가 반탁신 대표 차를 탔죠. 그러다 보니 저랑 김열 씨랑 둘이 한 차를 타게 됐는데 전날 밤에 좀 친해져서 그런지…… 그렇게 어색하진 않더라고요."

"떠나기 전에 설리사 씨는 보셨습니까?"

홍인혁 형사가 질문을 이어갔다.

"아, 그럼요. 가방 챙겨 나가니까 반 대표님 차가 출발하려고 벌써 시동 걸고 있어서 저랑 김열 씨랑 밖에서 인사했거든요. 리사는 속이 아픈지 뒷자리에서 고개를 푹 숙이고 있었어요. 안색이 영 안 좋아 보였죠. 기분도 그렇고 전날 술도 과하게 마셨나 봐요. 박이음 씨가 옆에 앉아 챙겨주고 있었고요. 김열 씨랑 차 밖에서 조심해서 잘 올라가시라고 인사했어요. 원래 그날 오후 늦게 잡혀 있었던 반 대표님 일정이 갑자기 당겨지는 바람에 서둘러야 한다고 하더군요."

임나민은 주스를 한 모금 마시고 말을 이었다.

"반 대표님 차가 떠나고 리사가 괜찮을지 걱정돼서 '차라리 우리 차에 타서 천천히 가는 게 안 나을까?' 했더니 김열 씨가 안 그래도 자기도 걱정돼서 아침에 리사에게 멀미약이라도 먹고 가겠냐고 물어보니 괜찮다고 했대요. 뭐, 그래서 제일 친한 박이음 씨와 가는 게 더 낫겠거니 생각하고 걱정을 접었죠."

"그리고 김열 씨와는 바로 출발하셨고요?"

"아, 아뇨. 우리는 관리실 자판기에서 커피 한 잔씩 뽑아 마시고 한숨 돌리고 출발했어요. 잠에서 깨자마자 너무 쫓기듯이 후다닥 준비해서 정신이 없었거든요. 제가 김열 씨에게 잠깐만 쉬었다가 가자고 했어요."

"올라오면서 앞차랑 만나지는 않으셨고요?"

"아니요. 반 대표님 차가 시간상 먼저 출발했고 최종 목적지도 다르니까. 그러자면 번거롭잖아요. 올라갈 땐 따로따로 움직였죠. 김열 씨가 절 집 앞까지 내려다 주고 갔어요. 그 뒤로는…… 모임 한다는 말도 없고 연락도 없고……. 엠티까지 가면서 분위기 바꿔보려고 했지만 역시 조노훈 씨 죽고 이 모임은 끝났다는 느낌이 들더라고요. 리사가 그렇게 된 것도 오늘 형사님들 전화받고 알았어요."

긴 말을 끝내며 임나민이 땅이 꺼져라 한숨을 쉬었다.

또 한 명의 회원이 죽었다. 이번엔 살인이다. 임나민의 얼굴엔 적지 않은 걱정과 두려움이 어려 있었다.

임나민의 진술은 어제 AAD 사무실에서 만난 반탁신의 진술과 대략 일치했다. 반탁신은 엠티 둘째 날 원래 오후에 잡혀 있었던 상담이 갑자기 오전으로 당겨져 급히 사무실로 가야 했다고 말했다. 서울에 도착해 설리사와 박이음을 설리사의 집 앞에 내려줬다. 박이음이 설리사와 함께 집으로 들어가는 모습까지 보고 차를 돌려 사무실로 갔다고 했다.

설리사는 엠티에 갈 때는 김열, 임나민과 함께 소나타를 탔지만 올라올 때는 반탁신, 박이음과 같이 반탁신이 운전하는 SM5를 탔다. 출발하기 전에 김열, 임나민과 인사를 나눴다. 멀미약을 주겠다는 김열의 질문에 괜찮다고 대답하기까지 했다. 출발할 때는 살아 있었다는 말이다. 올라가면서 죽었을까. 반탁신과 박이음이 죽여서 수원 팔달산에 옮겨 묻었을까. 그런 다음 5월까지 살아 있는 것처럼 가장했을까.

왜?

이평서는 스스로도 너무 멀리 나아간 상상을 하고 있다는 걸 깨달았다. 힘이 빠졌다.

"한 명은 자살…… 한 명은 살인 피해자……."

이평서 팀장이 중얼거렸다. 임나민이 안경을 끌어올리며 이평서를 쳐다보았다.

"……이게 우연일까요?"

이평서도 깊게 생각하고 하는 말은 아니었다.

"공탈은 회원 모두에게 도움이 되는 모임이었습니까?"

임나민은 고개를 끄덕였다.

"그럼요, 적어도 저에게는. 다른 사람에게도 그랬을 거라 생각해요."

확신에 찬 말투였다.

"두 회원의 일은…… 그냥 피할 수 없는 그 사람들의 운명이었을 거예요. 그렇게 믿어요. 리사는…… 정말 안됐어요. 앞날이 창창한 젊은 애가 왜 그렇게 끔찍한 일을 당해야 했는지…… 형사님들이 리사를 해친 범인을 꼭 잡아주세요."

"임나민 씨도 공탈 모임에 참여하면서 약을 끊었습니까?"

"아……."

임나민은 얼음이 녹아 밍밍해진 주스를 마저 마셨다.

"네, 그랬어요."

"공탈이라는 게 그러니까, 항우울제에 반대하는 반탁신 대표의 신념을 실천하는 모임이다…… 그렇게 봐도 되는 거죠?"

홍인혁 형사가 머리를 세워 올리며 물었다. 임나민은 이마를 찡그렸다.

"글쎄요. 그렇게 말하니까 좀…… 꼭 그렇다고는…… 우리 목표는 어디까지나 서로 도와가고 공감하면서 우울증을 극복해보자는 거였어요. 하지만…… 반 대표님 생각에 어쨌거나 동의하게 되죠. 다들 우울증 약은 지겹게 먹었지만 나아지지 않았고…… 반 대표님 생각이 옳은 면이 있으니까요. 다들 약은 끊었어요. 하지만……."

"하지만?"

"너무 힘들 때는…… 전 먹었어요. 불안감에 가슴이 답답하고 한 가지 감정에 너무 사로잡혀 버리는 때에는…… 약이 필요해요. 그냥은 힘들어요. 다른 사람들에게는 말 안 하고 먹었죠. 사실 지금도 먹고 있어요. 요즘 아침에 일어나기가 부쩍 힘들고 처져서요."

"말을 안 하고? 내가 내 약 먹는데 몰래 먹어요?"

홍인혁 형사가 눈을 끔뻑끔뻑했다.

"이해가 안 되시죠?"

임나민이 작게 웃었다.

"분위기가 그러니까요. 약은 절대 안 된다는 생각을 다들 공유하고 있는데…… 더구나 우리를 이끌어주는 반 대표님 생각이 그렇게 강경한데…… 잠깐이라도 약을 다시 먹어야겠다고 말하는 건 배신하는 거 같아서요. 하지만 약이 필요할 때가 있어요. 몰래 먹는다기보다는…… 그냥 굳이 약 먹고 있다는 말을 안 하는 거죠. 어쨌거나 저는 그랬어요. 다른 사람은 모르겠고."

임나민은 이상한 일이 아닌 것처럼 말하려고 애썼다.

이평서 팀장은 다른 회원들도 반탁신의 눈치를 보며 몰래 약을 먹었을 수도 있겠다는 생각이 들었다. 반탁신은 자신이 가진 모든 자원을 쏟아부어 회원들에게 도움을 주었다. 자력으로 모임을 조성하기 힘든 우울증 환자의 모임을 만들어 회복을 도왔다. 회원들은 그의 신념에 동의하지 않기가 어려웠을 것이다.

자살한 조노훈을 빼고 공탈 회원들은 과연 효과적으로 우울증을 극복한 것일까. 그랬다고 해도 그것이 반탁신이 추구하는 방법을 따른 결과일까.

아파트 관리 사무소 직원 임나민

임나민은 천안에서 할머니 손에 자랐다. 부모는 임나민이 여섯 살 때 이혼했다. 임나민의 아빠는 육군 부사관으로 오지 부대에서 근무했다. 천안에서 농사를 짓는 노모에게 딸을 맡기고는 두세 달에 한 번씩 가물에 콩 나듯 들르면서, 이혼 후 자기가 딸을 '키우고' 있다고 생각하는 사람이었다. 부임지 근처에 애인을 두고 살면서 노모와 딸이 있는 천안 쪽은 별로 쳐다보지 않았다.

할머니는 임나민을 특별히 나쁘게 대하지는 않았지만 사랑하지도 않았다. 뭘 잘해도 칭찬하는 법이 없었고 잘못해도 무엇을 잘못했는지 알게끔 혼을 내지도 않았다. 할머니는 지적장애와 언어장애가 있었다. 평생을 노예처럼 주어진 노동만 할뿐 누구를 가르칠 능력도, 정서적인 보살핌을 줄 능력도 없는 사람이었다. 할머니는 서른 중반이 넘도록 친정 부모 집에서 농사일을 도우며 살다가 처녀로 죽는 것이나 면하라는 부모 뜻을 따라 이미 애가 셋 있는 홀아비에게 시집왔다. 자기가 낳은 아들까지 네 아이를 키우며 치매 걸린 시부모 병 수발을 줄줄이 떠맡아 해낸 다음, 잇따라 남편도 병들어 죽고 혼자 남은 노인네였다. 후처로 들어와 죽어라 고생만 하고 전처 자식은 물론 자기가 낳은 아들에게도 무시당하는 박복한 인생이었다. 그 아들이 바로 임나민의 아빠였다. 할머니는 이혼한 아들이 임나민을 툭 던지듯 맡기고 갔어도 자기에게 주어진 또 하나의 짐이라 생각하고 무심히 방을 내어주고 먹여주고 재워줬다. 딱 그것까지만 했다.

임나민은 일찍이 공부에 취미가 없었다. 집에서 버스로 1시간 걸리는 종합고등학교에 진학했는데, 불량한 친구들과 어울려 학교는 다니는 둥 마는 둥 했다. 불량소녀들의 집단에서 임나민은 자라면서 한 번도 느껴본 적 없는 친밀감과 소속감을 느꼈다. 그러나 천성이 모질지 못해 앞에 나서 거칠게 행동하거나 남을 괴롭히는 짓은 못 했다. 그러다 보니 불량소녀들 내에서도 부하로 취급당했고 심부름이나 하는 처지였지만 그래도 좋았다. 친구들이 저지르는 비행에 가담했고 비슷하게 불량한 남자아이들과 어울렸다. 결국 2학년 때 학교 폭력 사건에 휘말려 퇴학을 당했다. 친구들이 다른 학교 학생들과 패싸움하는 자리에서 싸움을 거들었다. 나중에 생각해보면 왜 싸웠는지 이유도 기억나지 않는 소동이었다. 퇴학 소식을 듣고 몇 달 만에 부임지에서 올라온 아빠에게 흠씬 두들겨 맞은 다음 날 임나민은 가출했다. 무작정 서울로 올라와 일자리를 찾다가 관계자의 눈에 띄어 가출청소년쉼터에 들어갔다.

쉼터 생활은 나쁘지 않았다. 할머니나 아빠, 종합고등학교의 교사들보다 돌봄 교사들과 생활하는 게 더 나았다. 임나민은 할머니의 시골집으로 다시 돌아가지 않았고 아빠가 재혼하여 새살림을 차린 집으로도 가지 않았다. 친엄마와는 애당초 연락도 닿지 않았다. 임나민은 쉼터에 오래 머무르면서 어찌어찌 검정고시에 합격했다. 그 뒤엔 주로 규모가 작은 회사의 경리로 취직했다. 취직이 어렵다고들 하지만, 전화를 받고 커피를 타고 사무실 경비 계산 등 잡일을 할 젊은 여자를 구하는 사무실은 여전히 많았다. 보통 2~3명의 남자들이 외근을 병행하며 근무하는 사무실에서 임나민은 비정규직 신분으로 최저 시급을 받으며 일했다.

하지만 임나민은 어디서도 오래 근무하지를 못했다. 고등학생 때부터 아침에 통 일어나질 못했고 오전 내내 컨디션이 좋지 않았다. 교사들로부터도 끈기가 없고 게으르다는 평가를 들었다. 아침에 눈을 뜨면 일어나서 활동을 시작하게끔 등을 떠미는 내적인 동력이 없었다. 지각과 결근을 밥 먹듯이 하다가 잘릴 때쯤에는 알아서 그만두기를 반복했다. 7번째인가 8번째 회사를 그만두던 날, 임나민은 그 7번째인가 8번째 회사의 한 영업사원으로부터 데이트 신청을 받았다. 간판과 현수막, 홍보 전단 등 광고물을 제작하는 회사였다. 상대는 땅딸막하고 얼굴이 찐빵같이 퉁퉁하며 여자와 상사 앞에서 말을 더듬는 소심한 남자였다. 임나민보다 11살이 더 많았다. 같이 근무한 3개월여 동안 거의 대화를 나눠본 적도 없는 남자가 몇 번 밥을 사주고 영화를 보자고 하더니 대뜸 결혼하자고 했다.

나민 씨를 처음 봤을 때부터요. 저는요. 저는 그러고 싶었어요.

남자는 새빨갛게 달아오른 얼굴로 길바닥에서 임나민을 덥석 안았다. 성희롱이나 추근거림, 기혼자들의 찔러보기식 연애 걸기가 아닌 진지한 청혼을 받은 것은 그때가 처음이었다. 임나민은 나쁘지 않다고 생각했다. 별 볼 일 없는 태생과 조건, 체력을 가지고 그저 그런 일자리를 전전하며 사느니 나를 좋아해주는 남자와 결혼하여 가정을 꾸리는 게 나을 성싶었다. 남자는 자기와 결혼하면 집에서 살림만 해주면 된다고 했다. 남자는 부지런히 벌어 자기 소유의 아파트도 마련해놓은 상태였다. 그 점이 특히 마음에 들어 임나민은 27살에 38살의 남자와 결혼했다.

그리고 결혼하고 한 달이 지난 때부터 남편에게 맞았다.

신혼살림을 차린 아파트 옆 동에 시부모가 살았다. 신혼여행을 다녀온 다음 날 아침, 남편이 결혼 후 첫 출근을 하자마자 시어머니로부터 전화가 걸려왔다.

"네 남편 아침은 먹여 보냈냐?"

"네? 네…… 어머니."

"그래, 뭘 차려 먹였냐."

"네?"

임나민은 아침에 차린 반찬을 일일이 다 읊어야 했다. 시어머니는 혀를 끌끌 찼다. 그거 먹고 애가 어디 기운이 나서 일을 하겠니. 하긴 어렸을 때부터 뭘 보고 배운 게 있어야지.

결혼하겠다고 찾아뵈었을 땐 우리 아들의 짝이 되어준다니 고맙기 그지없다며 인자하게 웃던 시어머니의 태도는 결혼과 함께 180도 변했다. 시어머니는 매일 아침과 저녁, 빼놓지 않고 전화했다. 임나민은 오전에 몸 상태가 좋지 않았다. 그 점은 결혼하고도 달라지지 않았다. 남편의 아침상을 차차 소홀히 하게 되었다. 어느 날 남편이 아침을 먹지 못하고 갓 출근했을 무렵, 시어머니가 철커덕 아파트 현관문을 열고 들어섰다. 임나민은 몸을 일으키지 못하고 침대에 파묻혀 있었다. 머리맡에서 시어머니가 불호령을 내렸다. 시어머니가 현관 도어록 번호를 알고 있으리라고는, 설사 알고 있다 해도 예고도 없이 불시에 열고 들어올 거라고는 상상도 하지 못했다. 아무리 가정교육을 못 받고 자랐어도 그건 예의가 아니라는 것 정도는 임나민도 알았다. 시어머니는 부스스한 임나민의 몰골을 경멸하듯 쏘아보고는 자신이 만들어 온 음식을 냉장고에 쑤셔 넣었다.

내 아들 아침도 못 얻어먹고 다니는 꼴 나는 못 본다.

퇴근한 남편에게 시어머니의 행동을 불평하자 얌전했던 남편의 얼굴이 마치 가죽을 바꿔 쓴 듯 변했다. 임나민의 입가로 당장 주먹이 날아들었다. 네깟 년이 뭔데 우리 엄마 욕을 해. 그 날 이후 남편은 폭군으로 변했다. 때린 다음 날 무릎을 꿇고 싹싹 빌며 용서를 구하는 것도 대여섯 번 하고는 그만두었다. 임나민이 때려도 저항하지 못하고 어디 기댈 곳도 없다는 게 확인되자 남편은 집에만 오면 기세가 등등하여 기분에 따라 행동했다. 밖에서 상사에게 깨지거나 고객에게 불만을 들은 날이면 임나민의 몸은 남아나지 않게 되었다. 매일같이 드나드는 시어머니도 아들의 폭력을 눈치챘지만 모른 척하며 제 아들 먹일 음식만 실어 날랐다.

그이가 날 때려요.

개 성질 건드리지 마라. 저녁엔 애 이거 끓여 먹여라.

몸에 난 시퍼런 멍을 보여줘도 시어머니는 마치 눈에 보이지 않는 것처럼 굴었다. 마흔이 다 된, 찐빵같이 살이 찐 아들을 시어머니는 자꾸만 먹이고 먹여서 더 강하고 뚱뚱한 폭군을 만들었다.

임나민은 어느 날 아예 침대에서 일어날 수 없게 되었다. 시어머니가 욕을 퍼부어도, 남편이 때려도 움직이지 않았다. 손끝 하나 들어 올릴 힘이 없었다. 먹지도 씻지도 않았다. 남편은 사설 구급대를 불러 임나민을 정신병원에 입원시켰다. 임나민의 몸에 난 수많은 상처는 자해를 한 상처로 취급되었다. 임나민은 중증의 우울증 진단을 받았고 보호 병동에 들어갔다.

정신과 치료를 받으면서 임나민은 어린 시절부터 자신이 느꼈던 무기력감과 나쁜 기분이 우울증 때문이라는 것을 알았다. 아침에 일어나기가 죽도록 힘들고 기운이 없었던 것도, 무슨 일이든 끈기를 가지고 지속하지 못한 것도, 결혼이라는 중대한 결정을 대수롭지 않게 내린 것도, 부당한 학대와 폭력을 당하면서 피하지 못한 것도, 좋은 사람들과 어울리며 안정적인 관계를 맺지 못한 것도, 이 모든 게 어렸을 때 충분한 사랑과 보호를 받지 못했던 탓이 아니라 아프기 때문이었다는 것을 알았다. 임나민은 자신이 사랑받지 못하고 자랐으니 불행한 게 당연하다고 생각했고 미래에 대해 아무런 기대를 하지 않았던 것이다.

우울증 치료는 임나민에게 삶이 나아지도록 노력할 용기를 주었다.

남편은 쉽게 이혼에 동의해주지 않았다. 임나민의 삶을 결정할 권한은 자신에게 있다는 투였다. 임나민은 정신병원에서 퇴원한 뒤 가정폭력상담소에서 운영하는 여성의 쉼터로 들어갔다. 여성 문제 상담가들의 도움을 받아 이혼을 준비하면서 남편에게 결혼 경력이 있다는 걸 알게 되었다. 임나민과 결혼하기 4년 전 10개월 정도 혼인 관계를 유지한 여자가 있었다. 임나민과는 재혼이었던 것이다. 굳이 알아보지 않아도 전처와의 이혼 사유가 뭔지 알 만했다. 숨겼던 결혼 경력이 드러나고 임나민이 고소할 조짐을 보이자 그제야 남편은 선심 쓰듯 이혼에 동의했다.

임나민은 그렇게 30살에 이혼했고 다시 스스로를 먹여 살려야 했다. 그러나 우울증은 임나민의 주변을 쉽게 떠나지 않았다. 이혼 후 지독한 우울 에피소드가 다시 시작되었다. 임나민은 일을 할 수가 없었고 남편에게 위자료 조로 받은 전셋집에 틀어박혔다. 전세 보증금과 모아놓은 약간의 돈을 까먹으면서 집 밖에 거의 나가지 않았다. 밖에 나가면 다시 별 가치도 없는 일을 하면서 전남편 같은 남자의 꼬임에 넘어갈 것이라고 생각했다. 어차피 제대로 된 사람이라면 자신과 어울릴 리가 없었다. 임나민은 자신이 매력 없고 못난 여자라는 자괴감에 빠졌다. 사랑받지 못했으니 사랑스럽지도 않을 것이다. 하물며 독하거나 악하지도 못했다. 그러니까 전남편 같은 사람이 피해자가 될 사람을 알아보고 손을 뻗은 것이다.

임나민이 공탈이라는 모임을 알게 된 것은 전적으로 우연이었다. 은둔형 외톨이마냥 집에 있으면서도 임나민은 우울증 치료를 계속했다. 숨 쉬는 것 이상의 활력이라도 갖고 살아가려면 치료를 받아야 했다. 어느 날 병원을 한번 옮겨보자는 생각이 들어서 인터넷을 검색하다가 '우울증은 없다'라는 블로그에 들어가게 되었다. 우울증 환자들의 모임을 조직하고 있으니 연락을 바란다는 글을 보고 흥미를 느꼈다.

임나민은 자신과 비슷한 고통을 받고 있는 사람들을 만나보고 싶은 마음에 운영자에게 연락을 취했다. 다른 사람들은 자기가 약한 존재라는 걸 알아보고 이용하려 들지라도 같은 병을 앓고 있는 환자들은 그러지 않을 거라는 안심이 깔려 있었다. 다른 환자들은 어떻게 병을 이겨내고 사는지도 궁금했다.

용기 내어 참여한 첫 모임에서 임나민은 눈물을 줄줄 흘렸다. 이혼 후 집에 틀어박히고 그렇게 펑펑 울어본 적이 없었다. 울어봤자 아무것도 달라질 게 없다는 걸 몸이 알아버렸기 때문이라고 생각했다. 눈물이 솟아오르며 엄청난 해방감이 느껴졌다. 나뿐만 아니라 기분 문제로 고통받는 사람들이 얼마든지 있고, 그럼에도 각자의 삶에서 고통을 품고 잘 살아가고 있다는 것을 알게 된 것이다. 혼자가 아니라는 생각과 나아질 수 있다는 희망이 생겼다. 여차하면 기댈 수 있는 사람, 도움을 주고받을 사람이 생겼다는 든든함이 그 어떤 약보다 임나민을 기운 나게 했다. 임나민은 공탈의 모임이 열릴 때마다 빠지지 않고 나갔다. 반탁신 대표는 우울증 환자가 아니면서도 모임이 정기적으로 운영될 수 있도록 일정을 조율하고 장소를 제공했으며 모임에 늘 함께했다. 항우울제의 부작용으로 어린 아들을 잃었다는 반탁신 대표의 주장과 논리는 회원들에게 자연스럽게 스며들었다. 다들 하나둘씩 약을 끊었다.

대신 병으로 상실된 에너지를 찾고 고양시키기 위한 공동체의 처방이 실시되었다. 제법 활력이 있고 누구보다 빠른 회복을 보인 박이음은 설리사의 집을 드나들며 자잘한 집안일을 해주고 정서적인 버팀목이 되어주었다. 반탁신 대표는 취업을 하지 못해 무력감을 느끼는 김열에게 AAD 사무실에서 상근할 것을 제안했다. 조노훈은 회원 중 가장 눈부신 학력을 가지고 직업적 성공을 거둔 사람임에도 정신을 떠나지 않는 공허함에 수없이 자살 시도를 했다고 했다. 그에게는 자살에 대한 생각이 떠오르면 즉각 중지시켜줄 상담자이자 친구가 필요했다. 밤이고 낮이고 필요하면 언제든 김열이 뛰어와 조노훈이 감정을 통제하고 안정감을 느낄 때까지 옆에 있어주었다. 임나민에게는 자기 효율성을 느낄 수 있고 경제적인 자립을 이룰 수 있는 일자리가 필요하다는 처방이 내려졌다. 조노훈이 인맥을 동원하여 아파트 관리 사무소 직원으로 일할 수 있게 다리를 놓아주었다. 입주자 기록을 관리하고 입주자들이 제기하는 민원을 접수하여 처리하는 일로, 임나민이 지금껏 해왔던 일 중 가장 일다운 일이었다. 임나민은 어느 정도 기력을 찾은 상태에서 새로운 각오로 직업 세계에 뛰어들었다. 의외로 사람을 상대하는 일이 적성에 맞는다는 걸 알게 되었다. 상사로부터 민원인의 말을 잘 들어주고 사려 깊다는 평가를 받았을 때는 어리둥절하기까지 했다. 임나민은 새로운 직업을 통하여 자신도 몰랐던 자신의 장점과 가치를 발견했다.

되돌아보면 임나민은 인생의 위기에 처할 때마다 그러한 위기에 대응하는 집단의 도움과 지지를 받아 자신의 문제를 정면으로 뚫고 나갔다. 가출청소년쉼터, 가정폭력피해여성쉼터, 여성 문제 상담가들의 도움을 받은 것이 그런 경우였다. 임나민은 취약한 가정에서 태어나 취약한 조건 아래 살아왔고, 마음의 병이 있었지만 외부의 적절한 조력을 받으면 삶을 변화시킬 수 있는 힘을 가지고 있었다. 다만 그 힘은 우울증에 빠진 상태에서는 나오지 않았다. 우울증에서 빠져나오는 것과 삶을 긍정적으로 변화시키는 것은 항상 같이 이루어졌다. 이혼 후 위기에 처한 임나민을 이번에는 공탈이 지지해주었다. 임나민은 조노훈에게 소개받은 일자리를 소중하게 생각했고 근면하게 일했다. 공동체의 처방은 옳았고 유효했다.

그러나 안타깝게도 우울증은 임나민을 떠나가지 않았다. 전보다 약해지기는 했지만 우울 에피소드는 다시 찾아왔다. 우울증 진단과 치료를 한 번 이상 받았던 사람은 자신에게 우울증이 다시 왔는지 아닌지를 직감할 수 있다. 돌덩이를 올려놓은 듯 머리가 무겁고 서류 한 장 넘기기도 유난히 힘들게 느껴지던 어느 날, 임나민은 눈을 감고 중얼거렸다.

또 왔구나.

증상이 시작되는 초기에 약을 먹어야 효과가 좋다는 걸 임나민은 경험으로 알고 있었다. 공탈 회원들, 특히 반탁신 대표에게 미안한 마음이 들었지만 다시 병원에 갔고 약을 처방받아 먹었다. 공탈이라는 집단에서 제공하는 도움도 받고 약의 도움도 받아 어떻게든 더 나아지는 게 임나민에게는 중요한 일이었다. 같이 일하는 50대 선배 여직원은 고혈압이 있어 매일 혈압 약을 먹었다. 관리 사무소 실장은 갑상샘항진증 환자로 안티로이드를 복용했다. 막내 직원은 지루피부염 때문에 수시로 스테로

이드 연고를 발랐다. 임나민은 항우울제를 먹었다. 그것들 사이에는 큰 차이가 없다고 임나민은 생각했다.

정신건강의학과 전문의 황보드린

"반탁신이란 사람과 이경대학병원 임귀섭 교수와의 소송 내용을 알아봐달라?"

박갑영 변호사는 손가락으로 안경테를 들어 올리며 의자에 몸을 기댔다. 목 받침이 달린 고급 사무용 의자가 뒤로 끽 기울어졌다.

"방법이 있으실 것 같아서요."

책상 옆에 선 채로 전학수 사건 관련 조사 내용을 보고하던 박심이 말했다. 반탁신이 전학수 사건 재판에서 전문가 증언을 해주고 싶다고 말했다는 부분에서는 박갑영도 의심쩍은 듯 한쪽 눈을 찡그렸다.

"그게 중요한가? 이 사건 변론에 필요한 내용인가?"

"저, 궁금하기도 하고요……."

박심이 한쪽 머리를 긁적였다.

"우울증과 우울증 약 부작용이 얽힌 어쩌면 가장 최신 판례가 될 수도 있을 것 같고……."

박갑영 변호사는 입꼬리에 미소를 숨기고 조카의 표정을 살폈다.

"개인적으로 궁금한 게 먼저인 거 같은데?"

"네, 뭐. 그렇기도 한데요."

박심은 활짝 웃으며 인정했다.

"반탁신 씨가 전학수 씨에게 항우울제 복용을 중단하도록 영향을 미친 건 분명해요. 사건과 관련이 없지 않다고요. 반탁신이 어떤 사고 경향을 가지고 있고 법적으로 어떤 쟁송에 휘말려 있는지 배경을 알아보면 어떨까…… 어렵지 않다면요."

"어렵진 않아."

박갑영 변호사는 연필을 잡고 방금 전까지 검토하고 있던 소송 서류를 팔랑팔랑 넘겼다.

"이경대학병원 법무실에 후배가 근무하니까."

"그럼 알아봐주시는 거죠?"

"시간 될 때 전화 한번 해보지, 뭐."

박심은 감사하다고 소리치고는, 꾸벅 인사하고 몸을 돌렸다.

"……가려고?"

박갑영이 책상 위 서류에 눈을 떼지 않고 무심히 말했다.

"네, 약속이 있어서요. 지금 출발해야 돼요."

박심은 밖으로 나갔다가 문틈으로 얼굴만 쏙 들이밀었다.

"사건과 관련된 거예요."

"열심히 하네."

여전히 시선은 책상 위 서류를 향한 채로 박갑영이 말했다.

"잘돼가는 거 같아?"

"그냥 최선을 다하는 거죠."

"계속 잘해봐."

"네!"

힘차게 대답한 뒤 박심은 문을 닫았다. 다급히 손목시계를 보았다. 황보드린과 만나기로 한 장소는 사무실에서 멀지 않았다. 그러나 생각보다 작은아버지와 말이 길어져 약속 시간을 맞출 수 있을지 간당간당했다. 박심은 가죽 배낭을 고쳐 메고 서둘러 나갔다.

막판엔 거의 뛰다시피 했지만 5분가량 늦었다. 박심은 절로 미안하고 쑥스러운 표정이 되어 약속 장소인 패밀리 레스토랑에 들어갔다.

황보드린은 샐러드 바에 서서 연어 샐러드를 접시에 듬뿍 집어 담고 있었다. 황보드린이 박심을 알아보고 맡아놓은 테이블을 손가락으로 가리켰다.

"숯검댕이 너, 늦었어. 졸업하고 처음으로 네가 필요해서 만나자고 해놓고 늦었다 이거지. 나는 배고프면 포악해진다고. 성격이 변해."

박심은 의자에 가죽 가방을 내려놓고 샐러드 바에 가서 접시를 집어 들었다.

"쏘리! 대신 내가 쏠게. 실컷 먹어, 드린."

타르타르소스를 샐러드 위에 털어 얹으며 황보드린이 고개를 설레설레 저었다. 화장을 하고 두꺼운 금테 안경을 벗은 것 외에 고등학생 때와 별반 달라진 게 없었다. 통통한 몸매에 둥글넓적한 얼굴. 작은 눈과 대비되어 시원하게 벌어지는 큰 입. 어떻게 봐도 예쁜 얼굴은 아니었다. 남학생들 사이에선 공부만 잘하는 드센 여자애 정도로 입에 올랐지만 여학생들에겐 학년을 막론하고 인기가 높았다. 씩씩하고 화끈한 성격에 같이 있는 사람을 편안하게 해주는 언변을 갖추고 있었다. 긍정적인 에너지를 발산하는 친구였다. 정신건강의학과 의사가 된 것이 어울리는 것도 같고 어떻게 보면 안 어울리는 것도 같았다. 외국계 회사의 잘나가는 영업 담당 직원이라면 아주 딱 맞을지도 모르겠다.

"아! 내가 황보씨가 아니라 황씨라는 걸 어떻게 어필해야 사람들이 알까? 어디에 써 붙여야 되니?"

"뭐가 어때서 그래. 드린이라고 불리는 게 더 낫지 않아? 보드린은 무슨 치킨집이나 이불집 상호 같잖아."

박심은 차가운 스파게티를 접시에 집어 담으며 장난을 걸었다. 뛰어온 탓에 아직도 숨이 거칠었다.

"어, 박심. 너도 농담할 줄 아네?"

황보드린이 큰 입을 벌려 웃었다. 오랜만에 만난 어색함을 한

방에 날려버리는 시원한 웃음이었다.

두 남녀 동창은 샐러드를 각자의 접시에 가득 담아 테이블에 마주 앉았다. 등심 스테이크도 주문해서 가운데 놓았다.

"항우울제 음모론이라…… 괴롭구나! 괴로워!"

박심이 반탁신과 그의 주장에 대한 얘기를 꺼내자 황보드린이 한탄했다. 동시에 레어로 익힌 등심 스테이크에 포크를 찔러 넣었다. 빨간 육즙이 접시 밑으로 찍 흘러나왔다.

"물론 논리가 없는 주장은 아니야. DSM 진단 기준은 정신과 의사인 내가 봐도 문제가 많아. 9개의 증상 중 5개 이상의 증상이 2주 이상 나타나면 우울장애로 진단하게 되어 있는데 이거 너무 단순하잖아. 왜 2주 이상이야? 왜 5개 이상이야? 그러면 4개의 증상을 3주 이상 앓으면 우울증인 거야, 아닌 거야? 5개 증상을 13일하고도 반나절 겪으면 그건 뭐지? 아무튼 우울증 진단이 그렇게 단순한 거면 의사가 왜 필요하간?"

황보드린은 말하며 크게 썰은 스테이크 조각을 질겅질겅 씹었다.

"그래서 오로지 DSM 진단 기준 만으로 우울증을 진단하는 의사는 없어. 다양한 도구로 정확한 진단을 하기 위해서 우리도 만날 학회하고 공부하고 노력하고 있다고. 그래, 보자. 거대 다국적 제약회사의 공격적인 마케팅, 실험 결과의 의도적인 은폐, 부작용 문제도 분명히 있지. 있다고. 하지만 그런 주장을 하는 사람들이야 말로 일부의 사실만 선택적으로 강조해. 항우울제는 수많은 사람들의 생명을 구했고 그들에게 새 삶을 살게 해줬어. 그런 케이스는 왜 눈에 안 들어오는지 몰라."

황보드린은 지금 모교 대학병원에서 임상강사로 근무하고 있다는데, 현장에서 환자들을 접하며 쌓인 게 많은 모양이었다.

"물론 부작용 없고 완치 가능한 약이 있으면 나도 좋겠어. 그러면 내 밥줄이 끊기겠지만 괜찮아. 다른 직업을 찾을 용의가 충분히 있다고. 유감스럽게도 인간의 정신과 뇌의 작용에 대해 현재 과학적으로 밝혀진 건 만 분의 1도 안 될 거야. 날아다니는 자동차가 있으면 좋겠는데 아직 없으니 어떡해. 지금 있는 자동차라도 타고 살아야지. 문명사회에서 과학이 개발한 도구를 이용하는 걸 다른 건 좋아라 하면서 왜 정신과 약은 홀대하는지 몰라. 왜 그런 거야?"

"우리나라가 특히 좀 그런가?"

박심이 쉴 새 없이 움직이는 황보드린의 입을 신기하게 바라보며 물었다.

"심하지. 말해 뭐해."

젊은 정신건강의학과 전문의가 입을 비죽거렸다.

"물론 서양에도 정신과 약에 대한 거부감이 없는 건 아닌데, 우리나라에 댈 바는 아닌 것 같아. 인간의 정신이라는 것에 대해 신화와 같은 자존심을 갖고 있나 봐. 정신에 장애가 있다는 것 자체를 일단 인정하기 싫어하고, 그걸 약물로 교정해야 한다는 것에 영혼이 침범당하는 공포를 느끼는 것 같아. 말이 정신과지 사실 정신질환도 신체의 문제야. 정신이라는 관념을 우리가 어떻게 건드리겠어. 단지 그것에 영향을 미치는 신체 작용을 조절하는 거지. 모든 약이 다 그런 거야. 그래, 안 그래? 내 말이 틀린 것 같아, 맞는 것 같아?"

"몰랐는데 너 성질 되게 급하다."

스테이크 조각을 입에 물고 박심이 웃었다. 푸념같이 쏟아놓는 황보드린의 말이 재미도 있었고 무슨 말을 하는지도 알 만했다.

"우울증은 정신질환 중에서도 그나마 제일 회복이 잘되고, 재발해도 약물과 상담을 통해 적절히 조절하고 관리할 수 있는 병이야. 우리나라 우울증의 최대의 적은 우울증 약이 아니라 우울증에 대한 편견이라고. 편견 때문에 상당수의 환자들이 병식이 없고 진단을 내려도 약을 거부해. 내가 아주 안타까워죽겠어 그냥. 그러니까 네가 말한 그 전학수라는 사람, 단순히 약을 중단한 것만 문제라고 볼 게 아닌 거지. 자기 병을 숨기고, 음모론자의 말에 힘을 얻어 약을 중단하기까지의 행동에 깔려 있는 자기혐오와 수치심, 내재화된 편견. 그것에 대해 우리 생각해보기로 하자, 응?"

"약이 병을 만든다고 하던데……."

박심은 반탁신의 부리부리한 눈매와 굳은 심지를 떠올리며 중얼거렸다.

"뭐라고?"

"항우울제가 발명되고 우울증이란 병이 생기고, 그 뒤에 우울증 진단이 늘어나고. 공황장애가 병으로 등록된 다음 항우울제가 공황장애 약이 되고, 공황장애 진단이 대폭 늘어나고…… 그 사람, 반탁신이란 사람이 한 말이야."

황보드린은 포크로 접시에 쌓인 샐러드를 찍어 올렸다가 내려놓았다.

"어쩌나, 우리 심이. 그 사람에게 세뇌당한 거야?"

"세뇌가 아니고……."

성질 급한 황보드린이 박심의 말을 싹둑 잘랐다.

"우울증은 고대 히포크라테스 시절부터 있었고, 원시 부족 집단에도 있었어. 다윈 알지? 진화론의 아버지. 5년간 세계를 일주하고 돌아와서는 우울증과 광장공포증을 수반한 공황장애로 추정되는 질환으로 평생 영국을 못 벗어나고 끙끙 앓으면서 《종의 기원》을 썼단 말이야. 이누이트족에는 저조한 기분과 무력감으로 물개 사냥을 하지 못하는 상태의 사람을 인정하는 문화가 있었다고. 우리나라의 '화병'이라는 것도, 글쎄다, 국제질병분류에 정식으로 등록되긴 했다만 우울증이나 공황장애와 다른 병은 아니라고 봐. 유교사회에서 주로 한 쌓인 여인네들이 겪는 마음의 병을 화병이라고 불러왔던 게 우리나라의 특수한 문화와 함께 인정된 거지. 그러니까 내 말은, 각각의 시대와 문화에 언제나 있었던 이런 증상들의 모음을 공통적으로 '우울증'

이라고 부르지 않았을 뿐이라고. 본래 어떤 개념을 다른 개념과 구분하는 말이 생기고 나면 거기 해당되는 사례가 그 말 아래 모이기 마련이야. 없었던 게 새로 생기는 것 같지만 예전부터 거기 있던 거야."

황보드린은 포크를 공중에서 까딱거리며 말을 이어갔다.

"옛날엔 천연두나 콜레라나 홍역 같은 전염병을 다 역병이라고 불렀어. 세균학이 발전하고 치료약이 생기고 과학이 그 병을 다룰 수 있게 되니까 병을 세분할 필요가 생기고 이름이 붙는 거지. 그럼 백신이 천연두를 만든 거니? 그 전엔 없었니?"

"야, 나한테 그렇게 따질 게 아니라 내 생각이 그렇다는 게 아니라고. 하하."

박심은 스파게티 샐러드를 포크에 말아 입에 밀어 넣었다. 황보드린의 말을 막으려면 일단 제 입부터 막고 보는 게 나을 것 같았다. 예상은 적중하여 황보드린도 잠시 말을 멈추고 먹기에 전념했다.

"그런데 의사 선생님. 현대사회의 경쟁적인 환경이 우울증을 부추기는 건 맞지 않냐?"

박심이 적당한 기회를 살펴 물었다. 황보드린이 닭 날개 튀김의 뼈를 쭉 발라내며 박심에게 눈길을 주었다.

"그런 주장도 있더라고. 내가 요즘 이 분야 책을 많이 읽다 보니까 말이야. 인간의 두뇌가 따라갈 수 없을 만큼 점점 더 개인에게 경쟁과 속도를 요구하는 사회가 되니까 우울증이 늘어나는 거라고. 그런데 우울증을 유발하는 환경을 고치기보다는 사람들을 약으로 달래려 든다고."

"뭐, 맞는 말이야."

황보드린은 이번에는 순순히 고개를 끄덕였다.

"특히 내 생각에 우리나라는 2000년대 이후 국민들이 집단 우울증에 걸려 있는 것 같아. 자살률이 증명하고 있잖아."

"……왜 그럴까?"

박심은 진심으로 황보드린의 의견이 궁금했다.

"박심. 너랑 이렇게 사회문화적 현상에 대해 비판적 토의를 하게 될 줄 몰랐다."

황보드린이 설핏 웃고 말을 이었다.

"나는 단순 무식한 이과라 법대생을 앞에 두고 이런 말을 하자니 막 떨리고 그러네. 그냥 내가 생각하기엔 이래. 사회적으로 어느 정도는 갖추고 살아야 사는 것처럼 사는 거다, 하고 요구되는 기준은 높은데 그 기준을 충족하기는 점점 어려워진단 말이야. 인 서울 대학 나와 대기업에 취직하거나 공무원이 돼서 결혼하고 아이 낳아 영어 유치원에 보내고, 아파트 사고 SUV 굴리고, 주말에는 장비 싣고 가족끼리 캠핑 좀 다녀주는 삶을 모두가 일괄적으로 바라. TV에 나오는 가족은 다 그렇게 살고 어릴 때부터 그런 삶을 보통의 평범하고 행복한 삶이라고 주입받지. 그렇게 살기는 사실 열라 힘들어졌고 점점 더 힘들어지고 있는데 말이야. 90년대 초까지만 해도 웬만한 대학을 나오면 기본적으로 주어졌던 중산층의 삶에 진입하기가 너무 어려워졌어. 문제는 과거에 비해 사회는 민주화되었고, 기회는 각 개인에게 평등하게 주어져 있다는 거지. 그러니 바라는 만큼 가지지 못한 개인은 자기의 능력을 탓하게 돼. 바라는 것과 실제 가진 것과의 차이와 괴리감이 크니까 자존감이 떨어지지. 전 국민이 무력감과 자기혐오, 실패했고 인정받지 못하고 있다는 기분에 집단적으로 사로잡혀서 앓고 있는 것 같아."

"자유에 대한 현기증. 뭐 그런 건가?"

"뭐, 그런 문자를 쓸 수도 있지. 과거엔 태어나면서부터 신분이 딱 정해졌고 죽을 때까지 거기서 벗어날 수 없었잖아? 양반은 양반 노비는 노비. 불평등은 당연했고 좀 더 나은 삶을 살지 못하는 것은 그 사람의 탓이 아니었지. 지금은 개인의 탓이야. 그러니 불안이 일상화된 거라고나 할까."

불안의 일상화.

평균 이상의 지위를 가질 수 있는 사람은 정해져 있다. 경제 불황과 고용 불안정은 지위의 입문로를 좁히는 반면, 교육 인플레는 그 정도 지위를 차지하는 것이 당연하며 그렇지 못하면 실패한 인생이라는 생각을 부추긴다. 60~70년대 급격한 경제개발로 삶의 조건이 훌쩍 나아졌던 경험이 있는 한국인은 중산층이 되어야 한다는 집착이 크다. 전쟁 이후 극심한 빈곤의 상흔을 간직하고 있는 한국 사회가 요구하는 지위상은 세속적이고 획일적이다. 다양한 삶의 방식, 개인의 인생을 평가하는 다양한 가치가 존재하지 않는다. 모두가 점점 좁아지는 한길로 달려가고 낙오자는 절망한다.

황보드린의 말이 계속됐다.

"그거 알아? IMF 환란이 닥쳤던 1998년에 우리나라 자살률이 부쩍 올라갔어. 그런데 지금의 자살률이 그때보다 1.5배 이상 높아. IMF 시절에는 모두가 어려웠고 경제적인 몰락이 비참하긴 해도 흔한 일이었지. 모두가 힘을 모아 국가적 위기를 이겨내야 한다는 정신력의 응집도 있었고. 금 모으기 운동을 생각해봐. 지금은 그런 힘은 해체됐고, 경제의 불확실성과 고용 불안만 남았어. 청년들은 취업을 못 하고, 이미 취업한 사람도 해고의 위협을 안고 살아야 해. 그러니까 결론은 다 필요 없고, 살기가 어려워져서 그런 거야. 살기는 어려워졌는데 여전히 안정적인 삶의 조건에 대한 집착은 크고 대안적인 삶의 방식이나 가치는 없고. 불행한 사람이 늘어날 수밖에."

황보드린이 이 부분에서 살짝 코웃음을 쳤다.

"IMF 이후 청년실업자를 위로한답시고 만들어내는 광고를 보면 난 참 어이가 없어 죽겠다. 면접 보고 떨어져서 낙담해 있는 사람 어깨를 두드리면서 힘내고 노력하면 언젠가는 합격할 거라고 하잖아? 아자 아자 파이팅! 아니, 일자리가 늘어나야 합격을 하지 노력한다고 합격하나? 그럼 취업 못 한 사람은 노력을 안 해서 취업을 못 한 거고 비정규직인 사람은 노력을 안 해서 비정규직인 거야? 그렇게 개인 탓을 하는 광고가 아직까지 지치지도 않고 나와."

"그래, 네 말이 맞다. 오히려 사람들이 전부 다 노력하면 그중에서 가장 노력한 윗부분만 취업하고 나머지는 취업도 못 하면서 노력만 죽어라 한 꼴이 되잖아."

박심이 동의했다.

"내 말이!"

둘은 크림 생맥주를 시켜 건배했다. 황보드린은 한번에 생맥주 3분의 2를 비우고 빈 접시를 테이블 가장자리로 밀어놓고는 샐러드 바에 갔다.

열심히 샐러드를 퍼 담는 황보드린의 뒷모습을 바라보며 박심은 또 다른 고등학교 동창생 김열을 떠올렸다. 박심에게 늘 우월한 위치에 서서 아래를 내려다보며 필요할 때만 관심을 쏟느냐고 비아냥거리던 얼굴. 가까운 사람의 자살과 살인에 대한 얘기를 마치 일상적인 화제인 양 건조하게 내뱉던 그 서늘한 얼굴이 마음에 걸렸다.

나는 실패와 우울과 죽음의 근처에서 이렇게 낮게 엎드려 살고 있어. 우울증 환자를 돕는다고? 그래, 비극의 냄새를 맡아보니 어때? 이 세상 물정 모르는 엘리트 샌님아.

그날 커피숍에 마주 앉아 얘기를 나누며 김열은 속으로 이렇게 외치는 것 같았다. 무표정한 얼굴로 어두운 말을 쏟아내며 박심이 당황해하는 모습을 즐기는 듯했다. 상대를 향한 은근한 증오와 조롱이 표정 없는 얼굴에 깔려 있었다. 그것은 박심에게 전해져 스며들었고 야릇한 의문을 남겼다.

김열의 내면에는 무엇이 있을까.

황보드린이 샐러드를 수북이 담은 접시를 가지고 돌아왔다.

박심은 술기운에 약간 홍조가 도는 황보드린의 얼굴을 바라보며 생각했다. 황보드린은 김열을 기억하고 있을까. 고등학교 시절, 김열을 둘러싼 수상한 스캔들을 그때도 알았고 지금도 알고 있을까. 여자 같은 남자애를 따돌리던 남자 반의 분위기를 여자 반 아이들도 알았을까.

"박심 너, 나 많이 먹는다고 지금 속으로 욕했지?"

황보드린이 포크를 집으며 박심을 째려보았다.

"아, 아니…… 하하하. 하하하하."

박심은 당황해서 말을 더듬다가 웃었다.

"그랬어도 괜찮아. 내가 이 자리에 오르기까지 의대에서 당한 여혐과 치러야 했던 투쟁을 생각하면 아무것도 아냐. 많이 먹어야 힘을 쓰지. 난 체지방에서 힘이 나와."

"드린, 너 왜 넘겨짚고 혼자 결론을 내. 자격지심이냐?"

"그래. 자격지심이다. 안 예쁘고 뚱뚱한 여자로 살다 보니 노골적으로 그걸 비하하는 사람이 한둘이어야 말이지. 전문의 자격증도 박사 학위도 외모 지적 앞에서는 소용없어."

"나 참. 그런 생각 하지도 않았거니와 요즘 같은 세상에 큰일 나려고 여혐을 하냐. 많이 먹어. 많이."

"뭔 소리? 요즘 같은 세상이니까 여혐이 판을 치지."

황보드린이 전투적으로 음식을 떠 입에 넣으며 말했다.

"아까 얘기와 이어지는 거야. 기회 획득에 실패하고 무기력에 빠진 사람들이 그런 상황을 초래한 사회를 탓하는 게 아니라 약자를 혐오함으로서 심리적 균형을 찾으려고 한단 말이야. 약자에 대한 보호 정책이나 약자를 배려해야 한다는 도덕적인 요구가 자기들의 기회를 빼앗아가고 있다고 생각하는 거지. 따지고 보면 정작 약자도 아닌 것들이 약자라고 징징대며 무임승차하고 있기 때문에 내가 살기 힘들다고 생각하는 거야. 예전에는 남자로 태어난 것만으로도 쉽게 차지할 수 있었던 자리, 남자들끼리만 경쟁하면 되었던 자리에 여자들이 속속 진출하면서 여자들과도 경쟁해야 하는 판이 되었으니 적응할 수가 없는 거지. 그거 알아? 대략 10년 전부터 사법 고시나 의사 고시의 여성 합격률이 40%에 육박했고 7급과 9급 공무원 합격률은 여성 비율이 남성을 넘어섰어. 난 그때부터 여성 혐오가 앞으로 심각한 사회현상이 될 거라고 예측을 딱 했지."

황보드린의 말이 빨라졌다.

"보이지 않는 권력 구조를 공격하는 것보다 약자를 혐오하고 공격하는 게 더 쉽고 우월감이란 심리적 보상도 커. 사회를 변화시키는 것보다 과거의 가치를 옹호하고 과거의 상황이었다면 자기가 차지할 수 있었을 자리를 복원해야 한다고 주장하는 게 더 쉽고 현실성이 있어 보이는 거지."

"잠깐 잠깐, 드린. 나 진짜 너 보며 그런 생각 안 했어."

"박심. 난 지금 페미니즘에 대해 토론하자는 게 아니야. 네가 우울증과 자살률이 증가하는 원인에 대해 물어보니까 하는 말이야. 혐오의 증가와 정신 건강과는 밀접한 관계가 있다고. 약자에 대한 혐오는 자기혐오에 바탕을 둔 거야. 사회경제적 무기력에서 혐오라는 사회심리적 현상이 유발되는 거지. 여성 혐오뿐만 아니지. 내가 예언하는데, 조금만 더 지나면 결혼 이민자 2세에 대한 혐오가 문제가 될 거야."

"결혼 이민자 2세?"

"중국, 러시아, 동남아 결혼 이민이 막 시작되던 초기에 결혼한 부부의 2세가 슬슬 성인에 진입하기 시작했어. 많은 수가 농어촌이나 도시 변두리에서 자라서 도심에 사는 우리들 눈에는 잘 띄지 않지만 곧 그들 중 일부가 도시로 진출하고 직업을 가지기 시작할 거라고. 어떨 것 같아?"

"으음……."

"다른 아시아 인종과 피부색에 대한 거부감은 아마 우리가 머릿속으로 상상하는 것보다 대단할 거야. 감정적으로 한국인이라고 받아들이기 힘든 피부색 다른 청년이 눈에 띄기 시작하고 그들이 내가 차지해야 할 자리를 뺏고 있다는 피해 의식이 들면 어떻겠어? 성소수자 혐오도 마찬가지. 우리나라에서 성소수자 인권 운동이 시작된 게 90년대 중반쯤으로 알고 있는데, 그때는 대학가 중심으로 논의된 정도고 사회 전체적으로는 별 반응도 없었어. 성소수자의 존재조차 인정되지 않은 거지. 지금은 보수 기독교와 일베 같은 사이트에서 성소수자 혐오가 조직적으로 유포되고 있잖아. 자기들 내부 세력 규합을 위해 만만한 외부의 적을 찾아낸 측면도 있지만. 성소수자 혐오의 심리적 바탕은 성차별과 여성 혐오와 다를 게 없어. 남녀의 성 역할과 경계를 흐트러뜨리는 존재가 있다는 것에 공포를 느끼는 거지. 같은 의사로서 부끄러운 얘기지만 정신과 의사 중에서도 동성애는 정신병이라고 하면서 앞장서는 사람도 있어. 혹시 그런 의사 만난다면 박심, 내가 대신 사과한다. 휴."

황보드린이 동성애를 언급하자 박심의 머릿속에 김열이 다시금 강한 이미지로 치고 올라왔다. 김열은 게이일까. 그 사실이 김열의 어두운 마음에 영향을 미치고 있을까.

"그 뭐냐, 네가 말한 반탁신이라는 사람이 그렇게 비판하는 DSM-3에서부터 동성애가 정신질환 목록에서 완전히 삭제됐는데 말이야. 그게 벌써 1980년이야. DSM-3가 성소수자 인권운동 진영에는 좋은 일도 했어. 전해줄 수 있으면 박심 네가 그 사실을 그분께 전해다오. 뭐 별로 상관할 것 같진 않지만."

"드린, 너 김열이라는 애 기억하니?"

박심의 물음에 황보드린이 생뚱맞은 표정을 지었다.

"김열?"

"어, 우리 고등학교 동창. 3학년 때 3반이었어."

"그 외계인 같이 생긴 남자애 말하는 거야? 알지."

"외계인?"

박심이 고개를 갸우뚱했다.

“귀가 안테나 같이 뾰족해서 별명이 외계인이었잖아. 아, 나 이거 외계인 비하 발언 아니다. 그냥 애들이 그렇게 불렀다고. 그런데 걔가 왜?”

박심은 AAD 사무실에 찾아갔다가 김열을 만나게 된 것, 김열과 나눈 이야기, 그리고 고등학생 때의 그 사건에 대하여 말했다. 황보드린은 자못 진지한 표정으로 들었다. 먹는 것도 중지하고 중간에 끼어들지도 않았다. ‘3반 년’이라고 불리던 학생의 자살과 김열이 그 자살한 학생의 애인이라는 소문이 있었던 걸 알고 있냐는 물음에 이르러 황보드린은 입을 뗐다.

“네가 말하니까 서서히 생각나네. 그래, 알아. 그런 일이 있었지. 학교 옥상에서 떨어져 자살한 걔 이름이 창권인가 그랬어. 백창권. 너희들은 ‘3반 년’이라고 불렀다고? 알 만하다.”

“그래. 좀 잔인했지. 남자애들이.”

박심은 부끄러운 마음이 들었으나 그렇다고 내 잘못은 아니라는 변명도 하고 싶었다. 하지만 황보드린은 여지없이 몰아붙였다.

“야. 여자 반이었던 나도 걔 이름을 기억하는데 넌 이름도 기억 못 하고 3반 년이라고 하냐. 너도 3학년 때 반장 아니었어? 1반 반장. 학생 임원! 난 3학년 때는 반장 안 했다. 공부 열심히 해서 의대 가려고.”

“어, 어…….”

박심은 귀가 뜨거워지는 걸 느꼈다. 변명을 할 자격은 없는 것 같았다.

"어쨌든 그래서 김열이 백창권과 사귄 거라는 둥 그건 아닐 거라는 둥 말이 돌았지. 우리야 남자 반에서 누가 누굴 따돌리고 놀리고 하는 사정은 잘 몰랐지만. 백창권이 자살할 때 김열이 옥상에 같이 있었다고 하니까, 자살 사건 이후로 그런 말이 돌더라고."

"뭐어?"

박심은 순간 너무 놀라 소리치다 목이 메었다.

황보드린이 크림 생맥주를 마저 비웠다.

"야간 자율 학습 시간에 둘이 땡땡이치고 옥상에 있었다나 봐. 옥상 문은 잠가놓는 게 원칙이지만 애들에게 그 맹꽁이자물쇠 푸는 건 일도 아니었지. 맘먹으면 옥상에 못 올라가는 애가 없었을걸. 아무튼 그날 둘이 같이 있다가 백창권이 김열이 보는 앞에서 갑자기 투신한 거래."

"뭐라고? 진짜?"

"그게…… 백창권이 야자 끝나고 애들이 집에 가려고 나오기 바로 직전에 투신했잖아. 우리 옆 반 여자애 중에 학원 버스 일찍 타려고 조금 먼저 나온 애가 봤거든. 걔도 충격을 크게 받아서 며칠 학교 못 나왔어. 백창권이 떨어져 머리가 깨지고 피가 범벅되어 있는 걸 봤으니까. 처음엔 비명도 안 나오더란다. 무의식적으로 위를 보니 누군가가 옥상에서 자길 내려다보고 있더래. 그게 김열이었대. 어두워서 그땐 얼굴을 알아볼 수 없었고 나중에 밝혀진 거야."

박심은 밀려드는 소름을 참으며 침을 꿀꺽 삼켰다.

"왜…… 나는 전혀 몰랐을까. 그런 걸."

"글쎄, 여자애들 사이에서 소문이 더 자세히 퍼졌던 걸까. 난리가 났지 그때. 학교에서 그 사건에 관해 소문내고 다니는 걸 완전 금지했잖아. 명색이 고3 아니었냐. 그놈의 면학 분위기 해친다고 학부모들 우르르 몰려와 빨리 매듭지라고 교장실에서 난리 치고. 좀 창피한데 거기 우리 엄마도 있었다. 남자애들은 백창권 괴롭힌 애들 색출해서 경찰 조사받고 징계받고 하는 걸 가까이서 겪으니까 살벌해서 더 찍소리 못 했는가 보지. 아니면 박심 네가 관심이 없었거나. 뭐, 나도 모르겠다."

황보드린이 팔짱을 끼고 상체를 의자에 기댄 채 말을 이었다.

"그리고 김열 걔가 원체 말이 없고 속을 알 수 없는 애잖아? 그날 옥상에서 무슨 일이 있었는지 누구에게도 입도 뻥끗 안 했다나 봐. 그냥 며칠 후에 예전과 똑같은 얼굴로 학교에 나왔대. 그래서 혹시 김열이 백창권을 떨어뜨려 죽인 거 아니냐고 수군거리는 애도 있었다니까. 뭐 그랬으면 경찰이 밝혀냈겠지. 그건 아닐 거야. 백창권 걔가 워낙 남과는 다른…… 취약한 애였으니까. 성 정체성 혼란과 따돌림 때문에 비관 자살한 걸로 결론 났지 아마? 자살할 거라는 예고나 조짐이 있었을 거야."

"자살할 거면 왜…… 누가 보는 앞에서 자살을 하지? 너무 끔찍한 일이잖아. 그건 무슨 심리야?"

박심은 며칠 전, 헤어질 때 햇빛을 받아 하얀 실루엣만 남았던 김열의 얼굴과 9년 전 고등학교 옥상에서 자기가 보는 앞에서 떨어져 죽은 친구의 시신을 내려다보는 검은 실루엣의 얼굴을 겹쳐보고 등골이 서늘해지는 걸 느꼈다.

"으흠. 그건 내가 알 수 없지. 정신과 수업에서 질리도록 강조하는 게 있어. 정확한 정보 없이 누군가의 정신 상태에 대해 함부로 진단하지 말 것! 정신 건강 진단은 심리 퀴즈가 아니거든!"

황보드린은 얼굴을 단호하게 굳혔다.

쉽게 충격이 가시지 않아 박심은 입을 닫고 멀뚱거렸다. 사람의 마음에 얼마나 큰 어둠이 들어찰 수 있는지 얼핏 들여다본 느낌이었다. 본의 아닌 경험이었다.

무거운 침묵 사이로 황보드린의 표정이 저 혼자 배시시 풀렸다.

"……하지만 전문가의 견해란 건 저리 치워두고, 오랜만에 만난 동창생과 수다를 떠는 차원의 말은 못 할 것도 없지."

황보드린은 손으로 턱을 괴고 콧숨을 길게 뿜었다.

"흠. 만약에 소문과 같이 백창권과 김열이 특별한 관계였다고 한다면 말이야. 관계에서 발생한 갈등에 대한…… 파괴적인 복수심이나 자기 연민의 극적인 표현일 수도. 상대에게 죄책감과 자신에 대한 강렬한 기억을 남기려고."

"야…… 무슨 영화에서나 나올 얘기 같다."

"이봐, 숯검댕이 박 씨. 현실이 영화보다 더 언빌리버블한 거 몰라? 대한민국 정치를 봐. 대통령이 사이비 종교 교주에게 대대로 영혼을 바치고 민간인에게 국정을 쥐락펴락하게 한 나라라고. 영화에서 나올 얘기 같다니 무슨. 영화에도 안 나오는 일이 현실에서 벌어지는 판이야."

"……그래."

박심은 두 손을 들어 인정했다.

"아니면…… 자살 위협만 하고 내심으로는 자살할 마음이 없었는데 그만 실행이 돼버린 걸 수도 있어. 원하는 걸 이루어 내거나 자신의 의지를 공개적으로 알리기 위한 목적으로 자살 시도를 하는 경우가 사실 적지 않아. 의존하는 상대의 마음을 조종하기 위해 반복적인 자살과 자해 행동을 하는 정신질환도 있고. 경계성인격장애가 대표적이랄까. 거 있잖아, 몇 년 전 남성연대 대표가 한강 다리에서 투신해 공개 자살한 거. 실제로 죽을 생각은 아니었을 거야. 카메라가 둘러싸서 찍고 있는 가운데 뛰어내렸는데 구조될 줄 알았겠지. 이를테면 그런 거야."

"걔도 우울증을 앓고 있었을까? 백창권 말이야."

"나 한 잔 더 마신다. 너는?"

황보드린이 빈 맥주잔을 흔들며 물었다. 박심은 얼떨결에 고개를 끄덕였다. 곧 거품을 가득 머금은 크림 생맥주 두 잔이 앞에 놓였다.

"아마도 그렇지 않았을까? 청소년 성소수자 중 많은 비율이 우울증을 앓는다고 해. 백창권 개는 집단 괴롭힘도 심각하게 당했잖아."

황보드린이 크림 생맥주를 죽 들이키고는 입술에 묻은 거품을 냅킨으로 닦았다.

"그런데 자살했다고 이 사람이 우울증을 앓았나 보다, 하고 덮어놓고 단정하는 건 위험해. 안 그래도 요즘 자살자가 많으니까 그렇게 지레짐작하고 넘어가는 문제가 있어. 어떤 사람이 정신 건강 문제로 자살했는지 여부는 심리 부검을 충실히 해봐야 알 수 있는 거야. 자살과 우울증은 뭐랄까…… 별개의 변수라고 할까? 자살자 중에 우울증 환자가 많은 건 사실이야. 하지만 우울증 환자들 대부분은 자살 행동을 하지 않아. 우울증 환자 대다수가 죽음에 대한 막연한 생각에 빠져들기는 하지만 그걸 실행으로 옮기는 사람은 아주 적다고. 그리고 우울증과는 전혀 관계없는 사람도 다양한 이유로 자살을 하고. 이해가 감?"

"사업에 실패하거나 실연당하거나 뭐 그래서 충동적으로 자살하는 거?"

박심은 생맥주를 홀짝이며 물었다.

"그래. 평소 우울증 같은 기분장애가 없는 사람도 직업에서의 실패나 재산의 손해, 친밀한 대상의 죽음 또는 이별로 인한 상실감을 이겨내지 못해 자살하는 케이스, 가까운 미래에 형벌이나 굴욕을 겪을 두려움 때문에 자살하는 케이스 등. 네 말대로 절망적인 생활 사건을 극복하지 못해서 자살하는 사람이 있고……."

잠시 사이를 띄우고 생각을 정리한 뒤 황보드린이 말을 이었다.

"신념에 의한 자살도 있고. 자살 테러나 사이비 종교의 집단 자살 같은 거. 아니면 약물의 영향을 받거나 폭력적인 성향으로 진짜 충동적으로 자살하는 케이스도 있고. 드물겠지만 삶을 유지하는 게 별 의미 없다는 합리적인 결정으로 자살하는 케이스도 있을 거고, 또 아마 더 드물겠지만……."

"드린, 너 참 사람 빠져들게 말을 잘하는 것 같아."

박심은 감탄해서 말했다. 황보드린이 사례를 나열할 때마다 박심의 고개는 자라처럼 점점 앞으로 빠져나왔다.

황보드린 역시 자기 말에 빠져 박심의 칭찬도 흘려들었다.

"죽음 그 자체에 매료되어 자살하는 사람도 있을 거야. 이거 좀 철학적인 얘기지만 죽음은 죽기 전에는 경험할 수 없는 현상이잖아? 그런데 죽어본 사람은 없으니까 죽음이 어떤 느낌인지는 상상만 할 수 있을 뿐이지. 물론 죽다 살아났다고 죽음 근처까지 갔다가 소생하는 사람도 있고, 죽음에 이르는 과정에 수반되는 신체적 고통은 자연히 일부 체험하고 살지만, 죽음 그 자체를 아는 사람은 없지. 그래서 미학적으로 죽음이 아름다운 것으로 칭송되고, 신비로운 것으로 묘사되고, 죽음에 대한 두려움이 죽음에 대한 숭배를 낳고……."

"죽는 게 어떤 걸까 궁금해서 자살한다고?"

"아주 아주 아주 아주 소수지만 그런 사람도 있긴 있을 거야."

박심의 머릿속에 김열의 목소리가 재생되었다.

남을 죽이는 것보다 자기를 죽이는 게 훨씬 더 어려워. 김열은 전학수가 자기 자신을 죽일 수 없어 남을 죽인 거라고 말한 뒤 이렇게 덧붙였다. 음산한 목소리였다. 자살은 아무나 하는 게 아니고 할 수 있는 사람만 하는 거라고도 말했다.

"자살은 엄청난 결단력과 용기와 에너지를 필요로 하는 행동이야."

황보드린은 마치 박심의 머릿속에 떠오른 말을 읽고 동조하듯이 설명했다.

"하지만 우울증은 사람에게서 의사 결정 능력, 용기, 에너지를 앗아가는 병이거든. 무기력에 빠져 있는 중증의 우울증 환자는 자살을 결심하고 실행할 만한 에너지가 없어. 우울증에 깊이 빠져 있을 때보다 회복기가 더 위험하다는 말이 그래서 나오는 거야. 또 우울증보다는 조증과 우울 에피소드가 교차되는 양극성기분장애, 즉 조울증이 더 위험하고. 우울증 약이 자살 충동을 유발한다는 주장도 그런 맥락에서 나오는 거지. 항우울제가 일시적인 조증을 일으켜 자살 행동을 일으킬 위험이 있는 게 사실이야. 기분은 나아지지 않았는데 용기만 생기면 큰일인 거지. 그래서 청소년기나 성인 초기, 약을 처음 복용하는 환자, 조증의 기왕력이 있는 환자에게는 적은 용량부터 시작해서 주의 깊게 관찰하면서 약을 써야 해."

항우울제가 자살을 불러일으킬 수 있다.

이번엔 반탁신의 부리부리한 눈과 다부진 몸에서 뿜어 나오는 굳은 심지가 박심의 머릿속을 어지럽혔다.

항우울제. 청소년 우울증. 자살.

반탁신과 사진으로 보았던 그의 아들과 연결되는 단어였다.

항우울제를 처방받아 복용하고 2주 만에 자살했다는 반탁신의 12살 아들. 그 사건 이후 반탁신은 항우울제를 반대하는 투사가 되었다. 박심은 황보드린에게 반탁신의 아들에 대한 얘기를 꺼냈다. 황보드린이 안타까운 표정을 지으며 말했다.

"뭐, 진료 기록부도 못 봤고 또 봤다 해도 내가 그 아이를 진료하지 않은 이상 어떻게 된 일인지는 알 수 없어. 다만 청소년기의 뇌는 성인의 뇌와 달라서 약 처방이나 치료 방법에 차이가 있고 조심스럽게 접근해야 한다는 건 기본 전제야. 그걸 모르는 정신과 의사는 없어. 가능하면 약 처방보다는 인지행동치료나 가족상담치료가 우선되어야 하고. 하지만 증상이 깊고 위험한 상태라면 약 처방도 병행되어야 해. 의사의 과잉 처방이나 진료 실수가 있어서 그런 건지 아니면 이미 병이 깊어진 상태에서 약 복용 초기에 자살을 실행한 건지는 알 수 없는 일이지. 소송을 했다며? 그럼 소송에서 밝혀지겠지."

박심은 고개를 끄덕였다. 반탁신과 관련한 소송의 진행 내용에 대해서는 작은아버지를 통해 곧 알 수 있을 것이다.

이후로도 둘은 우울증을 화제로 전문적인 이야기를 좀 더 주고받았다. 고등학교 때의 일화와 서로의 근황에 대해서도 대화를 나눴다. 생맥주 잔이 몇 차례 더 테이블에 오갔다.

"우울증 약이 그 사람만이 가진 독특한 개성이나 인간성을 흐릿하게 만들어서 인격을 변하게 한다는 주장에 대해서는 어떻게 생각해?"

"아이구야, 심. 그런 건 또 어디서 읽었어."

황보드린은 포동포동한 손으로 자기 어깨를 주물렀다.

"무감동, 무감정 상태를 만드는 부작용도 있다고들 해서."

"무감동이나 무감정은 내 생각에는 치유되지 않은 우울증의 증상이라고 봐. 우울증 약을 먹고 발생하는 증상들이 본래 우울증의 증상인지 약의 부작용인지를 무 자르듯이 명쾌하게 구분하기는 어려워. 그러니까 입장에 따라 주장이 나뉘는 거지. 음모론자들은 부작용이라고 하고, 정신과 의사들은 우울증의 증상이라고 하고. 어쨌든……."

황보드린은 맥주를 한 모금 호록 마시고 말을 이었다.

"우울증의 증상이든 약의 부작용이든지 간에 그건 치료의 대상이 되어야겠지. 우울증 치료가 사람을 변하게 한다고 주장하는 사람은 우울증을 인격과 결합된 어떤 화학물질로 보는 게 아닌가 싶어. 우울증은 그 사람이 아니야. 종양이나 혹이나 혈전처럼 제거해야 할 타깃이지. 우리가 말이야 어떤 사람의 종양을 제거한다고 해서 그 사람의 고유성이 변한다고 생각하지는 않잖아? 보다 건강한 사람이 되는 거지. 박심, 너 눈썹 민다고 해서 박심이 아닌 다른 사람이 되는 거니? 아니 아니, 이거 비유가 좀 잘못되긴 했다만…… 아무튼 우울증을 치료하면 더 건강한 사람, 더 나은 사람이 되는 거야. 다른 사람이 되는 게 아니라."

어느덧 둘이 만난 지 3시간 이상이 지났다. 약속대로 박심이 계산을 하고 둘은 밖으로 나왔다. 긴 여름해가 지고 어둠이 어스름하게 깔려 있었다. 두 남녀 동창 모두 배가 그득 찼고 기분 좋을 만큼 취했다.

"고맙다, 드린. 의사 선생님이 바쁠 텐데 이렇게 시간 내주고."

택시 승강장을 향해 걸어가며 박심이 말했다.

"오냐. 내가 얼마나 바쁜데. 덕분에 나도 배 터지게 잘 얻어먹긴 했다만."

황보드린이 짐짓 거드름 피우며 깔깔 웃었다.

"……그런데 김열 걔 말이야."

말없이 잠시 걷다가 황보드린이 조심스러운 말투로 김열을 화제에 올렸다.

"응? 왜?"

박심은 옆으로 고개를 돌리며 대꾸했다. 황보드린의 얼굴에 웃음기가 쏙 빠져 있었다.

"김열이 걔, 내 친구 여동생이랑 잠깐 사귄 적 있다? 걔가 인상이 외계인 같아서 그렇지 뜯어보면 잘생겼잖아. 친구 여동생이 1학년 때, 그러니까 김열하고 우리는 2학년 때였지 아마. 여자애가 막 대쉬해서 사귀었을 거야. 워낙 연애 사업이 활발한 애였거든."

"어, 그래?"

간접적으로나마 황보드린이 박심보다 김열을 더 잘 알고 지낸 꼴이었다. 그나저나 김열이 여자를 사귄 적이 있다고? 그건 어떤 관계였을까? 그리고 백창권과는 정말 어떤 사연이 있었던 걸까? 박심은 뺨을 긁으며 황보드린을 힐끔 보았다. 황보드린의 이마에 주름 세 줄이 잡혀 있었다.

"잠깐 만나다가 헤어졌던 것 같아. 고등학교 때 연애가 그렇지 뭐…… 잘생기고 뭐가 있어 보인다고 여자애가 먼저 달려들었다가 얼마 안 가 헤어졌는데. 그때 내 친구가 그랬어. 좀 찜찜한 애라고. 찜찜하다고 했나 무섭다고 했나. 김열 말이야…… 자세한 건 기억이 안 나는데…… 생각난 김에 걔한테 전화나 한번 해볼까……."

가까운 택시 승강장에 서너 명이 택시를 기다리며 서성이고 있었다. 박심은 모여 있는 사람들 뒤로 줄을 섰다. 황보드린을 택시에 태워 보낸 다음 자기는 지하철을 타고 갈 생각이었다.

"그나저나 박심. 너 연애는 하고 사냐?"

황보드린이 팔꿈치로 박심의 옆구리를 쿡 찔렀다.

박심은 기겁하고 한 걸음 물러났다.

"아…… 아니. 지금은……."

알코올 작용과는 다른 이유로 박심의 얼굴이 확 달아올랐다. 택시 오는 쪽으로 고개를 쭉 빼고는 말을 더 덧붙일까 말까 망설였다. 이 나이 되도록 대학 다닐 때 딱 한 번 짧은 연애를 해 본 것 말고는 줄곧 여자 친구가 없었다고 말하면 너무 바보 같을까?

교통신호가 바뀌고 택시들이 줄줄이 승강장에 멈춰 섰다.

"그럼 숯검댕이 박 씨! 이 누나가 또 필요하면 연락하라고!"

택시 뒷문을 열며 황보드린이 소리쳤다.

출발과 동시에 좌석 창문을 내리고 황보드린이 얼굴을 쑥 내밀었다.

"필요 없어도 연락하고!"

길 가는 사람들에게도 다 들릴 만큼 큰 목소리였다.

박심은 배웅하느라 흔든 손이 머쓱해서 바지 주머니에 쿡 찔러 넣었다.

밤인데도 여전히 더웠다. 어느덧 8월을 향해 가고 있었고 무더위는 쉽게 끝날 기세가 아니었다. 박심은 주머니에 손을 넣은 채로 지하철역을 향해 걸었다.

설리사의 옷

"조노훈 씨 얘기는 왜 숨겼어요?"

이평서는 무심한 표정으로 질문을 던졌다.

박이음의 기름한 눈꺼풀 아래 눈동자가 마구 흔들렸다.

경찰서에 한 번 더 출석할 것을 요구하는 이평서의 전화에 박이음은 이미 할 말 다 했다며 나머지는 전화로 진술하겠다고 버텼다. 이평서 팀장은 어디서 개가 짖느냐는 듯 박이음의 요청을 간단히 무시했다. 안 오면 직장이나 집 근처로 찾아가겠다는 말에 박이음은 겁을 먹고 꼬리를 내렸다. 휴일인 토요일 오후, 박이음은 화장기 없는 부스스한 얼굴로 경찰서에 나타났다. 짧은 커트 머리가 푹 가라앉았고 눈 밑에 검은 그림자가 드리워져 있었다.

곧 반탁신에 대한 재조사와 김열에 대한 참고인 조사도 이어질 예정이었다. 설리사의 죽음과 공탈이라는 모임은 분명 관련이 있었다. 이평서는 이 의심을 증명할 근거를 찾으려 신경을 곤두세웠다. 사건을 풀 다른 실마리가 없기도 했지만, 반탁신이라는 인물이 이끄는 모임과 회원들의 행적에는 분명 수상쩍은 냄새가 났다.

"……숨기다뇨? 누가요?"

"처음에는 새 키우는 카페에서 설리사 씨와 만난 거라고 거짓말하고. 두 번째는 공탈 회원 중에 조노훈이란 사람이 있었다는 걸 쏙 빼놓고 말 안 하고."

홍인혁 형사가 깐죽거렸다.

"허!"

박이음이 코웃음을 쳤다. 그래도 지난번보다는 앙칼진 맛이 덜했다. 살인 피해자의 유일한 친구이자 중요 참고인은 갈수록 여위고 힘이 달리는 듯했다. 수사에 압박을 받고 있다는 증거다. 숨기거나 말하지 않은 게 있다는 얘기다.

"엠티 간 회원이 누구냐고 물어서 다 적어줬잖아요? 누가 뭘 숨겼다고 그래요?"

"저희는 엠티 간 회원이 아니라 공탈 회원 전반에 대해 물었습니다만? 그리고 그날 엠티를 간 이유가 말이죠. 조노훈 씨 자살 사건 때문에 회원들이 불안해해서 분위기 전환하려고 간 거라고, 임나민 씨는 처음부터 딱 말하던데."

"그건 임나민 씨 생각이고요. 조노훈 씨가 리사가 죽은 거랑 무슨 상관이에요? 조노훈 씨는 작년 12월에 죽었어요. 자살했다고요. 그 얘길 왜 꼭 했어야 하는데요? 그럼 물어보시지 그러셨어요. 작년 회원이 몇 명이었냐고. 그중에 자살한 사람 없냐고, 네?"

이평서는 가만히 박이음의 눈길을 받으며 잠시 침묵을 지켰다.

"엠티 때 있었던 일을 시간대별로 자세히 말해주세요. 생각나는 거 전부 다 하나도 빼놓지 말고. 관계있고 없고는 저희가 판단할 테니까."

이평서가 힘주어 말했다.

박이음은 한 손으로 이마를 짚고 몇 번 벅찬 숨을 내쉰 뒤 입을 열었다. 회원들이 두 대의 차에 나눠 타고 출발해서 캠핑장에 도착하기까지의 과정과, 다 같이 산책을 마치고 바비큐 파티를 준비하기까지의 과정은 임나민의 진술과 일치했다. 한바탕 술을 마시던 설리사가 산책을 하고 오겠다고 하며 자리를 뜬 것, 이때 김열이 따라나선 것과 20~30분쯤 후 김열 혼자만 돌아왔다는 것까지도 같았다.

"리사는 조금 더 있다가 내려왔어요. 리사가 내려오는 걸 보고 김열 씨가 리사를 불렀어요. 차에 가서 쥐포랑 오징어 좀 갖다달라고요. 그래서 리사가 남자들 묵는 카라반에 들어가서 찾아 가지고 왔죠."

"다시 왔을 때 설리사 씨는 어땠나요?"

"어땠다니? 뭐가요?"

박이음은 창백한 얼굴을 들어 대꾸했다.

"기분이 어때 보이던가요?"

"……좀 피곤해 보였죠. 술도 많이 마시고 찬바람도 오래 맞았으니. 그게 왜요?"

이평서는 손을 내저었다.

"아뇨, 됐고요. 계속하세요."

박이음은 극심한 두통에 시달리는 듯 머리를 짚고 얼굴을 찡그렸다.

"그리고 술자리에 좀 더 있다가 리사가 먼저 들어가 자겠다고 일어났어요. 그러라고 하고 우리 넷은 남아서 이런저런 얘길 하다가…… 제가 너무 피로가 몰려와서…… 잠깐 쉬고 오겠다고 말하고 차로 갔죠."

"그때가 설리사 씨가 들어가고 얼마나 지났을 땐가요?"

"몰라요. 벌써 5개월도 지난 일을 어떻게 그렇게 자세히 기억해요? 모르겠어요! 아무튼 12시는 안 됐을 거예요."

박이음이 손바닥으로 이마를 꾹 누르며 짜증을 냈다.

임나민은 설리사가 10시 반쯤 자리를 뜨고 약 1시간 후에 박이음이 자리를 떴으며 그와 동시에 자기도 산책을 하러 갔다고 말했다. 시간대에 대한 기억은 임나민의 진술을 일단 신뢰하고 다른 참고인의 진술과 맞춰보면 될 것이라고 이평서는 생각했다. 반탁신은 오늘 저녁에 출석하기로 했고, 김열은 내주 월요일에 오겠다고 약속했다. 김열은 지금 외가인 남원에 내려가 있는데 월요일에 올라올 예정이었다.

며칠간 연락이 되지 않던 김열이 어젯밤에 경찰서로 전화를 걸어왔다. 김열은 이평서 팀장이 남긴 문자 메시지를 이제 보고 전화를 하는 거라며 기어들어가는 목소리로 말을 더듬었다.

"아, 안녕하세요. 저는 김열이라고 하는데요. 죄, 죄송…… 합니다. 제가 남원에 와서 추, 충전기를…… 가지고, 아니 안 가지고 와서 저 그냥. 전화를 안 켜놓다가 조금 전에 보고……."

겁 많고 소심한 성격의 핼쑥한 청년이 연상되었다. 설리사 사건 참고인 조사를 위해 수원중부경찰서로 와달라고 하자 김열은 숨넘어가는 소리를 냈다.

"경찰서로…… 오라고요? 저 혼, 혼자요?"

"서울 오시면 적당한 데서 밖에서 만나도 되고요. 어떻게 하실래요?"

김열은 몇 초간 뭐가 더 좋을지 생각해보는 듯했다.

"실례지만 치…… 친구랑 같이 가도…… 될까요? 저 혼자는 좀…… 무, 아니 저…… 안정이 안 돼서…… 제가 좀…… 심리 상태가 부, 불안하고 그래서요."

어지간히 간이 작은 청년이었다. 상대가 우울증 환자라는 걸 감안할 필요는 있을 것 같았다. 요즘은 장애인이나 청소년 피의자의 경우 될 수 있으면 변호사나 보호자, 신뢰 관계인을 동석시켜 조사하는 추세다. 피의자에게도 그렇게 하는데 참고인에게 그 정도 편의를 못 봐줄 것도 없었다. 이평서는 신뢰 관계인과 동석하는 건 허락하지만 동석자가 대신 말하거나 끼어들지는 않아야 한다고 일러둔 뒤, 그저 참고인 조사일 뿐이므로 너무 부담 갖지 말라고 김열을 안심시켰다.

어쨌거나 앞으로 이어질 반탁신과 김열의 조사 내용까지 종합하면 그날 새림캠핑장에서 있었던 일을 대략 재구성할 수 있을 것이다.

"그렇게 12시 전에 카라반에 들어가서 간단히 씻고 누웠어요. 사람들에게는 잠깐 쉬다가 오겠다고 했지만 피곤해서 그냥 잠들어버렸고요."

박이음이 말했다.

"카라반에 들어갔을 때 설리사 씨는 있던가요?"

홍인혁 형사가 질문했다.

이평서는 아주 잠깐 박이음의 얼굴에 주춤하는 기색이 도는 걸 느꼈다. 뭔가 있는 걸까. 하지만 박이음은 금방 표정을 수습했다.

"네. 문가 1층 침대에서 자고 있었어요. 전 2층에 올라가서 잤고요. 그렇게 아침까지 죽 자다가 7시쯤 반 대표님 전화받고 깼어요. 반 대표님이 오후에 상담하기로 했던 분이 급하게 오전으로 일정을 당겼다며 먼저 출발해야겠다고 하셨어요. 내담자분이 시간 내기 어려운 분이고 위기 상황에 있는 분이라 어떻게든 오전 중에 사무실로 가셔야 한다고요. 저는 그러지 말고 다 같이 올라가자고 하고 아침 준비를 서둘렀죠. 임나민 씨는 새벽 늦게 들어왔는지 깊이 잠들어 있어서 깨울 수가 없더라고요. 그냥 저 혼자 콩나물국 끓이고 밥을 안쳤어요. 남자들은 바비큐 장비 정리하고 짐을 쌌고요."

박이음은 빠른 속도로 말했다. 이 시간을 빨리 끝내고 싶은 마음이 간절해 보였다. 다시 홍인혁 형사가 물었다.

"설리사 씨는요?"

"리사요? 저 일어나고 조금 뒤에 깼는데…… 숙취 때문에 도저히 입에 뭘 못 넘기겠다고 했어요. 주변을 좀 걷다가 차에 타겠다고 했는데. 안색이 정말 안 좋아 보여서 그러라고 하고 내보냈고요. 서울 올라가서 죽이라도 챙겨 먹이려고 제가 반탁신 대표님 차에 같이 타고 가자고 했죠."

이어서 박이음은 다 지은 밥과 콩나물국을 남자 카라반으로 가져가 남자 둘과 함께 먹었다고 했다. 그 뒤 여자 카라반으로 돌아와 임나민의 몫을 식탁에 차려놓고 임나민을 깨웠다. 일찍 출발해야 할 사정이 생겼다고 하며 깨우니 임나민이 겨우 일어나 아침을 먹고 씻었다. 그사이 남자들은 차에 짐을 싣고 출발할 채비를 했다. 박이음도 개인 짐을 챙겨 차에 실으러 나갔다가 밖에서 서성이던 설리사와 마주쳤다.

"반 대표님 차에 먼저 타 있으라고 했어요. 곧 출발할 거니까."

"저기……."

홍인혁 형사가 탁자에 볼펜 끝을 톡톡 두드리며 의심쩍은 표정을 지었다.

"설리사 씨가 그렇게 아침도 못 먹을 정도로 몸이 안 좋았으면…… 반탁신 대표를 먼저 가라고 하고 김열 씨 차로 같이 천천히 올라갈 생각은 안 했어요?"

박이음은 두통을 참기 힘든 듯 얼굴을 잔뜩 찡그렸다.

"그런 생각은 안 했어요. 반 대표님 차가 더 크고 편하니까요. 김열 씨보다는 반탁신 대표님이 더 친숙하기도 하고……."

"누가요? 설리사 씨가?"

박이음이 홍인혁 형사를 향해 눈을 치켜떴다.

"리사도 그렇고 저도요."

"설리사 씨가 김열 씨보다 반탁신 대표와 더 친했다?"

"리사는…… 누구랑 더 친하고 말고가 없었고 제가 반 대표님이 더 편했죠. 그래요. 제가 반 대표님이랑 가는 게 더 편해서 그랬어요. 됐어요?"

"밖에서 마주쳤을 때는 설리사 씨 혼자 있던가요?"

이평서 팀장이 홍인혁 형사와 박이음 사이의 대화를 끊고 들어왔다. 박이음이 이평서 쪽으로 고개를 돌렸다.

"반탁신 대표나 김열 씨가 설리사 씨와 대화를 하고 있진 않았습니까?"

"아니요. 했다 하더라도 전 못 들었어요. 리사와 마주쳤을 때 반 대표님은 이미 운전석에 앉아 있었고, 김열 씨는 자기 차에 짐을 싣고 있었을 거예요."

이평서는 흠, 소리를 내며 다음 말을 재촉했다.

박이음은 씩씩거리는 숨소리 사이로 뱉듯이 말했다.

"저까지 차에 타고 나니 임나민 씨가 막 짐을 챙겨 나왔어요. 차창 밖으로 김열 씨와 임나민 씨에게 잘 가라고 인사하고 우리 먼저 출발했어요."

반탁신의 차는 중간에 멈추지 않고 그대로 설리사의 집으로 달렸다고 했다. 반탁신은 설리사의 집 앞에 설리사와 박이음을 내려주고 곧장 사무실을 향해 갔다. 박이음은 설리사와 함께 들어가 설리사에게 죽을 끓여주고 저녁 시간까지 함께 있었다. 그날 저녁 8시쯤 헤어져 자기 집으로 간 것 같다고 말했다.

안타깝게도 3월 13일 반탁신의 차가 이동한 행적은 확인할 수 없었다. 경찰서와 지자체에서 관리하는 도로 CCTV 녹화 파일의 보관 기한이 지나버렸다. 더러 법적인 기한을 넘겨 보관하는 경우도 있으나 개인 정보 강화를 요구하는 흐름에 밀려 일괄 삭제한 터라 확보하지 못했다. 고속도로 톨게이트 이용 기록은 남아 있지만 서울로 들어온 뒤의 구체적인 행적을 추적할 자료가 없는 것이다.

"됐어요. 그럼 3월 13일부터 5월 8일까지의 얘기를 해봅시다."

이평서가 자세를 바로잡고 앉았다.

"……무슨 얘기를 또요?"

박이음이 거친 숨을 내쉬며 손으로 목 아래 가슴을 짚었다.

아무래도 표정이 좋지 않았다. 그러나 형사들은 멈출 생각이 없었다.

"3월 13일부터 5월 8일까지 거의 매일 설리사와 연락하고, 이삼일에 한 번씩 퇴근 후 설리사의 집에 찾아가 저녁 시간을 같이 보냈다고 했죠?"

이평서가 질문의 방향을 잡았다.

"네."

"같이 외출한 적 있습니까?"

박이음이 미간의 살을 모았다.

"네?"

"밖에 같이 나와 어디 간 적 있어요?"

"……글쎄요. 동네 마트 정도는 갔겠죠."

"아니. 애매하게 말하지 마시고. 언제 무슨 마트에 갔어요?"

박이음은 화장기 없이 메마른 입술을 달싹거렸다.

"……네?"

"같이 영화 보러 간 적 있어요?"

"……없……어요. 리사는 영화관 가는 거 안 좋아했어요."

"쇼핑하러 같이 간 적 있어요?"

"글쎄요. 갔을 수도……."

"언제? 어디로? 뭘 사러 갔어요? 치마 사러 갔어, 과자 사러 갔어, 신발 사러 갔어? 백화점 갔어, 구멍가게 갔어, 어디로 갔어?"

이평서 팀장이 슬쩍 반말을 하며 고압적으로 나갔다.

박이음은 하얗게 질린 얼굴로 답을 삼켰다.

"동네 공원이라도 같이 산책 나간 적 있어요, 없어요? 미용실이나 뭐, 여자들끼리 잘 가는데 거기 뭐지?"

이평서 팀장이 홍인혁 형사를 힐끔 보고 머리를 득득 긁었다.

"손톱 칠하는 데나 뭐, 마사지하는 데나. 밥 먹으러 어디 식당엘 간 적 있거나 아무튼 어디라도 좋으니까 같이 간 데 있으면 말해봐요."

"저기, 벌써 오래전의 일이라 제가 기억이……."

이평서가 주먹으로 테이블을 톡톡 두드렸다.

"그러니까 내 말은!"

높아진 언성에 박이음이 화들짝 놀라 몸을 뒤로 젖혔다.

"3월 13일부터 5월 8일까지 박이음 씨가 설리사 씨와 같이 있는 모습을 누군가가 본 적이 있느냐 그 말인데?"

홍인혁 형사가 다소 온화한 목소리로 가세했다.

"이거 잘 생각해서 증명해주지 않으면 박이음 씨가 되게 곤란해져요, 지금. 알겠어요? 설리사 씨가 5월 8일까지 살아 있었다는 걸 우리가 믿을 수 있냐 이거야. 뭔 뜻인지 알아요?"

박이음이 숨이 막히는 듯 입을 벌렸다. 어깨를 옹송그리고 손가락에 피가 통하지 않을 정도로 가슴팍을 세게 쥐었다.

"우리가 왜 그러냐면, 부검을 자세히 했는데 말이야. 설리사 씨가 아무래도 5월에 죽은 거 같지 않다는 거야. 그전에 죽은 거 같다는 거지."

이평서 팀장이 또 반말조로 윽박질렀다.

이 말은 사실이 아니었다.

이평서는 박이음이 오기 전 국립과학수사연구소 부검의와 통화했다. 부검의는 이삼일 안에 설리사의 시신에 대한 독극물 반응검사 결과가 나올 예정이라고 말했다. 그러나 시신이 발견된 조건 때문에 사망 시기를 추정하는 건 여전히 불가능하다는 입장이었다. 짧게는 2~3주 안에도 그 정도의 부패가 진행될 수 있고 6개월 이상이 소요될 수도 있다는 것이다.

홍인혁 형사가 달래듯이 말했다.

"박이음 씨가 생각해봐도 우리가 박이음 씨 말을 곧이곧대로 믿게 생겼어요? 여태까지 상황을 봐봐, 상황을. 더구나 부검 결과도 그렇고."

이평서가 일어나 자기 자리로 걸어갔다. 책상에서 사건 기록을 집어 들고 팔랑팔랑 넘겼다.

"설리사 씨가 엠티 갔을 때 마트에서 신용카드로 숯과 음료수를 샀죠?"

난데없는 이평서의 질문에 박이음이 고개를 들었다.

"네. 그게 왜요?"

"학생이 무슨 돈이 있냐며 말렸다고 했죠?"

"그랬죠. 하지만 리사가 준비 못 도와준 게 미안하다며……."

"등산복도 새로 산 마당에 이깟 음료수 살 돈이 없겠냐며 웃었다고 했죠?"

"아…… 제가 그렇게 말했나요?"

이평서는 두툼한 사건 기록 한 면을 펼쳐 박이음의 앞에 툭 던졌다.

종이를 들여다본 박이음이 흠칫 놀라며 손으로 입을 가렸다.

설리사의 시신에서 벗긴 등산복 사진이었다.

"왜 놀라지? 시체 사진도 아니구만."

"이…… 이건."

"그날 설리사가 이 등산복을 입고 있었지?"

"아……."

박이음이 입을 가린 채 고개를 저었다.

"그날은 추웠으니까. 설리사는 새로 산 이 겨울 등산복을 입고 엠티에 갔지?"

이평서가 주먹으로 책상을 쿵 내리쳤다.

"그렇지?"

"헉!"

박이음이 가슴팍을 쥔 채로 자리에서 고꾸라졌다.

이평서 팀장과 홍인혁 형사는 일순 말을 멈추고 의자를 뒤로 밀며 물러났다.

쿵, 소리를 내며 박이음이 의자에서 미끄러져 바닥에 무릎을 찧었다. 그제야 뭔가 문제가 발생했다는 걸 알고 두 형사가 자리에서 벌떡 일어섰다.

박이음이 짧고 거친 숨을 몰아쉬며 무릎을 꿇은 채 몸을 동그랗게 말았다. 하얗게 질린 얼굴에 땀이 비 오듯 쏟아지고 있었다. 헉, 헉, 헉.

두 형사는 여자 참고인의 몸에 쉽게 손을 대지 못하고 당황해하며 소리쳤다.

"박이음 씨! 저기, 왜 그래요? 박이음 씨!"

헉, 헉, 헉.

형사과 사무실에 있던 여자 형사가 조사실로 뛰어 들어와 박이음의 몸에 손을 얹고 상태를 살폈다. 홍인혁 형사는 119로 전화를 걸었다.

헉, 헉, 헉.

조사를 받을 때 꾀병으로 위기를 모면하려고 하는 피의자나 참고인은 많다. 그러나 숨이 끊어질 듯 고통스러워하는 박이음의 표정을 보면 이것이 연극이라는 생각은 들지 않았다. 너무 몰아붙였나. 이평서 팀장은 아차 싶어 얼굴을 붉혔다. 홍인혁 형사도 당황하긴 마찬가지였다.

조사 중인 사람이 눈앞에서 공황발작을 일으키는 경우를 두 형사는 처음 본 것이다.

박이음은 쥐며느리처럼 몸을 구부린 채 산소마스크를 차고 구급대의 이동 침대에 실려 나갔다.

박이음은 요즘 자신에게 우울 에피소드가 다시 찾아왔다는 것을 느꼈지만 외면했다. 우울증이란 없어. 헉, 헉, 헉. 나는 극복했잖아. 긍정적인 생각을 하고 삶의 목표를 다잡으면 돼. 생각이 바뀌면 기분도 바뀌어. 헉, 헉, 헉. 감정은 날려버리면 병이 되지 않아. 그렇게 되뇌며 부정하는 사이 우울의 친구인 불안도 같이 따라와 박이음의 마음에 들어앉았다.

인간으로서 해서는 안 되는 짓까지 하며 지키려 했던 것, 박이음의 삶을 지탱해주었던 어떤 힘이 공황발작과 함께 와르르 무너져 내렸다.

나도 네게 오고 싶지 않아.

커다란 검은 개가 슬픈 눈을 굴리며 두툼한 검은 발로 터벅터벅 걸어 떠난 곳을 다시 찾아왔다.

너는 나의 주인이야. 검은 개는 사라지지 않거든.

유감이야.

청년실업자 김열

김열은 삶이 죽음보다 더 좋은 거라는 세간의 명제에 동의하지 않았다.

고등학교 3학년 때 자기 앞에서 뛰어내린 급우의 시신을 내려다본 그날 이후, 김열의 마음은 복구할 수 없는 유리처럼 깨졌다. 틀림없이 죽음이 예정되어 있다는 걸 알면서 아득바득 생명 활동을 지속하는 것이 무슨 의미가 있을까. 죽음이란 결론에 비해 삶의 원동력인 욕망이란 것은 소소하고 하찮아서 추구할 만한 가치가 없어 보였다. 김열은 살아야 할 합리적인 이유를 찾기 위해 자신의 내면을 깊게 들여다보았다. 합리적인 이유가 없다고 한다면 일찌감치 자의로 삶을 끝내는 것도 좋은 방법일 터였다. 김열은 죽음에 대한 일반적인 두려움이 이상하리만치 없었다.

같은 학교 학생들은 김열을 외계인이라고 불렀다. 뾰족하게 올라간 양쪽 귀를 빗대어 지어낸 별명이었으나 기괴할 정도로 무심한 김열의 표정과 행동에 대한 비유도 깔려 있었다. 남다른 생각에 빠져 있는 김열에게서는 수상하게 초연한 분위기가 풍겼다.

김열은 종종 동성을 좋아하는 사람들의 관심을 끌었다. 그 이유는 본인도 몰랐다. 어쨌거나 이성이든 동성이든, 주변에서 뭐라고 수군거리든지 간에 김열은 자신에게 접근해오는 사람을 거부하지 않았다. 먼저 다가가서 어울릴 수 있는 성격이 못 되는 대신 자신에게 다가오는 사람을 곁에 받아들이고 관찰했다. 성관계에 따라오는 쾌감이나 흥분, 거부감이나 허무함은 상대의 성별에 따라서는 별 차이가 없었다. 성행위는 김열에게는 그저 때로는 달갑고, 때로는 귀찮기도 한 하나의 행위에 불과했다. 자신이 몰두하고 있는 주제의 답을 찾기 위해 김열은 상대가 원하는 관계를 제공했다.

경찰과 교사 들은 김열에게 백창권과 무슨 관계였냐고 물었다.

그냥 친구였어요.

김열은 무표정한 얼굴로 답했다. '3반 넌'이라고 놀림받던 백창권에게 연정을 고백받았을 때와 똑같은 표정이었다. 같은 반 남자애의 고백을 받는 건 당시 고등학생이었던 김열에게 생소한 경험이기는 했지만 놀라 자빠질 정도는 아니었다. 다만 김열은 백창권과 같은 마음을 가질 수는 없었다. 그저 백창권이 자신을 좋아하도록 놔뒀을 뿐이었다.

창권이는 늘 죽고 싶어 했어요.

언제 어떤 방법으로 죽을지는 창권이가 선택한 거고 저는 미리 듣지 못했어요. 옥상에는 창권이가 같이 가자고 했어요. 기분이 울적해서 바람 쐬고 싶다고 하면서요. 우리는 그냥 바닥에 나란히 앉아 있었어요. 자율 학습 시간이 끝나는 종이 울리는 것과 동시에 창권이가 벌떡 일어나 난간에 다가가 몸을 날렸어요.

아니요. 사전에 아무 말 없었어요.

어른들은 김열의 말을 쉽게 믿지는 않았다. 그러나 곧 백창권이 항상 자살을 생각하고 시도해왔다는 증거를 발견하고 안심했다. 백창권은 죽기 며칠 전 자살 사이트에 자살을 암시하는 글을 올렸다고 했다.

자살 파트너를 구하고 자살의 방법과 도구에 대한 정보를 나누는 자살 사이트는 마음만 먹으면 어렵지 않게 찾을 수 있었다. 김열은 자살 사이트에 들어갔다. 자신과 그곳을 찾는 사람들의 내면을 비교해보고 싶었다. 당시 한 연예인이 승용차 안에서 번개탄을 피우고 자살한 사건 이후로 같은 수법으로 죽고 싶다는 사람이 많았다. 목을 매달 때는 공중에 매다는 것을 시도하기보다 목을 맨 끈의 다른 쪽 끝을 문고리에 묶고 문에 기대 앉은 채 몸을 미끄러뜨리는 게 더 성공 확률이 높다고 했다. 누군가는 칼로 손목을 긋는 것이 낭만적으로 보일지는 몰라도 죽기에 좋은 방법이 아니라고 썼다. 손목의 동맥을 끊어 과다 출혈로 죽으려면 손목을 거의 반쯤 잘라내야 하고, 아무리 죽으려는 의지가 강해도 자의로 그만큼의 상처를 내기는 쉽지 않다는 것이었다. 그래도 정 그 방법으로 죽고 싶다면 손목을 가로로 긋지 말고 핏줄을 따라 세로로 그으라는 충고도 잇따랐다. Q&A 게시판에는 청산가리와 수면제의 치사량을 묻는 질문이 압도적인 조회 수를 기록했다. 누군가 댓글로 청산가리를 팔겠다고 나섰다. 계좌 입금 후 자신이 지정하는 지하철역의 물품 보관함에서 찾아가면 된다고 했다. 자기에게 팔라는 댓글이 밑에 여러 개 달렸다.

더 살아봤자 좋을 거 없는 이 목숨 미련 없이 끝내고 싶습니다. 마지막 가는 길 함께할 사람 구해요. 서로 결정적인 순간에 용기를 잃지 않도록 함께해요. 몇 날 몇 시 어디서 만납시다. 딱 네 명만 모집합니다. 쪽지 남겨주세요. 여러분 저 오늘 밤 이 글 남기고 드디어 죽으려 합니다. 목을 매서 깔끔하게 가려고요. 이 글이 유서입니다. 안녕히 계시고 다른 세상이 있다면 거기서 만납시다.

죽고 싶은 사람은 계속 유입되었고 사이트가 폐쇄되면 새로 생겨난 사이트로 재빨리 옮겨갔다.

이 사람들 모두가 정말로 죽고 싶은 걸까?

김열은 죽음에 대한 열망이 담긴 게시글을 넘겨보며 궁금해했다. 왜 자살하고 싶은지, 어떻게 자살하는 게 좋을지를 세부적으로 밝히는 작업에는 희극적인 요소가 있었다. 자살 사이트를 배회하는 많은 사람들은 그 점을 즐길 뿐, 진짜로 자살을 시도해서 성공하는 사람은 얼마 되지 않는 것 같았다. 김열은 애당초 죽고 싶은 마음은 전혀 없이 자기 연민과 하소연을 늘어놓기 위해 사이트에 들락거리는 유형의 사람을 구분해냈다. 자살이라는 금기를 발설하고 농락하는 쾌감에 자살 희망자를 가장하는 구경꾼도 상당수 있는 듯했다.

하데스 조는 그런 사람들과는 달랐다. 하데스 조는 이미 여러 번 자살을 시도했다가 실패한 전력이 있었고 진심으로 죽음을 원했다. 자살 충동은 마약 중독과 같아서 한 번 마음에 들어와 구체적으로 실행하는 데까지 나아가면 그대로 뿌리를 내려버린다고 하데스 조는 말했다. 충동이 자신의 주인이고 자신은 충동의 숙주라고 했다. 하데스 조는 중증의 우울증 환자였다. 그러나 하데스 조는 우울해서 죽고 싶은 게 아니라 죽고 싶어서 우울하다고 했다.

나는 이미 돌아올 수 없는 강을 건넜어.

자살 사이트에서 하데스 조라는 아이디를 쓰는 조노훈이 말했다. 조노훈은 미국 명문대의 MBA 학위가 있었고 대형 증권회사에서 높은 수익을 올리는 펀드매니저였다. 남 보기에 성공한 삶을 살고 있지만 마음은 언제나 공허했다. 사는 것이 의미 없는 전쟁이라는 생각을 하지 않는 날이 없다고 했다. 승자도 패자도 없으며 자기 자신 이외에는 아무도 그 존재를 모르는 전쟁. 조노훈이 드러내고 획득해온 욕망, 경쟁, 쟁취 같은 단어들은 드넓은 공허함을 숨기기 위한 방편에 불과했다. 조노훈과 김열은 채팅창에서 몇 번 대화를 나누다 조노훈의 제안으로 직접 만났다.

글쎄, 너라면 얘기가 잘 통할 것 같아서.

조노훈은 엘리트 증권맨다운 말끔한 외모에 고급 슈트가 잘 어울리는 키 큰 남자였다. 나직한 목소리로 말하는 중간중간 무알코올 칵테일 잔을 들어 올릴 때마다 롤렉스 시계와 명품 커프스단추가 반짝였다. 조노훈은 자신의 마음을 지배하는 자살 충동에 대하여 윤리적인 잣대를 들이밀지 않고 들어주는 상대를 원했다. 적어도 자살 충동에 대해서 남에게 이야기하는 동안은 자살을 유예할 수 있기 때문이었다. 김열은 그 역할에 적격이었다.

반면 김열은 서서히 자신은 죽음을 원하지 않는다는 걸 깨달았다. 삶을 유지해야 할 합리적인 이유를 찾아낸 것이다. 애써 일찍 죽으려 하지 않아도 언젠가는 죽을 것이니 조급할 것 없다. 김열은 자기 안에 단순하지만 강렬하며, 남과는 다른 욕망이 있다는 것을 발견하고 묘한 자의식을 개발했다. 욕망은 살아 있어야 충족할 수 있다. 그러니까 살자. 살아 있는 대부분의 시간은 즐거울 게 없어도 그걸 상쇄할 만한 큰 쾌감이 가끔 선물처럼 주어진다. 김열은 그렇게 결론을 내렸다.

김열은 대학 졸업과 동시에 청년실업자 무리에 합류했다. 일

자리를 얻기 위해 특별한 준비를 해야 한다는 생각은 하지 않고 시간을 보냈기에 당연한 결과였다. 대학 4년 내내 청춘의 낭만을 만끽하며 놀다가 졸업할 즈음 머리를 다듬고 양복을 입으면 취업할 수 있었던 시대는 진작 지나갔다. 명문 대학 명문 학과 출신이거나 재학 기간 내내 뚜렷한 목표를 세우고 취업에 집착해온 소수만이 실업자의 무리에서 탈주했다. 김열도 물론 웬만한 기업의 신입 사원 공고가 있을 때마다 입사 지원서를 냈다. 남들이 하는 것처럼 했다. 기억하지 못할 만큼 많은 곳에 입사 지원서를 냈지만 면접 기회 한 번 얻지 못했다. 취업을 미끼로 한 인턴사원이라는 이름의 서바이벌 게임에 참여할 기회조차 없었다. 김열은 취업을 하지 못한 청년들이 갖는 불안과 무기력을 공유했다. 김열은 어딘가에 소속되는 걸 좋아하지 않았지만 밥벌이를 위한 소속은 필요했다. 김열이 원하는 건 사회에 눈에 띄지 않게 섞여 있는 것이었다. 사람들은 소속이 없는 존재를 불안해하고 불편해했다. 소속이 없으면 넘쳐나는 시간에 무엇을 해야 할지 일일이 다 결정해야 했다. 가족의 걱정과 간섭을 받아야 했다. 심심하고 막막한 상황이었다. 김열은 무기력한 공상을 하며 방 안에서 시간을 보냈다. 그리고 몇 년 만에 조노훈의 전화를 받았다.

하데스 조는 달라져 있었다. 더 이상 자살을 열망하는 하데스 조가 아니었다. 우울증을 치료할 방법을 찾았다고 했다. 조노훈은 우울증을 이겨내지 못해서 그동안 자살 충동에 시달렸던 거라고 요구하지도 않는 반성을 했다.

우울증을 오래 앓다 보면 그 상태에 너무 익숙해진 나머지 우울증에서 벗어나고 싶지 않은 묘한 미련이 생긴다. 우울증이 불러일으키는 무기력의 희생자를 자처하는 것은 편리한 일이다. 나는 우울증에 대항하여 싸우고 싶지 않았던 것이다. 나는 우울증 약뿐만 아니라 우울 그 자체에 중독되어 있었다. 예전에는 그런 상태에서 너에게 해로운 이야기를 늘어놓았다고 조노훈은 말했다. 그는 김열에게 책임감을 느끼는 듯했다.

김열은 무엇이 조노훈을 변하게 했는지 궁금했다. 조노훈은 일반적인 우울증 약이 몸에 맞지 않았다. 국내에서는 구할 수 없는 항우울제를 처방받기 위해 6개월에 한 번씩 미국을 오갔다. 미국 유학 시절에 첫 우울증이 발병한 조노훈은 모노아민 산화효소 억제제 계열의 항우울제를 매우 까다로운 식이요법을 지켜가며 먹어왔다. 그런데 그렇게 어렵게 복용해온 항우울제가 오히려 우울과 자살 충동을 키워왔다는 걸 알게 되었다는 것이다. 조노훈은 공탈이라는 우울증 환자들의 모임을 통해 새로운 삶을 찾았다고 말했다. 우울증 약이 오히려 우울증을 만든다고 생각하는 반탁신이라는 남자가 모임을 이끌고 있었다. 조노훈은 김열에게 공탈에 들어오라고 권했다.

일단 우울하지 않은 기분을 경험하고 나면 다시는 우울증에 빠지고 싶지 않을 거야.

조노훈의 말에는 확신이 있었다. 우리는 우울증에 중독되어 있던 거야. 산다는 건 꽤 기쁜 일이라는 걸 30년 만에 알게 됐어. 좋은 기분을 느끼고 삶에 애착을 가지게 되면 자살이 얼마나 위험한 생각인지 알게 될 거야.

김열은 조노훈의 제안에 응해 공탈에 참여했다. 김열이 보기에 공탈 회원들은 다들 자신이 얼마나 우울하고 무기력한지, 어떠어떠한 신체 증상과 약 부작용에 시달리는지, 우울증으로 인해 어떤 수치스러운 행동을 했거나 해야 할 일을 하지 않았는지에 대해 털어놓는 것만으로도 기분이 훌쩍 나아지는 듯했다. 그들은 이제껏 자신과 비슷한 다른 사람을 만나 대화를 나누고 공감했던 경험이 없었다.

그들은 자신의 나쁜 기분과 수치스러운 행동과 무기력과 죽음에 대한 충동이 우울증에 의한 거라는 진단을 처음 받았을 때, 받아들이기 힘들었지만 한편으로 안도했다고 말했다. 나는 무능하거나 못난 게 아니라 아픈 것이다. 병은 치료하면 된다. 약이 병을 낫게 해주고 나를 변하게 할 것이다. 이런 희망을 다들 조금씩 가졌다. 그러나 우울증은 떠나지 않았고 잠잠해졌다가도 다시 찾아왔으며 희망의 유통기한은 끝나버렸다. 반탁신은 지쳐 있는 그들에게 지금껏 그들이 제도권 의학과 제약회사의 거대한 음모에 속고 있었다는 충격을 가하면서 다시 한번 위안받을 기회를 주었다. 그들은 자신이 이때까지 잘못된 방법을 따랐기 때문에 나아지지 않은 것이라고 생각하며 안심했다. 반탁신은 대화를 이끌고 남을 설득하는 능력이 탁월했다. 대화의 방향을 잡고 부추기며 따뜻한 치유의 분위기 속에서 자연스럽게 자신의 사고를 주입하고 강화시켰다. 그 뒤엔 회원들끼리 구체적으로 서로에게 필요한 도움을 주고받도록 연결하는 가교 역할을 했다. 이른바 공동체의 처방이었다. 김열에겐 일자리가 주어졌다. AAD 사무실에서 실무를 보는 일이었다. 대신 김열은 조노훈이 자살 충동을 느낄 때마다 5분 대기조처럼 달려가 대화 상대가 되어주는 역할을 맡았다. 조노훈은 기분이 괜찮을 때도 김열을 자주 불렀다. 조노훈은 남모를 은밀한 이유로 김열을 썩 좋아했다.

반탁신은 흥미로운 사람이었다. 자신의 의도대로 타인을 움직이게 하는 카리스마가 있었다. 자신이 무엇을 하고 있는지 아주 잘 알면서 동시에 모르는 사람이기도 했다. 오직 한 가지 목표를 향해 내달리며 좁은 틀로 세상을 보다 보니 자신의 행동이 불러일으키는 반사 효과는 알지 못하는 것이다. 약물의 부작용은 혐오하면서 행동의 부작용은 모르는 외골수. 그러나 김열은 반탁신이라는 사람을 나름의 이유로 좋아했다. 공탈 회원들도 하나하나 관찰하면 새롭게 알게 되는 것이 있었다. 김열은 공탈을 통해 사람들 간의 감정과 관계에 대한 기술을 많이 배웠다. 공탈에 김열을 끌고 들어온 조노훈이 고작 몇 달 만에 원래의 상태로 돌아가 자살해버렸지만 김열은 계속 남았다.

이곳은 밝은 척 어둡고 수상한 곳이었다. 반탁신이 어둠을 불러들이고 있었고 자신은 그걸 몰랐다. 김열은 어두운 곳에 머무르는 게 좋았다. 그러던 중 박심을 만났다. 보편적인 세상에서 밝은 면만 보고 자라온 고등학교 동창과의 우연한 재회.

심술과 질투가 났다.

김열은 박심의 시선을 이곳으로 끌어들이고 싶었다.

박심이라면 모른 척하지 않을 거라고 생각했다. 박심이라면 응할 것이다. 박심을 불러들이고 어떻게 하는지 관찰하고 싶었다. 김열은 관찰자의 숙명을 타고났다. 어딘가에 속해 있으면서도 결코 속하지 않을 수 있었다. 언제나 제3자였다.

김열은 박심에게 영향을 미치고 싶었다.

항우울제 소송

"이경대학병원 법무팀 변호사 말이야."

박갑영 변호사가 손가락으로 코밑을 문질렀다.

"반탁신이란 이름만 들어도 치를 떨던데."

"그 정도예요?"

박심이 무릎에 팔꿈치를 대고 상체를 앞으로 기울였다. 한 주를 시작하는 월요일 아침, 박갑영 변호사의 집무실 소파에 둘이 막 마주 앉은 참이었다. 박심의 실무 수습 기간이 끝나가고 있었다. 전학수 사건에 대해 박갑영 변호사가 내준 숙제를 제출해야 할 기한도 얼마 남지 않았다. 박심은 작은아버지의 입에서 무슨 말이 나올지 기대하며 영민한 눈을 반짝였다.

"그래도 당사자인 임귀섭 교수보다는 낫대. 임 교수는 반탁신 그 사람 때문에 본인이 정신과 의사면서도 정신과 치료를 받아야 할 지경이래. 할 수 있는 모든 법적 조치를 다 하면서 괴롭히고 있나 봐. 지금은 제약회사 한국 지사와 임귀섭 교수, 이경 대학병원 법인 상대로 민사소송 중인데 조만간 제약회사 본사 상대로 국제 소송도 불사할 기세라고 해."

박갑영은 후배인 병원 측 법무팀 변호사와 통화하며 적은 메모를 내려다보았다.

"그러니까 시작은 작년 4월 임귀섭 교수를 업무상과실치사로 고소한 것부터야. 흠……."

박갑영은 알이 두툼한 안경을 벗고 눈을 비볐다. 앞으로 할 이야기를 생각하니 마음이 갑갑한 모양이었다.

"나도 이 일 하며 먹고살고 너도 앞으로 그럴 테지만 평생 법 관련된 기관에 들락거릴 일 없이 사는 인생이 행복한 인생이야. 법원이 어떻게 생겼는지도 모르고 살다 죽는 게 잘 사는 건데……."

"그렇죠. 법조인이나 법원 직원이 아니라면요."

박심이 웃으며 대꾸했다.

"3년 송사에 집안이 망한다고 했어."

속담을 인용하며 박갑영은 옆길로 샌 말을 마무리했다. 그간 형사사건을 전문으로 다루며 볼꼴 못 볼꼴 다 보아온 중년 변호사는 안경을 다시 쓰고 손에 든 메모지를 보았다.

작은아버지가 무슨 말을 하고 싶은 건지 박심은 알 만했다. 박심은 법에 대고 억울함을 호소했다가 실패한 뒤 끝을 모르고 사건에 집착하여 쟁송이 꼬리에 꼬리를 물게 되는 과정을 알고 있었다.

물론 반탁신이 겪은 사건은 사소하지 않다. 어린 아들이 정신과 치료를 받던 초기에 스스로 목숨을 끊었다. 모르긴 몰라도 그의 인생 최악의 시련이었을 것이다.

"작년 4월 초 12살 된 아들 반호민이 임귀섭 교수에게 처방받은 약을 복용한 지 2주 만에 자살했지. 아파트 베란다에서 투신했어. 반탁신은 항우울제가 자살 충동을 유발해서 아들이 자살한 거라고 주장했고……."

"진료 실수 혹은 과잉 진료라고 하면서 담당 의사를 업무상과실치사 혐의로 고소한 거군요. 하지만 검찰에서 무혐의로 불기소처분 되었을 테고. 항고와 재항고도 거쳤지만 받아들여지지 않았겠죠."

박심이 말했다.

박갑영 변호사가 고개를 끄덕였다.

"그래. 병원 입장은 반탁신이 아들의 자살에 대한 책임을 의사에게 떠넘기려고 억지 주장을 하고 있다는 거야. 외아들이었대. 감당하기 어려운 일이었겠지. 하지만 반호민은 처음 내원했을 때부터 아주 위험한 상황이었대. 초등학교 5학년이었는데 두 달 넘게 등교를 거부하는 상황이었고…… 그 전에 교사가 우연히 반호민의 몸에 있는 상처를 발견하고는 가정 폭력을 의심해서 신고한 적이 있고…… 벗겨놓고 보니 자해한 상처가 한둘이 아니었나 봐. 12살 된 아이라고는 믿어지지 않을 만큼 비관적인 사고에 빠져 있었고. 임귀섭 교수는 충분한 상담과 심리 검사를 거친 뒤 상담 치료를 결정하고 항우울제와 신경안정제를 최소 용량으로 처방했대. 어린아이지만 약물 투여가 불가피한 상태였고 어떤 정신과 의사가 진단하든 같은 결론을 내렸을 거라고 해. 또 처음 처방한 용량은 임상적인 효과는 거의 없을 만큼 적은 양이었다고 하고. 이후 증량하기 위한 1차 처방에 불과했다는 거지."

"그 아이는 병원에 왔을 때부터 언제 자살하지 모르는 상황이었다는 거네요. 정신과 약을 복용한 것과 자살과는 인과관계가 없다는 거고요. 이미 가지고 있던 우울증과 자살 성향이 치료 초기에 나타난 것일 뿐."

박심은 아랫입술을 깨물며 얼굴을 찌푸렸다. 도대체 무슨 일이 있었기에 12살 아이가 스스로 목숨을 끊는 일이 벌어진 걸까. 고작 12년을 살아온 아이의 내면과 바깥에서 무슨 일이 벌어지면 스스로를 죽음으로 몰아갈 수 있는 걸까.

박갑영 변호사가 말을 이었다.

"임귀섭 교수를 고소하는 것과 동시에 반탁신은 '우울증은 없다' 라는 블로그를 개설했어. 거기에 임귀섭 교수의 사진을 대문짝만 하게 걸어놓고 아들을 죽인 살인마 의사라고 칭했지. 임귀섭 교수에게 피해를 당한 다른 피해자들을 모집한다고도 했고. 참다못한 임귀섭 교수가 5월 초에 반탁신을 명예훼손으로 고소한 거야. 정신과 의사는 무엇보다 환자의 신뢰와 평판이 중요할 테니까. 초상까지 전시하면서 살인마 의사라고 떠들고 다니는 걸 그냥 둘 수 없었던 거지. 그러자 반탁신이 병원으로 들이닥쳐 진료 중인 임 교수 멱살을 잡고 흔드는 소동까지 부렸대."

"예? 그래요?"

"이후 임 교수와 병원 측이 업무방해와 폭행죄로 반탁신을 고소하고 법원에 접근 금지 신청도 했지. 병원의 대응은 다 받아들여졌다나 봐. 반탁신은 사이버명예훼손, 폭행, 업무방해죄로 벌금형을 받았어. 블로그에서 임귀섭 교수의 실명과 사진을 내려야 했고 이경대학병원 반경 100미터 안에 접근하는 것도 금지됐지."

박심은 시간을 3일 전으로 돌려보았다. AAD 사무실에서 만난 반탁신은 자기주장이 강하고 다소 일방적이긴 했지만 줄곧 예의 바른 태도를 유지했다. 진료 중인 의사의 멱살을 잡고 행패를 부릴 사람으로는 보이지 않았다. 이래저래 법적인 대응에서 지고 난 뒤 감정적인 행동은 도움이 되지 않는다는 걸 깨달은 걸까.

응접탁자에 올려둔 박심의 휴대전화가 드르륵 몸을 떨었다.

박심은 급히 휴대전화 화면을 껐다. 화면이 사라지기 직전 문자 메시지의 발신자 이름이 얼핏 눈에 들어왔다.

김열.

문자 내용은 읽지 못했다. 박심은 순간적으로 궁금증이 솟구쳐 화면을 다시 켜려고 했다. 김열이 무슨 용건으로 연락을 했을까. 그냥 안부 연락을 할 성격은 아닌 것 같고 그리 친한 사이도 아닌데. 친하기는커녕 지난번 나에게 무척 냉랭하게 대하지 않았던가.

"그리고 작년 9월, 반탁신은 제약회사 한국 지부, 임귀섭 교수, 이경대학병원 법인을 상대로 민사상 손해배상 소송을 제기했어."

이어지는 박갑영 변호사의 목소리를 듣고 박심은 휴대전화에서 손을 뗐다. 문자 메시지는 나중에 확인하면 된다. 지금은 작은아버지와 중요한 얘기를 나누고 있었다.

"아, 네. 저랑 만났을 때도 소송 진행 중이라는 말을 했어요. 그러고는 전학수 씨 사건에 전문가 증인으로 나가고 싶다고 한 거고요. 자기 소송에 도움이 될 것 같아서 그랬겠죠."

"그동안 깊이 공부를 했는지 어마어마한 자료를 첨부해서 소송을 제기했대. 그게 아직 계류 중인데 반탁신이 워낙 집요하고 영리하게 쟁점을 추가하면서 재판을 유지해서 병원 말로는 꽤 오래갈 걸로 예상하고 있더라고. 반탁신이 원래는 피해자들을 더 모아서 집단으로 소송하려고 했는데 여의치 않아서 혼자 시작한 것 같대. 제약회사를 상대로 소송까지 할 만큼의 동기와 의욕이 있는 우울증 환자를 찾기 어려웠을 테고, 있다고 해도 자기처럼 극적인 케이스는 아니었겠지. 법무팀 변호사는 담배 소송처럼 한 10년 갈지도 모르겠다고 죽는소리를 하던데."

"저, 그 전엔 뭐 했던 사람이래요? 반탁신이란 분이요. 혹시 여쭤보셨어요?”

박심은 순수한 궁금증이 들어 물었다.

“응…… 뭐라던가, 대형 식품 회사의 홍보 마케팅 상무라던가. 그러니까 자금도 어느 정도 있고 인력 관리나 경영에도 능숙한 사람인 거야. 어쩌면 그런 직업적 경험 때문에 항우울제 음모론에 깊이 빠져들게 된 걸지도 모르지. 마케팅이라는 게 얼마나 교묘하게 소비 욕구를 자극해서 필요하지도 않는 상품을 팔아치우는지 알고 있으니까. 자기가 해왔던 일이잖아. 어쨌든 작년에 회사 그만두고 오직 소송에만 몰두하는 모양이야. 네가 찾아간 그 AAD라는 단체 사무실 차려서. 법무팀 변호사가 은근히 알아본 바로는 부인과도 이혼한 모양이래.”

“그래요?”

“아들을 병원에 데리고 간 사람이 부인이었다고 하니 불화가 안 생길 리가 없지…… 반탁신은 아들이 다소 불안정한 사춘기를 보내고 있을 뿐 처음부터 정신적인 문제는 없다고 생각했다고…… 그렇게 주장하고 있다네. 정말 그랬을지 돌이켜 생각해보니 그런 건지는 모르겠다만.”

박심은 미간을 찌푸렸다.

미국에서는 90년대부터 제약회사를 상대로 항우울제 부작용에 대한 소송이 계속되고 있다고 이미 알아본 바 있다. 1989년 자신이 다니던 인쇄 회사에서 총기를 난사하고 자살한 조셉 웨스베커의 피해자들이 웨스베커가 복용했던 프로작을 개발한

엘라이 일리사를 상대로 손해배상 소송을 제기했다. 이 건은 치열한 법정 공방 끝에 제약회사의 승리로 끝났다. 콜럼바인 고등학교 총격 사건의 가해자인 에릭 해리스는 루복스를 복용하고 있었고 이 사건 역시 루복스 제조회사에 대한 소송으로 이어졌다. 이밖에 항우울제가 자살과 폭력적인 행동을 부추기고 태아에 선천적인 결손을 유발한다고 주장하는 피해자들이 줄줄이 소송을 제기하여 간혹 승소하기도 하고 합의해서 보상금을 받고 재판을 끝내기도 했다. 프로작, 팍실, 졸로푸트 등 대표적인 SSRI가 부작용과 관련한 소송 대상이 됐다.

박심은 작은아버지로부터 전학수 사건에 대한 숙제를 부여받고 바로 국내 판례를 검색해봤다. 그런데 국내에 항우울제 부작용에 대해 제약회사를 상대로 소송을 제기하여 어떤 식으로든 결론이 난 사례는 아직 없는 것 같았다. 만약 반탁신이 승소하면 그것이 국내 첫 판례가 되어 큰 영향을 미칠 수 있겠다는 생각이 들었다. 유사한 소송을 유도하며 항우울제에 대한 대중의 인식을 흔들어놓을 수 있다. 그것이 바로 반탁신이 원하는 것 아닐까.

"반탁신 말이야. 우울증 환자가 항우울제를 중단하고 오히려 건강해진 사례를 자기가 증명할 수 있다고…… 재판에 출석할 때마다 떵떵거린다는데? 판사도 그 점에 유독 관심을 보인대."

한바탕 말을 마친 박갑영은 앞에 놓인 생수병을 들어 물을 마셨다.

"아하……."

"뭐가 아하야?"

"……그거네요."

박심은 눈을 내리깔고 생각에 잠겼다. 그러다 대답을 기다리는 박갑영의 시선을 느끼고는 말했다.

"아니, 뭐 짐작되는 게 있어서요."

"뭔데?"

"손해배상 소송의 증거자료로 활용하려고 환자 모임을 운영하는 것 같아요. 공탈이라는 환자 모임을 운영한다고 전에 말씀드렸잖아요. 거기에 전학수 씨도 참여시키려고 했다고……."

"응, 들었던 거 같네."

"약을 끊고도 우울증을 치료할 수 있다는 사례를 자기가 직접 만들고 싶었나 봐요. 그럼 소송에도 유리한 자료가 될 수 있고 모임 회원들이 증인으로 채택될 수도 있겠죠. 참, 그때 1기 모임은 이제 끝내고 새롭게 2기를 조직하려 한다고 했는데……."

박심이 또 말을 멈췄다.

생각에 빠질 때마다 이렇게 말을 끊으면 나중에 법정에서 변론을 어떻게 하려고 하나, 걱정하면서도 박갑영은 조카가 말을 잇기를 기다렸다.

"……1기 모임은 별로 성공적이었던 것 같지 않아요. 그래서 해체하고 다시 조직하려는 거예요. 자기 말로는 회원들에게 도움이 더 이상 필요할 것 같지 않아서 그런다고 했지만……"

"성공적이지 않았다? 그걸 어떻게 알지?"

박갑영이 주걱턱을 쓰다듬으며 흥미를 보였다.

"AAD 사무실 찾아갔다가 거기서 고등학교 동창을 만났어요. 정말 우연히요. 그 사무실에서 일하고 있더라고요. 그래서 반탁신 씨랑 얘기 끝나고 따로 커피숍에서 차 한잔하다가 들었는데……."

박심은 여기서 주춤했다. 헤어질 때 김열이 했던 말이 떠올랐다.

'참, 아까 자살한 형이나 여자애가 살해됐다는 얘기. 어디 가서는 하지 마라. 좋은 얘기 아니잖아. 반 선생님이 아무에게도 말하지 말라고 했는데 그만 말해버렸네.'

박심은 단정하게 깎은 뒷머리를 벅벅 긁었다. 더 말해도 될지 조심스러웠다. 그러나 작은아버지가 다른 데 말을 전할 것도 아니고, 김열의 말마따나 지금 내가 하고 있는 일과는 상관없는 사건이니 행여 해가 되진 않겠지, 하는 생각이 들었다.

"어허. 고등학교 동창을 만났다고? 그 자리에서?"

"네…… 걔도 공탈 회원이라는데. 작년과 올해 모임에서 불미스러운 일이 연이어 있었더라고요."

"불미스러운 일?"

박심은 침을 꼴깍 삼켰다.

"남자 회원 한 명이 작년에 자살했고, 또 대학생 여자애 한 명이 올해 산에서 시체로 발견됐대요. 살인 사건 같아요. 제가

AAD 사무실에서 막 나가려고 할 때 형사 둘이 반탁신 씨를 찾아왔더라고요. 불미스럽다는 말은 맞지 않는 것 같고…… 음, 엄청난 일이죠."

"그래? 그런 일이 있었어?"

"저…… 혹시라도, 이경대학병원 후배 변호사님께는 말씀하시지 마세요."

박심이 걱정 가득한 얼굴로 말했다.

박갑영은 조카의 얼굴을 물끄러미 바라보다가 파안대소했다.

"아이고, 걱정 마시게. 알았어."

"친구가 비밀로 해달라고 했거든요. 작은아빠니까 말씀드린 거예요."

노파심에 변명하듯 말을 덧붙이는 박심의 볼이 붉어졌다.

"알았다니까. 이경대학병원 일은 거기서 잘 알아서 하겠지. 괜히 남의 소송에 간섭할 거 없고. 내 일도 바쁜데."

말하며 박갑영은 때마침 생각났다는 듯 손목시계를 보았다.

"곧 회의가 있는데, 어때? 내가 알아본 게 충분한가?"

"앗, 네. 그럼요. 감사합니다!"

박심이 휴대전화를 챙겨 들며 일어섰다.

"맘에 들어? 내가 일을 잘 했나?"

"백 프로요!"

"그럼 너도 숙제 잘해."

"네! 변호사님!"

박심은 장난스럽게 거수경례를 올려붙이고 집무실을 나왔다.

복도를 걸어가면서 휴대전화를 켰다. 메시지는 단 한 통이었다.

'안녕? 나 김열. 통화 좀 할 수 있을까.'

박심은 궁금증으로 가슴이 떨릴 지경이었다. 통화 버튼을 눌렀다.

"어어…… 문자 봤구나."

통화가 연결되는 소리와 함께 김열의 힘없는 목소리가 들렸다. 박심은 발을 멈추고 벽에 기대어 섰다.

"그래, 열아. 좀 전에 봤는데 누구랑 얘기 중이라 바로 전화 못 했어. 무슨 일 있어?"

"흐음……."

김열이 말을 선뜻 꺼내지 못하고 주저했다. 분위기가 심상치 않았다.

"왜 그래? 뭐야? 말해봐."

박심의 재촉을 받고도 한참 사이를 뜬 뒤 김열이 말했다.

"……심아 너, 나랑 경찰서 좀 같이 가줄 수 있을까?"

"경찰서?"

자기도 모르게 박심은 큰 소리로 말했다. 복도를 지나가던 또래의 남자 수습생이 "뭐 하냐?" 하고 박심의 어깨를 쳤다. 박심은 어색한 미소를 지어 보이며 알은체를 하고 동료를 보냈다.

"경찰서는 왜?"

박심은 복도에 난 비상구 문을 열고 계단참으로 들어섰다.

"네가 왔을 때 경찰들이 사무실 찾아왔었잖아 왜. 우리 회원 중에 여자애 죽은 사건 때문에…… 나도 조사받으러 오라고 연락이 와서……."

김열의 목소리가 너무 작아서 박심은 휴대전화를 귀에 바짝 들이댔다.

기분이 이상했다. 김열의 태도가 지난번 만났을 때와는 너무나 달랐다. 그때 김열은 죽음이나 살인과 같은 단어를 아무렇지도 않게 내뱉으며 박심의 반응을 살피지 않았던가. 심리적으로 박심보다 우위에 서서 이리저리 돌팔매질하듯 말을 던졌다. 박심은 김열이 자신을 싫어하는 것 같다는 생각을 했고 조롱받는 느낌까지 받았다. 헤어지며 연락처를 교환하긴 했지만 앞으로 연락을 주고받을 일은 없을 거라 생각했다. 그런데 지금은 뭐지? 김열은 자신 없는 목소리로 박심에게 뜬금없는 도움을 요청하고 있었다.

"그냥 참고인 조사라고는 하는데……."

그 말에 박심은 김열이 어떤 상황인지 이해했다.

"어어. 피해자가 거기 회원이었으니까 피해자 관련해서 뭐 물어보려는 거겠지. 그런데 같이 가달라고?"

"내가 말이야. 경찰서 같은…… 그런 데 무서워해서."

"어, 그래……."

경찰서가 가기 편한 곳은 아니지만 다른 사람이면 몰라도 김열이 경찰서를 무서워한다니 어울리지 않았다. 김열은 고등학교 때 그 사건이 났을 때도 경찰 조사를 받고 평소와 똑같은 얼굴로 학교에 나왔다고 하지 않는가. 세상사 다 무심하고 무슨 일이 닥치듯 감정의 동요가 거의 없는 친구라고 생각했다.

혹시 고등학교 때의 사건 이후 경찰에 대한 두려움이 생긴 걸까? 박심은 짧은 시간에 많은 생각을 했다.

"엊그제 우리 회원 중에 누가 조사받으러 갔다가 공황발작으로 쓰러졌대. 죽은 애랑 가장 친했던 여자 회원인데. 지금 병원에 입원해 있어. 불러놓고 범죄자 취급하며 막 다그치나 봐. 그래서…… 혼자는 못 가겠다고 내가 친구랑 가도 되냐고 했어."

"그래도 된대?"

"어, 된대. 말하는 데 끼어들지만 않으면. 형사가 그랬어…… 박심 너, 로스쿨 다니잖아?"

그렇긴 하지만 아직 변호사 자격증은 없는데.

박심은 튀어나오려는 말을 속으로 삼키고 경찰 조사가 언제냐고 물었다. 김열이 오늘 저녁 7시라고 대답했다.

"당장 오늘이라고? 오늘 저녁?"

"왜…… 시간 안 돼?"

거절당할까 봐 두려운 듯 김열은 목소리를 겨우 짜내며 말했다. 그만큼 김열은 필사적이었다. 오죽 친한 사람이 없으면 며칠 전 고등학교 졸업 후 처음으로 만난 나에게 이렇게 매달릴까, 하는 생각이 들어 박심은 목소리를 부드럽게 가라앉혔다.

"시간은 되는데 너무 갑작스러워서 그렇지."

"어, 그래. 그렇지…… 미안하다. 그래도 생각나는 게 너밖에 없어서."

박심은 3초간 말없이 휴대전화를 붙들고 있었다. 수화기 저편에서 김열이 초조하게 박심의 결정을 기다리고 있는 게 느껴졌다.

"어느 경찰선데?"

박심이 말했다.

펀드매니저 조노훈 변사 사건

"자살이 아니라고 의심할 만한 점은 전혀 없었습니다."

서울남부경찰서의 윤성빈 경사가 말했다. 30대 초중반으로 짐작되는 목소리였다. 외근을 하고 막 돌아왔는지 숨이 거칠었다. 조노훈 변사 사건에 대해 묻고 싶은 게 있으니 전화 바란다는 이평서 팀장의 메모를 보고 자리에 앉자마자 전화한 것 같았다. 다른 경찰서의 수사 협조 요청에 제법 성의를 보이는 경찰이었다.

"어떻게 된 사건인지 간단히 말씀해주실 수 있습니까?"

이평서 팀장은 정중하지만 힘이 담긴 목소리로 말했다. 한 책상 건너 맞은편에 앉아 있던 홍인혁 형사가 하품을 하며 기지개를 켰다. 이평서 팀장이 수화기를 든 채 홍인혁 형사를 노려봤다. 따가운 시선을 눈치챈 홍 형사가 재빨리 몸을 낮춰 파티션 뒤로 숨었다.

요 며칠 설리사 살인 사건 전담팀의 분위기가 좋지 않았다.

조사 도중 호흡곤란으로 쓰러져 병원에 실려 간 박이음은 그대로 입원했다. 급성공황발작으로 며칠간 절대적인 안정이 필요한 상태라는 진단이 내려졌다. 그날 저녁에 출석하기로 했던 반탁신이 소식을 전해 듣고 경찰서에 전화해서 난리를 쳤다. 아무런 근거도 없이 우리 모임을 의심하고 회원을 수차례 불러 피의자 취급을 했다며 자신은 앞으로 절대 수사에 협조하지 않겠다고 소리쳤다. 수화기 바깥까지 반탁신의 굵은 목소리가 왕왕 울렸다. 반탁신은 그날 출석하지 않은 건 물론이고 이평서와 홍인혁이 박이음에 대해 가혹 수사를 했다고 민원을 제기했다. 월요일인 오늘 오전 청문감사관실 경위가 왔다 갔고 이평서 팀장은 형사과장과 함께 서장실로 불려 갔다.

반탁신이 조사를 거부하고 나오니 수사는 난항에 빠졌다. 아직까지는 모호하고 거친 정황을 바탕으로 한 막연한 의심만 있을 뿐이었다. 공탈이 살인 사건과 연루되어 있다는 구체적인 증거가 없었다. 그러니 체포 영장을 발부받아 강제수사를 할 수도 없는 형편이었다. 앞으로 협조하지 않겠다는 단언대로 반탁신은 전화도 받지 않았고 박이음은 조사가 불가능한 상태였다.

이평서는 반탁신이 박이음의 공황발작을 핑계로 수사에서 빠져나가려 한다는 걸 느꼈지만 속수무책이었다. 지금으로서는 살인 피해자인 설리사가 공탈 외에 다른 사회적 활동을 전혀 하지 않았다는 점, 따라서 면식범이라는 걸 전제로 할 때 공탈과 관련된 사람 말고 다른 용의자를 상정할 수 없는 점, 엠티 이후로 박이음의 진술 외에는 설리사가 살아 있었다는 사실을 증명할 자료가 없는 점, 설리사가 사망 시기로 추정되는 계절에 맞지 않는 겨울용 등산복을 입고 죽어 있었던 점과 그것이 공탈 엠티에서 입었던 것과 같은 등산복으로 추정된다는 점, 반탁신과 박이음이 공탈이라는 모임의 존재와 내용에 대해 자꾸 숨기려는 태도를 보이는 점 등이 수상하다고 할 것인데 전부 막연한 정황이었다. 설리사의 인간관계를 전담팀이 다 밝혀내지 못한 것일 수도 있고, 범인이 피해자와 면식 없는 무차별 살인자일 가능성도 배제할 수 없고, 엠티 이후 설리사가 살아 있었다는 자료가 존재함에도 단지 발견하지 못한 걸 수도 있다. 이대로는 강제수사를 하려고 해도 검찰까지 가기는커녕 영장 청구 요청서에 형사과장 결재도 받지 못한다.

상황이 이렇게 되니 이평서는 공탈이 설리사 살인 사건과 관련이 없다는 증거라도 빨리 찾아서 수사에서 배제하고 싶은 생각이 들었다. 하지만 반탁신과 박이음이 협조하지 않는 한 그것도 어려웠다. 오늘 저녁에 출석하기로 한 김열이란 청년이 뭐라도 도움되는 사실을 알고 있길 바랄 뿐. 김열은 약속대로 출석을 하긴 할 것 같았다. 확인 문자를 보내자 친구 한 명과 같이 오겠다는 답이 왔다.

이평서는 김열이 오기 전 공탈의 또 다른 회원, 작년에 자살했다는 조노훈에 대해 알아두어야겠다는 생각을 하고 서울남부경찰서에 연락한 것이다.

"뭐 간단히 말하고 말고 할 것도 없습니다."

윤성빈 경사는 흔쾌히 설명을 시작했다.

"자택에서 죽은 지 3일 뒤에 발견됐습니다. 증권회사 직원이었는데 계속 무단결근하는 게 이상해서 경영지원팀 직원 하나가 집을 방문했다가 발견하고 신고했습니다. 변사자 부모는 제주에 살고 형제들은 다 외국에 나가 있는 사정을 알고 직원이 똘똘하게 대처했더라고요. 변사자 부모에게 연락해서 허락을 받고 어찌어찌 아파트 관리실 직원을 설득해서 문을 열었습니다. 변사자는 안방 문고리에 앉은 채로 목을 매고 죽어 있었습니다."

"유서는 있었습니까?"

이평서가 이야기의 흐름에 맞게 질문을 던졌다.

"네. 변사자 옆에 놓여 있었습니다. 그냥 사는 게 의미 없고 절망스러워서 죽는다는 간단한 내용이었습니다. 변사자의 필적이 맞았고 목 맨 상태도 자살한 경우와 일치했습니다."

"자살한 이유는 뭐로 보셨습니까?"

"죽은 날 하루 월차를 냈다고 합니다. 회사 말에 따르면 그 전날 고객이 의뢰한 투자에서 좀 손실을 봤다고 하던데요. 표현은 안 했지만 많이 낙담한 것 같았다고 동료 직원이 말했습니다. 그런데 일하다 보면 그 정도는 무시로 겪는 일인데 죽기까지 하다니 이해 안 된다는 분위기이긴 했습니다. 가족들 말을 들어보니 변사자가 오래전부터 우울증을 앓았고 그간 자살 시도를 네 번이나 했다더군요. 그래서 그런지 가족들은 소식 듣고 놀라서 달려오긴 했지만 비교적 담담한 편이었습니다."

전형적인 자살 사건이었다. 개요를 들어봐도 수상쩍은 면은 없어 보였다. 우울증 환자고 자살 시도 전력도 있는 사람이라고 하니 얼핏 듣기에 사소한 이유라 해도 자살이라고 결론 내리는 것에 무리가 없었다. 직장 동료와 가족들 진술만으로도 사건을 마무리하기 충분해 보였지만 이평서는 혹시나 하는 마음에 물었다.

"저, 공탈이라는 모임에 대해 들어보셨습니까?"

"공탈? 그게 뭡니까?"

윤성빈 경사가 되물었다. 자기가 뭔가 중요한 것을 모르고 있는 것 아닐까 걱정하는 기색은 전혀 없었다.

"원래 명칭은 공통 탈출이라고…… 조노훈 씨가 참여했던 우울증 환자 모임이에요. 저희가 수사 중인 살인 사건 피해자도 거기 회원이었거든요. 그래서 참고가 되는 정보를 얻을 수 있을까 해서 전화 부탁드렸습니다."

"그래요? 공탈이라고요. 전 몰랐습니다. 변사자 행적 조사를 길게 할 필요가 없어가지고요. 직장 동료들 하고 가족들, 그리고 변사자 집에 자주 들락거렸던 어린 친구 한 명 진술 듣고 종료했습니다."

"어린 친구요?"

"아, 네. 이름이 뭐라던가…… 외자 이름이라 좀 특이했는데 생각이 안 나네요. 그게 벌써 작년 12월 사건이지 않습니까? 김 뭐였는데……."

형사사법포털에서 자료를 찾아보는지 마우스를 딸깍거리는 소리가 들렸다.

이평서 팀장은 바로 한 이름을 떠올렸다.

"혹시 김열 아니었습니까?"

"아! 맞아요. 김열!"

윤성빈 경사는 기억에 딱 들어맞는 이름을 찾은 것이 기쁜지 밝은 목소리로 답했다.

"그 김열이란 청년도 저희 쪽 참고인인데…… 그 친구는 어떻게 조사하게 된 건가요?"

"변사자가 자살하기 전에 마지막으로 만난 사람이라서요. 변사자를 5년 전인가 6년 전에…… 글쎄, 자살 사이트에서 만났다고 했습니다. 채팅하다가 만나서 친해졌다는군요. 변사자가 자살한 날 낮에 김열에게 집에 와달라고 연락했대요. 몸이 좋지 않아 하루 휴가를 냈다면서."

"자살 사이트에서 만나요? 어허……."

이평서는 코웃음을 쳤다. 자살 사이트에서 만나 친해지다니 그럴 수도 있나. 세상에는 별의별 사람이 다 있다는 걸 새삼 또 상기했다. 형사 생활을 아무리 오래 해도 다 만나지 못할 것이다.

"그 말을 들어서 그런지 인상이 좀 음울해 보이는 친구였습니다. 그날 오후 2시쯤 변사자 집에 갔대요. 원래 변사자가 힘든 일이 있을 때마다 자주 와달라고 했고 그때마다 자기에게 고민을 털어놨다고 했습니다. 주식 투자에서 손실을 본 게 마음에 많이 걸린다는 얘기를 하더래요. 그것 말고도 이러저러한 걱정거리를 들어주고 위로해준 다음 3시 반경에 집을 나왔다고 진술했습니다. 변사자가 다른 때보다 조금 더 가라앉아 있는 것 같기는 했지만 자살할 줄은 몰랐다고 했습니다."

이평서도 그간 자살로 결론 난 변사 사건을 많이 다뤄봐서 알았다.

자살할 거라곤 생각하지 못했다.

자살자의 가족과 친구들은 대개 그렇게 말하며 자책했다. 자살에는 징후가 있다는 말을 하지만 진심으로 자살을 결심한 사람은 주변 사람들이 모르게 일을 진행했다. 이제 모든 게 끝날 거라는 생각을 하고 혼자만 마음이 편해져서 유족이 느낄 황망함이나 죄책감은 고려하지 않는다. 거기까지 내다볼 수 있는 사람이라면 애초에 자살은 하지 않을 것이다.

이대로 통화를 끝내기에는 아쉬운 감이 들었다.

"흠……."

"뭐 더 궁금한 거 있으십니까?"

윤성빈 경사의 호의가 담긴 말투에 힘을 받아 이평서는 말을 꺼냈다.

"자살이라는 건 잘 알았고 사건 자체에 더 궁금한 건 없는데 말이죠……."

"네, 팀장님."

이평서의 목소리가 은근해졌다.

"사건 담당자로서 이건 좀 이상하다고 느낀 점 혹시 없었나요? 공식적인 기록에는 남기지 않았던 거라도…… 다른 사건에 비해 뭔가 좀 색달랐다던가……."

"네?"

"아무 거라도 좋습니다. 사건 담당자만 알 수 있는 은밀한 정보나 느낌. 뭐, 그런 거 있지 않습니까."

"글쎄요. 무슨 말씀을 하시는지 전……."

젊은 경찰은 당황한 듯했다.

이평서는 아주 작은 목소리로 소곤거렸다.

"우리끼리만 하는 얘깁니다."

수화기 너머에서 윤성빈 경사는 몇 초간 끙끙거렸다. 무언가 떠올리려고 노력하는 건지 어떻게 통화를 끝내야 할지 고민하느라 그러는 건지 모를 소리였다.

마침내 윤성빈 경사가 말을 뗐다.

"……이런 얘기를 해도 될지 모르겠지만."

그렇게 시작되는 얘기는 해야지. 이평서 팀장은 조용히 기다렸다.

"이건 전적으로 제 느낌입니다만, 김열이라는 친구와 변사자와는 좀…… 특별한 관계 같았습니다."

"특별한 관계?"

"네…… 그게 딱 부러지게 말할 수는 없는데…… 변사자가 가끔 일기 같은 글을 남겼거든요. 그걸 읽어봤는데 왠지…… 둘이 애인 사이 같았습니다. 김열이라는 친구의 분위기도 그렇고요. 아닐 수도 있습니다. 그냥 제 느낌이 그랬다는 겁니다."

남자끼리 애인 사이라. 요새 유행하는 게이니 성소수자니 그런 건가. 이평서는 마뜩치 않은 기분으로 협조해줘서 고맙다고 말하고 전화를 끊었다. 이평서는 구시대 사람이었다. 60년대에 태어나서 나이 오십이 넘었다. 요즘 세상에 성소수자라고 하는 사람들을 대놓고 흉보면 안 된다는 건 알았지만 이해하진 못했다.

고개를 설레설레 저으며 이평서는 팀원들에게 일찍 저녁이나 먹어두자고 말했다. 형사들이 반색하며 하나둘씩 엉덩이를 들었다.

마지막 참고인

"캠핑장 도착해서 5명 다 같이 산책하고 난 다음에, 그 뒤에는?"

이평서 팀장은 책상 맞은편 의자에 나란히 앉은 홍안의 두 청년을 바라보며 짜증을 참으려 애썼다. 김열은 이평서와 눈도 마주치지 못하고 어깨를 옹송그린 채 모든 질문에 단답형으로 말했다. 갸름하게 빠진 희끄무레한 얼굴에 당나귀 귀. 저런 걸 돌출귀라고 하던가. 누가 보면 경찰이 잡아먹으려 드는 줄 알겠다.

"바비큐 해 먹었어요. 바비큐 구역에서."

한마디 하고 또 침묵.

옆에 앉은 친구는 김열의 옆얼굴을 바라보며 난처한 표정으로 입술을 핥았다. 김열은 물 빠진 하늘색 티셔츠에 청바지 차림이었고, 박심이라는 이름의 친구는 하얀색 반팔 와이셔츠에 정장 바지를 입었다. 공적인 일 처리에 밝은 똑똑한 친구가 어수룩하고 못난 친구를 보호해주러 온 모양새였다. 분장용 소품을 갖다 붙인 듯 까맣고 무성한 눈썹. 저 특징적인 눈썹을 최근에 어디서 본 것 같았다. 어디서 봤더라. 이평서는 어슴푸레한 생각은 접어두고 박심에게 조사 중 옆에 앉아만 있어야 하고 끼어들어서는 안 된다고 주의를 주었다. 박심은 알겠다고 답했다. 말하지 않아도 잘 알고 있다는 듯 미더운 태도였다.

"길게 좀 말하면 안 돼요?"

참고인 진술 조서를 받아 적던 홍인혁 형사가 답답함을 못 참고 말했다. 김열이 푹 수그리고 있던 고개를 들어 홍인혁 형사를 힐끔거렸다.

"한 문장씩 계속 물어야 돼? 쭉 말해봐요. 쭉."

"뭘 말해야 하는 건지 몰라서……."

이평서 팀장이 한숨을 쉬며 사진 한 장을 내밀었다. 설리사의 시신이 입고 있었던 겨울용 등산복이었다.

"그날 설리사 씨가 이 옷을 입고 있었나요?"

김열은 사진을 눈 가까이 들이대고 끔뻑끔뻑했다.

"네."

"설리사 씨는 그날 어때 보였어요?"

"그날……요?"

김열은 감당 못 할 난제를 끌어안은 것처럼 눈동자를 이리저리 굴렸다.

"기분이 어때 보였냐고요."

"아……."

박심이 김열의 어깨를 잡고 살짝 두드렸다. 박심은 어쩔 수 없이 잠깐 나서겠다는 허락을 구하는 눈빛으로 형사들을 한 번씩 본 뒤, 몸을 기울여 김열에게 속삭였다. 열아, 마음 편하게 가져도 될 것 같아. 긴장할 거 없어. 그냥 참고인 조사고 형사님들이 너에게 뭘 따지는 게 아니야. 네가 알고 있는 걸 말씀드리면 돼. 이야기하듯이.

친구의 말이 효과가 있었던 모양이었다. 김열은 한 번 큰 숨을 들이쉬더니 다소 편안해진 얼굴로 말했다.

"평소보다 좋아 보였어요. 그 정도면…… 많이 좋았던 거죠. 술 못 마시는 줄 알았는데 와인도 많이 마시고. 산에 올라가기 전에 음료수랑 숯도 자기 돈으로 사고. 회비로 사도 되는데."

문장이 길어졌다. 사건을 해결하기 전에 속 터져 죽을 일은 면했다.

"술 마시다가 설리사 씨가 자리를 떴다면서요. 산책하고 오겠다고."

"네. 그랬어요."

"대략 몇 시쯤이었나요?"

김열이 얼굴을 찌푸렸다. 기억을 떠올리며 인상을 쓰는 걸 보니 확실히 긴장은 풀린 것 같았다.

"……그건 잘 모르겠어요. 술 마시고 한두 시간 지났을 때였나…… 얼굴이 빨개졌거든요. 리사 씨가. 술 깨야겠다고 산책하러 간다고 해서……."

"김열 씨가 따라갔다고 하던데. 맞나요?"

"아, 네."

김열이 손을 얼굴에 대고 문지르더니 제 볼을 꼬집었다.

"깜깜해서요 너무. 위에 산책로로 같이 올라갔어요. 그냥 같이 걷다가 어느 지점에서 돌아오면서 거기 있는 정자에 앉았어요. 별로…… 뭐 특별한 얘기는 안 한 것 같아요. 그 뒤엔……."

홍인혁 형사가 타닥타닥 자판을 두드렸다. 이평서 팀장은 질문을 늦추고 김열의 말이 이어지기를 기다렸다.

"맞다. 제가 먼저 내려온 것 같네요. 리사 씨가 먼저 내려가라고 해서요. 혼자 생각할 게 있다면서……."

"생각할 거?"

"뭔진 모르겠어요. 그냥 그렇게만 말했어요."

이어지는 질문에 대한 답은 임나민과 박이음의 진술과 맞아 들어갔다. 김열은 먼저 내려와 다시 바비큐 그릴 앞에 서서 고기를 구웠다. 설리사가 좀처럼 내려오지 않아 누군가가 데리러 가야하는 것 아니냐고 말했다. 그 말이 나오자마자 설리사가 산책로를 따라 내려오는 게 보였다. 김열은 다 구워진 음식을 뒤집고 자르고 하느라 손을 비울 수가 없어 설리사에게 카라반에 가서 쥐포와 마른오징어를 갖다달라고 소리쳤다. 조리대에 있는 까만 배낭 앞주머니에서 꺼내 오라고 하자 설리사가 남자 카라반에 들어가 한 번에 잘 찾아왔다.

산책을 다녀온 뒤부터 설리사가 통 말을 하지 않고 어두운 표정으로 앉아 있더니 일행 중 가장 먼저 자러 일어났다는 것도 다른 참고인의 진술과 일치했다.

"두 번째로는 아마 박이음 씨가 자러 들어간 것 같아요. 맞아요. 그리고…… 다른 사람도 산책하고 오겠다고 일어서서 불 앞에 저 혼자 남아 있을 때가 있었는데…… 아, 임나민 씨가 돌아와서 임나민 씨랑 둘이 한참 얘기 나누다가 같이 일어나 들어가 잤어요. 새벽 한두 시는 됐을 거예요."

이평서는 일전에 임나민이 했던 진술을 떠올렸다. 바비큐 불 앞에 마지막으로 단둘이 남아 있던 그 시간, 임나민은 김열이 불쑥 죽은 조노훈에 대한 얘기를 꺼냈다고 했다. 조노훈의 자살에 대해 죄책감과 상실감을 느끼는 것 같았다고 임나민은 안타까운 표정으로 말했다. 당시 임나민은 무척 피곤했고 김열과는 서먹한 사이였지만 김열의 심리 상태에 위기감을 느껴 한 시간 정도 대화를 나눴다고 했다.

이평서는 김열의 곱상한 얼굴을 물끄러미 바라보았다. 윤성빈 경사의 추측대로 김열과 조노훈이 그렇고 그런 사이였다면 충격이 크긴 했겠지. 더구나 조노훈이 자살하기 전 마지막으로 만났다고 하니. 자살자의 유족과 친구들은 그토록 가까이에 있었으면서도 자살을 막지 못했다는 점에 가장 큰 고통을 느낀다. 이평서 팀장은 김열에게 임나민과의 대화 내용을 굳이 물어 보지 않았다.

"반탁신 씨는요?"

"네?"

"산책하러 오겠다고 하고는 안 왔어요?"

"아, 네…… 반 대표님은 어디서 전화가 와서 통화하시느라 일어섰어요. 급한 전화 같았는데…… 다시 오실 줄 알았는데 안 오시더라고요. 다음 날 사무실에 와서 상담하기로 한 사람이 오전으로 시간을 당겼다고…… 그러면서 통화가 길어져서 그냥 주무셨대요. 원래 내담자가 상담 전화하면 한 시간이고 두 시간이고 통화하시거든요. 그래서 다음 날은 그 내담자 시간 맞춘다고 엄청 급하게 올라왔어요."

김열은 다음 날 아침 박이음이 밥과 콩나물국을 끓여 남자 카라반에 가지고 와서 셋이 같이 먹은 것, 그때 박이음이 설리사는 속이 좋지 않아 주변을 걷고 있고 임나민은 깨워도 일어나지 않기에 더 자게 두었다고 말한 것을 차례로 진술했다. 아침을 먹은 뒤 김열은 바비큐 장비와 다른 짐을 챙겨 차에 싣느라 누구와 얘기 나눌 새도 없었다고 했다.

"반 선생님이 출발하려고 차에 타시는 걸 보고 인사하려고 갔어요. 뒷자리에 설리사 씨랑 박이음 씨가 탔는데 리사 씨 얼굴이 너무 하얗고 아픈 것 같아서…… 제가 멀미약하고 소화제가 있는데 먹겠냐고 물었어요…… 리사 씨가 아마…… 이미 먹었다고 했던가 필요 없다고 했던가…… 하여튼 괜찮다고 했어요. 시동 걸고 막 출발하려고 할 때 임나민 씨가 나오더라고요. 임나민 씨하고 둘이 밖에서 인사하고 반 선생님 차를 먼저 보냈어요. 임나민 씨랑 저랑은 제 차로 그 뒤에 올라왔고요. 아, 제 차가 아니라 아빠 차지만……."

"설리사 씨가 어디가 얼마나 아파 보이던가요? 멀미약 얘기 말고 다른 얘기는 안 했어요? 최대한 자세히 좀 얘기해봐요. 중요한 거니까."

그때가 살아 있는 설리사가 마지막으로 목격된 때라는 생각에 이평서는 신경을 곤두세웠다. 그러나 김열은 더 할 말이 없는 듯 우물쭈물하며 처음에 그 자신 없는 표정으로 돌아갔다.

"뭔가 좀 이상하다고 생각된 점은 없어요? 차 안의 분위기라든지, 설리사 씨나 다른 사람들 행동이라든지……."

홍인혁 형사도 끼어들어 질문을 보탰다.

김열은 고개를 가로저었다.

"엠티 이후에 설리사 씨와 연락하거나 설리사 씨에 대해 무슨 소식을 듣거나 한 거 있어요?"

이평서가 책상에 놓인 서류를 괜히 팔랑팔랑 넘기며 물었다.

"……그런 거라면 박이음 씨에게 물어보시면 될 거예요."

순간 이평서가 눈을 홉뜨고 김열을 보았다. 김열은 반사적으로 눈길을 피하며 우물거렸다.

"박이음 씨가 젤 친했으니까…… 둘이 거의 매일 만나는 것 같던데…….”

김열 옆에서 하릴없이 소품처럼 앉아 있던 박심은 형사들 얼굴에 흐르는 미묘한 긴장감을 눈치챘다. 형사들 사이에 눈짓으로 보이지 않는 대화가 오가는 것도 느껴졌다.

“아, 지금은 못 물어보시죠 참. 입원해 있으니까…….”

김열의 목소리에 살짝 형사들을 힐난하는 기색이 묻어나오는 걸 박심은 감지했다. 박이음이라는 회원이 경찰 조사 중 공황발작으로 쓰러졌다는 그 사람인가 보구나. 말없이 그 자리에 앉아 있었어도 박심은 형사들과 김열 사이에 오가는 질문과 답을 통해 많은 사실을 추측할 수 있었다. 형사들이 어디에 중점을 두고 있는지도 알 것 같았다.

“박이음 씨에게는 이미 물어봤고. 나는 지금 김열 씨에게 묻는 건데?”

이평서 팀장의 말에 힘이 들어갔다.

“전…… 설리사 씨와 개인적으로 친하지는 않아서요. 엠티 이후에는 공탈 모임 한 적 없으니 만날 일도 없었고 소식 들을 일도…….”

김열이 말하다 멈추고 어깨를 으쓱했다.

“아, 설리사 씨가 저 혼자 있을 때 AAD 사무실에 찾아온 적은 한 번 있었어요. 그때 마지막으로 본 것 같네요.”

홍인혁 형사가 자판을 치던 손을 멈췄고 이평서 팀장은 한쪽 눈썹을 추켜올렸다.

"사무실에 찾아왔다고? 언제?"

"날짜는 잘 모르겠고…… 반 선생님을 만나러 왔는데 저 혼자 있으니까 당황한 것 같았어요. 저랑 조금 얘기하고 갔어요."

"그게 언제냐고?"

"네?"

"엠티 가기 전이야 그 이후야?"

이평서의 눈빛이 매서웠다. 말투도 반말로 바뀌었다. 추궁하는 분위기에 박심도 긴장했다.

"……그 이후죠."

"확실해?"

홍인혁 형사가 물었다.

"네. 갑자기 찾아와서 저도 의외였어요."

"무슨 얘기 했어?"

이평서 팀장이 신경질적으로 말끝을 높였다.

"그냥…… 우울해 보였어요. 원래 그렇지만. 박이음 씨가 자기를 싫어하는 것 같다고, 의무감으로 억지로 돌봐주는 것 같다고……. 다시 약을 먹으면 반 선생님이 싫어하지 않겠냐고도 하고, 공탈 모임은 언제 하냐고 묻고…… 그 정도…… 한 20분? 30분 정도 있다가 갔어요. 커피 줬는데 마시지도 않고."

"그날 반탁신 대표는 어디 간 거지? 무슨 용무로 자릴 비웠어?"

김열이 끙끙거리며 머리를 감싸 쥐었다. 불안감을 느끼는 것 같았다. 박심은 이 상황에서 자기가 뭘 해야 될지, 무언가 해도 되는 건지 몰라 당황스러웠다. 그저 진정하기를 바라며 김열의 어깨를 지그시 눌렀다.

한편 이평서 팀장은 표정과 말투로 긴장을 고조시키며 대답을 요구했다. 참고인이 또 공황발작으로 쓰러진다고 해도 멈출 수 없었다. 김열이 반탁신 대표가 그날 왜 자리를 비웠는지 기억해내면 설리사가 언제 AAD 사무실을 찾아왔는지 가늠해볼 수 있을 것이다. 살인 피해자가 최소한 언제까지 살아 있었는지 추정할 수 있는 것이다. 중요한 대목이었다.

일단 공탈 엠티에서 올라오는 중에 설리사가 죽었을 거라는 가설은 깨졌다.

"……기억 안 나요."

김열이 거의 울먹이는 표정으로 말했다. 형사들의 표정도 좋지 않았다.

"아마 4월이었을 거예요. 엠티 갔다 오고 아주 바로는 아니었으니까……."

형사들이 번갈아 이리저리 질문을 던졌지만 김열은 날짜를 더 이상 좁히지 못했다.

"그날 설리사가 찾아왔었다는 얘기, 반탁신 씨에게 했어요?"

이평서 팀장이 분위기를 한풀 누그러뜨리며 물었다.

"아마 했을 거예요."

김열이 하늘색 티셔츠 자락을 들어 얼굴에 흐른 땀을 닦았다.

반탁신에게 물어봐야 한다. 이평서는 AAD 사무실에 쳐들어가서라도 반탁신을 만나야겠다고 결심했다. 주거침입이니 업무방해니 난리를 치더라도 물을 건 물어야겠다.

"……많이 힘들어 보였어요. 그래서 전 처음에 설리사 씨가 죽었다고 들었을 때 자살한 줄 알았어요."

김열이 처음으로 묻지도 않은 말을 스스로 했다.

"설리사 씨는 우리 중에서도 사회성이 가장 없어서 사람을 안 만나고 살았거든요. 박이음 씨가 유일한 친구고 백 프로 의지하고 있었는데…… 그런 박이음 씨가 자기를 싫어한다고 느끼는 거, 위험한 거거든요. 자존감이 팍 떨어져서 피해 의식을 느끼는 거니까…… 그래도 박이음 씨가 자주 찾아가니까 잘 지켜 줄 줄 알았는데……."

참고인 진술 조서에 서명을 하고 김열과 박심이 형사과 사무실을 나왔을 때는 밤 9시가 넘은 시각이었다. 열대야는 아직도 기승이었다. 경찰서 현관에서 맞는 밤바람이 후덥지근했다.

경찰서 현관 앞 돌계단에서 박심이 발을 멈추고 셔츠와 바지 주머니를 더듬었다. 눈에 띄게 당황한 얼굴이었다. 한 발짝 앞선 김열이 돌아보았다.

"어쩌지, 나 핸드폰 놓고 왔나 봐."

"그래?"

형사과 사무실을 나서자마자 김열은 평온을 찾았다. 예의 그 무심한 말투로 대꾸했다. 박심은 조사를 받을 때와는 180도 달라진 김열의 태도가 기묘하면서도 한편 안정을 찾아 다행이라는 생각을 했다. 박심의 역할은 이제 끝난 것 같았다.

"힘들 텐데 먼저 갈래? 난 핸드폰 찾아가지고 갈게. 어차피 우리 가는 방향도 다르고."

김열의 눈길이 박심의 얼굴을 한 번 훑었다.

"그래. 오늘 고맙다."

"뭘. 별 도움도 안 된 것 같은데."

"난……."

김열이 휴대전화를 들어 시간을 보았다.

"좀 일찍 끝나면 박이음 씨 문병 가려고 했는데 너무 늦은 것 같네. 병원이 이 근처라 들려볼까 했거든. 조사가 이렇게 오래 걸리는 건지 몰랐어."

"박이음 씨? 아, 그 조사받다가 공황발작으로 쓰러졌다는 분?"

"어. 이 근처 성림병원에 입원했다고 해서. 공황발작은 나아졌는데 대상포진까지 와서 입원이 길어졌다나 봐. 내일 1인실로 옮긴다니 어차피 내일 가는 게 낫겠다. 낮에 한 4시쯤? 조용해야 서로 얘기하기 좋지. 그럼 여기서 헤어지자."

김열이 몸을 돌리고 계단을 성큼성큼 내려갔다.

김열의 뒷모습에 대고 박심은 조심히 들어가라고 소리쳤다.

"팀장님, 설리사 2차 부검 감정서 왔습니다."

제자리로 돌아가 전자결재시스템의 수신 문서를 확인하고 홍인혁 형사가 말했다. 이평서는 턱을 괴고 깊은 생각에 빠져 있었다. 흔들린 가설을 다시 짜 맞추느라 노련한 중년 형사의 머릿속이 어지럽게 돌아갔다.

"그래?"

이평서는 현실로 돌아와 컴퓨터 앞에 바짝 다가갔다.

국립과학수사연구소 부검의들도 야근 중인 모양이었다. 부검해야 할 시신과 분석해야 할 시료가 쌓이다 보면 감정서 작성 업무는 자연히 밤으로 밀리는 것이다. 국내에 법의학자가 턱없이 부족하다 보니 강력 사건이라 해도 순서를 지켜야 해서 정밀 감정은 꽤 시간이 걸렸다. 설리사의 시신에 대한 약물반응검사 결과가 드디어 나왔다.

"뭐라고 하나 보자."

이평서는 전자결재시스템에 들어온 부검 감정서 파일을 열었다. 홍인혁 형사의 젊고 잘생긴 얼굴이 이평서의 험상궂은 얼굴 옆에 달라붙었다.

"약물중독사?"

홍 형사가 소리쳤다. 사무실에 남아 있던 전담팀 형사들이 귀를 쫑긋 세웠다.

이평서 팀장이 시신에서 검출된 약물 성분을 읽어 내려갔다.

"알프라졸람, 이건 신경안정제고…… 졸피뎀타르트타르산염, 이건 수면제. 페넬진? 응? 페넬진? 이건 뭐야?"

이평서는 범죄와 관련되는 웬만한 독극물과 향정신성 약물의 성분은 줄줄 외웠다. 강력계 형사 생활을 오래 하다 보면 자연스럽게 알게 된다. 그런데 난생처음 보는 성분이 부검 감정서에 등장했다.

"저……."

이평서 팀장과 홍인혁 형사가 모니터를 향해 얼굴을 붙인 모양 그대로 같이 고개를 들었다. 다른 형사들의 눈길도 같은 방향을 향해 집중됐다.

김열을 조사할 때 동석했던 청년이 더위에 붉어진 얼굴로 형사과 사무실에 어정쩡하게 서 있었다. 형사들 모두 부검 감정서의 내용에 정신이 쏠린 사이 들어온 것 같았다. 이평서 팀장이 짜증스러운 얼굴로 박심을 쏘아봤다.

"뭐야?"

"죄송합니다. 제가, 핸드폰을 놓고 가서요."

박심은 빠른 몸놀림으로 이평서의 책상에 놓인 휴대전화를 집어 들었다. 프린터에 가려져 잘 보이지 않는 곳이었다. 휴대전화를 냉큼 주머니에 꽂고 돌아서는 박심을 이평서가 불러 세웠다.

"잠깐!"

"네?"

박심이 고개를 돌렸다.

"자네…… 혹시 전에 나 본 적 있나?"

이평서의 거친 피부에 주름이 잔뜩 잡혔다. 뜻하지 않게 다시 마주친 박심의 얼굴이 아무래도 어디선가 본 것 같아서 묻지 않고 넘어갈 수가 없었다.

"아, 네. 전에 AAD 사무실에서 형사님들 잠깐 마주쳤습니다. 형사님들 들어올 때 전 나가던 길이어서요."

"AAD 사무실?"

머릿속에서 그날의 풍경을 그려보니 기억이 살아났다. 이평서와 홍인혁이 AAD 사무실로 들이닥쳤을 때 반탁신과 용무를 마치고 막 자리에서 일어나던 짙은 눈썹의 청년. 남다른 총기와 열정이 느껴졌던 그 얼굴이었다. 반탁신이 뭐라고 했더라? 자기에게 무슨 자문을 받으러 온 로스쿨 학생이라고 했었다. 이평서는 당시 박심의 젊은 얼굴이 뿜어내는 열기에 짧은 순간 회한에 잠겼던 것도 기억났다.

아하, 하며 이평서는 고개를 끄덕였다. 얼굴에 잡힌 주름이 조금 풀렸다.

"저, 제가 들으려고 들은 건 아닌데요."

박심은 뒷머리를 벅벅 긁었다.

"제가 알기로는 페넬진은 항우울제 성분입니다. 마오이 계열 약인데 국내에선 잘 쓰지 않는 약이죠."

이평서는 뜨악한 표정으로 시선 한쪽에 박심을 묶어둔 채 모니터 화면에 나타난 부검의의 의견을 읽었다.

……페넬진(Phenelzine)은 모노아민 산화효소 억제제(MAOI) 계열의 성분으로서 세로토닌과 같은 모노아민 신경전달물질의 활성을 증가시키는 작용을 하는 우울증 치료제인바, 선택적 세로토닌 재흡수 억제제(SSRI)나 삼환계 계열 항우울제보다 효과성이나 안전성이 떨어지고, 티라민이 다량 함유된 가공육이나 발효 식품 또는 알코올(치즈, 적포도주, 닭의 간, 청어피클, 된장, 바나나 등)과 함께 복용할 경우 급격한 혈압 상승으로 심하면 사망에 이르는 치명적인 결과를 초래할 수 있어 일반적으로 우울증의 1차 치료제로는 처방되지 않으며, 현재 국내에는 모클로베미드(Moclobemide) 성분의 모노아민 산화효소 억제제 이외 페넬진 성분의 항우울제는 시판되지 않고 있음.

……시신의 부패와 훼손 정도가 심해 외상 여부 등을 확인할 수 없어 정확한 사인을 단정할 수는 없으나, 위와 같이 근육조직에서 검출된 약물의 양과 성분을 고려할 때 변사자는 알프라졸람, 졸피뎀타르트타르산염, 페넬진 등 향정신성 약물 및 항우울제의 과다 복용으로 인한 복합 작용으로 중독사 혹은 중독 상태에서의 외부 요인에 의해 사망했을 가능성이 높다고 판단됨. 변사자가 사망 당시 발효 식품 또는 알코올과 위 약물을 병용했다면 중독으로 인한 사망 확률은 더 높아짐.

"자네가 그걸 어떻게 알지?"

이평서는 작은 눈을 휘둥그레 떴다.

"저, 지금 로스쿨에 다니고 있는 학생입니다. 제가 실무 수습 중인 법무법인에서 우울증 환자와 관련된 형사 사건 변론을 준비 중인데요, 그래서 최근에 항우울제에 대해 공부를 했습니다. 그래서 그날도 반탁신 씨 의견을 들으려고 AAD 사무실에 갔던 거고요. 항우울제에 관련한 정보를 두루두루 알아야 해서요."

박심은 오해가 없도록 빠르게 설명했다.

"그럼 반탁신 씨는 김열이 통해서 소개받은 거고?"

박심은 고개를 저었다.

"아니요. 반탁신 씨는 제가 찾아서 연락해서 갔습니다. 김열은 고등학교 동창인데 그날 거기서 만났어요. 우연히……."

홍인혁 형사가 고개를 갸웃했다.

"우리가 갔을 때 김열 그놈은 없었는데?"

"아, 열이는 형사님들 오시기 조금 전에 화장실에 가서요. 그리고 저랑 복도에서 만나서 서로 고등학교 동창이라는 걸 확인하고…… 사무실 안에서는 긴가민가했거든요. 그래서 같이 얘기나 하자고 커피숍에 갔습니다. 그래서 형사님들은 못 보신 겁니다."

이평서 팀장이 차분해진 눈빛과 손짓으로 박심에게 자리를 권했다. 박심은 잠시 주저하다가 곧 이평서가 가리키는 철제 의자에 앉았다. 조사할 때 김열이 앉았던 의자였다.

"그럼 며칠 전에 만나서 친해져가지고 여기 따라온 건가?"

이평서의 물음에 박심은 조심스러운 어조로 대답했다.

"친하다고 하긴…… 어렵고요……. 그냥 제가 로스쿨 다닌다고 하니까 열이가 같이 가면 도움이 될 거라고 생각한 것 같습니다. 경찰서에 혼자 가는 게 무섭다고 했거든요."

"흠……."

이평서는 팔짱을 끼고 회전의자를 돌리며 박심의 얼굴을 요모조모 뜯어보았다. 어색한 침묵의 시간이 흘렀다.

박심이 먼저 입을 뗐다.

"저, 형사님. 제가 이런 말씀드려도 되는지 모르겠습니다만……."

이평서는 주저하는 박심을 향해 눈짓으로 발언을 허락했다.

"형사님은 그 살인 피해자라는 설리사 씨가 3월 공탈 엠티가 있었던 시점에 살해당한 거라고 생각하셨던 건가요?"

"어허……."

당돌한 질문이었다. 수사와 아무 관련이 없고 그저 참고인 한 명의 친구일 뿐인 학생이 수사관에게 사건에 관해 토론하자는 건가. 앞으로 영감님이 될지는 모르겠다만 지금은 법전이나 외고 있는 솜털 뽀얀 대학원생 주제에.

"무슨 말을 하는 거야? 그만 가!"

홍인혁 형사가 팀장의 기분을 짐작하고 대신 화를 내며 나섰다. 이평서가 한 손을 들어 홍인혁 형사를 막았다.

이평서의 성격은 평소 너그러움과는 거리가 멀었다. 하지만

이 청년이 무슨 말을 할지는 한번 들어보고 싶었다.

"왜 그렇게 생각했지?"

박심은 홍인혁 형사의 태도에 움찔했다가 침을 한번 꼴깍 삼키고 말했다.

"열이에게 피해자가 엠티 때 입었던 옷을 보여주고 확인하신 것도 그렇고…… 아마도 피해자가 죽었을 때 입고 있었던 옷 같은데…… 또 엠티에서 피해자를 마지막으로 봤던 상황이 어땠는지 많이 물으시기에……."

이평서는 회전의자를 돌리는 것을 멈추고 맞은편에 앉은 청년을 가만히 바라보았다. 박심의 물음에 대해서는 긍정도 부정도 하지 않았다. 그러나 이평서의 침묵을 긍정으로 받아들였는지 박심은 다음 단계로 넘어갔다.

"아무튼 그러셨다면, 열이가 4월에 피해자를 만났다고 하니까 그건 아니겠네요. 그날…… AAD 사무실에서 열이를 만나서 같이 커피숍에 갔을 때요. 그 자리에서도 열이가 저에게 설리사 씨 사건 얘기를 했습니다. 그 사건 때문에 경찰이 반 대표님을 찾아온 거라고 하면서요. 엠티 이후에 설리사 씨가 갑자기 사무실에 찾아와서 만난 얘기를 저에게 똑같이 했습니다."

그러니까 김열의 진술에는 신빙성이 있다는 얘기군. 앞으로 경찰 조사를 받게 될지 몰랐던 때에 오랜만에 만난 동창에게 자유로운 분위기에서 같은 얘기를 했다는 거니까. 이평서는 대수롭지 않은 듯 "그런가?" 하고 말했지만 박심의 말에 담긴 의도는 잘 읽었다.

박심은 더 할 말이 남은 것 같았다. 자리에서 일어날 기색을 보이지 않고 눈동자를 이리저리 굴렸다. 튀어나올 말을 입안에서 우물우물 가두고 있는 것 같았다.

"더 할 말 있나?"

이평서가 책상에 놓인 부채를 들어 부쳤다.

"그게……."

박심은 닫힌 이 사이로 숨을 들이쉬며 스읍, 하는 소리를 냈다.

"김열이 공탈에서 가장 친하게 지냈던 형이 작년에 자살을 했다고 했습니다."

"조노훈이?"

"이름까진 모르겠고 열이가 언뜻 지나가듯 말했는데…… 그 분이 마오이 계열 약을 복용했다고 했습니다. SSRI나 삼환계는 안 맞고 옛날 약이지만 마오이에 효과를 보이는 사람이 더러 있다고 합니다."

"조노훈이 마오이 계열 항우울제를 먹었다?"

이평서가 부채질을 멈췄다.

"공탈 모임 나오면서 끊기는 했지만요. 예전에 6개월에 한 번씩 미국에 가서 처방받아 왔다고 했습니다. 그게 페넬진인지는 모르겠습니다. 아무튼…… 그런 얘길 들었습니다."

박심은 근심 가득한 얼굴로 말을 마쳤다. 예비 법조인의 머릿속에서도 이 사건이 복잡하게 자리 잡은 듯했다. 이평서는 박심에게 어느 대학원을 다니고 어디에서 실무 수습을 받고 있는지 물었고 박심은 대답했다. 이평서는 책상 가장 위쪽 서랍을 열어 명함을 꺼내 박심에게 건넸다.

"혹시 내게 더 할 말이 생각나면 전화해. 자네 전화번호도 남기고 가고."

평소에 비해 너무나 다정한 팀장의 말투에 홍인혁 형사는 깜짝 놀랐다.

7분 42초

이평서는 간만에 일찍 오피스텔로 들어왔다. 그래 봤자 밤 11시가 다 된 시각이었다. 종일 땀에 눅진 옷을 벗고 알몸으로 욕실에 들어갔다. 찬물로 샤워를 하고 내친 김에 세면대에 거품을 풀어 면도를 했다. 굵은 수염이 면도칼에 썩썩 밀려 나갔다. 젖은 채로 빨아 고약한 냄새가 밴 수건으로 몸을 닦고 거실로 나왔다.

팬티와 셔츠만 걸친 채 조립형 침대에 몸을 기대고 맥주 캔을 땄다. 다른 손으로는 휴대전화를 들었다. 필리핀은 밤 10시쯤 되었을 것이다. 아내에게 화상 전화를 걸어보았지만 받지 않았다. 밤잠이 없는 아내가 벌써 잠들었을 리는 없고 다른 볼일에 빠져 있는 것 같았다. 아들에게 화상 전화를 걸려고 버튼을 누르려다 멈췄다.

아들과는 4일 전에 통화했다. 아들은 요즘 딜런이라는 미국인 친구를 사귀었다며 들뜬 목소리로 자랑을 늘어놓았다. 흑인도 아닌데 농구를 기가 막히게 잘한다고 했다. 엄마도 미국식 영어를 배울 수 있는 기회이니 자주 어울리라고 한다며 좋아했다. 아빠는 잘 지내시냐는 말에 그렇다고 대답한 뒤에는 더 할 말이 없었다. 아들도 4일 만에 할 얘기가 더 생기지는 않았을 것이다. 이평서는 휴대전화를 옆에 던지고 맥주 캔을 기울였다.

설리사는 언제 죽은 걸까.

누가 죽였을까.

공탈 엠티는 3월 12일부터 13일 아침까지 새림캠핑장에서 진행되었다. 설리사는 무사히 돌아왔고, 날짜는 특정할 수 없지만 4월 중 홀로 AAD 사무실에 들러 김열을 만났다. 김열이 착각하거나 거짓말을 하고 있을 가능성은 희박하다. 8년 만에 우연히 만난 고등학교 동창에게 같은 말을 했다고 하니. 그 박심이라는 로스쿨 학생이 없는 얘기를 지어낼 이유는 없어 보인다.

처음 예상했던 대로 설리사는 5월 9일이나 10일에 죽은 것이 맞을까. 그럼 왜 설리사는 더위가 일찍 찾아왔던 올해 5월에 겨울용 등산복을 입고 죽어 있었던 것일까. 미리 모아둔 신문 뭉치를 두고 마치 보란 듯이 5월 9일 자 지하철 신문을 새장 밑바닥에 깔아놓고 사라진 것일까. 혼자 장소를 정하지 않고 훌쩍 여행을 떠나겠다고 한 것도 평소 설리사의 성격과 언행과는 맞지 않는 행동이다. 바깥출입도 거의 하지 않고 자취방에서 식물처럼 살던 우울한 여대생을 누가 왜 죽인 것일까.

이평서는 짧은 시간에 맥주 세 캔을 비우며 몽롱한 정신으로 생각에 빠졌다.

페넬진.

국내에서는 시판되지 않는 항우울제인 페넬진을 범인은 어떻게 구해서 설리사에게 먹인 것일까. 알프라졸람이나 졸피뎀 타르트타르산염은 비교적 흔하게 처방되는 향정신성 약물이다. 비정신과 의사도 처방할 수 있고 정신질환 진단을 받지 않더라도 수면장애나 위장장애 등에 폭넓게 쓰여서 맘먹으면 구하기 어렵지 않다. 그러나 페넬진은? 공탈 회원 중 조노훈이 미국에서 마오이 계열 항우울제를 처방받아 복용했다고 한다. 내일 알아봐야 하겠지만 그것이 페넬진이라면 범인은 조노훈을 통해서 페넬진을 구한 거라고 봐도 좋지 않을까. 그러면 공탈이 또 관련된다. 공탈 회원 중 누군가가 조노훈에게 페넬진을 받거나 아니면 훔쳐서 사용한 것이다. 조노훈은 공탈 모임을 하면서 약을 끊었다고 했다. 누군가 남은 약을 맡아주겠다거나 대신 버려주겠다고 하며 약을 달라고 했을지 모른다. 공탈 회원들에게 항우울제는 공공의 적이자 독약이었으니까. 범인은 조노훈이 자살한 작년 12월 전에 약을 손에 넣었을 것이다. 그렇다면 미리 계획한 범죄라는 말이 된다. 동기가 있는 살인이라는 뜻이다.

이평서는 스르르 잠이 들어 옅게 코를 골았다.

사진으로 본 설리사의 특징 없고 수수한 얼굴이 별안간 나타나 말을 걸었다. 그냥 잠드시는 건가요. 답을 하려고 했지만 끈끈하게 달라붙은 수마가 이평서의 몸을 내리눌렀다. 설리사의 얼굴이 체념의 빛을 띠었다. 저는 죽어서도 관심을 못 받나요. 설리사의 얼굴이 팔달산에서 파냈을 때의 모습대로 백골로 변했다. 개에게 한 움큼 뽑힌 머리카락이 텅 빈 눈구멍 앞에 흩날렸다. 백골이 검게 썩은 혀를 달싹이며 전화를 걸었다. 화려한 도시를 그리며 찾아왔네. 그곳은 춥고도 험한 곳. 익숙한 전화 벨소리와 함께 설리사가 속삭였다. 전화받아주세요 팀장님. 여기저기 헤매다 초라한 문턱에서 뜨거운 눈물을 먹는다. 팀장님, 전화받으세요.

이평서는 가위에 눌려 끙끙댔다. 머나먼 길을 찾아 여기에, 꿈을 찾아 여기에. 괴롭고도 험한 이 길을 왔는데.

눈을 번쩍 떴다. 이평서는 두툼한 손등으로 침을 닦으며 침대에서 몸을 일으켰다. 찌그러진 맥주 캔이 발에 걸렸다. 베개 옆에서 휴대전화 벨이 요란하게 울렸다. 이 세상 어디가 숲인지 어디가 늪인지. 가왕 조용필이 좌절된 꿈에 관한 노래를 부르고 있었다.

자동차보험 김영순.

오늘 낮에 자동차보험 갱신 문제로 통화했던 보험 설계사의 이름이 휴대전화 화면에 떠 있었다. 보험 설계사가 이 밤에 무슨 일로 전화를 한 걸까.

"아…… 여보세요?"

이평서는 잠에서 완전히 깨지 못한 상태에서 습관적으로 전화를 받았다.

"나는 김, 은, 재!"

"……네?"

앳된 목소리가 인사말도 없이 튀어나왔다.

"여보세요? 뭐라고요?"

"김, 은, 재! 아저씨 누구야?"

이평서는 눈꼬리에 낀 눈곱을 떼어내고 눈을 끔뻑끔뻑했다. 어수선한 자취방의 풍경이 하나둘 눈에 들어왔다. 이평서가 침대 매트리스 위로 몸을 들썩일 때마다 에어컨으로 서늘해진 공기에 먼지가 뿌옇게 날렸다.

네다섯 살쯤으로 짐작되는 어린아이의 목소리였다. 보험 설계사의 아이일까. 이평서는 긴장을 풀고 어깨를 털썩 내렸다.

"너 누구야? 엄마 어딨어?"

이평서는 침대 협탁에 올려둔 탁상시계를 흘겨보았다. 12시가 다 되어가는데 이 아이는 아직도 안 자고 뭐 하는 거지.

"엄마는 지금 치카치카 해요. 아저씨 누구야? 이름이 뭐야?"

어른 전화로 장난치면 안 된다고 훈계하려다가 이평서는 입을 닫았다. 또렷하게 귀에 감겨오는 어린아이의 청명한 목소리가 이평서의 마음에 비어 있는 구석을 정확히 찾아 울렸다. 찡그렸던 얼굴이 서서히 펴졌다. 아이는 남자아이 같았다. 이평서의 아들도 네다섯 살 때는 제 엄마 아빠의 휴대전화를 만지작거리며 이렇게 장난을 쳤다. 그때는 어린 아들의 재롱을 볼 수 있다는 생각에 일을 마치고 집에 들어오는 길이 기뻤다. 늦게 들어와 아들이 잠들어 있으면 그렇게 서운할 수가 없었다. 그런 때도 있었다.

이평서는 서글픔에 기분이 가라앉았다.

"아저씨는…… 이평서야."

"이, 핑, 서?"

김은재라는 아이가 까르르 웃었다.

"그래, 아저씨 이름은 이평서야. 은재는 어디 사니?"

"저는요…… 저는요, 우리 집에 살아요."

이평서는 피식 웃었다.

"그래. 아저씨도 아저씨 집에 산다. 은재 아직도 안 자고 뭐 했어?"

"아빠는 여수 갔어요. 여어수. 세 밤 자고 온대요."

"어어…… 그래. 아빠 출장 가셨나 보구나. 그럼 엄마 혼자 있는데 빨리 자야지. 그래야 착한 아이지."

맞은편 건물의 네온사인 빛이 어른거리는 방에 웅크리고 앉아 이평서는 작은 휴대전화를 귀에 붙이고 보험 설계사의 아이와 대화를 나눴다. 아이의 이름은 김은재.

아이는 말하는 틈틈이 자주 웃었다.

"아빠가요, 우리 아빠가요, 크롱 인형 사다 준댔어요."

"어? 그래? 은재는 좋겠네."

이평서는 은재의 나이를 묻고 낮에 무엇을 했는지 묻고 어느 유치원에 다니는지를 물었다. 은재는 반쯤 알아들을 수 없는 저만의 언어로 또박또박 답했다.

"현근이네 집에는 고양이 있어요. 아저씨 집에도 있어요?"

"아니. 아저씨 집엔 없어."

"나는 강아지가 더 좋은데. 엄마가 나중에 학교 가면 사준대요. 지금은 복이만 키워요."

"복이?"

"거북이요. 복이는 거북이에요. 아이참, 그것도 몰라요? 복이는요, 물속에서 막 하품도 해요."

이평서는 말을 이어갔다. 대화를 멈추고 싶지 않았다. 엄마의 휴대전화를 붙들고 종알거리는 은재의 귀여운 입과 포동포동한 볼살이 눈에 보이는 듯했다. 포근포근하고 말랑한 감정이 이평서의 가슴에 뜨끈한 기운을 불러일으켰다. 취한 남자가 오피스텔 복도를 텅텅 울리며 걸어갔다. 같은 층에 혼자 사는 뚱뚱한 중년 남자 같았다. 남자가 흥얼거리는 오래된 유행가 가락이 귀에 거슬렸다. 이평서는 휴대전화를 귀에 바짝 가져다 대며 소곤거렸다. 거북이가 하품을 한다고? 재밌네. 이름을 왜 복이라고 지었어?

"은재야! 은재 뭐 해!"

어른 여자의 목소리가 수화기 저 너머에서 들렸다. 어머 은재야, 김은재! 엄마 전화로 장난치면 어떡해. 누구랑 말하고 있는 거야? 엄마. 이펑서 아저씨야. 은재가 천연덕스럽게 맞받았다.

은재 엄마가 휴대전화를 빼앗아 받았다.

"여보세요? 여보세요?"

"아…… 네."

"어머. 죄송해요, 고객님. 우리 애가 통화 버튼 눌러서 전화를 걸었나 봐요. 죄송합니다."

괜찮다고 말하기도 전에 은재 엄마는 죄송하다는 말을 한 번 더 반복하고는 전화를 끊었다. 작별 인사도 못한 채 그 밤의 교신은 끝났다.

집에 들어오면서 강력 냉방 모드로 틀어놓은 에어컨 바람이 맨살에 서늘하게 닿았다. 이평서는 멍하니 끊어진 휴대전화 화면을 내려다보았다.

통화 시간 3분 14초.

하염없이 대꾸해줬다 싶었는데 통화 시간은 겨우 3분 남짓이었다. 은재 엄마가 방해하지 않았더라도 더 오래 얘기하긴 어려웠을 것이다. 네다섯 살 아이의 집중력은 3분 이상을 넘기기 어렵다. 나름 오래 나를 상대해주었구나. 이평서는 씁쓸하게 웃었다.

뭔지 모를 기시감이 뿌옇게 다가왔다.

이평서는 들들들 바람을 내뿜는 에어컨을 끄고 기시감의 정체를 파악하려 애썼다. 꿈속에서 전화를 받으라고 독촉했던 설리사의 음성이 귓가를 빙빙 돌았다. 4월 22일. 이평서는 날짜를 정확히 기억했다. 설리사의 휴대전화로 전화를 걸어 7분 42초간 통화를 한 사람이 있었다. 자칭 검찰총장 남자였다. 남자는 설리사라는 사람을 모른다고 했다. 남자는 쉬는 날 4살 된 아들이 자기 휴대전화로 장난을 친 것 같다고 투덜댔다. 이평서는 그 사실을 대수롭지 않게 넘겼다.

7분 42초는 어린아이가 전화로 누군가와 대화를 나누기에는 상당히 긴 시간이다. 그때까지 살아 있던 설리사가 전화를 받았을까? 평일 낮 시간, 방에 혼자 웅크리고 앉아 모르는 아이와 대화를 나누고 있는 설리사의 침울한 얼굴을 상상해보았다. 외로운 시간에 말을 걸어준 천진한 아이의 목소리를 듣고 반가워 전화를 끊지 않았던 것일까. 7분 42초간 무슨 대화를 그렇게 길게 나눴을까. 그 시간 동안 아이는 부모의 방해도 받지 않고 용케 흥미를 잃지 않은 채로 모르는 누나와의 대화에 푹 빠져 있었을까. 이평서는 고개를 갸웃거렸다.

어쨌든 설리사의 전화를 누군가 받기는 받았다. 전화를 받은 사람이 설리사가 아니었다면? 모르는 아이와 그렇게 오래 통화할 이유가 더더욱 없다.

7분 42초.

아무래도 짧지 않은 시간이다. 그때 설리사에게 전화를 건 사람이 자칭 검찰총장의 어린 아들이 맞긴 맞을까. 전화를 받은 사람이 설리사가 맞는 걸까.

이평서 팀장의 눈이 매섭게 빛났다. 사건의 열쇠가 그날 그 통화에 있을지도 모른다는 예감이 잠을 달아나게 했다. 이평서는 남은 캔 맥주를 냉장고에서 꺼내와 입에 털어 넣었다. 날이 밝으면 확인해야 할 것이 많았다.

심리 부검

"안 그래도 외래 진료 하는 날은 밥이 입으로 들어가는지 코로 들어가는지 모르게 들이마셔야 하는데……."

황보드린은 미리 다 썰어놓은 돈가스 조각을 포크로 찍어 입으로 밀어 넣으며 툴툴거렸다.

"금쪽같은 점심시간에 쳐들어와서 사준다는 게 고작 돈가스란 말이지?"

박심은 떨떠름하게 웃었다. 정작 맛을 느끼지 못하고 음식을 입에 욱여넣고 있는 사람은 박심이었다. 어젯밤 경찰서를 나오면서부터 마음이 편치 않아 잠을 잘 이루지 못했다. 고심 끝에 황보드린이 일하는 병원을 찾아와 점심을 먹자고 간청했다. 누군가의 의견이 필요했다.

"여기밖에 자리가 없으니까…… 다음에 더 좋은 거 사줄게."

박심은 황보드린이 내려놓은 빈 컵에 물을 따랐다.

"이런 불확실성의 시대에 다음을 기약하지 말고 빨리 용건이나 말해. 나 별로 시간 없다 진짜?"

박심은 입안에 든 고기를 우물거리며 뒷목을 긁었다. 이야기를 어디서부터 풀어야 할지 막막했다. 이 수상하고 불안한 느낌의 정체가 뭘까. 생각하고 있는 걸 말해도 괜찮은 걸까. 박심은 음식을 꿀꺽 삼키고 입을 떼었다.

"드린. 우리나라에 페넬진 성분의 항우울제를 먹는 사람이 얼마나 될까?"

"페넬진?"

요거트 드레싱에 비빈 양배추 채를 입에 넣으며 황보드린이 눈을 치켜떴다.

"모노아민 산화효소 억제제 말하는 거야? 그거 우리나라에 없을걸?"

"아는데, 그러니까 외국에서 처방받아 와서 먹는다든지 하는 사람 있을 거 아니야. 그런 사람이 얼마나 될까?"

"얼마 되겠어? 일단 굳이 페넬진까지 먹지 않더라도 시도해 볼 만한 좋은 약이 많고, 환자의 특이 컨디션 때문에 마오이를 써야 한다고 해도 페넬진은 아주 까다로운 약이야. 가려 먹어야 할 음식이 얼마나 많은데. 발효 음식은 거의 안 돼. 잘못하면 쇼크로 죽을 수도 있어. 다른 약과 병용하기도 어렵고. 또 페넬진보다 부작용이 적은 모클로베미드 성분의 약이 국내에 있는데 꼭 페넬진을 먹어야만 하는 사람이 있을까? 뭐, 몇 명은 있겠지. 일단 나는 본 적 없어."

박심은 조용히 한숨을 쉬었다.

공탈 회원이었다가 살인 피해자가 된 설리사라는 여대생의 몸에서 검출되었다는 페넬진. 미국 유학 시절부터 마오이 계열 약을 처방받아 먹었다는 조노훈이라는 회원. 조노훈과 자살 사이트에서 만나 공탈 가입을 권유받은 김열.

설리사. 페넬진. 조노훈. 김열.

공탈의 기획자인 반탁신. 그가 제기한 소송과 공탈이라는 모임이 갖는 의미.

김열이라는 속을 알 수 없는 친구. 3월 12일 공탈의 마지막 엠티. 죽은 설리사가 입고 있었다는 등산복. 4월 중 AAD 사무실에서의 김열과 설리사의 만남.

"야! 박심! 제사 지내냐?"

황보드린이 탁자를 손바닥으로 쿵하고 내리쳤다. 박심이 얽힌 실타래 같은 상념에서 깨어나 접시에 남은 음식을 입에 넣었다.

"왜? 누가 페넬진 필요하대?"

"드린, 내가 전에 반탁신이라는 사람하고 그 사람이 만든 우울증 환우 모임에 대해 얘기한 거 기억나?"

"그래. 그게 왜?"

"거기 가입한 환자들이 실제로 우울증약을 끊고 증상이 많이 호전됐다나 봐. 나중에는…… 다시 심해진 사람도 있는 것 같지만. 그럴 수도 있나?"

"뭐가 그럴 수도 있냐는 거야?"

"어, 그러니까…… 오랫동안 약을 먹어온 중증의 우울증 환자들이…… 환우 모임을 해서 증상이 부쩍 나아지는 게. 그게 가능한 거냐고."

식사를 끝낸 황보드린이 냅킨으로 입술에 묻은 소스를 닦았다.

"있을 수 있지. 때론 약물치료보다 정신치료에 더 효과를 보이는 환자가 있으니까."

"정신치료?"

"요즘은 우울증에 약물치료와 정신치료를 병행하는 게 가장 효과가 좋다는 게 정설이야. 나도 환자들에게 많이 권하기는 하는데, 그게 참 쉽지가 않지."

황보드린이 두툼한 입술을 비죽 내밀었다.

"일단 정신치료는 비싸. 대부분 비급여라 1회에 대략 15만 원가량? 시간도 오래 걸리고. 매주 1회 이상 실시해서 3년은 유지해야 해. 그만큼의 돈과 시간을 투자할 수 있는 환자가 많지 않고. 돈과 시간이 있어도 치료자와 신뢰 관계를 계속 쌓아가면서 치료를 유지해나갈 의욕이 없는 사람도 많고."

"환우 모임이 정신치료의 효과가 있을 수 있다는 거야?"

"가능한 얘기지. 일단 같은 병을 앓고 있는 사람들과 커뮤니티 활동을 한다는 것 자체가 주는 소속감과 안정감이 있겠지.

모임 주최자가 치료자로서의 능력을 가지고 있어서 멤버들을 잘 이끌면 그게 바로 집단정신치료지 뭐. 현대 정신의학이 약물치료 쪽으로 많이 쏠려 있기는 하지만 정신치료가 주는 효과도 무시 못 해."

황보드린은 포크와 나이프를 양손에 나눠 들고 말을 이었다.

"약물은 뇌의 화학적 변화를 통해 생각과 기분을 변하게 하고, 정신치료는 생각과 기분의 변화를 통해 뇌에 화학적 변화를 일으키지. 그러니까 두 가지를 병행하면 쌍방향 치료가 되는 거야. 오케이?"

황보드린이 손에 든 포크와 나이프가 공중의 한 지점에서 만났다.

박심은 고개를 끄덕였다.

"그래……."

하지만 반탁신은 전문적인 정신치료사가 아니다. 그의 목표는 다른 곳에 있었다. 약물 없이도 환자의 상태가 나아질 수 있다는 걸 입증하는 것. 공탈 회원들은 황보드린이 말한 집단정신치료의 효과로 초기에 다들 증상이 호전된 것으로 보이나, 일부는 일시적인 효과에 그쳤다. 그중 한 명은 얼마 지나지 않아 자살했다. 박심은 반탁신이 2기 공탈 모임을 조직한다고 해도 과연 성공할 수 있을까 하는 의심이 들었다.

황보드린이 먼저 자리를 털고 일어났다.

"다 먹었지? 나가자. 커피는 한잔해야지."

둘은 아이스 아메리카노를 한 잔씩 들고 대학병원 옆에 있는 장례식장 건물로 들어갔다. 무더위를 피할 수 있는 한산한 장소를 찾은 것이다. 장례식장 특유의 엄숙한 분위기가 공기를 내리눌렀지만 과연 조용하고 시원했다.

"……어떤 사람이 자살을 하는 걸까?"

구석에 놓인 소파에 앉으며 박심이 중얼거렸다.

"여기에 참 어울리는 질문이네."

황보드린이 웃으며 컵에 꽂힌 빨대를 빨았다.

"전에 드린이 네가 우울증과 자살은 별개의 변수라고 했잖아. 자살자 중에 우울증 환자가 많기는 하지만 우울증 환자 중에는 아주 일부만 자살을 한다고. 그럼 어떤 사람이 자살을 하는 걸까."

"숯검댕이 박 씨야. 너 너무 어둠의 주제에 탐닉하는 것 같아 걱정스럽다만 누나가 얘길 해줄게. 이래봬도 내가 가운 입은 의사 아니겠니."

황보드린은 고개를 돌려 옆에 앉은 박심의 얼굴을 물끄러미 바라보았다.

"글쎄. 누구도 정확히는 모르지. 생과 사의 경계를 넘는 엄청난 결정을 스스로 내리고 실행하는 사람은 어떤 사람일까. 어떤 사람이 그런 결정과 행동을 할 수 있는 거고 어떤 사람은 하지 못하는 걸까. 자살학자들은 말해. 치명적인 자해를 가할 수 있는 능력의 습득, 좌절된 자기효능감, 좌절된 소속감이 자살의 요인이라고."

검은 옷을 입은 사람들이 삼삼오오 침울한 표정으로 들어와 지하층으로 내려가는 걸 지켜보며 황보드린은 설명을 이어갔다.

치명적인 자해를 가할 수 있는 능력의 습득. 자살을 하고픈 욕망이 아무리 커도 그것을 실행할 능력이 없으면 머릿속 환상에 그친다. 무의식적인 생존 본능을 뛰어넘을 만큼의 상해를 의식적으로 자기에게 입히는 건 결코 쉽지 않은 일이다. 자살은 자기 자신에게 가하는 최대한의 폭력이다. 그리고 폭력은 상당 부분 학습에 의해 취득된다. 폭력에 대한 경험이 많은 사람일수록 폭력을 재현할 능력을 더 많이 가진다. 여성이 남성보다 우울증 유병률이 2배 더 높지만, 우울증 환자의 자살율은 남성이 여성보다 4배 높다. 문화적으로 남성이 여성보다 폭력을 체험할 기회가 더 많기 때문인 것으로 보인다. 유년기에 학대를 경험한 사람, 지속적으로 폭력의 피해를 당하거나 폭력에 가담해온 사람은 물론 직업상 폭력을 관찰할 가능성이 높은 의사의 자살율도 유독 높은 것으로 나타난다. 무엇보다 자살의 가장 큰 위험 요인은 과거의 자살 시도 경험이다. 한 번 자살을 실행해본 사람은 두 번 세 번 반복하다 결국 성공할 가능성이 그렇지 않은 사람보다 훨씬 높다.

이렇듯 자해의 능력을 가진 사람이 자기효능감과 소속감을 잃어버리고 표류할 때 자살을 꿈꾸고 실행하게 된다. 자기효능감의 상실이란 곧 쓸모없는 사람이라는 생각, 주변에 어떤 긍정적인 영향력도 미치지 않는 무능한 존재라는 자학, 나라는 존재는 세상에 없는 것이 더 낫다는 왜곡된 자기부정이다. 이러한 감정은 우울증의 증상과 상당 부분 일치한다.

'좌절된 소속감'은 사회와 인간에 대한 유대감의 단절을 말한다. 인간이라면 누구나 어딘가에 소속감을 느끼고 다른 사람과 영향을 주고받고 싶어 한다. 소속감은 연약한 자아와 그 바깥을 이어주는 연결 고리다. 따라서 이혼이나 사별, 친밀한 집단과 사람과의 관계 단절은 자살에 취약한 사람에게 큰 위험 요인이 된다.

"자살자 심리 부검을 해보면 실제로 자살 직전에 관계 단절을 경험한 사람이 많아. 특히 그 관계가 유일하고 독점적인 것일수록 위험하지. 나와 사회를 이어주는 유일한 끈이 끊어졌다고 느낄 때 사람은 아주 급격하게 자살 충동을 느낄 수 있어."

황보드린은 말을 마치고 테이크아웃 커피 잔의 캡을 벗겼다. 황보드린이 얼음째 커피를 들이켜는 걸 보며 박심이 말했다.

"네 말대로라면…… 애당초 사회에서 고립되어 혼자 살던 사람보다, 유일하게 하나 있었던 친구를 잃어버린 사람이 더 위험하겠네."

"뭐, 너무 일반화시키는 느낌이 없지 않지만 그렇게 말할 수 있지. 꼭 사람이 아니더라도 친밀한 대상을 잃는 건 우울증 환자에게 되게 위험해. 키우던 반려견이 죽자 따라 죽은 케이스도 있어. 이거 웃을 일이 절대 아니라고. 환자들에게는 자살을 불러올 만큼 중대한 생활 사건이야."

설리사의 죽음에 대한 소식을 처음 듣고 자살일 거라고 생각했다는 김열의 말과도 일치하는 대목이다. 4월에 갑자기 AAD 사무실을 찾아왔던 날, 설리사는 박이음이 자신을 싫어하는 것 같다고 말하며 불안해했다고 했다. 김열은 그 지점에서 설리사가 위험하다고 느꼈다고 말했다. 어제 경찰 조사에 동석하며 엿들었던 정보를 종합하면 설리사는 매우 고립적인 생활을 했고, 같은 공탈 회원인 박이음을 유일한 친구로 삼고 지냈던 것 같았다. 그래, 자살의 위험한 신호를 보였다.

그러나 설리사는 살해당했다.

"참, 나 저번에 너 만나고 며칠 뒤에 그 친구에게 전화해봤다."

황보드린이 말했다.

"무슨 친구?"

"왜 있잖아. 고등학교 때 김열과 사귄 여자애 언니. 그 동생은 1학년 때, 김열은 2학년 때 잠깐 사귀었다고 했잖아 내가."

박심은 전에 황보드린이 얼핏 흘렸던 말을 기억했다. 분명 지난번 헤어지기 직전 황보드린이 그 친구에게 전화나 해볼까, 하는 말을 했었다.

"그랬어?"

"나도 네 얘기 듣고 궁금해져서. 외계인 김열 말이야. 친구 동생과 사귀면서 무슨 일이 있었나 물어봤지. 역시 섬찟한 구석이 있더만 개."

"어떤 면이?"

박심은 귀를 쫑긋 세웠다.

"음…… 그 동생이 김열하고 사귄 지 얼마 안 돼서 중학교 때 친구들에게 김열을 소개할 자리를 만들었다나 봐. 중학교 동창들끼리 서로 남자 친구 선보이는 풍습이 있었다네? 그 왈가닥 같은 기지배가 김열을 잔뜩 연습시켰대. 제발 친구들 앞에서 다정하고 사근사근하게 굴어달라고. 평소같이 무표정으로 무뚝뚝하게 앉아 있지만 말고. 언니인 내 친구가 보기에도 그렇게 안달복달하면서 수시로 전화질하며 김열을 괴롭혔대. 남자 친구에게 근사한 대접을 받는 모습을 중학교 친구들에게 보이고 싶었던 거지."

"그런 걸 바랄 거였으면 김열을 사귀지 말았어야 할 것 같은데……."

박심은 김열의 냉담한 얼굴을 떠올리며 설핏 웃었다.

"너무 안달을 하니까 나중엔 김열이 성질을 내며 전화를 끊었대. 그 동생은 망했구나 싶어서 울상이 돼가지고 동창들과 약속한 자리에 혼자 나갔지. 남자 친구는 일이 생겨서 못 온다고 할 생각이었는데 그 자리에 김열이 나타난 거야. 그러고는……."

황보드린은 이야기의 극적인 전환을 예고하며 말을 끊었다가 이었다.

"……완전 세상 끝까지 싹싹하게 굴었대. 생글생글 웃어가면서 여자애를 추켜세우고 밥을 떠서 먹여주고 낯간지러울 정도로 다정한 말을 늘어놓고. 친구들은 박수를 치며 깔깔대고 부러워하는데 여자애는 표정 관리 못 하고 좌불안석. 자기가 원한 모습이었지만 완전히 다른 사람이 돼서 나타났으니까. 친구들은 평소 남자 친구가 무뚝뚝하다고 욕하더니 기지배 쌩 거짓말했다고 난리 치고. 거기 대고 뭐라고 말을 못 하겠더라는 거야. 처음 만난 사람이 보기에는 정말 연애에 목숨 거는 다정한 남자 친구였대. 누가 봐도 자기가 거짓말한 꼴이 된 거지."

"아하……."

박심은 경찰서에 같이 가달라고 부탁했을 때의 김열의 달라진 태도를 떠올렸다. 어제 경찰서에서 고개를 수그리고 잔뜩 눈치를 보며 띄엄띄엄 진술을 늘어놓던 모습도 이어졌다. 그것들이 어떤 의미를 갖추고 있었다. 박심은 긴장해서 어깨에 힘이 들어갔다.

"친구들과 헤어지고는 바로 평소 모습으로 돌아가고. 페이스오프. 여자애는 오싹했대. 자기가 너무 괴롭혀대니까 그래 당해봐라 하고 오히려 오버해서 연기한 거라는 느낌이 팍 들었던 거지. 그런데…… 너무 거짓말같이 연기를 잘하더라는 거야."

"필요한 때 필요한 역할로 자기를 변화시킬 수 있는 친구인 거지."

박심은 허공에 시선을 둔 채 목소리를 낮게 깔았다. 황보드린이 곁눈으로 박심을 보았다.

"공권력 앞에서 수줍고 불안에 떨고 주눅 든 사람 역할을 하는 게 필요하다고 판단되면, 그 역할을 하는 친구인 거야."

황보드린이 고개를 앞으로 빼고 박심의 굳은 얼굴을 빤히 보았다.

"뭔 소리래? 난 네가 더 무서워지기 시작한다."

"아…… 아니야. 그런 게 있어."

박심은 고개를 저었다. 어제의 일을 얘기하다 보면 너무 길어질 것 같았다. 황보드린에게 허용된 점심시간이 끝나가고 있었다.

"뭐, 그럼 됐고. 그뿐만이 아니야. 3학년때 김열이 백창권하고 붙어 다니면서도 불량한 애들에게 괴롭힘 당하지 않은 이유가 있더라고. 뒷소문이 있었어."

"뒷소문?"

황보드린은 컵에 남은 얼음을 입에 쏟아 넣고 으득으득 씹었다.

"2학년 때 꽤나 학교 짱 먹으려고 으스대고 다니던 애들이 길에서 김열을 만나 시비 걸었다나 봐. 그때 김열은 자전거 가게 앞에서 자전거 바퀴에 바람 넣고 있었고. 걔네들은 평소 김열 하는 행동이 신경 거슬린다고 그냥 몇 대 때려주고 싶었던 것 같아. 시비 걸면서 툭툭 차니까 김열이 그중 한 명 귓구멍에 전기에어펌프를 꽂고 빵 쏴줬대."

"뭐어?"

"후후. 인문계 고등학교에서 일진이라고 해봤자 양아치 축에도 못 끼는 애들이었겠지. 귓구멍 테러를 당한 애는 고막이 나가버렸고. 그 길로 줄행랑을 친 다음에 창피해서 김열에게 당한 거라고 말도 못 했대. 하지만 그렇다고 소문이 안 나나. '이건 비밀인데 너만 알고 있어'라는 식으로 퍼질 만큼은 다 퍼졌다네. 나는 몰랐네? 박심, 너도 몰랐지?"

"몰랐어……."

"어쨌든 그래서 주먹 좀 쓴다 하는 애들도 김열은 안 건드린다는 암묵적 선이 있었다나 봐. 김열이 정말 영화에 나오는 조폭처럼 아무렇지도 않은 표정으로 그 짓을 했대. 감정적인 동요가 전혀 없는 얼굴로. 그게 무서워서 복수할 엄두도 안 났나 봐. 이것도 친구랑 통화하며 들은 얘긴데, 의외더라. 김열 걔 조용히 묻어가는 스타일이었잖아? 누구에게 폭력 쓰고 잔인하게 굴고 그러지는 않았잖아?"

황보드린은 손목시계를 보더니 벌떡 일어섰다.

"야! 나 늦겠다!"

황보드린은 따라서 일어서려는 박심의 어깨를 밀어 앉혔다.

"내 진료실 가는 길은 내가 더 잘 아니까 넌 여기 앉아서 딴 생각 더 하다가 가. 다음엔 여유 있을 때 와서 코스 요리로 사주고. 돈가스로 때울 생각은 꿈에도 하지 마!"

박심은 종종걸음으로 장례식장을 빠져나가는 황보드린의 뒷

모습을 바라보며 컵을 꽉 쥐었다. 플라스틱 컵이 으득 소리를 내며 우그러들었다.

김열은 경찰 조사를 받으면서 자신감 없고 소심한 청년 역할을 연기했다. 그래서 그 전과는 마치 다른 인격인 것처럼 느껴졌던 것이다.

왜 그랬을까?

답은 한 가지밖에 없다.

나를 경찰 조사를 받는 그 자리에 있게 하고 싶었던 거다. 박심은 아랫입술을 깨물었다. 분한 감정에 짙은 눈썹이 꿈틀거렸다. 나를 무슨 용도로 이용한 걸까. 김열은 내가 설리사 살인 사건에 대하여 알기를 바랐다. 경찰의 질문에 대답하는 것을 의도적으로 옆에서 듣게 만들었다. 사건의 개요와 그 사건에서 김열이 한 역할을 알 수 있도록. 가시 달린 무거운 공을 박심의 눈앞에 툭 던졌다. 박심은 좋든 싫든 받아야만 했다.

도대체 왜?

고등학생 때 귀찮게 졸라대는 여자 친구에게 가한 심술궂은 복수와는 다른 차원의 행동이었다. 여기엔 상상하기 어려울 정도로 복잡하고 깊은 악의가 깔려 있다는 직감이 들었다.

박심은 고개를 들어 정면을 쏘아보았다.

김열이 창백한 얼굴에 비웃음을 걸고 손가락을 까딱거리는 환영이 보였다. 박심을 부르고 있었다. 뾰족한 귀 사이로 가느다란 턱선의 얼굴이 시시각각 변했다. 냉담했던 얼굴이 순간 수

즙게 볼을 붉혔다가 겁을 먹고 떨다가 행복하게 깔깔 웃다가 눈꺼풀 사이를 좁히며 잔인한 미소를 지어 보였다.

복잡하게 얽혔던 사실들이 박심의 머릿속에서 한 가지 초점을 향했다.

자살자 심리 부검을 해보면 실제로 자살 직전에 관계 단절을 경험한 사람이 많아. 특히나 그 관계가 유일하고 독점적인 것일수록 위험하지.

조금 전 황보드린이 한 말이 사실들 사이로 되살아났다.

박심은 땀이 찬 손으로 휴대전화를 꺼내 들었다. 김열의 번호를 찾아 통화 버튼을 눌렀다. 무슨 말을 해야 할지는 정할 겨를이 없었다. 그러나 뭐라도 해야 했다. 시간이 많지 않을지도 몰랐다.

전원이 꺼져 있다는 안내음이 나왔다.

잘못 건 전화

남자는 쩝쩝거리며 전화를 받았다. 점심을 먹고 있는 듯했다.

"여보세요."

말하며 남자는 국물을 후루룩 들이켰다. 애저녁에 통화 예절 따위는 기대할 수 없는 인물이었다.

자칭 검찰총장 남자의 이름은 조범천이었다. 이평서 팀장은 오늘 오전 경찰서에 출근하자마자 휴대전화 명의자 조회를 했다. 주소지는 서울 강북구 수유동이었다. 이평서는 지난번 조범천과 통화했을 때 왠지 거친 일에 종사하는 사람인 것 같다는 느낌을 받았었다. 지금껏 숱하게 겪어온 밑바닥 인생들이 풍기는 구린 냄새가 났다. 밑져야 본전인 셈 치고 서울강북경찰서에 근무하는 예전 동료 형사에게 전화해서 관할 구역 우범자 중에 조범천이란 사람이 있는지 물었다. 예감은 들어맞았다. 조범천은 폭력과 사기 전과 6범이었다. 최근 몇 년간 감방 동기와 함께 수유동에 심부름센터를 차려 운영한다고 했다.

"저기, 광고 보고 전화드렸습니다. 제가 돈을 좀 받아야 할 게 있어서."

이평서는 턱을 당겨 쉰 목소리로 말했다. 조범천이 이평서의 목소리를 기억할 것 같지는 않았지만 조심해서 나쁠 건 없었다.

"아, 그렇습니까?"

이평서는 조범천이 뿌린 광고 따윈 본 적 없었다. 그러나 이런 심부름센터는 때로는 은밀히 때로는 대놓고 광고지를 뿌려 존재를 알리기 마련이다. 휴대전화 번호와 함께 '떼인 돈 받아드립니다'가 주로 사용하는 문구다. '불륜·이혼 상담', '사람 찾기'를 내세우기도 한다. 광고 문구만으로도 하는 일이 죄다 불법이라는 냄새가 진하게 풍기지만 규제는 터무니없이 허술하다. 특별한 자격도 필요 없고 허가를 받을 필요도 없다. 사무실 차리고 신고만 하면 된다.

"저기, 직접 뵙고 말씀드리고 싶은데. 긴한 일이라. 사무실이 어딥니까?"

조범천이 입안에 든 음식을 쩝쩝거리며 미끼를 턱 물었다. 어디로 2시까지 오라고 가르쳐주고는 전화를 끊었다. 경계하는 기색은 없었다.

심부름센터는 지은 지 30년은 된 듯한 낡은 상가 건물의 3층에 있었다. 이평서 팀장과 홍인혁 형사는 줄지어 먼지 쌓인 좁은 계단을 올랐다. 복도 끝에 난 새시 문 유리창에 심부름센터라는 아크릴 간판이 걸려 있었다.

이평서가 앞서서 새시 문을 열고 안으로 들어섰다.

얼굴이 검고 입술이 번드르르한 곱슬머리 남자가 철제 책상에 다리를 올리고 껌을 짝짝 씹으며 신문을 뒤적이고 있었다. 남자는 책상에서 다리를 내리고 턱의 동작을 멈췄다. 남자의 좁아든 눈매에서 긴장이 느껴졌다. 방금 사무실로 들어온 두 사람이 경찰이라는 걸 본능적으로 알아챈 눈빛이었다.

"조범천 씨?"

이평서가 말했다.

"무슨 일입니까?"

조범천은 뚱한 표정으로 다가오는 이평서를 맞았다.

이평서는 인조가죽이 찢어져 솜이 드러난 응접 소파에 풀썩 앉으며 경찰 신분증을 내보였다. 사무실은 좁았다. 조범천이 앉아 있는 책상과 소파까지는 한 걸음 거리도 되지 않았다. 철제 책상이 하나 더 놓여 있었으나 조범천의 동업자는 외부 업무 중인 모양이었다.

"나 수원중부경찰서 이평서 경감인데, 전화했던 사람이요. 이쪽은 홍인혁 형사."

홍인혁 형사는 고개만 건성으로 까딱하고는 이평서 팀장의 옆에 앉아 다리를 꼬았다.

"허! 형사님이 돈 떼이셨습니까?"

조범천이 번드르르한 입술 한쪽을 들어 올렸다.

"아까도 전화했고, 지난달에도 한 번 했지 왜."

이평서는 반말을 깔았다. 선량한 시민보다 이런 닳고 닳은 잡범이 더 대하기 수월했다. 선수끼리 긴 탐색전은 필요 없었다.

"지난달에? 저랑요?"

이평서는 맞은편 소파를 발로 툭툭 찼다. 다가와 앉으라는 뜻이었다. 조범천은 씹던 껌을 재떨이에 툭 뱉고는 일어났다. 꿀리는 모습은 보이기 싫은지 동작이 분주했다.

"수원서에서 저에게 무슨 볼일입니까? 저 합법적으로 장사하는 놈입니다."

조범천은 소파에 앉으며 껄렁거렸다.

"올해 4월 22일, 살인 피해자 설리사와 7분 42초간 통화한 적 있냐고 내가 물어봤잖아. 기억 안 나? 검찰총장 선생?"

한쪽 벽을 향했던 시선을 거둬들이며 조범천은 시간을 끌었다.

"아…… 그거. 그때 전화하신 형사님이십니까? 저 모른다고 했을 텐데요. 설리사? 그 여자가 누군데요? 저랑 뭔 상관이에요?"

"쉬는 날 네 아들놈이 휴대폰 가지고 장난 친 거라고 했지?"

"제가 그랬습니까?"

이평서는 담배 냄새가 찌든 지저분한 사무실을 휙 둘러보았다.

"금요일마다 쉬나?"

"2주에 한 번씩 동업하는 놈이랑 돌아가면서요."

"저녁이 있는 삶이라 이거군. 좋네. 4월 22일이 쉬는 날이었어?"

"글쎄요. 그랬나 보죠."

"장난해?"

이평서 팀장이 눈을 부라렸다.

"확인해봐."

"아씨, 왜 이러는 건데?"

조범천이 인상을 팍 쓰며 언성을 높였다.

"조범천이. 네가 설리사를 알든 말든 너는 4월 22일에 설리사의 휴대폰으로 전화해서 통화를 했어. 그때 무슨 일을 하고 있었고 왜 이 번호로 전화했는지 말해."

이평서는 응접탁자에 굴러다니는 광고지 뒷면에 설리사의 휴대전화 번호를 갈겨쓴 뒤 조범천에게 내밀었다.

"이 번호야. 어서 수첩이든 뭐든 뒤져봐. 얼른."

조범천은 오만상을 찌푸리고 이평서를 노려보았다. 이평서는 소파 깊숙이 몸을 묻고 손가락으로 나무 팔걸이를 똑똑 두드렸다. 홍인혁 형사는 옆에서 명령을 재촉하는 엄한 눈빛을 쏘았다.

심부름센터 사장은 불만을 잔뜩 품은 얼굴로 다시 책상으로 건너갔다. 서랍을 열어 다이어리를 꺼내 책상 위로 철썩 던졌다. 이평서와 홍인혁은 눈 하나 깜짝하지 않았다. 조범천은 입안으로 쌍소리를 우물거리며 다이어리를 세워 들고 페이지를 더듬어 살펴보았다. 3~4분 후 어느 지점에서 조범천의 표정이 변했다. 이평서는 그 찰나를 놓치지 않았다.

"뭐 했어, 그때?"

조범천은 다이어리를 덮고 형사들의 눈치를 살피며 책상 밑으로 휴대전화를 만지작거렸다. 이평서가 소파에서 일어나 조범천의 책상에 엉덩이를 걸치고 앉았다. 조범천이 서둘러 휴대전화를 뒤집어 무릎에 놓고 말했다.

"제가 일 관계되는 번호를 잘못 알고 그 아가씨에게 전화했나 보네요. 에이씨 하필이면……."

"그 아가씨가 어떤 아가씬데?"

조범천이 어이없다는 듯 콧방귀를 꼈다.

"형사님이 찾는 그 아가씨요. 이 번호 주인!"

"누구로 잘못 알고 전화했어? 그것 좀 봐봐."

이평서가 휴대전화로 손을 뻗자 조범천이 몸을 돌려 피했다.

"아니 그냥. 돈 받기로 한 사람 번호를 잘못 입력해서 그 번호로 한 겁니다."

"통화 기록이 아직 남아 있어?"

홍인혁 형사가 이평서의 뒤로 다가와 팔짱을 끼고 섰다.

"4개월 전 통화 기록은 휴대폰에 안 남아 있죠, 팀장님. 문자나 카톡이면 몰라도."

"아이씨. 영장 있습니까!"

"가져올까!"

이평서 팀장이 버럭 소리를 쳤다.

"이봐, 조범천이!"

이평서는 몸을 숙여 조범천의 얼굴 가까이 제 얼굴을 들이밀었다. 으르렁거리는 검고 거친 얼굴 한 쌍이 공중에서 기를 겨뤘다.

"나는 네가 뭔 사업을 어떻게 하든 관심 없거든? 그런데 관심이 생길지도 모르지. 보아하니 관할서에서 하루 이틀 날 잡아 탈탈 털면 이것저것 똘똘 말아서 처넣는 건 일도 아니겠는데. 별 하나 더 달고 빵에서 몇 바퀴 돌래? 아니면 지금 잠깐 협조하고 성실하게 살래?"

이평서가 조범천의 코앞에 두툼한 손을 내밀어 휴대전화를 내놓으라고 압박했다.

조범천이 분노와 모욕감으로 얼굴 살을 움찔거렸다.

"내가…… 형사님을 어찌 믿습니까. 오늘 처음 봤는데……."

마지막 자존심을 챙겨들며 어물거리는 조범천을 향해 이평서는 쏘아붙였다.

"나는 불법채권추심에는 관심이 없어. 사람 죽인 놈만 잡으면 돼."

긁힌 자국 가득한 스마트폰이 이평서의 손으로 마지못해 넘어갔다. 카카오톡 대화창이 열려 있었다. '수유심부름센터'의

대화 상대는 '김나래'라는 이름이었다. 나무 회대에 앉아 고개를 한쪽으로 갸웃거리는 십자매가 프로필 사진으로 걸려 있었다.

"설리사의 번호를 김나래라는 이름으로 입력했나 보네요."

이평서의 어깨 너머로 휴대전화를 들여다보던 홍인혁 형사가 말했다.

"나중에 번호를 삭제하거나 수정하더라도 한 번 김나래라는 이름으로 입력해서 주고받은 카톡 대화창은 그 이름으로 남아 있거든요. 채팅방에서 나가지 않는 한."

"으흠……."

흰색과 잿빛이 섞인 십자매는 건강해 보였다. 설리사의 집 베란다에 걸린 새장 밑바닥에 말라 죽어 있던 십자매가 생전에는 이런 모습이었나. 이평서는 씁쓸한 침을 삼키며 카카오톡 대화창을 죽 내려보았다. 수유심부름센터 쪽이 일방적으로 보낸 메시지만 있었다. 답변이 없는 십자매의 주인을 향해 수유심부름센터는 점차 험악해지는 말투로 빚 변제를 독촉했다.

심부름센터입니다. 아가씨 전화 안 받기로 했습니까? 나랑 한 약속 잊어씁니까?

딸내미 손으로 아버지 빵에 보낼 겁니까. 그런다고 보증이 업서질 것 같아. 피한다고 될 일 아입니다. 신용사회 만듭시다.

내주까지 삼천 먼저 돌리지 않으면 일이 나도 크게 난다. 내 신용으로 빌릴 곳도 알아봐놨는데 싸가지가 어디 갔나 전화 안 받아? 나는 몰라도 권 사장 그냥 넘어갈 양반 아니다. 피 봐야 알겠나.

아가씨 내가 니 집 주소를 모를 줄 아세요. 애비란 새끼는 어디 토꼈는지 안 불기만 해봐라. 내 갈 때까지 가만 기다리고 이써라.

마지막 메시지를 보낸 날은 4월 22일이었다. 조범천이 설리사의 휴대전화로 7분 42초간 통화한 그날이었다.

"이거 뭔 말이냐?"

이평서가 물었다. 조범천이 다소 여유를 찾은 얼굴로 담배를 물고 불을 붙였다.

"채무자 보증 선 딸년이랑 통화해서 그 딸이 돈을 갚기로 했습니다. 그 뒤에 번호를 저장한다는 것이 씨발 이놈의 손가락이 뭘 잘못 눌렀는지…… 계속 전화 안 받길래. 뭐 며칠 헛물켠 거죠."

조범천이 양 콧구멍으로 연기를 한 뭉텅이 뿜었다. 이평서는 담배 연기에 가려지는 곱슬머리 남자를 짜증스러운 눈으로 보았다.

그러니까 조범천은 권 사장이란 사람에게 김나래라는 여자의 아버지가 진 빚을 받아달라는 의뢰를 받은 것이다. 김나래가 아버지의 빚보증을 실제로 섰든 안 섰든 중요하지 않다. 조범천은 도망간 채무자 대신 김나래에게 빚을 갚으라고 요구했다. 사채업자까지 알선해줄 테니 사채를 얻어 빚을 갚으라고 협박했고 김나래는 그러겠다고 한 모양이다. 그런데 그 뒤에 이 불법채권추심업자가 김나래의 번호를 설리사의 번호로 잘못 저장했다. 김나래는 약속을 이행하지 않고 전화도 받지 않았다. 조범천은 카카오톡으로 빚을 독촉하는 메시지를 보내다가 끝내는 집까지 찾아간다는 말을 남겼다.

"마지막 문자 보내고 그날 상대가 전화를 받았네. 뭐라고 했어?"

"얘기하다 보니 잘못 짚은 거 알았죠. 그래서 다시 전화 안 한 거고. 형사님이 물어보실 땐 진짜로 기억 안 났습니다."

"자세히 말해! 7분 넘게 무슨 말을 했냐고!"

이평서가 조범천의 입에서 담배를 뽑아 재떨이에 눌러 끄며 소리쳤다. 대출까지 알선하여 채무자의 딸에게 빚을 전가하고 협박도 서슴지 않는 이 양아치 자식에게 다시 콩밥을 먹이고 싶은 마음이 간절했다. 이런 놈이 저지른 불법행위가 살인 사건의 단서를 제공하다니 아이러니였다.

"아씨…… 그러니까 그 아가씨가 진작 전화 잘못한 거라고 설명했으면 길게 얘기할 것도 없었는데……."

"통화 내용을 처음부터 그대로 다 말해."

"카톡 보내고 조금 이따 전화를 받길래 그동안 왜 전화도 카톡도 씹었냐고 한마디 했죠. 돈 갚기로 한 거 잊었냐고. 열 받잖아요. 뭐라고 좀 했는데 가만히 듣고 있다가…… 아가씨가 뭐라고 했더라…… 자기 아빠가 빚을 졌냐고 묻는 거예요. 내가 막 장난하냐고 지금, 권 사장에게 진 빚 4천3백 중에 일단 3천을 아가씨가 갚기로 하지 않았냐고, 빚 떼먹고 도망간 아버지 보증 선 거 잊어버렸냐고 뭐라고 했죠."

조범천은 자신이 쏟아 부은 욕설과 협박을 최대한 순화해서 표현하기 위해 애쓰는 것 같았다. 실제로는 상대에게 모욕과 공포를 일으키는 고성이 이어졌을 것이다.

"그런데 이 아가씨가 그러고 한참 후에 자기랑 이 번호로 언제 통화한 적 있냐고 묻는 거예요. 그때만 해도 어이가 없어서…… 지난주에 통화해놓고 무슨 개소리냐고 내가 그랬더니 그제서야 전화 잘못하신 거 같다고 누구를 찾으시냐고 해서…… 당신 김나래 아니냐고 했더니 아니라고…… 그렇게 되니까 목소리가 내가 통화한 김나래가 아닌 것 같습디다. 김나래는 목소리가 여리여리했는데 그 아가씨는 목소리가 굵고 나이도 좀 더 있는 것 같더라고요. 아니 이 양반아 아니면 아니라고 빨리 말하지 왜 한참 듣다가 말하는 거냐고 카톡은 왜 씹었냐고 했죠. 카톡으로 아니라고 하면 될 것을 나 참. 그 통화가 7분이나 됐습니까?"

이평서는 휴대전화 카메라를 켜고 조범천의 카카오톡 대화창을 한 화면에 나타나는 만큼 내려가면서 찍었다.

"너 이 문자 임의제출한 거다. 그리고 내일 수원중부경찰서로 내가 부르면 와."

불만을 내뱉으려는 조범천을 이평서는 부릅뜬 눈으로 찍어 눌렀다.

"김나래 찾아서 불법채권추심하고 폭행, 협박 피해 신고 받을까? 네 장부 싹 다 뒤져서 한번 똘똘 말아볼까?"

조범천이 기름기가 도는 입술을 꾹 닫았다. 그는 숨을 참는 두꺼비 같은 얼굴로 이평서를 째려보았다.

악의 외로움

박심은 수원성림병원 본관에 들어섰다. 연한 하늘색 와이셔츠가 가슴에 들척지근하게 달라붙었다. 아스팔트 위로 지글지글 증기가 피어오르는 날씨였다. 목에서 흐르는 땀이 와이셔츠 칼라의 접힌 부분을 적셨다. 서울에서부터 머리에 불덩이를 이고 온 것 같은 느낌이었다.

병원 로비의 공기는 미지근했다. 환자복을 입은 사람들이 링거대를 끌거나 휠체어를 타고 오갔다. 진료 예약 창구는 차례를 기다리는 사람들로 빼곡했다. 키오스크에서 처방전을 뽑아든 중년 여자가 박심의 어깨를 스치며 바쁘게 지나갔다. 연홍색 제복을 입은 간호사들의 잡담과 밀대차를 운전하는 미화원의 무료한 표정. 아이스크림을 입에 문 어린 암 환자. 종합병원의 구성원과 이용자들이 각자 나름의 볼일을 보며 일상적인 시간을 보내고 있었다. 잔잔한 두통이 찾아왔다. 박심은 얼굴을 찡그리고 안내 데스크를 찾아 두리번거렸다.

황보드린과 헤어져 수원행 지하철을 타면서도 박심은 자기 생각에 확신을 갖지 못해 혼란스러웠다. 그러나 김열의 휴대전화가 꺼져 있는 걸 확인한 순간 불안의 추는 급격히 기울었다. 기운 마음 끝으로 어젯밤 경찰서 앞에서 헤어지면서 김열이 다음 날 성림병원에 가겠다고 말한 것이 떠올랐다. 오후 4시에 가겠다고 방문 예정 시각까지 말했다.

병원 로비 벽에 걸린 시곗바늘이 오후 3시 43분을 가리키고 있었다.

"입원 환자 병실을 알고 싶은데요."

박심은 안내 데스크에서 연녹색 제복을 입고 서 있는 남자 직원에게 말했다. 직원이 무전기를 든 손으로 원무과 창구를 가리켰다. 박심은 복도를 가로질러 걸어가며 중얼거렸다. 박이음. 분명 그 이름이었다. 박이음은 수원중부경찰서에서 참고인 조사를 받던 중 공황발작으로 쓰러져 경찰서 인근에 있는 이 종합병원에 입원했다. 공황발작에 대상포진까지 겹쳐 입원이 길어졌다고 했다.

"네, 박이음 환자요. 1601호에 계십니다. 조금 전에 1인실로 옮기셨네요."

원무과 여직원이 컴퓨터 자판을 한 번 톡 두드리고는 말했다.

"1601호요? 감사합니다."

박심은 병동으로 올라가는 엘리베이터를 찾아 탔다. 16층까지 올라가는 동안 엘리베이터는 자주 멈췄다. 땀이 식으며 목뒤가 오싹해졌다. 박심은 반팔 소매 자락을 들어 목과 이마를 닦았다. 박이음의 병실에 들어가 당장 무슨 말을 할 것인지 막막했다. 김열이 이미 와 있어도 문제고 없어도 문제였다. 초면의 여자에게 나를 어떻게 소개할 것인가.

나는 여기, 왜 온 것인가.

페넬진을 설리사에게 준 사람이 김열 너야?

김열과 마주치면 당장 묻고 싶은 질문이 입술에 맴돌았다. 어젯밤 너와 헤어져 경찰서에 다시 들어갔다가 우연히 들었어. 설리사는 페넬진을 먹고 중독사한 거래. 작년에 자살한 그 형에게 페넬진을 받아 갖고 있었던 거야? 그게 어떻게 산에서 시체로 발견되었다는 설리사의 몸에서 발견된 거야?

1601호실 벽에는 이름 한 글자를 별표로 처리한 이름패가 붙어 있었다.

박이*

1인실이었다. 박심은 한쪽 귀를 문에 가까이 댔다. 사람의 말소리는 들리지 않았다. 누군가 움직이는 기척도 느껴지지 않았다. 링거대를 끌고 복도에 나와 걷기 운동을 하던 초로의 남자 환자가 박심을 의심스러운 눈으로 돌아보았다. 입원실 문에 귀를 기울이고 선 모습이 다른 사람 눈에는 충분히 수상해 보일 거란 생각이 들었다. 박심은 남자의 시선에 쫓겨 용기를 냈다. 검지를 구부려 병실 문을 똑똑 두드린 뒤 "실례합니다" 하는 말과 함께 열었다.

침상 커튼이 3분의 2쯤 쳐져 있었다. 등을 보이고 누운 여자의 모습이 허리 위부터 보였다. 짧은 머리에 마른 여자였다. 병원 로고와 이름이 세로줄로 늘어선 환자복이 여윈 어깨를 감싸고 있었다. 출입문 쪽에 욕실 겸 화장실이 있고, 침대 건너 안쪽에는 보호자용 소파가 있었다. 소파 머리맡에 담요가 개켜져 있고 소파 밑으로 가지런히 모아놓은 슬리퍼의 앞코가 보였다. 보호자는 짐을 정리하고 한동안 자리를 비운 모양새였다. 침대에 누운 여자가 스르르 등을 돌려 박심을 바라보았다. 갸름한 얼굴의 젊은 여자는 지치고 울적한 분위기를 풍겼다.

"……누구세요?"

저음의 메마른 목소리였다.

박심은 그 자리에 우뚝하니 섰다.

"저…… 박이음 씨?"

"절 아세요?"

박심은 땀이 찬 손을 바지에 비볐다.

"아뇨. 저…… 김열이 오늘 여기 온다고 해서…… 아직 안 왔나요?"

박이음이 침대에 일어나 앉아 협탁에 놓인 갈색 테 안경을 집어 썼다.

"김열 씨요? 아니요…… 여기로 김열 씨 찾아왔어요?"

박심은 침을 꿀꺽 삼켰다. 박이음이 불안이 깃든 눈으로 박심을 아래위로 훑어보았다. 갑자기 병실에 찾아와 지인을 찾는 낯선 청년에 대한 경계심이 침묵을 타고 두드러졌다.

"……잠깐 앉아도 될까요? 저는 박심이라고 합니다. 초면에 당황스러우시겠지만 설리사 씨와 김열 관련해서 드릴 말씀이 있습니다. 열이를 통해서 공탈과 관련된 여러 일을 알게 되었습니다."

설리사라는 이름이 언급되는 것과 동시에 박이음은 탄식인지 낮은 비명인지 모를 소리를 내며 입을 벌렸다.

"……무슨?"

"열이가 곧 온다고 했어요. 그 전에 꼭 드려야 할 말씀입니다."

박심은 다급하게 덧붙였다.

박이음은 링거줄이 연결된 팔을 들어 침대 옆 의자를 가리켰다. 손끝이 떨리고 있었다. 두렵지만 외면할 수 없는 일이라는 걸 직감적으로 아는 몸짓이었다. 너무 불안한 나머지 불안을 일으키는 내용이 뭔지 빨리 알고 싶은 것 같았다.

박심은 심호흡을 크게 내쉰 뒤 의자에 앉았다.

병원 매점에서 산 주스 세트가 김열의 걸음걸이에 따라 박스 안에서 달그락거렸다. 김열은 몸을 쭉 펴고 힘차게 걸었다. 정장에 넥타이를 맨 차림이 훤칠했다. 균형 잡힌 젊은 몸에 양복선이 맵시 있게 딱 떨어졌다.

남자아이가 공룡 인형을 들고 괴성을 지르며 병실에서 튀어 나왔다. 대여섯 살 정도로 보이는 아이는 마침 복도를 지나던 김열의 허벅지에 머리를 박고 나동그라졌다. 김열은 약간 휘청거렸고 손에서 주스 박스를 놓쳤다. 쓰러진 아이가 요란하게 울었다.

"아이고, 죄송해요. 괜찮으세요? 애가 워낙 야단스러워서."

병실에서 쪼르르 달려 나온 아이 엄마가 우는 아이를 일으켜 세우며 자신도 울 것 같은 표정으로 말했다.

"괜찮습니다."

김열은 태연하게 대꾸하고 주스 박스를 집어 들었다. 아이 엄마가 거듭 죄송하다고 하며 옷자락으로 아이의 눈물을 찍어냈다. 아이는 김열의 눈치를 보며 훌쩍거렸다. 김열은 바닥에 떨어진 공룡 인형을 주워 아이의 손에 쥐여주었다. 김열의 얼굴에 걸린 미소를 보고 아이가 안심한 듯 헤헤거렸다. 삼촌에게 죄송하다고 그래 빨리, 아이 엄마가 채근했다. 아이가 작은 입술로 죄송합니다, 하고 종알거렸다.

아이와 엄마가 병실로 들어갔고 상황은 종료되었다. 김열은 양복 자락을 툭툭 털고 몇 발자국 더 걸어 1601호 앞에 섰다. 방금 전 아이에게 보여준 미소는 자취를 감추고 중요한 일을 실행하기 직전의 엄숙한 결기가 얼굴에 어렸다.

"안녕하세요."

병실 미닫이문을 열고 김열은 안으로 들어섰다. 박이음은 침상에 무릎을 모으고 앉아 있었다. 무릎을 감싼 제 손끝을 멍하니 내려다보던 박이음의 시선이 김열에게 향했다.

"……김열 씨?"

"오늘 병실 바꾸셨다고 해서 지나가는 길에 들렀어요."

김열이 몸을 돌려 문을 닫고는 병실을 한 바퀴 둘러보았다. 김열의 시선이 비어 있는 보호자용 소파에 잠시 머물렀다.

"어머님은 어디 가셨나 봐요?"

"한 번 왔으면 됐지, 문병을 뭘 또 와. 엄마는 집에. 저녁에 오실 거야. 그런데……."

박이음은 김열의 낯선 모습에 눈을 끔뻑였다.

"웬 양복이야?"

"회사 면접 하나 보고 왔어요. 될 것 같지는 않은데 그냥요."

바닥에 주스 박스를 내려놓고 김열은 침대 옆 의자에 앉았다. 그리고 폭이 좁은 푸른색 넥타이를 잡아뜯어내듯 풀었다.

"안 입던 옷을 입으니까 답답하네요."

넥타이를 벗어 협탁에 올려놓고 김열은 셔츠 단추도 하나 풀었다. 박이음이 리모컨을 들어 에어컨의 온도를 낮추고 미니 냉장고에서 캔 주스를 꺼내 김열에게 건넸다. 김열은 목울대를 꿀렁거리며 주스를 한입에 비웠다. 몸은 좀 어떠냐는 물음과 답이 오갔다. 박이음은 김열의 두 번째 병문안에 대해 의아한 기색을 숨기지 않으면서도 묻는 말에는 잘 답했다.

형식적인 안부 인사를 끝낸 김열은 잠시 뜸을 들이다가 말을 시작했다.

"저도 엊그제 경찰서에 불려 갔어요."

박이음은 베개를 도닥이던 손을 일순 멈췄다.

"……그래?"

김열이 박이음 쪽으로 몸을 기울였다. 박이음은 불쑥 다가온 김열의 시선을 피하지 못하고 어깨를 오그라뜨렸다.

"걱정 마세요."

"뭘?"

"4월에 설리사가 사무실에 찾아와 만난 적 있다고 말했어요."

갈색 테 안경 속의 눈동자가 흔들렸다. 박이음은 앉은 채로 흠칫 뒤로 물러났다.

"뭐, 뭐라고?"

"그리고 캠핑장에서 반 대표님 차가 출발하기 직전에 설리사와 대화를 나눴다고도 했어요. 멀미약 줄까 물어봤다고요. 무슨 뜻인지 모르겠어요?"

김열은 하얗게 질린 박이음의 얼굴을 찬찬히 바라보며 말을 이었다.

"그러니까 반탁신 대표님과 박이음 씨가 설리사의 시체를 차에 태운 걸 알지 못하게 둘러댔다고요."

"무, 무슨 소리니 너!"

박이음이 하얀 도화지에 뻥 뚫어놓은 것 같은 입으로 소리쳤다. 하지만 두려움에 젖은 목소리에는 아무 호소력이 없었다.

박이음은 김열의 어깨 너머를 멍하니 바라보며 고개를 가로저었다. 마치 자기 앞에 쏟아지는 말을 모두 부정할 수 있다는 듯이 목이 고장 난 인형처럼 고개를 설레설레 흔들어댔다.

"아니야. 너 왜 말도 안 되는……."

"뭘 걱정하세요. 여기 우리 둘밖에 없잖아요. 제가 감싸줬다니까요."

"감싸주다니 뭘?"

"엠티 첫날 밤 박이음 씨가 자러 가겠다며 자리를 뜨고, 바로 임나민 씨도 일어나고. 그 후 20분쯤 뒤에 반탁신 대표님이 누군가로부터 전화를 받고 자리를 비웠죠. 그래서 한동안 저 혼자 남았고요. 반 대표님은 전화받고 매우 당황해하셨어요. 카라반에 가는 척하면서 허둥지둥 산책로로 올라가시는 거 봤어요. 그거, 박이음 씨가 전화하신 거잖아요. 설리사의 시체를 발견하고요. 어디였나요? 정자였나요? 산책로에 있는 정자에서 약을 먹고 죽어 있던가요?"

김열의 시선은 박이음의 흔들리는 눈동자를 집요하게 좇았다.

"무슨 소리를 하는 거야. 리사가 죽, 죽어 있었다니…… 리사는 5월에, 5월에……."

"카라반으로 갔는데 미리 자러 들어가 있겠다던 설리사가 없었죠? 어디로 갔는지 찾다가 산책로에 올라가 발견했겠죠."

박이음은 톱니가 빠져 오작동하는 기계처럼 고개를 저었다.

아니야, 아니야.

박이음은 김열의 어깨 너머에 있는 누군가에게 항변하듯 멍한 눈으로 중얼거렸다. 아니라고. 리사는 5월 8일에 갑자기 여행을 가겠다고 하고 떠났단 말이야. 그 전까지 나와 수없이 만났고. 무슨 소리야 캠핑장에서 리사가 죽었다니. 아니야. 리사는 5월 9일에 사라졌어. 5월 9일에.

"박이음 씨. 설리사와 친했던 것 아닌가요?"

박이음이 두서없이 늘어놓던 말과 고갯짓을 멈췄다.

김열은 쉴 틈을 주지 않고 몰아쳤다.

"그런데 친한 동생이 죽어 있는 걸 보고 슬프고 불쌍한 마음은 들지 않던가요? 오직 시체를 감춰야겠다는 생각만 급급해서 반 대표를 부르다니. 어떻게 그럴 수 있었는지는 좀 궁금해요."

"헛!"

박이음이 외마디 비명을 지르며 다리를 침상 밖으로 뺐다. 그러자 김열이 일어나 박이음의 팔뚝을 잡고 눌러 앉혔다. 빈틈없이 재빠른 동작이었다. 김열은 박이음이 이 상황에서 도망치도록 놔두지 않았다.

김열은 선 채로 말을 이었다.

"그래서 반탁신 대표를 부른 거잖아요. 공탈 모임에서 또 자살자가 나오다니. 그것도 공탈 엠티 장소에서 자살을 해버리다니 낭패였겠죠. 반 대표의 행보에 얼마나 치명적인 사건인 건가요. 소송에 악영향을 미치겠죠. 온 인생을 바치고 있는 사업의 근본이 흔들릴 거고요. 그나저나 생전에 가장 친하게 지냈던 설리사의 시신을 수습하는 것보다 반 대표의 입장을 먼저 고려하다니. 두 분 무슨 관계인 거예요?"

"나…… 나 좀 놔줘. 제발……."

박이음은 김열에게 팔을 잡힌 채 바들바들 떨었다. 가녀린 팔과 이어진 링거줄이 철렁철렁 흔들렸다.

"영혼의 짝?"

김열은 자신이 한 말의 의미를 곱씹듯 입안에서 굴려보았다.

"그래서 영혼의 짝은 박이음 씨가 이렇게 되고 병원에 온 적 있나요?"

그 한 마디가 결정타가 된 듯 박이음이 온몸에 힘을 빼고 침대에 주저앉았다.

김열도 박이음의 몸에서 손을 뗐다.

"반 대표와 둘이 설리사의 시체를 매고 내려와 카라반 1층 침대에 눕혀놓고, 박이음 씨는 2층 침대에서 자는 척했죠. 임나민 씨가 들어와 깊이 잠든 뒤에 반 대표와 함께 새벽에 시체를 꺼내 차에 태워놨고요. 다음 날 아침에는 서둘러 올라가야 할 일이 생겼다고 하며 다른 사람들은 정신을 못 차릴 만큼 준비를 서둘렀어요. 설리사는 숙취 때문에 아침을 못 먹고 산책하고 있다고 둘러대고요. 하지만 이것도 걱정 마세요. 임나민 씨는 아무것도 못 봤어요. 첫날엔 제가 산책 마치고 돌아온 임나민 씨와 길게 이야기 나누면서 시간을 끌었으니까. 다음 날 아침에는 짐 챙겨 나오느라 정신없어 차에 있는 설리사에게 이상한 낌새는 못 챈 것 같았어요."

"하아…… 넌 어떻게, 아니 왜……"

박이음의 얼굴은 체념과 공포의 빛을 띠었다. 침대에 손을 짚고 가까스로 상체를 지탱했다. 무자비하고 갑작스런 폭로에 저항할 힘을 잃고 멍해진 모습이었다.

"어떻게 알았냐고요? 아니면 알면서도 왜 가만히 있었냐고요?"

김열이 질문을 대신 완성했다.

"당신들이 뭘 하는 건지 궁금했어요. 그냥 지켜본 거예요. 몇 달 뒤에 설리사가 수원에 있는 산에서 변사체로 발견됐다고 하니까 그때서 알겠더라고요. 공탈 엠티에서 회원 한 명이 자살했다는 사실을 숨기기 위해 일단 시체를 현장에서 옮겨 묻어두고, 그 뒤에도 당분간 설리사가 살아 있었던 것처럼 위장한 거구나. 어느 시점에서 뜬금없이 여행을 간다고 한 뒤 사라진 걸로 처리했구나. 이거 반탁신 대표의 머리에서 나온 거죠?"

"우린 다른 회원들을 위해서……."

박이음이 목소리를 쥐어짰다.

"저랑 임나민 씨를 위해서 그랬다고요?"

김열이 흥미롭다는 표정을 지었다.

"그게 왜 우리를 위한 거예요?"

경련이 이는 입술을 깨물며 박이음이 두 손으로 얼굴을 감싸 쥐었다. 김열은 말을 끊고 박이음의 행동을 살폈다.

이내 김열은 의자에 앉아 자세를 바로잡았다. 그대로 박이음이 어느 정도 숨을 고를 때까지 기다렸다.

"……회원이 또 한 명 죽었다는 사실에 우리가 불안해할까 봐요? 그것도 우리들이 같이 여행 간 장소에서 자살했다는 것에 충격을 받을까 봐? 그러면 우리가 낙담하고 절망하고 자살에 감염이라도 될까 봐?"

다시 이어진 김열의 말투에는 비난과 추궁의 기색이 빠져 있었다. 상대를 부드럽게 다독이고 위로하는 목소리였다. 박이음이 손에 얼굴을 묻은 채로 고개를 끄덕였다. 그 모습이 마치 경련을 일으키는 것처럼 보였다. 비명을 참는 건지 울음을 참는 건지 모를 끄윽, 하는 소리가 손가락 사이로 빠져나왔다.

그래, 그런 거야. 다 우리들을 위해서 한 일이야.

누구보다 자기 스스로에게 납득시키려는 듯 박이음은 줄기차게 고개를 끄덕였다.

"그래서 지금 어떻게 되고 있나요? 남은 게 뭐예요?"

김열은 한숨을 쉬었다.

"제가 몇 가지 진술로 방어를 했지만 과연 언제까지 막을 수 있을까요? 경찰이 곧 무엇이든 밝혀낼 거예요. 저도 거짓말했다고 벌을 받을지 모르죠. 반탁신 대표는 도망치려고 해요. 어느 순간 선을 넘어버렸더니 뒤죽박죽되어 자기를 망치고 있다고 했어요. 반 대표는 우리를…… 아니, 당신을 버렸어요."

"아니야. 그게 아니라 당분간 연락하는 건 위험하니까 잠시만 안 하기로……."

박이음이 얼굴에서 손을 떼고 빠르게 말했다.

"도망갔다니까요! 내가 여기 왜 온 것 같아요?"

김열이 버럭 소리쳤다.

상대의 서슬에 놀라 박이음은 입을 크게 벌린 채로 멈췄다.

"반 대표하고도 말을 안 나눠봤을 거 같아요? 제가 다 알고 있다고 말했다고요! 반 대표는 모든 걸 부인하던데요. 그날 설리사의 시체를 메고 옮기는 걸 내 두 눈으로 봤다고까지 말하는데도 날 새빨간 거짓말쟁이 취급했어요. 자기는 전혀 관여한 사실이 없다고 했다고요! 그럼 박이음 씨는 어떻게 되는 거냐고 했더니 자기와는 상관없는 일이랬어요. 그러고는 사무실을 박차고 나가버렸어요. 우리 같은 것들하고는 이제 인연을 끊겠다고 했어요. 현실 판단도 못하는 정신병자들! 질척거리는 관계 중독자들! 역겹고 신물 난다고 했어요. 그러니까 정신 차리시라고 온 거예요, 박이음 씨!"

그때까지 박이음의 태도를 받치고 있던 마지막 힘이 박이음의 몸에서 쑥 빠져나갔다. 믿기 싫지만 믿지 않을 수 없는 절망적인 사실 앞에 박이음의 영혼이 무너져 내리는 소리가 들리는 것 같았다.

어두운 곳에서 박심은 그 소리를 들었다. 간신히 남아 있던 희망이 꺾여 한 줌 남김없이 빠져나가는 소리.

"그럴 리가, 그럴 리가……."

중얼거리다가 박이음은 이내 눈을 닫고 입을 닫았다. 침대 위에서 힘없이 구부러진 박이음의 몸이 무척 작아 보였다.

김열은 침대 머리맡 벽으로 시선을 돌렸다.

"그날…… 저요. 설리사가 자살하기 전에 같이 산책하면서 얘기 나눴어요."

아득한 옛일을 회고하듯 김열의 목소리가 젖어들었다.

"설리사가 박이음 씨에게 너무 폐를 끼치는 것 같다고 했어요. 박이음 씨가 자기에게 해주는 걸 생각하면 어서 빨리 나아져야 하는데 그렇지 못하다고요. 너무 미안해서 나아진 척을 해보는데 그것도 힘이 든다고 했어요……."

박이음은 이제 아무 대꾸도 할 수 없는 상태로 작게 몸을 말고 김열의 말을 듣고 있었다.

"……너무 고맙고 미안해서 박이음 씨를 그만 놓아주고 싶기도 하고, 그러면서도 한편으로는 박이음 씨를 잃는다는 생각을 하면 미칠 것 같다고. 자기는 어떻게 해야 하냐고 했어요. 그때 이미 자살하겠다는 결심을 했는지 모르겠어요. 아주…… 슬퍼 보였어요. 바비큐 파티 할 때 평소와 다르게 웃고 떠들었던 건 다 위장이었던 거죠. 자살하기 전에 최대한 힘을 내서 밝은 척 해본 거예요. 박이음 씨에게 미안해서요. 잘해주는데 나아지지 못하는 거에 죄책감을 느껴서요."

김열은 잠시 말을 끊었다가 이었다.

"당신들이 설리사의 시신을 더럽혔지만 설리사는 상관없을 거예요. 죽은 사람은 알 수 없죠. 설리사는 죽음과 함께 편해졌을 거예요. 우리가 어리석었죠. 이미 마음이 지옥인 사람은 아주 조금의 용기만 가져도 다른 길로 갈 수 있는 거예요. 우리가 막을 수 없는 거죠. 그리고 어쩌면…… 지옥 같은 마음을 가진 사람에게는 그게 가장 편한 선택일 수 있어요. 그걸 막을 자격은 아무에게도 없어요."

소곤거리는 김열의 등 뒤에서 문이 스르르 열렸다.

"아주 조금의 용기만 가져도 돼요. 그럼 더 이상 고통을 느낄 필요 없죠. 알잖아요. 마음의 고통과 불안은 결코 끝나지 않는다는 걸."

자기 말에 매몰된 김열은 등 뒤의 변화를 느끼지 못하고 계속 말했다.

"그렇게 생각하지 않아요?"

박이음은 여전히 아무 대답도 하지 못했다.

"이제 그만해, 열아."

김열이 깜짝 놀라 몸을 돌렸다.

울먹이는 표정을 한 짙은 눈썹의 청년이 반쯤 열린 화장실 문 안쪽에 서 있었다. 화장실 문은 안에서 밀어낸 힘으로 아직도 조금씩 벌어지고 있었다. 1인실 병실에 딸린 화장실 겸 욕실이었다.

"그만해."

박심은 목멘 소리로 덧붙였다. 이마에 맺힌 땀이 콧등으로 죽 흘러내렸다.

놀라움은 잠깐이었다.

은근한 불씨가 퍼져나가듯 김열의 얼굴에 서서히 희열이 번졌다.

"박심. 너 왔구나!"

목소리에 기묘한 반가움과 설렘이 묻어났다.

"그럼 부탁드리겠습니다, 아버님. 오늘 중으로만 보내주시면 됩니다."

이평서 팀장은 휴대전화를 끈 뒤 바지 뒷주머니에 넣었다. 표정이 밝았다. 수사에 진전이 있다는 생각에 쌓인 피로가 물러가고 몸에 활기가 돌았다.

"있대요?"

옆에서 운전대를 잡고 있는 홍인혁 형사가 물었다.

"어. 고등학교 때 생일 파티를 찍어둔 동영상이 있대. 거기서 설리사 목소리만 따가지고 들려줘보자고."

"이미 답 나온 것 같은데요. 조범천이 김나래인 줄 알고 통화한 여자는 유난히 허스키한 목소리였다고 하잖습니까. 박이음인 거죠."

이평서는 팔짱을 끼고 조수석 깊이 몸을 묻었다. 두 형사는 지금 박이음이 입원한 수원성림병원으로 가고 있었다. 동의를 받고 조심스럽게 박이음의 목소리를 녹음해 올 생각이었다. 내일 조범천에게 박이음과 설리사, 이외 음색이 뚜렷이 구분되는 여자 경찰 3명의 녹음한 목소리를 들려주면서 그중 4월 22일에 통화한 여자의 목소리를 가려내라고 할 것이다. 설리사의 목소리는 오늘 설창석이 보내주는 동영상 파일에서 따서 추리면 될 것이다.

"일단 상당 기간 박이음이 설리사의 휴대전화를 가지고 있으면서 설리사 행세를 한 것은 증명되겠죠?"

"그래. 참 얄궂게도 조범천 같은 놈에게 꼬리를 잡혔어."

이평서는 쓰게 웃었다.

"다른 건 다 잘 넘길 수 있었지. 새엄마에게서 오는 문자에는 형식적인 답을 하면 됐고. 전화는 안 받아도 그만이었고. 그런데 아버지 빚보증 선 돈을 갚으라는 추심 문자에는 어떻게 대응해야 좋을지 몰랐던 거야. 설리사의 아버지가 사채 빚을 갚지 못하고 쫓기고 있는 처지가 되었나 보다 생각했겠지. 조범천의 전화를 받지 않고 카톡 메시지에도 응하지 않고 쩔쩔매고 있는데 조범천이 집으로 찾아오겠다고 하니 큰일 났다 싶었을 거야. 보아하니 상식이 통하지 않는 양아치 같은데 찾아와서 설리사가 있네 없네 난리를 치면 아주 곤란해지겠지. 설리사가 실종 상태라는 게 드러날 테니까."

홍인혁 형사가 깜빡이를 넣는 것과 동시에 적절히 좌회전 차선에 끼어드는 데 성공하고는 말했다.

"저는요 팀장님. 조범천이 집으로 찾아오지 못하게 막는 게 급해서 일단 박이음이 전화를 받았겠지만, 한편 그 상황을 이용할 속셈도 있었을 것 같아요."

"상황을 이용한다고?"

이평서가 운전석 쪽으로 귀를 기울였다.

"네. 박이음은 언젠가는 설리사 행세를 하는 걸 끝내야 했어요. 5월 즈음 설리사가 갑자기 여행을 간 것으로 처리할 계획이 처음부터 있었을지 없었을지는 모르겠습니다만. 아무튼 설리사가 아버지 빚을 대신 갚도록 쫓기는 상황이 되었다고 하면 그 빚을 피해 도망친 것으로 이야기를 만들면 되겠다 싶지 않았을까요?"

"흠. 그래. 확실히 갑자기 혼자 여행 가겠다고 문자 주고받은 뒤에 없어진 것보다는 자연스럽네."

이평서는 제법이라는 듯 홍인혁 형사의 팔뚝을 툭 쳤다.

칭찬에 기분 좋아진 홍인혁이 씩 웃으며 덧붙였다.

"그랬든 어쨌든 스토리는 알아봐야 하니까 조범천의 전화를 받은 거죠."

"설리사였다면 당장 잘못 걸려온 전화라는 걸 알 수 있었겠지만 박이음은 그럴 수가 없었던 거야. 조범천이 하는 얘길 한참 듣고 있을 수밖에. 그러다 겨우 한 말이 자기 아버지가 무슨 빚을 졌냐는 물음이었고. 그렇게 7분 42초를 통화한 끝에야 잘못 걸려온 전화라는 걸 알고 수습했던 거지."

"그러니까 조범천이 목소리를 확실히 분별 못 해도 그 통화 내용만으로도 통화 상대가 설리사 본인이 아니었다는 걸 증명할 수 있어요."

정지신호에 맞춰 차를 세우며 홍인혁이 눈을 빛냈다.

"배후에는 역시 반탁신이 있었겠죠?"

"그래. 처음부터 박이음과 반탁신이 공범 관계라는 느낌이 강하게 들었어. 아마 반탁신이 주도적으로 박이음을 조종하는 관계였을 거야. 조범천의 카톡 메시지를 받고 박이음은 틀림없이 반탁신과 상의했겠지. 반탁신은 상대가 집까지 찾아온다고 하니 일단 전화를 받아서 상황을 알아봐야 한다고 했을 거야."

"그나저나 설리사는 어느 시점에 죽은 걸까요? 엠티와 멀지 않은 시점에 죽은 거 같기는 한데. 입고 있는 옷을 봐서도 그렇고……."

이평서는 진지하게 정면을 주시하며 양쪽 뺨을 씰룩거렸다. 엉덩이를 들어 뒷주머니에서 휴대전화를 꺼내 들고 방금 떠오른 생각을 정리하듯 말을 꺼냈다.

"그럴 거야. 박이음이 왜 설리사의 휴대전화를 가지고 설리사의 집에 들락거리며 설리사가 5월 8일까지 살아 있었던 것처럼 위장했겠어? 공탈 엠티 시기와 설리사의 사망 시기가 연결되지 못하게 떨어뜨려 놓으려고 했던 거지. 그거 아니고는 그런 짓을 할 이유가 없어."

두 형사를 태운 차는 한강 다리를 건너 경부고속도로 초입에 접어들었다. 이평서는 휴대전화에 저장된 번호를 검색하며 말을 이었다.

"박이음은 공탈 모임이 결성된 때부터 매일같이 설리사의 집을 방문하고 연락을 주고받았어. 설리사가 죽었다고 해서 그런 일상화된 행동을 갑자기 중단할 수 없었던 거지. 그러면 설리사의 사망 시점과 자신과의 연관성이 드러날 테니까. 아무튼 설리사가 박이음하고만 소통하고 거의 은둔 생활을 했기 때문에 가능한 조작이었어."

"설리사가 AAD 사무실을 찾아왔던 때가 사실은 엠티 직후가 아닐까요? 아직 꽃샘추위가 풀리기 전 3월 초순. 김열이란 놈이 4월이라고 날짜를 잘못 기억하고 있는 걸 수도요."

"내 생각은 달라."

이평서는 통화 버튼을 누르고 휴대전화를 귀에 가져다 댔다.

"엠티 직후가 아니라 바로 그날 같단 말이야."

홍인혁 형사가 뭐라 대꾸를 하기 전에 이평서의 휴대전화 너머에서 상대가 여보세요, 하고 전화를 받았다. 이평서가 조수석 의자에 기댄 등을 떼고 긴장하며 몸을 세웠다.

"여보세요? 안녕하세요. 임나민 씨, 저 수원중부경찰서 이평서 경감입니다. 일전에 설리사 씨 사건으로 뵀었죠. 저, 잠깐만 조용히 통화할 수 있습니까?"

임나민. 공탈 회원이자 그날 공탈 엠티에 참석한 또 한 명의 여자 회원. 아파트 관리 사무소 직원으로 일하는 30대 우울증 환자.

홍인혁 형사는 입을 닫고 통화 내용을 유심히 엿들었다. 양재 IC를 지나자 고속도로는 막힘없이 뚫렸다. 설리사 사건을 수사하면서 수원과 서울을 오가는 것에는 이골이 났다. 마음껏 속도를 내면서도 옆 사람의 통화 소리에 집중할 수 있었다.

이평서는 3분가량의 통화를 마치고 전화를 끊었다.

"……들었어?"

임나민과의 통화 내용을 이해하는 걸 넘어 그 밑에 숨겨진 사실도 짐작했느냐는 물음이었다.

"네, 팀장님."

홍인혁은 무거운 표정으로 고개를 끄덕였다.

"시간이 많이 지나 백 프로 확신할 수는 없지만…… 그날 아침 출발하기 전 김열이 설리사에게 멀미약을 줄까, 괜찮다 하는 등의 대화를 직접 들은 것 같지는 않대. 차가 출발하고 나서 김열이 자기에게 설리사와 그런 대화를 했다고 얘기한 것 같다는 거야. 자기 귀로 그날 설리사의 목소리를 들은 기억도 없고. 이게 뭘 의미하는 것 같아?"

"……김열 그놈도 연루되어 있을까요? 그 소심한 답답이 녀석이?"

"그건 모르겠어. 하지만 무슨 행동을 같이 했건 안 했건 그놈이 중요한 지점에서 거짓말을 하고 있는 것 같아. 내 생각에 그날 엠티를 간 멤버들 중 이 사건과 완전히 관련 없는 사람은 임나민뿐이지 않을까. 어쨌든 김열이 출발하기 전 차에 앉은 설리사와 대화를 나눴다는 것도, 4월에 사무실에서 설리사를 만났다고 말한 것도 다 거짓말이라고 가정해봐."

"아…… 아무리 그래도, 설마요 팀장님."

홍인혁이 잘생긴 얼굴을 설레설레 흔들었다.

"거, 있잖아요. 김열과 같이 왔던 그 눈썹 까만 로스쿨 학생. 걔도 며칠 전 10여 년 만에 김열을 만나서 그 자리에서 김열이 4월에 설리사를 만났다는 얘기를 들었다고…… 그럼 그 친구도 거짓말을 하고 있는 거라고요?"

"아니. 그건 아닐 거야. 그 박심이라는 학생까지 거짓말에 가담할 이유는 없는 것 같고. 박심은 김열에게 들은 말을 그냥 우리에게 전한 걸 거야. 어쩌면 그것까지 김열이 의도한 건지도 모르지. 자기 진술에 신빙성을 더하도록."

"김열 그놈, 그렇게 똑똑하고 교활해 보이지는 않던데. 아니 오히려 좀 모자란 놈 같지 않았어요?"

"보이는 대로 믿으면 안 돼. 어쨌든……."

이평서는 입술을 힘주어 닫았다가 떼었다.

"설리사는 차에 탈 때 이미 죽어 있었던 거야."

덤프트럭이 붕, 하는 소리를 내며 두 형사의 아반떼 옆을 지나갔다. 차체가 흔들리며 눈앞이 일렁거렸다. 만남의 광장을 지나 경기도 성남을 넘어섰다. 이평서는 팔꿈치를 다른 쪽 팔에 받치고 턱을 괸 채 생각에 잠겼다.

"……살인일까요?"

차 안에 드리운 침묵을 깨고 홍인혁 형사가 말했다.

이평서는 대답하지 않았다.

"누군가 설리사를 독살하고 세 명이 사체유기에 가담한 걸까요?"

여전히 입을 닫고 있는 이평서를 향해 홍인혁이 질문을 이었다.

"아니면 자살한 걸까요?"

"조노훈이 먹던 게 페넬진이 맞다고 했지?"

이평서가 다른 말을 했다. 홍인혁은 그렇다고 답했다. 오늘 오전 전담팀의 다른 형사가 조노훈이 생전에 미국에서 페넬진을 처방받아 복용했다는 사실을 확인하고 연락을 해왔다. 이평서는 보고를 한 형사에게 급히 반탁신의 소재를 알아보고 은밀히 감시하라고 지시했다. 강압수사 운운하며 수사를 거부하겠다는 명분을 내세우면서 도주할지도 모른다. 수사망은 점점 좁혀지고 있다.

"페넬진의 이동 경로를 조사해보면 자살인지 타살인지도 드러나겠지. 일단은 사체유기만 밝혀지면 영장 청구하자고."

"자살일 가능성이 적지 않아요. 계획적인 독살의 동기를 찾기 어렵잖아요."

"그렇게 봐?"

"네. 제 생각은 그래요."

"자살이라면 왜 사체를 유기한 거지?"

이평서는 이미 결론을 냈지만 부하 형사의 입을 통해 확인하고 싶은 마음에 물었다.

"항우울제 없이도 우울증을 회복할 수 있다는 걸 증명하기 위한 목적의 모임에서 자살자가 나왔다는 건 큰 타격이 될 테니까요. 어떤 집념에 간절히 빠지면 그거 외에는 아무것도 안 보이게 되잖아요. 그걸 터널 효과라고 하나요?"

어느덧 수원 IC로 빠지는 길을 가리키는 표지판이 나왔다.

말없이 동의하는 이평서 팀장을 향해 홍인혁 형사가 덧붙였다.

"더구나 자살이 처음도 아니고 두 번째라면 더 심각한 일이겠죠. 설리사의 자살을 어떻게든 자신들과는 무관한 것으로 만들어야 했던 거예요."

김열은 너스 스테이션을 지나 목욕실이라는 간판이 붙은 곳으로 들어갔다. 몸이 불편한 환자들이 간병인의 도움을 받아 몸을 씻는 곳이었다. 욕조와 샤워기, 세면대가 갖춰져 있고 환자용 목욕 보조 용구가 한옆에 놓여 있었다. 박심은 반쯤 넋을 놓고 따라 들어왔다.

"환자 앞에서 얘기하긴 좀 그러니까" 하며 침대에 널브러진 박이음을 남겨두고 김열이 앞장선 것이다.

김열은 목욕실의 문을 잠그고 물을 틀었다. 샤워기에서 뿜어

나온 물이 욕조 바닥을 때렸다. 물소리가 타일로 둘러싼 목욕실 안을 울렸다. 여기서 나누는 대화는 웬만해서는 밖으로 새어나가지 않을 것이다.

"대단해!"

김열은 뒤를 돌아 박심을 보았다.

"미리 와서 화장실에 숨어 있었던 거야? 내가 하는 말을 쥐새끼처럼 엿들으려고?"

"김열 너……."

박심은 말을 채 끝내지 못했다. 김열은 달뜬 눈으로 박심의 얼굴을 뜯어보았다.

"어떻게 여기에 올 생각을 했지? 물론 어제 말을 흘려두긴 했다만 여기까지 와서 오늘 당장 나를 만나야겠다는 생각은 어떻게 하게 된 거야? 뭐가 급했어?"

"김열 너…… 그런 식으로 설리사를 죽인 거니?"

박심의 떨리는 목소리가 욕조 바닥을 때리는 물소리에 흡수되었다. 김열은 턱을 당기고 어깨를 으쓱했다.

"죽이다니? 무슨 소리야. 그런 식이라는 건 또 뭐고?"

딴청 부리는 말투였다.

"아까 박이음 씨에게 했듯이…… 자살하고 싶은 마음이 들게 몰고 간 거냐고. 그날 캠핑장에서."

"자살하고 싶은 마음이 들게?"

말꼬리를 잡으며 김열은 박심을 살살 놀렸다.

박심은 어제 경찰 조사를 받을 때 김열이 한 진술을 차례차례 더듬어보았다. 기억의 어느 한 지점에 이르러 박심은 아랫입술을 깨물었다.

"그때구나…… 설리사와 단둘이 산책을 갔다 왔을 때. 그때 설리사에게 절망적인 얘기를 늘어놓고 자살 충동을 불러일으킨 거지."

"박심. 말은 바로 해야지."

김열의 눈빛이 차갑게 가라앉았다.

"죽이다니. 걔는 자살한 거야. 제 목숨 제가 끊은 거라고. 자러 간다고 해놓고 제 발로 산책로에 올라가서 약을 먹고 죽었어. 내가 입을 벌려서 억지로 쏟아부은 게 아니라."

"페넬진. 네가 준 약이지."

김열이 눈썹을 꿈틀했다.

"어, 그걸 어떻게 알았지? 약 이름을?"

박심은 설명하고 싶지 않았다. 등줄기에서 열이 치솟았다. 타오를 것 같은 눈으로 박심은 김열의 맨얼굴을 쏘아보았다. 김열은 박심의 입에서 말이 더 나오기를 기대하며 팽팽히 대치했다.

누군가 밖에서 목욕실 문을 똑똑 두드렸다가 나중에 오자고 수군거리며 멀어져 갔다. 욕조에 쏟아지는 물줄기 소리가 침묵을 채웠다.

김열이 파하핫, 마른 웃음을 웃었다.

"어떻게 알았는지는 모르겠지만 그래, 내가 갖고 있었던 건 맞는데 내가 준 적은 없어."

"아니, 준 거야."

"박심. 그냥 네가 생각하고 있는 걸 말해. 답답하잖아."

"나중에 혼자 내려온 설리사에게 네가 카라반에 있는 배낭에서 오징어와 쥐포를 갖다달라고 했었지?"

"잘도 기억하고 있네. 역시 1등다워. 정의로운 1등, 박심."

"네 가방에 약이 있었겠지. 자살을 결심한 설리사가 약을 가져가게끔 보란 듯이 놓아두었던 거야."

"응. 걔가 약을 훔쳐 갔더라고."

"훔친 게 아니야."

박심이 바짝 마른 입술에 침을 묻혔다.

"애초에 약을 훔친 건 너지. 작년에 자살한 조노훈 씨의 약이잖아."

김열이 박심 앞으로 한 발짝 다가갔다. 박심은 몸이 휘청거리려고 하는 것을 양발에 힘을 주고 버텼다.

"박심, 미래의 변호사님이 그렇게 두루뭉술하게 짐작으로만 말해서 쓰겠어? 나는 설리사에게 약을 가져가라고 한 적도 없고 그 약을 먹고 죽으라고 한 적도 없어. 걔는 제 의지로 죽었어. 어이없게도 시체를 발견한 반탁신과 박이음이 자기 앞길에 누가 될까 봐 시체를 갖다 치웠을 뿐, 그게 다야."

자살자 심리 부검을 해보면 실제로 자살 직전에 관계 단절을 경험한 사람이 많아. 특히나 그 관계가 유일하고 독점적인 것일수록 위험하지.

몇 시간 전에 황보드린이 박심에게 말했다.

김열도 잘 알고 있는 원리였다. 방금 전 김열은 그걸 이용해서 교묘히 박이음의 자살 욕구를 부채질했다. 김열은 자신이 사건의 진상을 알고 있다고 말함으로써 박이음의 불안을 가중시키고, 잇따라 반탁신이 박이음을 버렸다고 말했다. 박이음이 추종하는 반 대표가 진실이 탄로 날 위험이 닥치자 모든 책임을 박이음에게 전가하고 발뺌했다는 것이다. 참인지 거짓인지는 모른다. 김열은 필요한 사실을 얼마든지 꾸며낼 수 있고 계획한 역할을 연기할 수 있다.

박심은 김열의 눈빛을 받으며 열심히 생각했다. 그래서 전 처음에 설리사 씨가 죽었다고 들었을 때 자살한 줄 알았어요. 어제 경찰서에서 심약하고 자신감 없는 청년을 연기하던 김열이 한 말이었다. 어제의 김열은 지금 눈앞에 있는 김열과는 다른 사람이었다. 설리사 씨는 우리 중에서도 사회성이 가장 없어서 사람을 안 만나고 살았거든요. 박이음 씨가 유일한 친구고 백프로 의지하고 있었는데 그런 박이음 씨가 자기를 싫어한다고 느끼는 거, 위험한 거거든요.

어제 김열은 스스로 자신의 살인 수법을 발설했다.

"설리사에게 사실은 박이음이 설리사를 싫어한다고 했니? 박이음에게 버림받을 거라고 말했어?"

박심의 목소리가 떨렸다. 반면 김열은 여유로운 표정으로 고개를 갸웃했다. 입술 끝으로 희미한 미소가 걸렸다.

"그리고 자살하면 모든 고통이 끝날 거라고 한 거야? 조금만 용기를 내면 더 이상 고통스럽지 않아도 된다고 부추겼니?"

"대략 맞췄는데 그게 다는 아니야. 그 뒤에 그날 내가 자살할 생각이라고 했어."

김열의 눈빛이 한층 밝고 또렷해졌다. 박심은 소름이 끼쳤다.

"노훈이 형의 죽음을 도저히 극복하지 못하겠다고 했지. 노훈이 형이 먹던 약통을 가져왔는데 새벽에 아무도 모르게 그걸 먹고 죽을 거라고. 와인과 치즈를 잔뜩 먹었으니 금방 끝날 거라고 했어. 마오이 항우울제니까. 수면제와 신경안정제까지 섞어서 때려 먹으면 실패할 일은 없을 거라고. 부디 아는 척하지 말고 방해하지 말아달라고 하며 이별을 고했더니 리사는 순순히 고개를 끄덕였어. 죽음이 훨씬 평화로운 세계라는 걸 걔도 안 거지. 죽음이 얼마나 달콤한 결론이야. 삶과 죽음을 가르는 경계에 근접해서 저편으로 살짝 넘어가기만 하면 돼. 그러면 더 이상 실망하거나 버림받을 일도 없고 아무것도 하지 않아도 아무것도 느끼지 않아도 된다고. 우울한 기분에 휘둘려서 살아 있는 매 순간 순간을 불행하다고 느끼지 않아도 되잖아. 앞으로도 계속 불행할 게 뻔한데 왜 사는 거지?"

"김열!"

"설리사 걔는 그 순간 분명히 나를 질투했어. 나는 느꼈어.

아, 저 사람은 곧 편안한 세계로 가겠구나. 죽음의 품에 안기겠구나. 질투심에 미쳐서 약을 훔친 거야. 질투처럼 용기를 불러일으키는 감정도 없지. 그건 뭘까. 그 어떤 두려움도 이기고 하지 못할 일도 하게 하는 힘이야. 설리사에게는 평소 그런 힘이 부족했어. 나는 설리사가 언젠가 하게 될 일을 보다 빨리, 쉽게 할 수 있게 안내해주는 안내자였을 뿐이야."

박심은 비틀거리며 뒤로 물러나다가 목욕실 벽을 짚고 섰다.

김열은 박심이 당황하는 꼴을 재밌게 관찰했다.

"김열…… 너, 너는……."

"나는 안내자야."

"우울증 환자가 아닌 거지?"

김열은 목 안으로 웃었다.

"내가 언제 우울증 따위를 앓고 있다고 내 입으로 말한 적 있어?"

"조노훈도 네가……."

"아, 그 호모 새끼?"

김열은 코웃음을 쳤다.

"당신이랑 다시는 그 짓을 하지 않을 거라고 하니까 죽어버리던데. 아주 쉬웠어. 그 새끼는 실망하고 낙담하는 게 전문이라 적당한 때만 노리면 됐어."

"너는 도대체…… 왜 그런 짓을 하는 거야?"

박심은 창백해진 얼굴로 물었다. 샤워기 물은 계속 쏟아졌고 갇힌 공간에 습도는 최대치에 이르렀다. 타일 벽에 물방울이 맺혀 흘러내렸다. 뾰족 귀에 잘생긴 청년은 검지를 턱에 대고 톡톡 두드렸다. 상대가 만족할 만한 답변을 해주기 위해 단어를 고르고 고심하는 모습이었다.

"글쎄……."

김열은 타일로 된 천장을 올려다보았다.

"세상엔 개체가 너무 많아서 말이지. 좀 줄어들면 좋겠어."

김열은 이내 고개를 가로저었다.

"아니, 이건 정확하지 않아. 그러니까 내 말은…… 아, 이걸 어떻게 설명해야 하지?"

김열은 도움을 구하듯 박심을 쳐다보았다.

박심은 도와줄 수 없었다.

악의의 주인 스스로 제 마음속 악마의 형상에 알맞은 표현을 찾아내야 했다.

"뭐랄까, 그 경계를 넘어버린 사람은 다시는 돌아올 수 없다는 게 재밌어."

김열은 적절한 설명을 찾아낸 듯 만족스러운 미소를 지었다.

"그래! 내가 그 일을 할 수 있다는 게 짜릿해. 박심 네가 시험지에 정답을 잘 찾아 넣는 것처럼 나는 그 일을 잘할 수 있거든. 아무나 할 수 있는 일이 아니지. 지금 이 순간에도 자살 사이트를 떠돌아다니는 한심한 패배자들 대부분은 장담하건데 절대 죽지 못해. 내가 도와줘야 해. 반탁신이란 인간이 먼저 나서서 죽고 싶은데 용기를 못 내는 사람들을 한자리에 모아놨지 뭐야. 편리하게도. 그래서 기꺼이 참여해준 거지."

이평서 팀장과 홍인혁 형사는 수원성림병원 원무과 창구에서 박이음이 입원한 병실을 물었다. 1601호실이라고 했다.

"오늘 박이음 환자 문병 오시는 분들이 많네요."

원무과 여직원이 하얀 치아를 빛내며 생긋 웃었다.

"조금 전에도 젊은 남자 두 분이 연이어 물어보고 올라가셨는데."

이평서는 몸을 돌리다 멈칫했다.

"젊은 남자 두 명?"

"네. 얼마 안 됐어요. 병실에 아직 계실지도 모르겠네요."

홍인혁 형사가 곤란하게 됐다는 듯 닭 벼슬처럼 세운 머리를 쓰다듬었다.

"다른 사람이 있으면 말 꺼내기가 좀 그런데요. 눈치 봐서 밖에서 기다리는 게 좋지 않을까요?"

크흠, 소리를 내며 이평서가 신경 쓰인다는 표정을 지었다. 안 그래도 조심스러운 방문이었다. 박이음이 두 형사에게 강압수사를 받다가 공황발작으로 쓰러졌다는 민원이 아직 종결되지 않았다. 잘못했다가는 또 무슨 트집을 잡힐지 모른다. 민원의 대상이 되는 게 염려된다기보다는 사건 해결에 장애가 되는 게 문제다.

그때 이평서 팀장의 휴대전화가 울렸다. 발신번호를 보니 지시를 받고 외근 중인 부하 형사였다. 이평서는 엘리베이터 쪽으로 걸어가며 전화를 받았다. 부하 형사는 반탁신의 소재를 확보했다고 보고했다. 자택에 들어가서 나오지 않고 있다고 했다. 형사 둘이 출입구 근처에 차를 대놓고 감시 중인 상태였다. 이평서는 계속 상황을 주시하라고 당부하고 통화 중지 버튼을 눌렀다. 홍인혁 형사가 바짝 붙어 따라왔다. 둘은 엘리베이터에 올라타 16층 번호를 눌렀다. 뒤이어 휠체어를 탄 환자가 들어왔다. 이평서와 홍인혁은 휠체어를 사이에 두고 갈라져 엘리베이터 양 벽에 붙어 섰다.

앞서 올라갔다는 젊은 남자 중 한 명이 혹시 김열이란 놈인가.

이평서는 엘리베이터 문이 열리고 닫히는 걸 묵묵히 바라보았다. 김열과 박이음이 말을 짜 맞추고 있을지도 모른다는 생각이 들었다. 어쨌든 서두르는 게 좋을 것이다. 조노훈으로부터 페넬진을 입수하기 가장 용이했던 사람이 김열이었다. 공탈 회원 중 둘이 가장 절친했고, 조노훈 변사 사건을 수사한 경찰 말로는 둘이 그렇고 그런 관계인 것 같았다고 하니까. 페넬진은 김열의 손을 거쳐 설리사에게 갔을 확률이 높다. 설리사의 죽음은 김열과 결코 무관하지 않다. 고의였는지 실수였는지 지금까지 밝혀진 사실만으로는 추측하기 어렵지만 김열에게는 분명 뭔가가 있다. 반탁신, 박이음, 김열은 알 듯 모를 듯 느슨한 공범 관계로 엮여 있는 듯했다. 지금 1601호실에서 설리사의 죽음과 사체유기에 가담한 공범 둘의 모임이 열리고 있는 건지도 모른다.

16층에 도착했다.

1601호실은 복도 끝에 있었다. 원무과 직원이 1인실이라고 했다. 이평서와 홍인혁은 나란히 걸어 세탁실과 목욕실을 지나치고, 간호사 두 명이 앉아 업무를 처리하고 있는 너스 스테이션을 지나 복도 가장 안쪽까지 들어왔다.

"누가 나올 때까지 밖에서 기다려볼까요?"

홍인혁이 이평서에게 속삭였다.

"그럴 거 없어."

이평서가 주저하지 않고 손을 들어 1601호실의 문을 노크했다.

"계십니까?"

아무 대답이 없었다. 이평서는 문에 대고 귀를 기울여보다가 다시 노크를 했다. 여전히 응답이 없었다. 홍인혁은 뒤로 물러서서 팀장의 선택과 행동을 기다렸다.

"실례합니다."

말하며 이평서는 1601호실의 미닫이문을 밀어 열었다.

아무도 없었다.

하늘색 담요가 침대 밖으로 걸쳐져 바닥에 닿아 있는 모습이 눈에 들어왔다. 침대 중앙에 내던져진 듯 놓인 베개는 가운데가

움푹 들어가 있었다. 반창고와 함께 떼어낸 링거 바늘에서 링거액이 떨어져 나와 침대 한 귀퉁이를 적셨다.

뭔가가 방금 이곳을 휩쓸고 지나갔다.

위험신호를 감지한 두 형사가 동시에 눈을 마주쳤다.

고등학교 때 제 앞에서 떨어져 죽은 급우의 시체를 내려다본 순간부터 그의 내면에 있던 뭔가가 변했다. 아니, 잠재된 어떤 성질이 깨어났다고 보는 게 맞을지 모른다.

박심은 귀를 틀어막고 싶었다.

죽고 싶다기에 그럼 죽으라고 했더니 진짜로 뛰어내렸어. 김열은 고등학교 때 사건으로까지 거슬러 올라가 제 편에서 술술 얘기하기 시작했다. 걔, 떨어져서 조금 꿈틀거렸어. 나는 백창권 걔가 절명하는 순간을 봤어. 오직 나만 알아봤지. 이쪽 편에서 다시는 돌아오지 못할 저쪽 편으로 넘어가는 그 찰나. 죽음이란 게 어떤 실체로 나타나 만져지는 듯한 느낌이었어. 서늘하고 오묘하고 아름다워. 너는 앞으로도 절대 그 느낌을 알지 못할 거야. 책상에 앉아 하얀 서류에 글자를 채워나가다가, 그런 세상만 전부인 줄 알다가 늙어서 죽겠지. 제 스스로의 업적에 뿌듯해하면서 세상이 만든 틀에서 알아야 할 것만 알고 갈 거야. 네 자신이 죽을 때까지는 죽음이 어떤 느낌인지, 남의 죽음에 영향을 미친다는 게 얼마나 흥분되는 경험인지 결코 알 수 없겠지. 어쩌면 그건 그런대로 괜찮아, 박심. 그걸 알게 되면 다시시해.

김열의 표정은 조금 쓸쓸해 보였다.

깔끔한 턱선의 얼굴에 우수가 어렸다. 얼굴 옆에 뾰족하게 혹처럼 돋아난 귀가 무리에 섞이지 못하는 이방인 같은 인상을 주었다. 외계인. 고등학교 때 친구들은 김열을 외계인이라고 불렀다. 겉모습은 우리와 닮았으나 무척 다른 존재. 일반적인 사람과는 다른 괴상한 논리로 살아가는 소년.

"시시해. 다른 건 너무 시시해서 견딜 수가 없어."

"……왜 그 얘길 나에게 하는 거야?"

박심은 쓰러질 것 같은 몸을 가까스로 버티며 물었다.

"왜 나에게 이 모든 걸 알게 한 거야? 왜 다 말하는 건데?"

셔츠와 양복이 습기에 눅눅해져 김열의 마르고 탄탄한 몸의 실루엣이 정확히 드러났다. 정장 차림의 젊고 잘생긴 청년이 뾰족한 귀를 세우고 늠름하게 서 있었다. 금방이라도 무너져 내릴 듯한 박심과 달리 거리낄 것 없고 당당한 모습이었다.

김열이 양 눈썹을 모았다.

환희와 고통이 섞여 일그러진 표정.

어쩌면 그 둘은 같은 종류의 감정일지 모른다.

"내가 한 일을 아무도 알아주지 않는 게 심심해서……."

김열은 붉은 혀를 내밀어 입술을 핥았다.

"뭐랄까, 좀 외로워서 말이지."

"뭐라고?"

"의미가 없더라고. 아무도 몰라주니까 내가 정말 그 작업을 한 건지 아닌지 확신이 옅어지지 뭐야."

김열은 셔츠 깃을 올려 세웠다.

외계인이라는 별명을 가진 청년은 돌연 박심을 향해 환하게 웃었다.

"그런데 진심으로 놀랐어. 박심! 정말 알아챌 줄은 몰랐어. 내가 널 과소평가했나 봐. 솔직히 한번 시험해본 거거든. 전교 1등이 갑자기 내 구역에 나타나서 얼쩡대니까 심술이 나서. 이렇게 단서를 실실 흘리는데도 어디 알아내는지 못 알아내는지 한번 보자, 하는 마음이었어. 사실 모르고 넘어갈 거라는 쪽이었어. 모르고 제 갈 길 가는 너를 막 비웃고 싶었거든. 그런데 막상 이렇게 되니 내 마음이 꼭 그렇지는 않았나 봐. 내가 한 작업을 아는 사람이 생기니까 기뻐. 나는 내심으로는 네가 알아봐주길 바란 거야."

"하…… 그건 범죄야, 김열. 범죄라고."

"범죄? 내가 무슨 잘못을 했는데? 내 죄명이 뭐야, 미래의 변호사님? 넌 그걸 어떻게 증명할 생각이고?"

자살교사. 자살방조. 위계자살결의.

몇 가지 법률 용어가 머리를 스쳐갔으나 박심은 입을 닫았다. 앞으로 벌어질 일을 확신할 수 없었다. 이 방을 나가면 김열은 또 다른 모습으로 변할 것이다. 여기서 나눈 이야기를 밖에서는 다시는 언급하지 않을 것이다. 이건 나에게만 하는 고백이다.

"배운 대로 뻔하고 고루하게 생각하지 마, 박심. 죽음 그 자체는 당사자에게 나쁜 소식이 아니야. 아니, 그건 어떤 소식조차 될 수 없어. 죽은 사람은 자기가 죽었다는 사실을 누군가에게 들을 수 없으니까. 죽음은 산 사람의 문제야. 우리가 무서워해야 하는 건 죽음이 아니라 살아 있을 때의 고통이지."

김열이 지금까지 했던 말 중 가장 진실처럼 들렸다. 그는 진지하게 덧붙였다.

"고통 없는 즉각적인 죽음은 당사자에게는 오히려 행운이고 축복이라는 생각 들지 않아? 쉬지 않고 분초를 살아내야 하는 굴레에서 단번에 해방됐잖아. 그 사람이 만약 계속 살았다면 이룰 수 있었던 꿈이 아깝다고? 멍청한 소리 하지 말라 그래. 욕망은 죽음과 함께 끝나. 죽은 사람이 이루지 못한 욕망이나 행복을 안타까워하는 건 산 사람들의 감정일 뿐이야. 자기의 삶도 지금 가진 그 시시한 욕망을 못 채우고 갑자기 끝나버릴까 봐 겁이 나서 남의 죽음을 애도하는 거지."

박심은 그저 멍청히 서 있었다.

타인의 죽음에 관여하는 건 범죄야. 인간의 생명은 그 자체로 존엄하고 귀한 거야. 네가 끝내라 마라 결정할 수 있는 게 아니야. 이 따위 상식적인 말로 뿌리 깊고 단단한 어둠을 상대할 수는 없었다. 김열 너는 괴물이야. 박심은 입 밖으로 튀어나오려고 하는 말을 삼키며 입술만 달싹거렸다.

그때였다.

"여기! 의사!"

중년 남자의 굵은 목소리가 병원 복도를 쩌렁쩌렁 울렸다.

갑자기 들려온 고성에 박심은 가슴이 철렁했다. 머리카락이 쭈뼛 서며 심장이 두근거렸다. 동시에 박심은 자신이 목욕실에 있다는 걸 새삼 깨닫고 비릿한 물 냄새도 맡았다. 잃었던 현실감을 되찾은 것이다.

"여기 의사 어딨어! 응급 상황! 1601호 응급 상황!"

남자의 목소리가 목욕실의 갇힌 공간을 뒤흔들었다. 여자의 짧은 비명과 복도를 우당탕탕 뛰어가는 여러 명의 발소리가 들렸다.

1601호.

박심은 목욕실 문을 열고 뛰쳐나갔다.

이평서와 홍인혁은 동시에 병실 화장실로 뛰어 들어갔다.

환자복을 입은 박이음의 마른 몸이 공중에서 축 늘어져 흔들리고 있었다. 샤워 커튼 봉과 박이음의 목이 푸른 끈으로 연결되어 있었다.

"박이음 씨!"

홍인혁이 달려들어 박이음의 허리를 잡고 들어 올렸다. 박이음의 고개가 앞으로 푹 떨어졌다. 이평서가 바닥에 나동그라져 있는 의자를 세우고 올라가 봉에 잡아맨 매듭을 풀었다. 매듭이 풀리고 박이음의 몸이 홍인혁 쪽으로 기울어져 안겼다. 당장의 환자 처치는 홍인혁에게 맡기고 이평서는 복도로 뛰어나갔다.

"여기! 의사!"

복도를 거닐던 환자와 너스 스테이션에 앉아 있던 간호사가 깜짝 놀라 이평서를 보았다. 젊은 여자 환자가 짧게 비명을 질렀다.

"여기 의사 어딨어! 응급 상황! 1601호 응급 상황!"

이평서는 배에 힘을 주고 고성으로 외쳤다. 16층 병동 전체가 이평서의 목소리로 구석구석 흔들렸다. 간호사가 뛰어왔다. 어딘가에서 가운을 입은 중년의 남자 의사가 뛰어나와 1601호실을 향하여 달렸다. 병실 문을 활짝 열어둔 채 이평서는 다시 안으로 들어왔다.

홍인혁 형사가 박이음을 화장실 밖으로 끌고 나와 병실 바닥에 눕힌 채로 목을 죄고 있던 끈을 막 풀어놓았다. 의사가 달려들어 박이음의 가슴에 귀를 들이댔다. 의사는 박이음의 고개를 옆으로 돌려 기도를 확보하고 병실 바닥에서 바로 심폐소생술을 실시했다. 간호사가 의사 옆에 무릎을 꿇고 앉아 박이음의 머리를 잡고 고정했다. 박이음의 짧은 머리카락이 붉게 부풀어 오른 얼굴에 달라붙어 있었다. 이평서와 홍인혁의 얼굴에도 비 오듯 땀이 흘렀다.

활짝 열린 병실 문으로 소동을 들은 환자와 보호자들이 몰려들었다.

구경꾼 틈을 헤치고 한 청년이 비칠비칠 안으로 들어왔다.

이평서는 땀이 맺혀 흐릿해진 눈으로 청년이 박심이라는 걸 알아보았다. 박심은 바닥에 놓인 푸른 끈을 보고 기겁한 듯 시선을 떼지 못했다. 이평서의 눈길이 박심을 따라갔다. 청명한 바닷물 색에 무늬 없는 가느다란 넥타이였다. 젊은이 취향의 날렵한 디자인이었다. 박이음은 어디서 넥타이를 구해 목을 맨 걸까.

박심의 뒤로 또 한 명의 청년이 천천히 다가와 섰다. 청년은 그림자처럼 슬그머니 사람들 틈에 자리 잡고 바닥에 누운 박이음을 지그시 내려다보았다.

김열이었다.

김열은 정장 차림에 넥타이는 하지 않았고 셔츠 단추 하나를 풀어놓은 상태였다. 어젯밤 경찰서에 와서 구부정하게 앉아 덜덜 떨던 소심한 청년은 입술 끝에 미소를 걸고 병실 바닥의 상황에 무섭게 집중하고 있었다. 어제 자신을 조사하던 경찰의 모습도 그 순간 김열의 눈에는 보이지 않는 듯했다.

의사가 온몸의 체중을 실어 심장 마사지를 지속했다. 그저 환자를 살리기 위한 의료진의 세찬 움직임에 의해서만 박이음의 몸은 무기력하게 들썩였다. 김열은 그런 박이음의 얼굴을 단 한 순간도 놓치지 않겠다는 듯 보았다. 흡사 눈으로 사진을 찍고 있는 것 같았다.

이평서는 김열의 모습을 홀린 듯이 보았다.

경외, 환희, 기쁨, 열망…… 뭐라고 불러야 할까. 걱정과 두려움, 호기심, 다급함, 초조함의 얼굴을 하고 모여든 사람들 사이에서 김열이 띄고 있는 감정은 너무나 이질적이고 비현실적이었다. 통상의 이치를 거스르는 이상하고 잔인한 열정이었다.

환자가 반응을 보였다.

박이음이 쿨럭, 하는 소리와 함께 입에서 토사물을 뱉어냈다. 박이음의 머리를 잡고 있던 간호사가 재빨리 의료용 천으로 박이음의 입에 남은 토사물을 닦았다. 의사가 청진기를 귀에 꽂고 박이음의 가슴에 댔다.

"컥, 컥……."

기침을 하며 박이음이 눈을 가늘게 떴다.

"여보세요? 정신이 들어요? 숨 쉬어요. 숨 쉬어요, 숨! 그대로 하나 둘, 하나 둘. 좋아요. 계속 쉬어요."

비지땀을 흘리며 처치를 하던 중년의 의사가 소리쳤다. 병실 문가에 모여 있던 사람들이 안도의 한숨을 쉬며 서로 다행이라는 말을 주고받았다. 어머, 깨어났다. 살았다. 살았어. 어휴. 다행이야 젊은 여자가.

"하나 둘, 하나 둘. 계속 숨 쉬어요. 좋아요. 잘하고 있어요. 하나 둘."

한발 짝 뒤에 서서 상황을 지켜보던 홍인혁 형사는 그제야 발이 풀려 보호자용 소파에 주저앉았다.

그리고 이평서는 똑똑히 보았다.

박이음이 소생하는 것과 동시에 김열의 얼굴에 미소가 씻은 듯 사라지고 단단한 실망의 표정이 자리 잡는 것을. 다 이뤘다고 생각한 꿈을 손안에서 잃어버린 사람의 허탈함. 입에 문 먹잇감을 놓친 육식동물의 분노와 허무. 김열은 인정할 수 없다는 듯 고개를 설레설레 저으며 배경 벽에 녹아들 듯 자리를 떴다.

넥타이를 매지 않고 풀어헤친 셔츠.

아직은 정체를 알 수 없는, 그러나 섬뜩한 깨달음이 이평서의 머리를 스치고 지나갔다.

"자살이 아니에요."

이평서는 목소리가 나는 쪽으로 고개를 돌렸다.

박심이 가슴에 손을 대고 멍한 표정으로 주절거렸다.

"바보같이…… 눈앞에서 또 저지르고 말았어…… 난 그것도 모르고……."

상황을 정리하는 의료진의 안내에 따라 밖으로 나가면서 박심은 울먹였다. 상반된 두 청년의 모습을 지켜본 이평서 팀장의 머릿속에 어지러운 그림이 그려졌다.

변론요지서

사　건 : 20**고합*****

피고인 : 전학수

위 사건에 관하여 피고인의 변호인은 다음과 같이 변론요지를 진술합니다.

1. 공소사실의 요지

본건 공소장의 공소사실 기재와 같습니다.

2. 피고인에 대한 정상참작의 사유

가. 피고인은 우울증으로 인한 심신미약 상태에서 이 사건

범행에 이르렀습니다.

1) 우울증 진단 및 치료 경위

피고인은 대학을 졸업하고 건축설계 사무소에서 일하던 중 29세에 회계 사무실 직원 안우람과 결혼하여 보통의 맞벌이 부부로서 성실한 생활을 하였으나, 결혼 5개월 후 처가 임신을 하고 퇴직하여 혼자 가정 경제를 책임지는 상황이 됨에 따라 심적으로 심한 압박을 느꼈고 이때부터 소화불량, 잦은 설사, 근육통, 가슴 답답증, 불면 등 원인 모를 신체적인 증상에 시달리다가 20**년 *월 만성피로증후군 진단을 받아 병가 1달을 사용하였으며(첨부 1. 병가신청서 및 진단서) 그 뒤로도 월차와 병가를 자주 사용하였고, 그간 직장에서 책임 있게 수행해왔던 기획 업무에서 배제되고 직급에 맞지 않는 보조적인 업무만을 하게 되면서 자괴감과 무기력이 나날이 심화되었습니다(첨부 2. 근무상황부).

그러다 피고인은 작년 7월 ○○○정신과 의원에서 정신건강의학과 전문의 ○○○로부터 '중등도의 우울 에피소드' 진단을 받고 약물치료를 시작하였는데, 위 우울증 진단과 치료 사실을 가족이나 직장 동료 등 누구에게도 말하지 않았을 뿐만 아니라, 혹시나 정신과 치료 기록이 유출되어 불이익을 받을지도 모른다는 두려움에 치료비도 비보험으로 처리하면서 외롭게 투병하였습니다(첨부 3. 진료 기록부 사본). 그리하여 20**년 7월 **일부터 20**년 3월 **일까지 총 17회에 거쳐 위 의원에서 약물 처방을 받았으나 증상이 쉽게 호전되지 않았고, 급기야 사건 발생 3주 전인 4월 **일에는 운전 중 급작스런 공황발작을 일으켜 왕복 8차선 도로의 2차선에서 차선을 넘어 갓길까지 질주하고 말았습니다. 큰 사상 사고를 낼 수도 있었던 위와 같은 위험을 겪은 뒤로 피고인은 다시 공황발작이 닥칠 것이 두려워 승용차를 운전하지 못하고 지하철로 출퇴근을 해야 했고, 이와 같이 고통이 누적되는 가운데 항우울제의 효능에 대한 불신에 빠졌습니다. 이런 심리 상태에서 피고인은 당시 '우울증은 없다'라는 블로그를 운영하고 있던 공소 외 반탁신에게 연락하여 피고인 자신의 절망적인 상황을 토로하고 항우울제 복용의 지속 여부에 대한 의견을 물었습니다.

반탁신은 현재 사체유기죄로 구속 수감되어 재판이 진행 중인 자로서(첨부 4. 공소장 사본), 항우울제를 처방받아 복용하던 12세 아들이 자살한 뒤로 "항우울제는 우울증의 치료제가 아니며 오히려 우울증의 증상을 심화시키고 자살 충동 등 치명적인 부작용을 일으킴에도 의학계와 제약회사가 이를 은폐하고 있다"는 신념에 빠져 제약회사 등을 상대로 손해배상 소송을 제기하는 것과 동시에, 항우울제 없이도 우울증이 오히려 잘 회복될 수 있다는 사실을 증명하여 위 손해배상 청구 재판의 증거자료로 사용할 목적으로 '공동 탈출'이라는 우울증 환우 모임을 조직하였는데, 올해 3월 공동 탈출의 회원들이 함께 간 여행지에서 회원인 피해자 설리사가 자살한 시신을 발견하고는 피해자의 자살 사실이 알려지면 모임의 존립과 소송의 진행에 치명적인 걸림돌이 될 거라는 생각에 공범인 박이음과 공동하여 피해자의 시신을 옮겨 산에 매장하는 등 사체를 유기한 혐의를 받고 있습니다. 이와 같은 사건으로 보건데 항우울제에 대한 불신과 혐오가 극도로 심하고 그 나름의 논리와 확신을 공고히 다져온 반탁신으로부터 의견을 구해 들은 피고인은 "나는 병에 걸린 것이 아니며 항우울제가 오히려 우울증과 신체 증상을 심화시킨 것이다"라는 극단적인 생각을 굳히게 되었고, 이에 복용 중인 정신과 약을 어떠한 감량 조치 없이 단번에 끊은 지 17일 만에 사건 범행을 저지르게 된 것입니다.

2) 사건 당시의 상황과 심신미약의 판단

17회에 걸쳐 피고인에 대한 약물 처방을 실시한 정신건강의학과 전문의 ○○○의 소견서에 의하면, 피고인은 주요우울장애를 진단받아 치료를 시작하고 1~2개월이 지난 시점에 다소 호전을 보인 것 이후로는 정체 상태였는바, 주요우울장애에서 첫 번째 우울 에피소드인 경우 통상 6개월 이상의 유지 기간을 포함하여 1년에서 1년 반 정도의 약물치료를 요하는 것에 미루어볼 때 아직 충분한 치료가 이루어졌다고 할 수 없는 점, 피고인이 우울증 진단 및 치료 사실을 누구에게도 알리지 않는 등 정신과 치료에 대한 수치심이 심하여 가까운 사람의 이해와 지지를 받지 못했고 이는 우울증 치료에 매우 부정적인 영향을 미치는 점 등에 그 원인이 있다고 추정됩니다(첨부 5. 소견서). 이런 상태에서 피고인은 전문의의 복약지도 없이 복용 중인 항우울제를 중단하였는데, 정신건강의학과 전문의 황보드린의 자문서에 의하면 피고인은 파록세틴 성분의 항우울제를 1일 37.5mg 복용하고 있었고, 파록세틴 제제의 경우 점차적인 감량을 통한 중단이 권장되며 갑자기 중단할 경우 어지러움, 감각이상, 초조, 불안, 감정적 불안정, 과민성, 시력장애 등의 중단현상이 나타날 수 있고 일부 환자에서는 그 정도가 중증으로 나타날 수 있습니다(첨부 6. 자문서).

사건 당시 피고인은 신체적 에너지가 고갈되어 일과를 끝내지 못하고 직장을 조퇴하고 귀가하는 중에, 우연히 빌라 계단에서 어깨를 부딪친 피해자 라상표가 피고인이 사과하였음에도 시비를 멈추지 않고 단독 주차 구역에 장기간 승용차를 세워둔 피고인의 행위를 비난하고 나섬에 따라, 승용차를 운전하지 못하는 자신의 상황에 대한 억울함과 누적된 분노가 치솟는 것을 순간적으로 억제하지 못하고, 추정하건데 위와 같이 파록세틴 제제의 갑작스런 중단에 따른 불안과 감정적 불안정이 극대화된 상태 또는 중등도의 우울 에피소드로 인해 분노 조절에 장애를 겪는 상태에서 우발적으로 이 사건 범행에 이른 것입니다. 비록 피고인과 피해자 사이에는 이 사건 이전에 어떠한 교류나 갈등도 없었고, 우연히 발생한 사소한 시비에서 비롯하여 소중한 목숨을 잃은 피해자와 그 유족에 대해서는 어떠한 말로도 그 피해를 위로할 수 없는 것은 분명하나, 범죄 행위자의 처벌의 양정을 위해서는 행위자의 책임능력 유무와 정도를 고려하여야 한다는 것은 형법의 원칙이고, 이에 동일한 행위라 하더라도 범행 당시의 책임능력에 따라 처벌의 내용은 달라져야 할 것입니다. 위에서 살펴본 바와 같이 피고인은 사건 당시 심한 우울증으로 인하여 사물의 변별 능력이나 의사 결정 능력이 결여된 정도까지는 아니더라도 그것이 미약한 상태에 있었다고 봄이 상당하다고 할 것으로, 형법 제10조 제2항의 법률상 감경 사유에 해당한다 할 것입니다……(후략)

"수고했어. 마음고생이 많았을 텐데."

박갑영 변호사는 변론요지서를 넘겨보며 말했다.

박심은 핼쑥해진 얼굴을 들어 싱긋 웃었다. 온 힘을 다했다는 생각에 뿌듯했다. 법무법인 실습은 이미 2주 전에 끝났다. 숙제 제출 기한을 맞추지는 못했지만 재판 기일에는 늦지 않게 변론요지서 초안을 완성했다. 박심이 제출한 변론요지서는 박갑영 변호사의 최종 검토와 수정을 거쳐 실제 재판에 쓰일 것이다.

9월에도 한동안 계속될 거라던 무더위는 예상보다 일찍 꺾였다. 박갑영 변호사는 회색 가을 양복을 입었고 박심은 베이지색 긴 소매 셔츠에 블랙 진 차림이었다. 대학원 수업을 마치자마자 숙제를 제출하기 위해 박갑영 변호사의 집무실을 찾은 것이다.

"아주 맘에 들어. 잘했어. 내 일을 크게 덜어줬네."

박갑영 변호사는 함박웃음을 지었다.

"에고, 좀 더 빨리 드렸어야 하는데요."

"경찰서 왔다 갔다 하느라 정신없었던 거 아는데 뭘. 괜히 이걸로 엉뚱하게 대형 사건에 말려들어가지고. 그래, 어땠어? 원인 제공했다고 날 원망하진 않았고?"

"아니요. 그럴 리가요."

당치도 않다는 듯 박심이 한 손을 들어 빠르게 내저었다.

"덕분에 수사나 재판에 대해 많이 배웠죠, 작은아빠. 세상에 대해서도요."

박심은 지난달에 비해 눈에 띄게 마르고 초췌했다. 움푹 들어간 눈가의 그늘에서 짧은 시간 인생의 어두운 면을 너무 많이 보아버린 사람이 갖는 체념이 느껴졌다. 하지만 젊은 활기와 열정은 다소 지쳤을 뿐 남아 있었다. 몇 주 사이 실망과 체념이 젊음의 불균형한 에너지와 섞여 잠시 격론하다가 차분하게 가라앉은 모양새였다.

"사체유기를 꽤 길게 언급했네. 이거 공판은 들어갔나?"

"네. 공범 둘 다 구속 기소됐어요."

"결론이 어떻게 날 거 같아?"

"글쎄요……."

박심은 입술을 앙다물었다.

"반탁신이 계속 묵비하고 있다고 들어서요."

"유죄 증명에 지장이 있는 거야?"

"그렇진 않을 거예요. 박이음이 범행 일체를 자백했고 새로운 증거도 찾았으니까요. 범행 당일 반탁신은 박이음을 먼저 설리사의 집에 내려준 다음 시체를 싣고 AAD 사무실까지 갔대요. 그러니까 이후의 사체유기는 반탁신이 다 한 거예요. 중고가구 거래를 하는 지인에게서 소형 트럭을 빌려 시신을 싣고 팔달산에 가서 묻고 왔다고…… 경찰이 반탁신의 당일 행적을 파헤쳐서 알아냈고 트럭의 이동 경로도 대강 밝혀냈고요. 미세한 DNA 증거도 나왔다고 들었어요. 또 박이음의 자백과는 별도로 박이음이 설리사가 죽은 후에도 설리사의 휴대전화를 가지고 있으면서 설리사로 가장했던 걸 증명할 전화 통화 증거도 확보한 모양이에요."

지난 몇 주간 참고인 진술을 하기 위해 박심은 수원중부경찰서를 몇 차례 방문해야 했다. 진술을 받아 적는 틈틈이 이평서 팀장은 박심에게 수사의 내용을 말해줬다. 박심은 그 무뚝뚝하고 고지식한 강력계 팀장의 신뢰와 호의를 받고 있는 것 같았다. 언젠가는 "우리 아들이 너만큼만 자라주면 좋겠는데" 하고 혼잣말로 중얼거리기도 했다. 한숨 섞인 말에 뭔가 사연이 깔려 있는 것 같아 박심은 별다른 대꾸를 하지 않았다.

"그럼 별문제 없겠네."

박갑영은 검지를 세워 관자놀이에 대고 다른 손가락으로는 턱을 받친 채 말했다.

고개를 끄덕이면서도 박심은 생각의 한끝을 놓지 않았다.

"그런데 사건의 정황을 볼 때 말이에요. 반탁신이 범행의 결정과 행동을 주도하고 박이음은 반탁신에 동조하면서 일부 행위를 같이 했던 것 같아요. 범행에 있어 심적으로 주종 관계였단 말이죠. 그걸 증명하는 게 어려울 것 같다는 느낌을 받았어요."

"흠……."

박갑영 변호사는 커피 잔을 들어 한 모금 크게 마셨다.

"그건 경찰과 검찰이 알아서 잘하겠지. 문제는 심이 고등학교 동창이라는 그놈 아냐?"

"김열이요……."

박심의 표정이 어두워졌다. 박심이 경찰서에서 진술한 것은 대부분 김열의 죄에 관한 내용이었다.

"불구속 기소됐어요."

"영장 청구는 했는데?"

"네. 법원에서 기각됐어요."

"그렇군."

"설리사에 대한 자살방조죄와 박이음에 대한 자살방조미수죄로 기소됐어요. 그 이전 사건은…… 공탈 회원 조노훈이나 고등학교 동창 백창권에 대한 건 증거가 없어서 공소 유지가 어려울 거라네요."

"네 진술로는 안 된대? 김열 그 친구가 너한테는 다 자백했다며."

"지금은 부인하고 있으니까요. 제 진술은 전문(傳聞) 진술이니 자백으로 볼 수 없고요. 이럴 줄 알았으면 녹음이라도 해놓는 건데 그랬어요."

박심은 허탈한 미소를 지으며 말을 이었다.

"그나마 기소된 건들도 다른 사람들의 진술과 여러 정황 사실이 뒷받침돼서 기소가 가능했던 거죠. 김열이 사체유기 사실을 뻔히 알고도 묵인한 행위는 자살방조죄를 가정하면 설명 가능하고, 또 공탈 엠티 당시 김열의 행동과 범행 과정을 연결지어보면 말이 되니까요. 페넬진이란 항우울제도 김열이 획득해서 설리사에게 전했다고 보는 게 가장 자연스럽고 말이죠. 또 같은 수법으로 병원에서 박이음의 자살을 유도했는데 미수에 그친 건 박이음 본인과 저의 진술이 증거가 되고 있고요."

"자살 방조라……."

"열이는 타인의 자살에 관여해서 그 결정에 영향을 미치는 것에 비정상적인 쾌락을 느껴요. 자기가 죽음의 신이라도 된 듯한 환상에 빠지는 것 같아요. 예전에 자살 사이트를 탐방하면서 열이는 죽음을 갈망하면서도 막상 죽을 용기는 없는 사람들을 혐오하기 시작했어요. 아무튼 그런 열이에게 우울증 환자들의 모임은 커다란 먹잇감이었던 거죠."

"생선 가게에 고양이를 부른 꼴이네."

"저는요, 작은아빠. 자살방조죄가 아니라 자살교사죄를 적용해야 한다고 생각해요."

짙은 눈썹을 꿈틀거리며 박심은 단호하게 말했다.

박갑영은 잠시 침묵했다가 입을 뗐다.

"그건 어렵겠는데."

"법조문을 적극적으로 해석해서라도요."

"아무리 그래도 어려워. 자살교사는 애초에 자살할 마음이 없는 사람으로 하여금 자살을 하도록 하는 거고, 자살 방조는 자살할 마음을 가진 사람이 자살을 용이하게 할 수 있도록 돕는 거잖아? 피해자들은 우울증 환자였어. 자살 욕구가 있었다고 봐야겠지. 그게 자살 수단을 제공받고 조언과 격려를 받아 강화되어 실행하기에 이른 거야."

"열이는 피해자들의 자살 욕구를 적극적으로 불러일으켰어요. 우울증 환자 대부분은 자살 행동을 하지 않아요. 자살에 대한 생각은 막연히 가지고 있더라도 실제 행동에 옮기는 사람은 아주 적다고요. 열이가 유도하지 않았으면 그들은 자살하지 않았을 거예요. 저는 그렇게 생각해요. 아마…… 그럴 거예요."

"설리사 사건의 경우 약을 먹은 건 피해자 자신이잖아. 김열이란 친구가 약을 먹는 현장에 있었던 것도 아니고, 강제로 먹인 것도 아니야. 박이음의 자살방조미수 경우에도 목을 맨 건 박이음 자신이고. 김열이 넥타이를 병실에 두고 가면서 그 넥타이로 목을 매라고 구체적으로 지시한 것도 아니고 말이지."

"그렇긴 하지만……."

"심아. 네 생각은 알겠어. 그러나 폭행이나 협박을 동반한 것도 아닌데 누가 누구를 심리적으로 지배하고 조종해서 자율적인 의사 결정을 할 수 없는 상태로 만들었다…… 이건 객관적으로 증명하기 어려운 문제 같은걸. 그 김열이란 친구가 지금 기소된 사건에 대해서 일체 부인하고 있다며? 내가 보기엔 둘 다 정황증거만 있는 것 같은데. 그러니까 불구속 상태에서 재판하는 거겠지. 무죄로 결론날 수도 있고 유죄라고 해도 초범에 전과가 없으니 집행유예로 끝날 가능성이 커."

박심은 복잡한 표정으로 고개를 주억거렸다. 박심도 예상하고 있는 사실이었다. 결론이 너무 부당한 것 같아 자기주장을 한번 해본 것이다. 설리사의 사체를 유기한 반탁신과 박이음은 그 죄의 경중을 따져 각각 징역형을 선고받겠지만, 정작 설리사를 죽게 만든 김열은 아무 처벌도 받지 않거나 처벌을 받는다 해도 교도소에 복역하지 않을 가능성이 컸다. 김열은 자유롭게 계속 살아갈 것이다. 역시나 한 점의 죄의식이나 후회도 느끼지 않을 것이다.

교도소에 간다고 해도 죄의식을 느낄지는 모르겠지만.

"너도 이만 이 사건에서 벗어나야겠어. 네가 할 수 있는 일은 다 했잖아?"

박갑영 변호사는 눈동자를 추켜올려 두툼한 안경 너머로 박심을 살폈다. 걱정이 담긴 말투였다.

박심은 마른 얼굴을 쓰다듬었다.

설명하기 어려운 복잡한 심정이 박심의 가슴을 둔중하게 짓

누르고 있었다.

"저는요, 작은아빠."

"그래. 왜?"

박심은 식은 커피를 들어 한 모금 마셨다.

그날 성림병원 목욕실에서 자신이 한 일을 뿌듯해하며 환희에 젖던 김열의 얼굴이 머리에 스쳐갔다. 박심을 비웃으며 낮게 웃는 웃음소리가 귀에 들리는 것 같았다.

뭐랄까, 좀 외로워서 말이지.

"그 친구가 멈추지 않을까 봐 걱정돼요."

악은 진보한다.

박심은 손가락으로 눈썹 사이를 짚었다.

"정말로요. 정말로 걱정돼요……."

도움 받은 책들

앤드류 솔로몬, 민승남 옮김, 《한낮의 우울》(민음사)

스콧 스토셀, 홍한별 옮김, 《나는 불안과 함께 살아간다》(반비)

크리스토퍼 레인, 이문희 옮김, 《만들어진 우울증》(한겨레출판)

에릭 메이젤, 강순이 옮김, 《가짜 우울》(마음산책)

피터 D. 크레이머, 고정아 옮김, 《우울증에 반대한다》(플래닛)

토머스 조이너, 김재성 옮김, 《왜 사람들은 자살하는가?》(황소자리)

서종한, 《심리부검》(학고재)

엘리자베스 워첼, 김유미 옮김, 《프로작 네이션》(민음인)

알랭 드 보통, 정영목 옮김, 《불안》(은행나무)

대한우울·조울병학회, 《우울증》(시그마프레스)

김청송, 《사례중심의 이상심리학》(싸이북스)

박한선·최정원, 《토닥토닥 정신과 사용설명서》(에이도스)

구거, 강초아 옮김, 《우울증 남자의 30시간》(유노북스)
수 클리볼드, 홍한별 옮김, 《나는 가해자의 엄마입니다》(반비)
에바 로만, 김진아 옮김, 《내가 미친 8주간의 기록》(박하)
윌리엄 스타이런, 임옥희 옮김, 《보이는 어둠》(문학동네)
케이 레드필드 재미슨, 박민철 옮김, 《조울병, 나는 이렇게 극복했다》(하나의학사)

도움 주신 분

정신건강의학과 전문의 권윤영 님께서 초고 전체를 읽고 정신의학과 관련한 내용을 감수해주셨습니다. 덕분에 사실관계를 바로잡고 전문가가 체득한 상세한 지식을 참고할 수 있었습니다. 도움에 감사드립니다.

검은 개가 온다

2018년 7월 19일 초판 1쇄 발행
2020년 9월 8일 초판 3쇄 발행

지은이 | 송시우
발행인 | 윤호권 박헌용

발행처 | (주)시공사
출판등록 | 1989년 5월 10일(제3-248호)

주소 | 서울 서초구 사임당로 82(우편번호 06641)
전화 | 편집 (02)2046-2852 · 마케팅 (02)2046-2800
팩스 | 편집 · 마케팅 (02)585-1755
홈페이지 | www.sigongsa.com

ISBN 978-89-527-9118-4 03810

이 도서의 국립중앙도서관 출판예정도서목록(CIP)은 서지정보유통지원시스템 홈페이지(http://seoji.nl.go.kr)와 국가자료공동목록시스템(http://www.nl.go.kr/kolisnet)에서 이용하실 수 있습니다.
(CIP제어번호: CIP2018019167)